青少年成长必读丛书

U0657240

徐志摩精品集

XU ZHI MO JING PIN JI

徐志摩 / 著

成长必读

阅读经典 获益一生

轻轻的我走了，正如我轻轻的来；
我轻轻的招手，作别西天的云彩。

立足素质教育，致力于提高青少年的科学文化素养和培养人文情怀，使
青少年智商、情商手拉手、齐发展。

选择决定成长 阅读成就人生

山东人民出版社

全国百佳图书出版单位 国家一级出版社

图书在版编目（ＣＩＰ）数据

徐志摩精品集 / 徐志摩著 . -- 济南：山东人民出版社，
2014.6（2024.1 重印）

（青少年成长必读丛书）

ISBN 978-7-209-08192-4

Ⅰ . ①徐… Ⅱ . ①徐… Ⅲ . ①诗集－中国－现代②散文
集－中国－现代 Ⅳ . ① I216.2

中国版本图书馆 CIP 数据核字（2014）第 034328 号

责任编辑：王海涛　刘锦平　杨云云

徐志摩精品集

徐志摩　著

山东出版传媒股份有限公司
山东人民出版社出版发行
社　址：济南市经九路胜利大街 39 号　邮　编：250001
网　址：http://www.sd-book.com.cn
发行部：(0531) 82098027　82098028
新华书店经销
鸿鹄（唐山）印务有限公司

规　格　16 开（170mm × 240mm）
印　张　34.5
字　数　528 千
版　次　2014 年 6 月第 1 版
印　次　2024 年 1 月第 2 次
ISBN　978-7-209-08192-4
定　价　99.00 元

如有质量问题，请与印刷厂调换。(010) 89581565

读书——无可替代的人生体验

读书是在别人思想的帮助下，建立起自己的思想。这是俄图书学家鲁巴金非常著名的一句话。

关于阅读，作为这个信息流通近乎爆炸的时代的一分子，大家必然都能了解阅读对我们生存的重要性，尤其对于成长中的青少年，阅读更是头等大事。青少年时期是极其重要的一个人生阶段，正处在世界观、人生观、价值观形成的关键时期，其身心健康、道德修养、文化素养、综合素质都有赖于知识的滋养和浸润，而阅读是青少年增长知识、开拓眼界和陶冶情操的有效途径。理想的书籍是智慧的钥匙，它能带给青少年对这个复杂的世界的一个全新的思维方式，教会他们以多个独特的视角去对待这个多元化的世界。人的影响短暂而微弱，书的影响则广泛而深远。阅读从本质上不只是知识的简单积累，更重要的是它增益了读者的心灵，丰富了读者的语言韵律，充实了读者的精神世界，不断地提高青少年读者对于语文方面的综合驾驭能力，包括欣赏不同的作品和锻炼自己的写作水平。

书的质量良莠不齐，正如人有益友也有损友。一本好书不啻为一位优秀的人生导师，对青少年的健康成长起着积极的引导作用；反之，一本充满糟粕的不良书籍无异于一剂毒害心灵的毒药，对青少年的成长将造成负面影响。只有选择那些经时间沉淀的、公认的好书才能对读者的思想和心灵产生深刻而有益的影响，因此，作为人类共同精神财富的、古今中外的名著就成为了青少年读者的首选。

因此，我们编写了这套《青少年成长必读》丛书，致力于为广大青少年读者提供一块洁净的阅读圣域。这套丛书既符合素养教育需求下语文学习的各项要求，又兼顾了不同年龄、不同爱好的学生的阅读需求，扩展了他们的课外阅读范围。本套丛书分为中、外两大部分，我们从浩如烟海的图书中甄选出那些对青少年成长特别有价值的名篇佳作，在还原原汁原味的阅读本身的基础上兼顾了实用性和全面性这两大特色。本套丛书与同类图书相比有以下显著特征：

1.高水准的翻译。这套丛书所收录的外国名著系列中，所有的名著都是忠实于原文的翻译，翻译者本身都是我国国内非常具有权威性的专家、学者和老师，译文极其贴合原著的精神和行文风格，忠实于原著内容。

2.有针对性的作品收录。我们在广泛调查、大量翻阅工具书的基础上确定书目，从古今中外四个方向上，全面地收集了各个国家最具代表性的文学作品，呈现了不同时期的不同文化风貌，新老中外文学作品融贯联合，形成了一个更新、更全的阅读体系。

3.最严谨细致的注释。本系列中，尤其以中国名著系列最为显著，其中很多晦涩难懂或者引经据典的地方，都添加了精准的注释，使全书呈现出学术性和艺术性完美结合的特征，更好地帮助学生理解原文主旨。

在本套丛书中，我们并没有多加一些华丽的导读和问题思考等板块，衷心希望呈现给青少年读者的不仅仅是轻松的课外阅读，更是最本色的"安静"名著，保持住原著最经典、最永恒的地方，真的能让他们静下心来，思考这些名著所承载的更深层次的涵义，从而提高青少年读者的文学修养和艺术品位。希望我们对于书籍最本质的呈现，能带给读者们纯正的阅读感受，为青少年建立自己丰富而坚实的文学和精神世界，作出尺缕的贡献。

丛书编委会

2014 年 4 月

目 录

散 文

翡冷翠山居闲话   003

海滩上种花   006

落 叶   011

关于女子   024

秋   036

泰戈尔   045

我的祖母之死   050

西湖记   061

志摩日记（选录）   073

情书一束   097

谒见哈代的一个下午   113

我过的端阳节   118

泰山日出   120

北戴河海滨的幻想   122

我所知道的康桥   125

吸烟与文化（牛津）   133

巴黎的鳞爪   136

"迎上前去"   149

自 剖   154

目 录

再 剖 159

想 飞 163

诗 歌

1914 年 169

挽李干人 169

1921 年 170

草上的露珠儿 170

1922 年 173

笑解烦恼结 173

青年杂咏 175

春 178

人种由来 180

"两尼姑"或"强修行" 184

悲 观 188

夏日田间即景 192

沙士顿重游随笔 194

康桥西野暮色 199

听槐格讷（Wagner）乐剧 202

情死（Liebstch） 205

目 录

月夜听琴   206

夜   208

小 诗   214

私 语   215

你是谁呀?   216

无 儿   217

梦游埃及   219

清风吹断春朝梦   221

地中海中梦埃及魂入梦   223

威尼市   225

康桥再会罢   227

马 赛   232

地中海   234

秋月呀   236

1923 年   237

北方的冬天是冬天   237

希望的埋葬   238

一小幅的穷乐图   240

哀曼殊斐儿   242

小花篮   244

目 录

月下待杜鹃不来 246

默　境 247

泰山日出 249

我是个无依无伴的小孩 251

康河晚照即景 256

悲　思 257

雀儿，雀儿 259

破　庙 261

一个祈祷 263

铁栏歌 264

一家古怪的店铺 266

石虎胡同七号 268

冢中的岁月 270

幻　想 272

月下雷峰影片 274

雷峰塔 275

灰色的人生 276

常州天宁寺闻礼忏声 278

沪杭车中 280

先生！先生！ 281

目 录

叫化活该   283

花牛歌   284

八月的太阳   285

恋爱到底是什么一回事   286

1924 年   288

东山小曲   288

盖上几张油纸   290

一条金色的光痕   292

自然与人生   295

夜半松风   297

一封信   298

去 罢   300

留别日本   301

沙扬娜拉十八首   303

庐山小诗两首   309

庐山石工歌   311

太平景象   314

毒 药   316

白 旗   318

婴 儿   319

目 录

天国的消息	321
一个噩梦	322
谁知道	323
卡尔佛里	326
问 谁	329
为要寻一个明星	332
消 息	333
山中大雾看景	334
朝雾里的小草花	335
五老峰	336
在那山道旁	338
雪花的快乐	340
古怪的世界	342
白话词十二首	344
1925 年	350
荒凉的城子	350
她在那里	353
不再是我的乖乖	354
残 诗	356
这是一个懦怯的世界	357

目 录

一块晦色的路碑　　　　　　　359

那一点神明的火焰　　　　　　360

西伯利亚　　　　　　　　　　361

西伯利亚道中忆西湖　　　　　363

在车中　　　　　　　　　　　365

难　得　　　　　　　　　　　366

翡冷翠的一夜　　　　　　　　367

她怕他说出口　　　　　　　　370

苏　苏　　　　　　　　　　　372

在哀克刹脱教堂前（Excter）　373

她是睡着了　　　　　　　　　375

为　谁　　　　　　　　　　　377

一星弱火　　　　　　　　　　379

无　题　　　　　　　　　　　380

乡村里的音籁　　　　　　　　382

青年曲　　　　　　　　　　　384

我有一个恋爱　　　　　　　　385

多谢天！我的心又一度的跳荡　387

落叶小唱　　　　　　　　　　389

给母亲　　　　　　　　　　　391

目 录

起造一座墙	394
一宿有话	395
海 韵	400
四行诗一首	403
呻吟语	404
我来扬子江边买一把莲蓬	405
客 中	407
翡冷翠絮语	408
再不见雷峰	410
再不迟疑	411
运命的逻辑	412
这年头活着不易	413
丁当——清新	415
决 断	416
海边的梦	418
1926 年	420
再不想望高远的天国	420
三月十二深夜大沽口外	421
白须的海老儿	422
梅雪争春	423

目 录

罪与罚（一）	424
罪与罚（二）	425
再休怪我的脸沉	428
望 月	431
又一次试验	432
新催妆曲	434
半夜深巷琵琶	437
偶 然	438
大 帅	439
人变兽	441
"拿回吧，劳驾，先生"	442
两地相思	444
珊 瑚	447
1927 年	448
天神似的英雄	448
醒！醒！	449
变与不变	450
残 春	451
干着急	452
俘虏颂	453

目 录

最后的那一天　　　　　　　　　　455

秋　虫　　　　　　　　　　　　　456

1928 年　　　　　　　　　　　　458

秋　阳　　　　　　　　　　　　　458

我不知道风是在哪一个方向吹　　460

哈　代　　　　　　　　　　　　　462

生　活　　　　　　　　　　　　　465

西　窗　　　　　　　　　　　　　466

怨　得　　　　　　　　　　　　　469

深　夜　　　　　　　　　　　　　470

在不知名的道旁（印度）　　　　471

枉　然　　　　　　　　　　　　　472

他眼里有你　　　　　　　　　　473

再别康桥　　　　　　　　　　　474

1929 年　　　　　　　　　　　　476

拜　献　　　　　　　　　　　　　476

春的投生　　　　　　　　　　　477

杜　鹃　　　　　　　　　　　　　479

活　该　　　　　　　　　　　　　480

我等候你　　　　　　　　　　　482

目 录

1930 年	485
一九三〇年春	485
阔的海	486
黄 鹂	487
季 候	488
车 眺	489
残 破	491
为的是	493
鲤 跳	494
卑 微	495
秋 月	496
渺 小	498
爱的灵感	499
1931 年	513
别拧我，疼	513
山 中	515
两个月亮	516
车 上	518
小诗一首	520
在病中	521

目 录

答叔鲁先生   523

泰 山   524

雁儿们   525

火车擒住轨   527

给——   529

献 词   530

你 去   531

难 忘   533

领 罪   534

散文

翡冷翠 [1] 山居闲话

　　在这里出门散步去，上山或是下山，在一个晴好的五月的向晚，正像是去赴一个美的宴会，比如去一果子园，那边每株树上都是满挂着诗情最秀逸的果实，假如你单是站着看还不满意时，只要你一伸手就可以采取，可以恣尝鲜味，足够你性灵的迷醉。阳光正好暖和，决不过暖；风息是温驯的，而且往往因为他是从繁花的山林里吹度过来他带来一股幽远的淡香，连着一息滋润的水气，摩挲着你的颜面，轻绕着你的肩腰，就这单纯的呼吸已是无穷的愉快；空气总是明净的，近谷内不生烟，远山上不起霭，那美秀风景的全部正像画片似的展露在你的眼前，供你闲暇的鉴赏。

　　作客山中的妙处，尤在你永不须踌躇你的服色与体态；你不妨摇曳着一头的蓬草，不妨纵容你满腮的苔藓；你爱穿什么就穿什么；扮一个牧童，扮一个渔翁，装一个农夫，装一个走江湖的桀卜闪，装一个猎户；你再不必提心整理你的领结，你尽可以不用领结，给你的颈根与胸膛一半日的自由，你可以拿一条这边艳色的长巾包在你的头上，学一个太平军的头目，或是拜伦那埃及装的姿态；但最要紧的是穿上你最旧的旧鞋，别管他模样不佳，他们是顶可爱的好友，他们承着你的体重却不叫你记起你还有一双脚在你的底下。

　　这样的玩顶好是不要约伴，我竟想严格的取缔，只许你独身；因为有了伴多少总得叫你分心，尤其是年轻的女伴，那是最危险最专制不过的旅伴，你应得躲避她像你躲避青草里一条美丽的花蛇！平常我们从自己家里走到朋友的家里，或是我们执事的地方，那无非是在同一个大牢里从一间狱室移到另一间狱室去，拘束永远跟着我们，自由永远寻不到我们；但在这春夏间美

---

[1] 现通译佛洛伦萨，意大利名城。

秀的山中或乡间你要是有机会独身闲逛时，那才是你福星高照的时候，那才是你实际领受，亲口尝味，自由与自在的时候，那才是你肉体与灵魂行动一致的时候。朋友们，我们多长一岁年纪往往只是加重我们头上的枷，加紧我们脚胫上的链，我们见小孩子在草里在沙堆里在浅水里打滚作乐，或是看见小猫追他自己的尾巴，何尝没有羡慕的时候，但我们的枷，我们的链永远是制定我们行动的上司！所以只有你单身奔赴大自然的怀抱时，像一个裸体的小孩扑入他母亲的怀抱时，你才知道灵魂的愉快是怎样的，单是活着的快乐是怎样的，单就呼吸单就走道单就张眼看耸耳听的幸福是怎样的。因此你得严格的为己，极端的自私，只许你，体魄与性灵，与自然同在一个脉搏里跳动，同在一个音波里起伏，同在一个神奇的宇宙里自得。我们浑朴的天真是像含羞草似的娇柔，一经同伴的抵触，他就卷了起来，但在澄静的日光下，和风中，他的姿态是自然的，他的生活是无阻碍的。

你一个人漫游的时候，你就会在青草里坐地仰卧，甚至有时打滚，因为草的和暖的颜色自然的唤起你童稚的活泼；在静僻的道上你就会不自主的狂舞，看着你自己的身影幻出种种诡异的变相，因为道旁树木的阴影在他们迁徐的婆娑里暗示你舞蹈的快乐；你也会得信口的歌唱，偶尔记起断片的音调，与你自己随口的小曲，因为树林中的莺燕告诉你春光是应得赞美的；更不必说你的胸襟自然会跟着曼长的山径开拓，你的心地会看着澄蓝的天空静定，你的思想和着山壑间的水声，山罅里的泉响，有时一澄到底的清澈，有时激起成章的波动，流，流，流入凉爽的橄榄林中，流入妩媚的阿诺河去……

并且你不但不须应伴，每逢这样的游行，你也不必带书。书是理想的伴侣，但你应得带书，是在火车上，在你住处的客室里，不是在你独身漫步的时候。什么伟大的深沉的鼓舞的清明的优美的思想的根源不是可以在风籁中，云彩里，山势与地形的起伏里，花草的颜色与香息里寻得？自然是最伟大的一部书，葛德说，在他每一页的字句里我们读得最深奥的消息。并且这书上的文字是人人懂得的；阿尔帕斯与五老峰，雪西里与普陀山，莱因河与扬子江，梨梦湖与西子湖，建兰与琼花，杭州西溪的芦雪与威尼市夕照的红潮，百灵与夜莺，更不提一般黄的黄麦，一般紫的紫藤，一般青的青草同在大地上生长，同在和风中波动——他们应用的符号是永远一致的，他们的意义是永远明显的，只要你自己性灵上不长疮瘢，眼不盲，耳不塞，这无形迹的最高等教育便永远是你的名分，这不取费的最珍贵的补剂便永远供你的受用；只要你认识了这一部书，你在这世界上寂寞时便不寂寞，穷困时不穷困，苦恼时有安慰，挫折时有鼓励，软弱时有督责，迷失时有南针。

一九二五年六月作

徐志摩精品集

海滩上种花

朋友是一种奢华：且不说酒肉势利，那是说不上朋友，真朋友是相知，但相知谈何容易，你要打开人家的心，你先得打开你自己的，你要在你的心里容纳人家的心，你先得把你的心推放到人家的心里去：这真心或真性情的相互的流转，是朋友的秘密，是朋友的快乐。但这是说你内心的力量够得到，性灵的活动有富余，可以随时开放，随时往外流，像山里的泉水，流向容得住你的同情的沟槽；有时你得冒险，你得花本钱，你得抵拼在骂岈的乱石间，触刺的草缝里耐心的寻路，那时候艰难，苦痛，消耗，在在是可能的，在你这水一般灵动，水一般柔顺的寻求同情的心能找到平安欣快以前。

我所以说朋友是奢华；"相知"是宝贝，但得拿真性情的血本去换，去拼。因此我不敢轻易说话，因为我自己知道我的来源有限，十分的谨慎尚且不时有破产的恐惧；我不能随便"花"。前天有几位小朋友来邀我跟你们讲话，他们的恳切折服了我，使我不得不从命，但是小朋友们，说也惭愧，我拿什么来给你们呢？

我最先想来对你们说些孩子话，因为你们都还是孩子。但是那孩子的我到那里去了？仿佛昨天我还是个孩子，今天不知怎的就变了样。什么是孩子要不为一点活泼的天真，但天真就比是泥土里的嫩芽，天冷泥土硬就压住了它的生机——这年头问谁去要和暖的春风？

孩子是没了。你记得的只是一个不清切的影子，麻糊得紧，我这时候想起就像是一个瞎子追念他自己的容貌，一样的记不周全；他即使想急了拿一只手到脸上去印下一个模子来，那样子也是个死的。真的没了。一天在公园里见一个小朋友不提多么活动，一忽儿上山，一忽儿爬树，一忽儿溜冰，一忽儿干草里打滚，要不然就跳着憨笑；我看着羡慕，也想学样，跟他一起玩，但是不能，我是一个大人，身上穿着长袍，心里存着体面，怕招人笑，天生的灵活换来矜持的存心——孩子，孩子是没有的了，有的只是一个年岁与教育蛀空了的躯壳，死僵僵的，不自然的。

我又想找回我们天性里的野人来对你们说话。因为野人也是接近自然的；我前几年过印度时得到极刻心的感想，那里的街道房屋以及土人的体肤容貌，生活的习惯，虽则简，虽则陋，虽则不夸张，却处处与大自然——上面碧蓝的天，火热的阳光，地下焦黄的泥土，高矗的椰树——相调谐，情调，色彩，结构，看来有一种意义的一致，就比是一件完美的艺术的作品。也不知怎的，那天看了他们的街，街上的牛车，赶车的老头露着他的赤光的头颅与比紫姜色的圆肚，他们的庙，庙里的圣像与神座前的花，我心里只是不自在，就仿佛这情景是一个熟悉的声音的叫唤，叫你去跟着他，你的灵魂也何尝不活跳跳的想答应一声"好，我来了，"但是不能，又有碍路的挡着你，不许你回复这叫唤声启示给你的自由。困着你的是你的教育；我那时的难受就比是一条蛇摆脱不了困住他的一个硬性的外壳——野人也给压住了，永远出不来。

所以今天站在你们上面的我不再是融会自然的野人，也不是天机活灵的孩子：我只是一个"文明人"，我能说的只是"文明话"。但什么是文明只是堕落？文明人的心里只是种种虚荣的念头，他到处忙不算，到处都得计较成败。我怎么能对着你们不感觉惭愧？不了解自然不仅是我的心，我的话也是的。并且我即使有话说也没法表现，即使有思想也不能使你们了解；内里那点子性灵就比是在一座石壁里牢牢的砌住，一丝光亮都不透，就凭这只眼望见你们，但有什么法子可以传达我的意思给你们，我已经忘却了原来的语言，还有什么话可说的？

但我的小朋友们还是逼着我来说谎（没有话说而勉强说话便是谎）。知识，我不能给；要知识你们得请教教育家去，我这里是没有的。智慧，更没有了：智慧是地狱里的花果，能进地狱更能出地狱的才采得着智慧，不去地狱的便没有智慧——我是没有的。

我正发窘的时候，来了一个救星——就是我手里这一小幅画，等我来讲道理给你们听。这张画是我的拜年片，一个朋友替我制的。你们看这个小孩子在海边沙滩上独自的玩，赤脚穿着草鞋，右手提着一枝花，使劲把它往沙里栽，左手提着一把浇花的水壶，壶里水点一滴滴的往下掉着。离着小孩不远看得见海里翻动着的波澜。

你们看出了这画的意思没有？

在海砂里种花。在海砂里种花！那小孩这一番种花的热心怕是白费的了。砂碛是养不活鲜花的，这几点淡水是不能帮忙的；也许等不到小孩转身，这一朵小花已经支不住阳光的逼迫，就得交卸他有限的生命，枯萎了去。况且那海水的浪头也快打过来了，海浪冲来时不说这朵小小的花，就是大根的树也怕站不住——所以这花落在海边上是绝望的了，小孩这番力量准是白化的了。

你们一定很能明白这个意思。我的朋友是很聪明的，他拿这画意来比我们一群呆子，乐意在白天里做梦的呆子，满心想在海砂里种花的傻子。画里的小孩拿着有限的几滴淡水想维持花的生命，我们一群梦人也想在现在比沙漠还要干枯比沙滩更没有生命的社会里，凭着最有限的力量，想下几颗文艺与思想的种子，这不是一样的绝望，一样的傻？想在海砂里种花，想在海砂里种花，多可笑呀！但我的聪明的朋友说，这幅小小画里的意思还不止此；讽刺不是她的目的。她要我们更深一层看。在我们看来海沙里种花是傻气，但在那小孩自己却不觉得。他的思想是单纯的，他的信仰也是单纯的。他知道的是什么？他知道花是可爱的，可爱的东西应得帮助他发长；他平常看见花草都是从地土里长出来的，他看来海砂也只是地，为什么海砂里不能长花他没有想到，也不必想到，他就知道拿花来栽，拿水去浇，只要那花在地上站直了他就欢喜，他就乐，他就会跳他的跳，唱他的唱，来赞美这美丽的生命，以后怎么样，海砂的性质，花的运命，他全管不着！我们知道小孩们怎样的崇拜自然，他的身体虽则小，他的灵魂却是大着，他的衣服也许脏，他的心可是洁净的。这里还有一幅画，这是自然的崇拜，你们看这孩子在月光下跪着拜一朵低头的百合花，这时候他的心与月光一般的清洁，与花一般的美丽，与夜一般的安静。我们可以知道到海边上来种花那孩子的思想与这月下拜花的孩子的思想会得跪下的——单纯，清洁，我们可以想象那一个孩子把花栽好了也是一样来对着花膜拜祈祷——他能把花暂时栽了起来便是他的成功，此外以后怎么样不是他的事情了。

你们看这个象征不仅美，并且有力量；因为它告诉我们单纯的信心是创作的泉源——这单纯的烂漫的天真是最永久最有力量的东西，阳光烧不焦他，狂风吹不倒他，海水冲不了他，黑暗掩不了他——地面上的花朵有被摧残有消灭的时候，但小孩爱花种花这一点："真"却有的是永久的生命。

我们来放远一点看。我们现有的文化只是人类在历史上努力与牺牲的成绩。为什么人们肯努力肯牺牲？因为他们有天生的信心；他们的灵魂认识什么是真什么是善什么是美，虽则他们的肉体与智识有时候会诱惑他们反着方向走路；但只要他们认明一件事情是有永久价值的时候，他们就自然的会得兴奋，不期然的自己牺牲，要在这忽忽变动的声色的世界里，赎出几个永久不变的原则的凭证来。耶稣为什么不怕上十字架？密尔顿何以瞎了眼还要做诗，贝德花芬何以聋了还要制音乐，密仡郎其罗为什么肯积受几个月的潮湿不顾自己的皮肉与靴子连成一片的用心思，为的只是要解决一个小小的美术问题？为什么永远有人到冰洋尽头雪山顶上去探险？为什么科学家肯在显微镜底下或是数目字中间研究一般人眼看不到心想不通的道理消磨他一生的光阴？

为的是这些人道的英雄都有他们不可摇动的信心；像我们在海砂里种花的孩子一样，他们的思想是单纯的——宗教家为善的原则牺牲，科学家为真的原则牺牲，艺术家为美的原则牺牲——这一切牺牲的结果便是我们现有的有限的文化。

你们想想在这地面上做事难道还不是一样的傻气——这地面还不与海砂一样不容你生根；在这里的事业还不是与鲜花一样的娇嫩？——潮水过来可以冲掉，狂风吹来可以折坏，阳光晒来可以薰焦我们小孩子手里拿着往砂里栽的鲜花，同样的，我们文化的全体还不一样有随时可以冲掉折坏薰焦的可能吗？巴比伦的文明现在哪里？庞贝城[1]曾经在地下埋过千百年，克利脱的文明直到最近五六十年间才完全发见。并且有时一件事实体的存在并不能证明他生命的继续。这区区地球的本体就有一千万个毁灭的可能。人们怕死不错，我们怕死人，但最可怕的不是死的死人，是活的死人，单有躯壳生命没有灵性生活是莫大的悲惨；文化也有这种情形，死的文化到也罢了，最可怜的是勉强喘着气的半死的文化。你们如其问我要例子，我就不迟疑的回答你说，朋友们，贵国的文化便是一个喘着气的活死人！时候已经很久的了，自从我们最后的几个祖宗为了不变的原则牺牲他们的呼吸与血液，为了不死的

---

[1] 现通译庞培，意大利古城，因附近火山爆发而湮没。

生命牺牲他们有限的存在，为了单纯的信心遭受当时人的讪笑与侮辱。时候已经很久的了，自从我们最后听见普遍的声音像潮水似的充满着地面。时候已经很久的了，自从我们最后看见强烈的光明像彗星似的扫掠过地面。时候已经很久的了，自从我们最后为某种主义流过火热的鲜血。时候已经很久的了，自从我们的骨髓里有胆量，我们的说话里有分量。这是一个极伤心的反省！我真不知道这时代犯了什么不可赦的大罪，上帝竟狠心的赏给我们这样恶毒的刑罚？你看看去这年头到哪里去找一个完全的男子或是一个完全的女子——你们去看去，这年头哪一个男子不是阳痿，哪一个女子不是鼓胀！要形容我们现在受罪的时期，我们得发明一个比丑更丑比脏更脏比下流更下流比苟且更苟且比懦怯更懦怯的一类生字去！朋友们，真的我心里常常害怕，害怕下回东风带来的不是我们盼望中的春天，不是鲜花青草蝴蝶飞鸟，我怕他带来一个比冬天更枯槁更凄惨更寂寞的死天——因为丑陋的脸子不配穿漂亮的衣服，我们这样丑陋的变态的人心与社会凭什么权利可以问青天要阳光，问地面要青草，问飞鸟要音乐，问花朵要颜色？你问我明天天会不会放亮？我回答说我不知道，竟许不！

归根是我们失去了我们灵性努力的重心，那就是一个单纯的信仰，一点烂漫的童真！不要说到海滩去种花——我们都是聪明人谁愿意做傻瓜去——就是在你自己院子里种花你都懒怕动手哪！最可怕的怀疑的鬼与厌世的黑影已经占住了我们的灵魂！

所以朋友们，你们都是青年，都是春雷声响不曾停止时破绽出来的鲜花，你们再不可堕落了——虽则陷阱的大口满张在你的跟前，你不要怕，你把你的烂漫的天真倒下去，填平了它再往前走——你们要保持那一点的信心，这里面连着来的就是精力与勇敢与灵感——你们要不怕做小傻瓜，尽量在这人道的海滩边种你的鲜花去——花也许会消灭，但这种花的精神是不烂的！

一九二五年在燕京大学附属中学的演讲稿

落　叶

前天你们查先生来电话要我讲演，我说但是我没有什么话讲，并且我又是最不耐烦讲演的。他说：你来罢，随你讲，随你自由的讲，你爱说什么就说什么。我们这里你知道这次开学情形很困难，我们学生的生活很枯燥很闷，我们要你来给我们一点活命的水。这话打动了我。枯燥，闷，这我懂得。虽则我与你们诸君是不相熟的，但这一件事实，你们感觉生活枯闷的事实，却立即在我与诸君无形的关系间，发生了一种真的深切的同情。我知道烦闷是怎么样一个不成形，不讲情理的怪物，他来的时候，我们的全身仿佛被一个大蜘蛛网盖住了，好容易挣出了这条手臂，那条又叫粘住了。那是一个可怕的网子。我也认识生活枯燥，他那可厌的面目，我想你们也都很认识他。他是无所不在的，他附在各个人的身上，他现在各个人的脸上。你望望你的朋友去，他们的脸上有他，你自己照镜子去，你的脸上，我想，也有他。可怕的枯燥，好比是一种毒剂，他一进了我们的血液，我们的性情，我们的皮肤就变了颜色，而且我怕是离着生命远，离着坟墓近的颜色。

我是一个信仰感情的人，也许我自己天生就是一个感情性的人。比如前几天西风到了，那天早上我醒的时候是冻着才醒过来的，我看着纸窗上的颜色比往常的淡了，我被窝里的肢体像是浸在冷水里似的，我也听见窗外的风声，吹着一片枣树上的枯叶，一阵一阵地掉下来，在地上卷着，沙沙的发响，有的飞出了外院去，有的留在墙角边转着，那声响真像是叹气。我因此就想起这西风，冷醒了我的梦，吹散了树上的叶子，他那成绩在一般饥荒贫苦的社会里一定格外的可惨。那天我出门的时候，果然见街上的情景比往常不同了；穷苦的老头小孩全躲在街角上发抖；他们迟早免不了树上枯叶子的命运。那一天我就觉得特别的闷，差不多发愁了。

因此我听着查先生说你们生活怎样的烦闷，怎样的干枯，我就很懂得，我就愿意来对你们说一番话。我的思想——如其我有思想——永远不是成系统的。我没有那样的天才。我的心灵的活动是冲动性的，简直可以说痉挛性的。思想不来的时候，我不能要他来，他来的时候，就比如穿上一件湿衣，难受极了，只能想法子把他脱下。我有一个比喻，我方才说起秋风里的枯叶；我可以把我的思想比作树上的叶子，时期没有到，他们是不很会掉下来的；但是到时期了，再要有风的力量，他们就只能一片一片的往下落；大多数也许是已经没有生命了的，枯了的，焦了的，但其中也许有几张还留着一点秋天的颜色，比如枫叶就是红的，海棠叶就是五彩。这叶子实用是绝对没有的；但有人，比如我自己，就有爱落叶的癖好。他们初下来时颜色有很鲜艳的，但时候久了，颜色也变，除非你保存得好。所以我的话，那就是我的思想，也是与落叶一样的无用，至多有时有几痕生命的颜色就是了。你们不爱的尽可以随意的踩过，绝对不必理会；但也许有少数人有缘分的，不责备他们的无用，竟许会把他们捡起来揣在怀里，间在书里，想延留他们幽澹的颜色。感情，真的感情，是难得的，是名贵的，是应当共有的；我们不应得拒绝感情，或是压迫感情，那是犯罪的行为，与压住泉眼不让上冲，或是掐住小孩不让喘气一样的犯罪。人在社会里本来是不相连续的个体。感情，先天的与后天的，是一种线索，一种经纬，把原来分散的个体织成有文章的整体。但有时线索也有破烂与涣散的时候，所以一个社会里必须有新的线索继续的产出，有破烂的地方去补，有涣散的地方去拉紧，才可以维持这组织大体的匀整，有时生产力特别加增时，我们就有机会或是推广，或是加添我们现有的面积，或足加密，像网球板穿双线似的，我们现成的组织，因为我们知道创造的势力与破坏的势力，建设与溃败的势力，上帝与撒旦的势力，是同时存在的。这两种势力是在一架天平上比着；他们很少平衡的时候，不是这头沉，就是那头沉。是的，人类的命运是在一架大天平上比着，一个巨大的黑影，那是我们集合的化身，在那里看着，他的手里满拿着分量的法码，一会儿往这头送，一会儿又往那头送，地球尽转着，太阳，月亮，星，轮流的照着，我们的运命永远是在天平上称着。

我方才说网球拍，不错，球拍是一个好比喻。你们打球的知道网拍上那几根线是最吃重，最要紧，那几根线要是特别有劲的时候，不仅你对敌时拉球，抽球，拍球格外来的有力，出色，并且你的拍子也就格外的经用。少数特强的分子保持了全体的匀整。这一条原则应用到人道上，就是说，假如我们有力量加密，加强我们最普通的同情线，那线如其穿连得到所有跳动的人心时，那时我们的大网子就坚实耐用，天津人说的，就有根。不问天时怎样的坏，管他雨也罢，云也罢，霜也罢，风也罢，管他水流怎样的急，我们假如有这样一个强有力的大网子，那怕不能在时间无尽的洪流里——早晚网起无价的珍品，那怕不能在我们运命的天平上重重的加下创造的生命的分量？

　　所以我说真的感情，真的人情，是难能可贵的，那是社会组织的基本成分。初起也许只是一个人心灵里偶然的震动，但这震动，不论怎样的微弱，就产生了及远的波纹；这波纹要是唤得起同情的反应时，原来细的便并成了粗的，原来弱的便合成了强的，原来脆性的便结成了韧性的，像一缕缕的苎麻打成了粗绳似的；原来只是微波，现在掀成了大浪，原来只是山罅里的一股细水，现在流成了滚滚的大河，向着无边的海洋里流着。耶稣在山头上的训道（Sermon on the Mount）比如，还不是有限的几句话，但这一篇短短的演说，却制定了人类想望的止境，建设了绝对的价值的标准，创造了一个纯粹的完全的宗教。那是一件大事实，人类历史上一件最伟大的事实。再比如释加牟尼感悟了生老病死的究竟，发大慈悲心，发大勇猛心，发大无畏心，抛弃了他人间的地位，富与贵，家庭与妻子，直到深山里去修道，结果他也替苦闷的人间打开了一条解放的大道，为东方民族的天才下一个最光华的定义。那又是人类历史上的一件奇迹。但这样大事的起源还不止是一个人的心灵里偶然的震动，可不仅仅是一滴最透明的真挚的感情滴落在黑沉沉的宇宙间？

　　感情是力量，不是知识。人的心是力量的府库，不是他的逻辑。有真感情的表现，不论是诗是文是音乐是雕刻或是画，好比是一块石子掷在平面的湖心里，你站着就看得见他引起的变化。没有生命的理论，不论他论的是什么理，只是拿石块扔在沙漠里，无非在干枯的地面上添一颗干枯的分子，也许掷下去时便听得出一些干枯的声响，但此外只是一大片死一般的沉寂了。所以感情才是成江成河的水泉，感情才是织成大网的线索。

　　但是我们自己的网子又是怎么样呢？现在时候到了，我们应当张大了我们的眼睛，认明白我们周围事实的真相。我们已经含糊了好久，现在再不容含糊的了。让我们来大声的宣布我们的网子是坏了的，破了的，烂了的；让

徐志摩精品集

我们痛快的宣告我们民族的破产，道德，政治，社会，宗教，文艺，一切都是破产了的。我们的心窝变成了蠹虫的家，我们的灵魂里住着一个可怕的大谎！那天平上沉着的一头是破坏的重量，不是创造的重量；是溃败的势力，不是建设的势力；是撒旦的魔力，不是上帝的神灵。霎时间这边路上长满了荆棘，那边道上涌起了洪水，我们头顶有骇人的声响，是雷霆还是炮火呢？我们周围有一哭声与笑声，哭是我们的灵魂受污辱的悲声，笑是活着的人们疯魔了的狞笑，那比鬼哭更听的可怕，更凄惨。我们张开眼来看时，差不多更没有一块干净的土地，那一处不是叫鲜血与眼泪冲毁了的；更没有平安的所在，因为你即使忘得了外面的世界，你还是躲不了你自身的烦闷与苦痛。不要以为这样混沌的现象是原因于经济的不平等，或是政治的不安定，或是少数人的放肆的野心。这种种都是空虚的，欺人自欺的理论，说着容易，听着中听，因为我们只盼望脱卸我们自身的责任，只要不是我的分，我就有权利骂人。但这是，我着重的说，懦怯的行为；这正是我说的我们各个人灵魂里躲着的大谎！你说少数的政客，少数的军人，或是少数的富翁，是现在变乱的原因吗？我现在对你说：先生，你错了，你很大的错了，你太恭维了那少数人，你太瞧不起你自己。让我们一致的来承认，在太阳普遍的光亮底下承认，我们各个人的罪恶，各个人的不洁净，各个人的苟且与懦怯与卑鄙！我们是与最肮脏的一样的肮脏，与最丑陋的一般的丑陋，我们自身就是我们运命的原因。除非我们能起拔了我们灵魂里的大谎，我们就没有救度；我们要把祈祷的火焰把那鬼烧净了去，我们要把忏悔的眼泪把那鬼冲洗了去，我们要有勇敢来承当罪恶；有了勇敢来承当罪恶，方有胆量来决斗罪恶。再没有第二条路走。如其你们可以容恕我的厚颜，我想念我自己近作的一首诗给你们听，因为那首诗，正是我今天讲的话的更集中的表现：

一　毒药

今天不是我唱歌的日子，我口边涎著狞恶的微笑，不是我说笑的日子，我胸怀间插着发冷光的利刃；相信我，我的思想是恶毒的，因为这世界是恶毒的，我的灵魂是黑暗的，因为太阳已经灭绝了光彩，我的声音是像坟堆里的夜鸦，因为人间已经杀尽了一切的和谐，我的口音像是冤鬼责问他的仇人，因为一切的恩已经让路给一切的怨；

但是相信我，真理是在我的话里，虽则我的话像是毒药，真理是永远不含糊的，虽则我的话里仿佛有两头蛇的舌，蝎子的尾尖，蜈蚣的触须；只因为我的心里充满着比毒药更强烈，比咒诅更狠毒，比火焰更猖狂，比死更深奥的不忍心与怜悯心与爱心，所以我说的话是毒性的，咒诅的，燎灼的，虚无的；

相信我，我们一切的准绳已经埋没在珊瑚土打紧的墓宫里，你们最劲冽的祭肴的香味也穿不透这严封的地层：一切的准则是死了的；

我们一切的信心像是顶烂在树枝上的风筝，我们手里擎着这进断了的鹞线：一切的信心是烂了的；

相信我，猜疑的巨大的黑影，像一块乌云似的，已经笼盖着人间一切的关系：人子不再悲哭他新死的亲娘，兄弟不再来携着他姊妹的手，朋友变成了寇仇，看家的狗回头来咬他主人的腿：是的，猜疑淹没了一切；

在路旁坐着啼哭的，在街心里站着的，在你窗前探望的，都是被奸污的处女：池潭里只见烂破的鲜艳的荷花；

在人道恶浊的涧水里流着，浮荇似的，五具残缺的尸体，他们是仁义礼智信，向着时间无尽的海澜里流去；

这海是一个不安静的海，波涛猖獗的翻着，在每个浪头的小白帽上分明的写着人欲与兽性；

到处是奸淫的现象：贪心搂抱着正义，猜忌逼迫着同情，懦怯狎亵着勇敢，肉欲侮弄着恋爱，暴力侵凌着人道，黑暗践踏着光明；

听呀，这一片淫猥的声响，听呀，这一片残暴的声响；

虎狼在热闹的市街里，强盗在你们妻子的床上，罪恶在你们深奥的灵魂里……

二　白旗

来，跟着我来，拿一面白旗在你们的手里——不是上面写着激动怨毒，鼓励残杀字样的白旗，也不是涂着不洁净血液的标记的白旗，也不是画着忏悔与咒语的白旗（把忏悔画在你们的心里）；

你们排列着，噤声的，严肃的，像送丧的行列，不容许脸上留存一丝的颜色，一毫的笑容，严肃的，噤声的，像一队决死的兵士；

现在时辰到了，一齐举起你们手里的白旗，像举起你们的心一样，仰看着你们头顶的青天，不转瞬的，惶恐的，像看着你们自己的灵魂一样；

现在时辰到了，你们让你们熬着，壅着，迸裂着，滚沸着的眼泪流，直流，狂流，自由的流，痛快的流，尽性的流，像山水出峡似的流，像暴雨倾盆似的流……

现在时辰到了，你们让你们咽着，压迫着，挣扎着，汹涌着的声音嚎，直嚎，狂嚎，放肆的嚎，凶狠的嚎，像飓风在大海波涛间的嚎，像你们丧失了最亲爱的骨肉时的嚎……

现在时辰到了，你们让你们回复了的天性忏悔，让眼泪的滚油煎净了的，让悲恸的雷霆震醒了的天性忏悔，默默的忏悔，悠久的忏悔，沉彻的忏悔，像冷峭的星光照落在一个寂寞的山谷，像一个黑衣的尼僧匍伏在一座金漆的神龛前；

……在眼泪的沸腾里，在嚎恸的酣彻里，在忏悔的沉寂里，你们望见了上帝永久的威严。

三　婴儿

我们要盼望一个伟大的事实出现，我们要守候一个馨香的婴儿出世：——你看他那母亲在她生产的床上受罪！

她那少妇的安详、柔和、端丽，现在在剧烈的阵痛里变形成不可信的丑恶：你看她那遍体的筋络都在她薄嫩的皮肤底里暴涨着，可怕的青色与紫色，像受惊的水青蛇在田沟里急泅似的，汗珠站在她的前额上像一颗颗的黄豆，她的四肢与身体猛烈的抽搐着、畸屈着、奋挺着、纠旋着，仿佛她垫着的席子是用针尖编成的，仿佛她的帐围是用火焰织成的；

一个安详的、镇定的、端庄的、美丽的少妇，现在在绞痛的惨酷里变形成魔鬼似的可怖：她的眼，一时紧紧的阖着，一时巨大的睁着，她那眼，原来像冬夜池潭里反映着的明星，现在吐露着青黄色的凶焰，眼珠像是烧红的炭火，映射出她灵魂最后的奋斗，她的唇，原来是朱红色的，现在像是炉底的冷灰，她的口颤着、噘着、扭着，死神的热烈的亲吻不容许她一息的平安，她的发是散披着，横在口边，漫在胸前。像揪乱的麻丝，她的手指间，还紧抓着几穗拧下来的乱发；

这母亲在她生产的床上受罪——

但是她还不曾绝望，她的生命挣扎着血与肉与骨与肢体的纤微，在危崖的边沿上，抵抗着、搏斗着，死神的逼迫；

她还不曾放手，因为她知道（她的灵魂知道！）这苦痛不是无因的，因为她知道她的胎宫里孕育着一点比她自己更伟大的生命的种子，包涵着一个比一切更永久的婴儿；

因为她知道这苦痛是婴儿要求出世的征候，是种子在泥土里爆裂成美丽的生命的消息，是她完成她自己生命的使命的机会；

因为她知道这忍耐是有结果的，在她剧痛的昏瞀中，她仿佛听着上帝准许人间祈祷的声音，她仿佛听着天使们赞美未来的光明的声音；

因此她忍耐着、抵抗着、奋斗着……她抵拼绷断她遍体的纤微，她要赎出在她胎宫里动荡着的生命，在她一个完全，美丽的婴儿出世的盼望中，最锐利、最沉酣的痛感逼成了最锐利最沉酣的快感……

这也许是无聊的希冀，但是谁不愿意活命，即使到了绝望最后的边沿，我们也还要妄想希望的手臂从黑暗里伸出来挽着我们。我们不能不想望这苦痛的现在只是准备着一个更光荣的将来，我们要盼望一个洁白的肥胖的活泼的婴儿出世！

新近有两件事实，使我得到很深的感触。让我来说给你们听听。

前几时有一天俄国公使馆挂旗，我也去看了。加拉罕[1]站在台上，微微的笑着，他的脸上发出一种严肃的青光，他侧仰着他的头看旗上升时，我觉着了他的人格的尊严，他至少是一个有胆有略的男子，他有为主义牺牲的决心，他的脸上至少没有苟且的痕迹，同时屋顶那根旗杆上，冉冉的升上了一片的红光，背着遥远没有一斑云彩的青天。那面簇新的红旗在风前斗峭的褱

---

[1] 当时的苏联驻华公使。

荡个不定。这异样的彩色与声响引起了我异样的感想。是腼腆，是骄傲，还是鄙夷，如今这红旗初次面对着我们偌大的民族？在场人也有拍掌的，但只是断续的拍掌，这就算是我想我们初次见红旗的敬意；但这又是鄙夷，骄做，还是惭愧呢？那红色是一个伟大的象征，代表人类史里最伟大的一个时期；不仅标示俄国民族流血的成绩，却也为人类立下了一个勇敢尝试的榜样。在那旗子抖动的声响里我不仅仿佛听出了这近十年来那斯拉夫民族失败与胜利的呼声，我也想象到百数十年前法国革命时的狂热，一七八九年七月四日那天巴黎市民攻破巴士梯亚牢狱时的疯癫。自由，平等，友爱！友爱，平等，自由！你们听呀，在这呼声里人类理想的火焰一直从地面上直冲破天顶，历史上再没有更重要更强烈的转变的时期。卡莱尔（Carlyle）在他的法国革命史里形容这件大事有三句名句，他说，"To describe this scene transcends the talent of mortals. After four hours of world bedlam it surrenders. The Bastille is down！"他说："要形容这一景超过了凡人的力量。过了四小时的疯狂他（那大牢）投降了。巴士梯亚是下了！"打破一个政治犯的牢狱不算是了不得的大事，但这事实里有一个象征。巴士梯亚是代表阻碍自由的势力，巴黎士民的攻击是代表全人类争自由的势力，巴士梯亚的"下"是人类理想胜利的凭证。自由，平等，友爱！友爱，平等，自由！法国人在百几十年前猖狂的叫着。这叫声还在人类的性灵里荡着。我们不好像听见吗，虽则隔着百几十年光阴的旷野。如今凶恶的巴士梯亚又在我们的面前堵着；我们如其再不发疯，他那牢门上的铁钉，一个个都快刺透我们的心胸了！

这是一件事。还有一件是我六月间伴着泰戈尔到日本时的感想。早七年我过太平洋时曾经到东京去玩过几个钟头，我记得到上野公园去，上一座小山去下望东京的市场，只见连绵的高楼大厦，一派富盛繁华的景象。这回我又到上野去了，我又登山去望东京城了，那分别可太大了！房子，不错，原是有的；但从前是几层楼的高房，还有不少有名的建筑，比如帝国剧场帝国大学等等，这次看见的，说也可怜，只是薄皮松板暂时支著应用的鱼鳞似的屋子，白松松的像一个烂发的花头，再没有从前那样富盛与繁华的气象。十九的城子都是叫那大地震吞了去烧了去的。我们站着的地面平常看是再坚实不过的，但是等到他起兴时小小地翻一个身，或是微微地张一张口，我们脆弱的文明与脆弱的生命就够受。我们在中国的差不多是不能想着世界上，在醒着的不是梦里的世界上，竟可以有那样的大灾难。我们中国人是在灾难里讨生活的，水，旱，刀兵，盗劫，哪一样没有，但是我敢说我们所有的灾难合起来也抵不上我们邻居一年前遭受的大难。那事情的可怕，我敢说是超过了人类忍受力的止境。我们国内居然有人以日本人这次大灾为可喜的，说他们活该，我真要请协和医院大夫用 X 光检查一下他们那几位，究竟他们是有没有心肝的。因为在可怕的运命的面前，我们人类的全体只是一群在山里逢着雷霆风雨时的绵羊，哪里还能容什么种族政治等等的偏见与意气？我来说一点情形给你们听听，因为虽则你们在报上看过极详细的记载，不曾亲自察看过的总不免有多少距离的隔膜。我自己未到日本前与看过日本后，见解就完全的不同。你们试想假定我们今天在这里集会，我讲的，你们听的，假如日本那把戏轮着我们头上来时，要不了的搭的搭的搭的三秒钟我与你们讲台与屋子就永远诀别了地面，像变戏法似的，影踪都没了。那是事实，横滨有好几所五六层高的大楼，全是在三四秒时间内整个儿与地面拉一个平，全没了。你们知道圣书里面形容天降大难的时候，不要说本来脆弱的人类完全放弃了一切的虚荣，就是最凶猛的野兽与飞禽也会在霎时间变化了性质，老虎会来小猫似的挨着你躲着，利喙的鹰鹞会得躲入鸡棚里去窝着，比鸡还要驯服。在那样非常的变动时，他们也好似觉悟了这彼此同是生物的亲属关系，在天怒的跟着同是剥夺了抵抗力的小虫子，这里面就发生了同命运的同情。你们试想就东京一地说，二三百万的人口，几十百年辛勤的成绩，突然的面对着最后审判的实在，就在今天我们回想起当时他们全城子像一个滚沸的油锅时的情景，原来热闹的市场变成了光焰万丈的火盆，在这里面人类最集中的心力与体力的成绩全变了燃料，在这里面艺术教育政治社会人的骨与肉与血都化成了灰烬，还有百十万男女老小的哭嚷声，这哭声本体就可以摇动天地——我们不要说亲身经历，就是坐在椅子上想象这样不可信的情景时，也不免觉得害怕不是？那可不是顽儿的事情。单只描写那样的大变，恐怕至少就须要荷马或是莎士比亚的天才。你们试想在那时候，假如你们亲身经历时，你的心理该是怎么样？你还恨你的仇人吗？你还不饶恕你的朋友吗？你还沾恋你个人的私利吗？你还有欺哄人的机会吗？你还有什么希望吗？你还不搂住你身旁的生物，管他是你的妻子，你的老子，你的听差，你的妈，你的冤家，你的老妈子，你的猫，你的狗，把你灵魂里还剩下的光明一齐放射出来，和着你同难的同胞在这普遍的黑暗里来一个最后的结合吗？

但运命的手段还不是那样的简单。他要是把你的一切都扫灭了，那倒也是一个痛快的结束；他可不然。他还让你活着，他还有更苛刻的试验给你。大难过了，你还喘着气；你的家，你的财产，都变了你脚下的灰，你的爱亲与妻与儿女的骨肉还有烧不烂的在火堆里燃着，你没有了一切；但是太阳又在你的头上光亮的照着，你还是好好的在平定的地面上站着，你疑心这一定是梦，可又不是梦，因为不久你就发现与你同难的人们，他们也一样的疑心他们身受的是梦。可真不是梦；是真的。你还活着，你还喘着气，你得重新来过，根本的完全的重新来过。除非是你自愿放手，你的灵魂里再没有勇敢的分子。那才是你的真试验的时候。这考卷可不容易交了，要到那时候你才知道你自己究竟有多大能耐，值多少，有多少价值。

我们邻居日本人在灾后的实际就是这样。全完了，要来就得完全来过，尽你己身的力量不够，加上你儿子的，你孙子的，你孙子的儿子的儿子的孙子的努力也许可以重新撑起这份家私，但在这努力的经程中，谁也保不定天与地不再捣乱；你的几十年只要他的几秒钟。问题所以是你干不干？就只干脆的一句话，你干不干，是或否？同时也许无情的运命，扭着他那丑陋可怕的脸子在你的身旁冷笑，等着你最后的回话。你干不干，他仿佛也涎着他的怪脸问着你！

我们勇敢的邻居们已经交了他们的考卷；他们回答了一个干脆的干字，我们不能不佩服。我们不能不尊敬他们精神的人格。不等那大震灾的火焰缓和下去，我们邻居们第二次的奋斗已经庄严的开始了。不等命运的残酷的手臂松放，他们已经宣言他们积极的态度对运命宣战。这是精神的胜利，这是伟大，这是证明他们有不可摇的信心，不可动的自信力；证明他们是有道德的与精神的准备的，有最坚强的毅力与忍耐力的，有内心潜在著的精力的，有充分的后备军的，好比说，虽则前敌一起在炮火里毁了，这只是给他们一个出马的机会。他们不但不悲观，不但不消极，不但不绝望，不但不矮着嗓子乞怜，不但不倒在地下等救，在他们看来这大灾难，只是一个伟大的载刺，伟大的鼓励，伟大的灵感，一个应有的试验，因此他们新来的态度只是双倍的积极，双倍的勇猛，双倍的兴奋，双倍的有希望；他们仿佛是经过大战的大将，战阵愈急迫愈危险，战鼓愈打得响亮，他的胆量愈大，往前冲的步子愈紧，必胜的决心愈强。这，我说，真是精神的胜利，一种道德的强制力，伟大的，难能的，可尊敬的，可佩服的。泰戈尔说的，国家的灾难，个人的灾难，都是一种试验：除是灾难的结果压倒了你的意志与勇敢，那才是真的灾难，因为你更没有翻身的希望。

这也并不是说他们不感觉灾难的实际的难受，他们也是人，他们虽勇，心究竟不是铁打的。但他们表现他们痛苦的状态是可注意的；他们不来零碎的呼叫，他们采用一种雄伟的庄严的仪式。此次震灾的周年纪念时，他们选定一个时间，举行他们全国的悲哀；在不知是几秒或几分钟的期间内，他们全国的国民一致的静默了，全国民的心灵在那短时间内融合在一阵忏悔的，祈祷的，普遍的肃静里（那是何等的凄伟！）；然后，一个信号打破了全国的静默，那千百万人民又一致的高声悲号，悲悼他们曾经遭受的惨运；在这一声弥漫的哀号里，他们国民，不仅发泄了蓄积着的悲哀，这一声长号，也表明他们一致重新来过的伟大的决心（这又是何等的凄伟！）。

这是教训，我们最切题的教训。我个人从这两件事情——俄国革命与日本地震——感到极深刻的感想；一件是告诉我们什么是有意义有价值的牺牲，那表面紊乱的背后坚定的站着某种主义或是某种理想，激动人类潜伏着一种普遍的想望，为要达到那想望的境界，他们就不顾冒怎样剧烈的险与难，拉倒已成的建设踏平现有的基础，抛却生活的习惯，尝试最不可测量的路子。这是一种疯癫，但是有目的的疯癫；单独的看，局部的看，我们尽可以下种种非难与责备的批评，但全部的看，历史的看时，那原来纷乱的就有了条理，原来散漫的就成了片段，甚至于在经程中一切反理性的分明残暴的事实都有了他们相当的应有的位置，在这部大悲剧完成时，在这无形的理想"物化"成事实时，在人类历史清理结账时，所得便超过所出，赢余至少是盖得过损失的。我们现在自己的悲惨就在问题不集中，不清楚，不一贯；我们缺少——用一个现成的比喻——那一面半空里升起来的彩色旗（我不是主张红旗我不过比喻罢了！）使我们有眼睛能看的人都不由的不仰着头望；缺少那青天里的一个霹雳，使我们有耳朵能听的不由的惊心。正因为缺乏这样一个一贯的理想与标准（能够表现我们潜在意识所想望的），我们有的那一部疯癫性——历史上所有的大运动都脱不了疯癫性的成分——就没有机会充分的外现，我们物质生活的累赘与沾恋，便有力量压迫住我们精神性的奋斗；不是我们天

徐志摩精品集

生不肯牺牲，也不是天生懦怯，我们在这时期内的确不曾寻着值得或是强迫我们牺牲的那件理想的大事，结果是精力的散漫，志气的怠惰，苟且心理的普遍，悲观主义的盛行，一切道德标准与一切价值的毁灭与埋葬。

人原来是行为的动物，尤其是富有集合行为力的，他有向上的能力，但他也是最容易堕落的，在他眼前没有正当的方向时，比如猛兽监禁在铁笼子里。在他的行为力没有发展的机会时，他就会随地躺了下来，管他是水潭是泥潭，过他不黑不白的猪奴的生活。这是最可惨的现象，最可悲的趋向。如其我们容忍这种状态继续存在时，那时每一对父母每次生下一个洁净的小孩，只是为这卑劣的社会多添一个堕落的分子，那是莫大的亵渎的罪业；所有的教育与训练也就根本的失去了意义，我们还不如盼望一个大雷霆下来毁尽了这三江或四江流域的人类的痕迹！

再看日本人天灾后的勇猛与毅力，我们就不由的不惭愧我们的穷，我们的乏，我们的寒伧。这精神的穷乏才是真可耻的，不是物质的穷乏。我们所受的苦难都还不是我们应有的试验的本身，那还差得远着哪；但是我们的丑态已经恰好与人家的从容成一个对照。我们的精神生活没有充分的涵养，所以临着稀小的纷扰便没有了主意，像一个耗子似的，他的天才只是害怕，他的伎俩只是小偷；又因为我们的生活没有深刻的精神的要求，所以我们合群生活的大网子就缺少最吃分量最经用的那几条普遍的同情线，再加之原来的经纬已经到了完全破烂的状态，这网子根本就没有了联结，不受外物侵损时已有溃散的可能，那里还能在时代的急流里，捞起什么有价值的东西？说也奇怪，这几千年历史的传统精神非但不曾供给我们社会一个巩固的基础，我们现在到了再不容隐讳的时候，谁知道发现我们的桩子，只是在黄河里造桥，打在流沙里的！

难怪悲观主义变成了流行的时髦！但我们年轻人，我们的身体里还有生命跳动，脉管里多少还有鲜血的年轻人，却不应当沾染这最致命的时髦，不应当学那随地躺得下去的猪，不应当学那苟且专家的耗子，现在时候逼迫了，再不容我们刹那的含糊。我们要负我们应负的责任，我们要来补织我们已经破烂的大网子，我们要在我们各个人的生活里抽出人道的同情的纤维来合成强有力的绳索，我们应当发现那适当的象征，像半空里那面大旗似的，引起普遍的注意；我们要修养我们精神的与道德的人格，预备忍受将来最难堪的试验。简单的一句话，我们应当在今天——过了今天就再没有那一天了——宣布我们对于生活基本的态度。是是还是否；是积极还是消极；是生道还是死道；是向上还是堕落？在我们年轻人一个字的答案上就挂着我们全社会的运命的决定。我盼望我至少可以代表大多数青年，在这篇讲演的末尾，高叫一声——用两个有力量的外国字——

"Everlasting yea ！" [1]

一九二四年秋在北京师范大学的演讲稿

---

[1] 英文，意为"永远用积极的态度去对待人生"。

关于女子

　　苏州！谁能想象第二个地名有同样清脆的声音,能唤起同样美丽的联想,除是南欧的威尼斯或翡冷翠,那是远在异邦,要不然我们就得追想到六朝时代的金陵广陵或许可以仿佛？当然不是杭州,虽则苏杭是常常联着说到的;杭州即使有几分美秀,不幸都教山水给占了去,更不幸就那一点儿也成了问题：你们不听说雷峰塔已经教什么国术大力士给打个粉碎,西湖的一汪水也教大什么会的电灯给照干了吗？不,不是杭州,说到杭州我们不由的觉得舌尖上有些儿发锈。所以只剩了一个苏州准许我们放胆的说出口,放心的拿上手。比是乐器中的笙箫,有的是袅袅的余韵。比是青青的柏子,有的是沁人心脾的留香。在这里,不比别的地处,人与地是相对无愧的;是交相辉映的;寒山寺的钟声与吴侬的软语一般的令人神往;虎丘的衰草与玄妙观的香烟同样的勾人留恋。

　　但是苏州——说也惭愧,我这还是第二次到,初次来时只匆匆的过了一宵,带走的只有采芝斋的几罐糖果和一些模糊的影像。就这次来也不得容易。要不是陈淑先生相请的殷勤。——聪明的陈淑先生,她知道一个诗人的软弱,她来信只淡淡的说你再不来时天平山经霜的枫叶都要凋谢了——要不是她的相请的殷勤,我说,我真不知道几时才得偷闲到此地来,虽则我这半年来因为往返沪宁间每星期得经过两次,每星期都得感到可望而不可即的惆怅。为再到苏州来我得感谢她。但陈先生的来信却不单单提到天平山的霜枫,她的下文是我这半月来的忧愁;她要我来说话——到苏州来向女同学们说话！我如何能不忧愁;当然不是愁见诸位同学,我愁的是我现在这相儿,一个人孤零零的站在台上说话！我们这坐惯冷板凳日常说废话的所谓教授们最厌烦的,不瞒诸位说,就是我们自己这无可奈何的职务——说话(我再不敢说讲演,那样粗蠢的字样在苏州地方是说不出口的)。

就说谈话吧，再让一步，说随便谈话吧，我不能想象更使人窘的事情！要你说话，可不指定要你说什么，"随便说些什么都行"，那天陈先生在电话里说。你拿艳丽的朝阳给一只芙蓉或是一只百灵，它就对你说一番极美妙动听的话；即使它说过了你冒失的恭维它说你这"讲演"真不错，它也不会生气，也不会惭愧，但不幸我不是芙蓉更不是百灵。我们乡里有一句俗话说宁愿听苏州人吵架，不愿听杭州人谈话。我的家乡又不幸是在浙江，距着杭州近，离着苏州远的地处。随便说话，随你说什么，果然我依了陈先生扯上我的乡谈，恐怕要不到三分钟你们都得想念你们房间里备着的八卦丹或是别的止头痛的药片了！

但陈先生非得逼我到，逼我献丑，写了信不够，还亲自到上海来邀。我不能不答应来。"但是我去说些什么呢，苏州，又是女同学们？"那天我放下陈先生的电话心头就开始踌躇。不要忙，我自己安慰自己说，在上海不得空闲，到南京去有一个下午可以想一想。那天在车上倒是有福气看到镇江以西，尤其是栖霞山一带的雪叶。虽则那早上是雾茫茫的，但雪总是好东西，它盖住地面的不平和丑陋，它也拓开你心头更清凉的境界。山变了银山，树成了玉树，窗以外是彻骨的凉，彻骨的静，不见一个生物，鸟雀们不知藏躲在那里，雪花密团团的在半空里转。栖霞那一带的大石狮子，雄踞在草田里张着大口向着天的怪东西，在雪地里更显得白，更显得壮，更见得精神。在那边相近还有一座塔，建筑雕刻，都是第一流的美术，最使人想见六朝的风流，六朝的闲暇。在那时政治上没有统一的野心家，江以南，江以北，各自成家，汉也有，胡也有，各造各的文化。且不说龙门，且不说云冈，就这栖霞的一些遗迹，就这雄踞在草田里的大石狮，已够使我们想见当时生活的从容，气魄的伟大，情绪的俊秀。

我们在现代感到的只是局促与匆忙。我们真是忙，谁都是忙。忙到倦，忙到厌。但忙的是什么？为什么忙？我们的子孙在一千年后，如其我们的民族再活得到一千年，回看我们的时代，他们能不能了解我们的匆忙？我们有什么东西遗留给他们可以使他们骄傲，宝贵，值得他们保存，证见我们的存在，认识我们的价值，可以使他们永久停留他们爱慕的纪念——如同那一只雄踞在草田里的大石狮？我们的诗人文人贡献了些什么伟大的诗篇与文章？我们的建筑与雕刻，且不说别的，有哪样可以留存到一百年乃至十年五年而还值得一看的？我们的画家怎样描写宇宙的神奇？我们哪一个音乐家是在解释我们民族的性灵的奥妙？但这时候我眼望着的江边的雪地已经戏幕似的变形成为北方赤地几千里的灾区，黄沙天与黄土地的中间只有惨淡的风云，不见人烟的村庄以及这里那里枝条上不留一张枯叶的林木。我也望得见几千万已死的将死的未死的人民在不可名状的苦难中为造物主的地面上留下永久的羞耻。在他们迟钝的眼光中，他们分明说他们的心脏即使还在跳动他们已经失去感觉乃至知觉的能力，求生或将死的呼号早已逼死在他们枯竭的咽喉里；他们分明说生活，生命，乃至单纯的生存已经到了绝对的绝境，前途只是沙漠似的浩瀚的虚无与寂灭，期待着他们，引诱着他们，如同春光，如同微笑，如同美。我也望见勾结在连环战祸中的区域与民生；为了谁都不明白的高深的主义或什么相互的屠杀，我也望见那少数的妖魔，踞坐在跸卫森严的魔窟中计较下一幕的布景与情节，为表现他们的贪，他们的毒，他们的野心，他们的威灵，他们手擎着全体民族的命运当作一掷的孤注。人也望见这时代的烦闷毒气似的青年。这憧憬中的种种都指点着一个归宿，一个结局——沙漠似的浩瀚的虚无与寂灭，不分疆界永不见光明的死。

我方才不还在眷恋著文化的消沉吗？文化，文化，这呼声在这可怖的憧憬前，正如灾民苦痛的呼声，早已逼死在枯竭的咽喉里，再也透不出声响。但就这无声的叫喊已经在我的周围引起怪异的回响，像是哭，像是笑，像是鸱枭，像是鬼……

但这声响来源是我座位邻近一位肥胖的旅伴的雄伟的哈欠。在这哈欠声中消失了我重叠的幻梦似的憧憬，我又见到了窗外的雪，听到车轮的响动。下关的车站已经到了。

我能把我这一路的感想拉杂来充当我去苏州的谈话资料吗？我在从下关进城时心里计较。秀丽的苏州，天真的女同学们，能容受这类荒伧，即使不至怪诞的思想吗？她们许因为我是教文学的想从我听一些文学掌故或文学常识。但教书是无可奈何，我最厌烦的是说本行话。她们又许因为我曾经写过一些诗是在期望一个诗人的谈话，那就得满缀着明月和明星的光彩，透着鲜花与鲜草的馨香，要不然她们竟许期待着雪莱的云雀或是济慈的夜莺。我的倒像是鸱枭的夜啼，不是太煞尽了风景？这，我又转念，或许是我的过虑，她们等着我去谈话正如她们每月或每星期等着别人去谈话一样，无非想听几句可乐的插科与诙谐（如其有的话，那算是好的），一篇，长或是短，勉励或训诲的陈腐（那是你们打哈欠乃至瞌睡的机会），或是关于某项专门知识的讲解（那你们先生们示意你们应得掏出铅笔在小本子上记下的），写了几句自己谦让道歉不曾预备得好的话，在这末尾与他鞠躬下台时你们多少酬报他一些鼓掌，就算完事一宗，但事实上他讲的话，正如讲的人，不能希望（他自己也不希望）在你们的脑筋里留有仅仅隔夜的印象，某人不是到你们这里来讲过的吗？隔几天许有人问，嗄，不错是有的，他讲些什么了？谁知道他讲什么来了，我一句也没有听进去，不是你提起，我都忘了我听过他讲哪！

　　这是一班到处应酬讲演人的下场头。他们事实上也只配得这样的下场头。穷，窘，枯，干，同学们，是现代人们的生活。不要把上年纪的人们，占有名气或地位的人们看太高了，他们的苦衷只有他们自家得知，这年头的荒歉是一般的。

　　也不知怎的我想起来说些关于女子的杂话。不是女子的问题。我不懂得科学，没有方法来解剖"女子"这个不可思议的现象。我也不是一个社会学家，搬弄着一套现成的名词来清理恋爱，改良婚姻或家庭。我也没有一个道学家的权威，来督责女子们去做良妻贤母，或奖励她们去做不良的妻不贤的母。我没有任何解决或解答的能力。我自己所知道的只是我的意识的流动，就那个我也没有支配的力量。就比是隔着雨雾望远山的景物，你只能辨认一个大概。也不知是那里来的光照亮了我意识的一角，给我一个辨认的机会，我的困难是在想用粗笨的语言来传达原来极微纤的印象，像是想用粗笨的铁针来绣描细致的图案。所以，我今天所要查考的，不是女子，更不是什么女子问题，而是我自己的意识的一个片段。

　　我说也不知怎的我的思想转上了关于女子的一路。最显浅的原因，我想，当然是为我到一个女子学校里来说话。但此外也还有别的给我暗示的机会。有一天我在一家书店门首见着某某女士的一本新书的广告，书名是《蠹鱼生活》。这倒是新鲜，我想，这年头有甘心做书虫的女子。三百年来女子中多的是良妻贤母，多的是诗人词人，但出名的书虫不是就是一位郝夫人王照圆女士吗？这是一件事，再有是我看到一篇文章英国一位名小说家做的，她说妇女们想从事著述至少得有两个条件，一是她得有她自己的一间屋子，这她随时有关上或锁上的自由。二是她得有五百一年（那合华银有六千元）的进益。她说的是外国情形，当然和我们的相差得远，但原则还不一样是相通的？你们或许要说外国女人当然比我们强，我们怎好跟她们比；她们的环境要比我们的好多少，她们的自由要比我们的大多少；好，外国女人，先让我们的男人比上了外国的男人再说女人吧！

可是你们先别气馁，你们来听听外国女人的苦处。在 Queen Anne 的时候，不说更早，那就是我们清朝乾隆的时候，有天才的贵族女子们（平民更不必说了）实在忍不住写下了些诗文就往抽屉里堆着给蛀虫们享受，哪敢拿著作公开给庄严伟大的男子们看，那不让他们笑掉了牙。男人是女人的"反对党""The Oppose faction"，Lady Winchilsea 说。趁早，女人，谁敢卖弄谁活该遭殃，才学哪是你们的分！一个女人拿起笔就像是在做贼，谁受得了男人们的讥笑。别看英国人开通，他们中间多的是写"妇学篇"的章实斋。倒是章先生那板起道学面孔公然反对女人弄笔墨还好受些。他们的蒲伯，他们的 John Gray，他们管爱文学有才情的女人叫做蓝袜子，说她们放着家务不管，"痒痒的就爱乱涂"。Margaret of Newcastle 另一位有才学的女子，也愤愤的说"女人像蝙蝠或猫头鹰似的活着，牲口似的工作，虫子似的死……"且不说男人的态度，女性自己的谦卑也是可以的。Dorothy Osburne 那位清丽的书翰家一写到那位有文才的爵夫人就生气，她说，"那可怜的女人准是有点儿偏心的，她什么傻事不做，倒来写什么书，又况是诗，那太可笑了，要是我就算我半个月不睡觉我也到不了那个。"奥斯朋自己可没有想到自己的书翰在千百年后还有人当作宝贵的文学作品念着，反比那"有点儿偏心胆敢写书的女人"风头出得更大，更久！

再说近一点，一百年前英国出一位女小说家，她的地位，有一个批评家说，是离着莎士比亚不远的 Jane Austen——她的环境也不见得比你们的强。实际上她更不如我们现代的女子。再说她也没有一间她自己可以开关的屋子，也没有每年多少固定的收入。她从不出门，也见不到什么有学问的人；她是一位在家里养老的姑娘，看到有限几本书，每天就在一间永远不得清静的公共起坐间里装作写信似的起草她的不朽的作品。"女人从没有半个钟头"，Florence Nightingale 说，"女人从没有半个钟头可以说是她们自己的。"再说近一点，白龙德姊妹们，也何尝有什么安逸的生活。在乡间，在一个牧师家里，她们生，她们长，她们死。她们至多站在露台上望望野景，在雾茫茫的天边幻想大千世界的形形色色，幻想她们无颜色无波浪的生活中所不能的经验。要不是她们卓绝的天才，蓬勃的热情与超越的想象，逼着她们不得不写，她们也无非是三个平常的乡间女子，郁死在无欢的家里，有谁想得到她们——光明的十九世纪于她们有什么相干，她们得到了些什么好处？

说起来还是我们的情形比她们的见强哪。清朝的大文人王渔洋袁子才毕秋帆陈碧城都是提倡妇女文学最大的功臣。要不是他们几位间接与直接的女弟子的贡献，清朝一代的妇女文学还有什么可述的？要不是他们那时对于女子做诗文做学问的铺张扬励，我们那位文史通义先生也不至于破口大骂自失身份到这样可笑的地步。他在妇学里面说——

近有无耻文人，以风流自命，蛊惑士女，大率以优伶杂剧所演才子佳人惑人，大江以南名门大家闺阁，多为所诱，征诗刻稿，标榜声名，无复男女之嫌，殆忘其身之雌矣。此等闺娃，妇学不修，岂有真才可取，而为邪人播弄，浸成风俗，人心世道，大可忧也。

章先生要是活到今天看见女子上学堂，甚至和男子同学，上衙门公司店铺工作和男子同事，讲这个那个的党和男子同志，还不把他老人家活活的给气瘪了！

所以你们得记得就在英国，女权最发达的一个民族，女子的解放，不论哪一方面，都还是近时的事情。女子教育算不上一百年的历史。女子的财产权是五十年来才有法律保障的。女子的政治权还不到十年。但这百年来女性方面的努力与成绩不能不说是惊人的。在百年以前的人类的文化可说完全是男性的成绩，女性即使有贡献是极有限的或至多是间接的，女子中当然也不少奇才异能，历史上不少出名的女子，尤其是文艺方面。希腊的沙浮至今还是个奇迹。中世纪的 Hypatia，Heloise 是无可比的。英国的依利萨伯，唐朝的武则天，她们的雄才大略，那一个男子敢不低头？十八世纪法国的沙龙夫人们是多少天才和名著的保姆。在中国，我们只要记起曹大家的汉书，苏若兰的回文，徐淑、蔡文姬、左九嫔的词藻，武曌的升仙太子碑，李若兰、鱼玄机的诗，李清照、朱淑真的词，明文氏的九骚——哪一个不是照耀百世的奇才异禀。

这固然是，但就人类更宽更大的活动方面看，女性有什么可以自傲的？有女莎士比亚女司马迁吗？有女牛顿女培根吗？有女柏拉图女但丁吗？就说到狭义的文艺，女性的成绩比到男性的还不是培塿比到泰山吗？你怪得男性傲慢，女性气馁吗？

在英国乃至在全欧洲，奥斯丁以前可以说女性没有一个成家的作者。从依利萨伯到法国革命查考得到的女子作品只是小诗与故事。就中国论，清朝一代相近三百年间的女作家，按新近钱单夫人的清闺秀艺文略看，可查考的有二千三百十二人之多，但这数目，按胡适之先生的统计，只有百分之一的作品是关于学问，例如考据历史算学医术，就那也说不上有什么重要的贡献，此外百分之九十九都是诗词一类的文学，而且妙的地方是这些诗集诗卷的题名，除了风花雪月一类的风雅，都是带着虚心道歉的意味，仿佛她们都不敢自信女子有公然著作成书的特权似的，都得声明这是她们正业以外的闲情，本算不上什么似的，因之不是绣余，就是纂余，不是红余，就是针余，不是脂余梭余，就是织余绮余（陈圆圆的职业特别些，她的词集叫舞余词），要不然就是焚余烬余未焚未烧未定一类的通套，再不然就是断肠泪稿一流的悲苦字样（除了秋瑾的口气那是不同些）。情形是如此，你怪得男性的自美，女性的气短吗？

但这文化史上女性远不如男性的情形自有种种的解释。自然的趋势，男性当然不能借此来证明女子的能力根本不如男子，女性也不能完全推托到男性有意的压迫。谁要奇怪女性迟缓，要问何以女权论要等到玛丽乌尔夫顿克辣夫德方有具体的陈词，只须记得人权论本身也要到相差不远的日子才出世。人的思想的能力是奇怪的，有时他连蹿带跳的在短时期内发见了很多，例如希腊黄金时代与近一百五十年来的欧洲，有时睡梦迷糊的在长时期一无新鲜，例如欧洲的中世纪或中国的明代。它不动的时候就像是冬天，一切都是静定的无生气的，就像是生命再不会回来，但它一动的时候那就比是春雷的一震，转眼间就是蓬勃绚烂的春时。在欧洲从亚里斯多德直到卢梭乃至叔本华，没有一个思想家不承认男女的不平等是当然的，绝对不值得并且也无从研究的；即使偶有几个天才不容自掩的女子，在中国我们叫做才女，那还是客气的，如同叫长花毛的鸭做锦鸡，在欧洲百年前叫做蓝袜子，那就不免有嘲笑的意思。但自从约翰弥勒纯正通达论妇女论的大文出世以来，在理论上所有女性不如男性或是女性不能和男性享受平等机会，以及共同负责文化社会的生存与进步的种种谬见偏见与迷信，都一齐从此失去了根据，在事实上，在这百年来女性自强的努力也已经显明的证明，女性只要有同等的机会，不论在哪样事情上都不能比男性差；人类的前途展开了一个伟大的新的希望，就是此后文化的发展是两性共同的企业，不再是以前似的单性的活动。在这百年来虽则在别的方面人类依然不免继续他们的谬误，愚蠢，固执，迷信，但这百余年是可纪念的，因为这至少是一个女性开始光荣的世纪。在政治上，在社会上，在法律与道德上，在理论方面，至少女性已经争得与男性完全平等的地位。在事实上，女子的职业一天增多一天，我们现在不易想象一种职业男性可以胜任而女性不能的——也许除了实际的上战场去打仗，但这项职业我们都希望将来有完全淘汰的一天，我们决不希望温柔的女性在任何情形下转变成善斗杀的凶恶者。文学与艺术不用说，女子是早就占有地位的，但近百年来的扩大也是够惊人的。诗人就说白朗宁夫人罗刹蒂小姐梅耐儿夫人三个名字已经是够辉煌的。小说更不用说，英美的出版界已有女作家超过男作家的趋势，在品质方面一如数量。J. A. George Eliot, George Sand, Bronte Sisters，近时如曼殊斐儿，薇金娜吴尔夫等等都是卓然成家为文学史上增加光彩的作者。演剧方面如沙拉贝娜 Duse, Eilen Terry，都是人类永久不可磨灭的记忆。论跳舞，女子的贡献更分明的超过男子，我们不能想象一个男性的 Isadora Duncan。音乐，画，雕刻，女子的出人头地的也在天天的加多。科学与哲学，向来是男性的专业，但跟着教育的发展，女子的贡献也在日渐的继长增高。你们只须记起 Madame Gurie 就可以无愧。讲到学问，现在有哪一门女子提不起来的。

但这情形，就按最先进几国说，至多也不过一百年来的事，然而成绩已有如此的可观。再过了两千年，我想，男子多半再不敢对女子表示性的傲慢。将来的女子自会有她们的莎士比亚，培根，亚里斯多德，罗素，正如她们在帝王中有过依利萨伯、武则天，在诗人中有过白朗宁、罗刹帝，在小说家中有过奥斯丁与白龙德姊妹。我们虽则不敢预言女性竟可以有完全超越男性的一天，但我们很可以放心的相信此后女性对文化的贡献比现在总可以超过无量倍数，到男子要担心到他的权威有摇动的危险的一天。

但这当然是说得很远的话。按目前情形，尤其是中国的，我们一方面固然感到女子在学问事业日渐进步的兴奋与快慰，但同时我们也深刻的感觉到种种阻碍的势力还是很活动的在着。我们在东方几乎事事是落后的，尤其是女子，因为历史长，所以习惯深，习惯深所以解放更觉费力。不说别的，中国女子先就忍就了几千年身体方面绝无理性可说的束缚，所以人家的解放是从思想作起点，我们先得从身体解放起。我们的脚还是昨天放开的，我们的胸还是正在开放中。事实上固然这一代的青年已经不至感受身体方面的束缚，但不幸长时期的压迫或束缚是要影响到血液与神经的组织的本体的。即如说脚，你们现有的固然是极秀美的天足，但你们的血液与纤维中，难免还留有几十代缠足的鬼影。又如你们的胸部虽已在解放中，但我知道有的年轻姑娘们还不免感到这解放是一种可羞的不便。所以单说身体，恐怕也得至少到你们的再下去三四代才能完全实现解放，恢复自然生长的愉快与美。身体方面已然如此，别的更不用说了。再说一个女子当然还不免做妻做母，单就生产一件事说，男性就可以无忌惮的对女性说"这你总逃不了，总不能叫我来替代你吧！"事实上的确有无数本来在学问或事业上已经走上路的女子，为了做妻做母的不可避免，临了只能自愿或不自愿的牺牲光荣的成就的希望。这层的阻碍说要能完全去除当然是不可能，但按现今种种的发明与社会组织与制度逐渐趋向合理的情形看，我们很可以设想这天然阻碍的不方便性消解到最低限度的一天。有了节育的方法，比如说，你就不必有生育，除了你自愿，如此一个女子很容易在她几十年的生活中匀出几个短期间来尽她对人类的责任。还有将来家庭的组织也一定与现在的不同，趋势是在去除种种不必要精力的消耗（如同美国就有新法的合作家庭，女子管家的担负不定比男子的重，彼此一样可以进行各人的事业）。所以问题倒不在这方面。成问题的是女子心理上母性的牢不可破，那与男子的父性是相差得太远了。我来举一个例。近代最有名的跳舞家 Isadora Duncan 在她的自传里说她初次生产时的心理，我觉得她说得非常的真。在初怀孕时她觉得处处的不方便，她本是把她的艺术——舞——看得比她的生命都更重要的，她觉得这生产的牺牲是太无谓了。尤其是在生产时感到极度的痛苦时（她的是难产），她是恨极了上帝叫女人担负这惨毒的义务；她差一点死了。但等到她的孩子一下地，等到看护把一个稀小的喷香的小东西偎到她身旁去吃奶时，她的快乐，她的感谢，她的兴奋，她的母爱的激发，她说，简直是不可名状。在那时间她觉得生命的神奇与意义——这无上的创造——是绝对盖倒一切的，这一相比她原来看作比生命更重要的艺术顿时显得又小又浅，几乎是无所谓的了，在那时间把性的意识完全盖没了后天的艺术家的意识。上帝得了胜了！这，我说，才真是成问题，倒不在事实上三两个月的身体的不便。这根蒂深而力道强的母性当然是人生的神秘与美的一个重要成分，但它多少总不免阻碍女子个人事业的进展。

所以按理论说男女的机会是实在不易说成完全平等的，天生不是一个样子，你有什么办法？但我们也只能说到此，因为在一个女子，母性的人格，母性的实现，按理是不应得与她个人的人格，个性的实现相冲突的。除了在不合理的或迷信打底的社会组织里，一个女子做了妻母再不能兼顾别的，她尽可以同时兼顾两种以上的资格，正如一个男子的父性并不妨害他的个性。就说 D，她不能不说是一个母性特强（因为情感富强）的一个女子，但她事实上并不曾为恋爱与生育而至放弃她的艺术的追求。她一样完成了她的艺术。此外做女子的不方便当然比男子的多，但那些都是比较不重要的。

我们国内的新女子是在一天天可辨认的长成，从数千年来有形与无形的束缚与压迫中渐次透出性灵与身体的美与力，像一支在籜裹中透露着的新笋。有形的阻碍，虽则多，虽则强有力，还是比较容易克除的，无形的阻碍，心理上，意识与潜意识的阻碍，倒反须要更长时间与努力方有解脱的可能。分析的说，现社会的种种都还是不适宜于我们新女子的长成的。我再说一个例。比如演戏，你认识戏的重要，知道它的力量。你也知道你有舞台表演的天赋。那为你自己，为社会，你就得上舞台演戏去不是？这时候你就逢到了阻力。积极的或许你家庭的守旧与固执。消极的或许你觅不到相当的同志与机会。这些就算都让你过去，你现在到了另一个难关。有一个戏非你充不可，比如说，那碰巧是个坏人，那是说按人事上习惯的评判，在表现艺术上是没有这种区分的，艺术须要你做，但你开始踌躇了。说一个实例，新近南国社演的沙乐美，那不是一个贞女，也不是一个节妇。有一位俞女士，她是名门世家的一位小姐，去担任主角。她只知道她当然表现的责任。事实上她居然排除了不少的阻难而登台演那戏了。有一晚她正演到要热慕的叫着"约翰我要亲你的嘴"，她瞥见她的母亲坐在池子里前排瞪着怒眼望着她，她顿时萎了，原来有热有力的声音与诗句几于嗫嚅的勉强说过了算完事。她觉得她再也鼓不住她为艺术的一往的勇气，在她母亲怒目的一视中，艺术家的她又萎成了名门世家事事依傍着爱母的小姐——艺术失败了！习惯胜利了！

所以我说这类无形的阻碍力量有时更比有形的大。方才说的无非是现成的一个例。在今日一个女子向前走一个步都得有极大的决心和用力，要不然你非但不上前，你难说还向后退——根性，习惯，环境的势力，种种都牵掣着你，阻搁着你。但你们各个人的成或败于未来完全性的新女子的实现都有关连。你多用一分力，多打破一个阻碍，你就多帮助一分，多便利一分新女子的产生。简单说，新女子与旧女子的不同是一个程度，不定是种类的不同。要做一个新女子，做一个艺术家或事业家，要充分发展你的天赋，实现你的个性，你并没有必要不做你父母的好女儿，你丈夫的好妻子，或是你儿女的好母亲——这并不一定相冲突的（我说不一定因为在这发轫时期难免有各种牺牲的必要，那全在你自己判清了利弊来下决断）。分别是在旧观念是要求你做一个扁人，纸剪似的没有厚度没有血脉流通的活性，新观念是要你做一个真的活人，有血有气有肌肉有生命有完全性的！这有完全性要紧——的一个个人。这分别是够大的，虽则话听来不出奇。旧观念叫你准备做妻做母，新观念并不不叫你准备做妻做母，但在此外先要你准备做人，做你自己。从这个观点出发，别的事情当然都换了透视。我看古代留传下来的女作家有一个有趣味的现象。她们多半会写诗，这是说拿她们的心思写成可诵的文句。按传说，至少一个女子的文才多半是有一种防身作用，比如现在上海有钱人穿的铁马甲，从周南的蔡人妻作的芣苢三章，召南申人女行露三章，卫共姜柏舟诗，陈风墓门陶婴黄鹄歌，宋韩凭妻南山有乌句乃至罗敷女陌上桑都是全凭编了几句诗歌而得幸免男性的侵凌的。还有卓文君写了白头吟司马相如即不娶姨太太，苏若兰制了回文诗扶风窦滔也就送掉他的宠妾。唐朝有几个宫妃在红叶上题了诗从御沟里放流出外因而得到夫婿的。（"一入深宫里，无由得见春。题诗花叶上，寄与接流人。"）此外更有多少女子作品不是慕就是怨。如是看来文学之于古代妇女多少都是于她们婚姻问题发生密切关系的。这本来是，有人或许说，就现在女子念书的还不是都为写情书的准备，许多人家把女孩送进学校的意思还不无非是为了抬高她在婚姻市场上的卖价？这类情形当然应得书篇似的翻阅过去，如其我们盼望新女子及早可以出世。

这态度与目标的转变是重要的。旧女子的弄文墨多少是一种不必要的装饰；新女子的求学问应分是一种发见个性必要的过程。旧女子的写诗词多少是抒写她们私人遭际与偶尔的情感；新女子的志向应分是与男子共同继承并且继续生产人类全部的文化产业。旧女子的事业是承认女子无才便是德的大条件而后红着脸做的事情，因而绣余炊余一流的道歉；新女子的志愿是要为报复那一句促狭的造孽格言而努力给男性一个不容否认的反证。旧女子有才学的，理想是李易安的早年的生涯当然不一定指她的"被翻江浪，起来慵自梳头"一类的艳思——嫁一个风流跌宕一如赵明诚公子的夫婿（"赖有闺房如学舍，一编横放两人看"），过一些风流而兼风雅的日子；新女子——我们当然不能不许她私下期望一个风流的有情郎（"易求无价宝，难得有情郎"），但我们却同时期望她虽则身体与心肠的温柔都给了她的郎，她的天才她的能力却得贡献给社会与人类。

一九二八年秋在苏州女子中学讲演稿

徐志摩精品集

秋

两年前，在北京，有一次，也是这么一个秋风生动的日子，我把一个人的感想比作落叶，从生命那树上掉下来的叶子。落叶，不错，是衰败和凋零的象征，它的情调几乎是悲哀的。但是那些在半空里飘摇，在街道上颠倒的小树叶儿，也未尝没有它们的妩媚，它们的颜色，它们的意味，在少数有心人看来，它们在这宇宙间并不是完全没有地位的。"多谢你们的摧残，使我们得到解放，得到自由。"它们仿佛对无情的秋风说。"劳驾你们了，把我们踹成粉，踩成泥，使我们得到解脱，实现消灭，"它们又仿佛对不经心的人们这么说。因为看着，在春风回来的那一天，这叫卑微的生命的种子又会从冰封的泥土里翻成一个新鲜的世界。它们的力量，虽则是看不见，可是不容疑惑的。

我那时感着的沉闷，真是一种不可形容的沉闷。它仿佛是一座大山，我整个的生命叫它压在底下。我那时的思想简直是毒的，我有一首诗，题目就叫《毒药》，开头的两行是——

"今天不是，我歌唱的日子，我口边涎着狞恶的冷笑，不是我说笑的日子，我胸怀间插着发冷光的刀剑；

"相信我，我的思想是恶毒的，因为这世界是恶毒的，我的灵魂是黑暗的，因为太阳已经灭绝了光彩，我的声调，像是坟堆里的夜枭，因为人间已经杀尽了一切的和谐，我的口音，像是冤鬼责问他的仇人，因为一切的恩已经让路给一切的怨。"

我借这一首不成形的咒诅的诗，发泄了我一腔的闷气，但我却并不绝望，并不悲观，在极深刻的沉闷的底里，我那时还摸着了希望。所以我在《婴儿》——那首不成形诗的最后一节——那诗的后段，在描写一个产妇在她生产的受罪中，还能含有希望的句子。

在我那时带有预言性的想象中，我想望着一个伟大的革命。因此我在那篇《落叶》的末尾，我还有勇气来对付人生的挑战，郑重的宣告一个态度，高声的喊一声"Everlasting Yea"，借用两个有力量的外国字——"Everlasting Yea."

"Everlasting Yea"，"Everlasting Yea"，一年，一年，又过去了两年。这两年间我那时的想望有实现了没有？那伟大的"婴儿"有出世了没有？我们的受罪取得了认识与价值没有？

我不知道，我不知道。我知道的还只是那一大堆丑陋的蛮肿的沉闷，厌得瘪人的沉闷，笼盖着我的思想，我的生命。它在我的经络里，在我的血液里。我不能抵抗，我再没有力量。

我们靠着维持我们生命的不仅是面包，不仅是饭，我们靠着活命的，用一个诗人的话，是情爱，敬仰心，希望。"We love by love, admiration and hope"这话又包涵一个条件，就是说这世界这人类是能承受我们的爱，值得我们的敬仰，容许我们的希望的。但现代是什么光景？人性的表现，我们看得见听得到的，到底是怎样回事？我想我们都不是外人，用不着掩饰，实在也无从掩饰，这里没有什么人性的表现，除了丑恶，下流，黑暗。太丑恶了，我们火热的胸膛里有爱不能爱，太下流了，我们有敬仰心不能敬仰，太黑暗了，我们要希望也无从希望。太阳给天狗吃了去，我们只能在无边的黑暗中沉默着，永远的沉默着！这仿佛是经过一次强烈的地震的悲惨，思想，感情，人格，全给震成了无可收拾的断片，也不成系统，再也不得连贯，再也没有表现。但你们在这个时候要我来讲话，这使我感到一种异样的难受。难受，因为我自身的悲惨。难受，尤其因为我感到你们的邀请不止是一个寻常讲演的邀请，你们来邀我，当然不是要什么现成的主义，那我是外行，也不为什么专门的学识，那我是草包，你们明知我是一个诗人，他的家当，除了几座空中的楼阁，至多只是一颗热烈的心。你们邀我来也许在你们中间也有同我一样感到这时代的悲哀，一种不可解脱不可摆脱的况味，所以邀我这同是这悲哀沉闷中的同志来，希冀万一，可以给你们打几个幽默的比喻，说一点笑话，给一点子安慰，有这么小小的一半个时辰，彼此可以在同情的温暖中忘却了时间的冷酷。因此我踌躇，我来怕没有交代，不来又于心不安。我也曾想选几个离着实际的人生较远些的事儿来和你们谈谈，但是相信我，朋友们，这念头是枉然的，因为不论你思想的起点是星光是月是蝴蝶，只一转身，又逢着了人生的基本问题，冷森森的竖着像是几座拦路的墓碑。

不，我们躲不了它们：关于这时代人生的问号，小的，大的，歪的，正的，像蝴蝶的绕满了我们的周遭。正如在两年前它们逼迫我宣告一个坚决的态度，今天它们还是逼迫着要我来表示一个坚决的态度。也好，我想，这是我再来清理一次我的思想的机会，在我们完全没有能力解决人生问题时，我们只能承认失败。但我们当前的问题究竟是些什么？如其它们有力量压倒我们，我们至少也得抬起头来认一认我们敌人的面目。再说譬如医病，我们先得看清是什么病而后用药，才可以有希望治病。说我们是有病，那是无可置疑的。但病在那一部，最重要的征候是什么，我们却不一定答得上。至少，各人有各人的答案，决不会一致的。就说这时代的烦闷：烦闷也不能凭空来的不是？它也得有种种造成它的原因，它到底是怎么同事，我们也得查个明白。换句话说，我们先得确定我们的问题，然后再试第二步的解决。也许在分析我们的病症的研究中，某种对症的医法，就会不期然的显现。我们来试试看。

说到这里，我们可以想象一班乐观派的先生们冷眼的看着我们好笑。他们笑我们无事忙，谈什么人生，谈什么根本问题，人生根本就没有问题，这都是那玄学鬼钻进了懒惰人的脑筋里在那里不相干的捣玄虚来了！做人就是做人，重在这做字上。你天性喜欢工业，你去找工程事情做去就得。你爱谈整理国故，你寻你的国故整理去就得。工作，更多的工作，是惟一的福音。把你的脑力精神一齐放在你愿意做的工作上，你就不会轻易发挥感伤主义，你就不会无病呻吟，你只要尽力去工作，什么问题都没有了。

这话初听到是又生辣又干脆的，本来末，有什么问题，做你的工好了，何必自寻烦恼！但是你仔细一想的时候，这明白晓畅的福音还是有漏洞的。固然这时代很多的呻吟只是懒鬼的装痛，或是虚幻的想象，但我们因此就能说这时代本来是健全的，所谓病痛所谓烦恼无非是心理作用了吗？固然当初德国有一个大诗人，他的伟大的天才使他在什么心智的活动中都找到趣味，他在科学实验室里工作得厌倦了，他就跑出来带住一个女性就发迷，西洋人说的"跌进了恋爱"；回头他又厌倦了或是失恋了，只一感到烦恼，或悲哀的压迫，他又赶快飞进了他的实验室，关上了门，也关上了他自己的感情的门，又潜心他的科学研究去了。在他，所谓工作确是一种救济，一种关栏，一种调剂，但我们怎能比得？我们一班青年感情和理智还不能分清的时候，如何能有这样伟大的克制的工夫？所以我们还得来研究我们自身的病痛，想法可能的补救。

并且这工作论是实际上不可能的。因为假如社会的组织，果然能容得我们各人从各人的心愿选定各人的工作并且有机会继续从事这部分的工作，那还不是一个黄金时代？"民各乐其业，安其生。"还有什么问题可谈的？现代是这样一个时候吗？商人能安心做他的生意，学生能安心读他的书，文学家能安心做他的文章吗？正因为这时代从思想起，什么事情都颠倒了，混乱了，所以才会发生这普通的烦闷病，所以才有问题，否则认真吃饱了饭没有事做，大家甘心自寻烦恼不成？

我们来看看我们的病症。

第一个显明的征候是混乱。一个人群社会的存在与进行是有条件的。这条件是种种体力与智力的活动的和谐的合作，在这诸种活动中的总线索，总指挥，是无形迹可寻的思想，我们简直可以说哲理的思想，它顺着时代或领着时代规定人类努力的方面，并且在可能时给它一种解释，一种价值的估定与意义的发见。思想的一个使命，是引导人类从非意识的以至无意识的活动进化到有意识的活动，这点子意识性的认识与觉悟，是人类文化史上最光荣的一种胜利，也是最透彻的一种快乐。果然是这部分哲理的思想，统辖得住这人群社会全体的活动，这社会就上了正轨：反面说，这部分思想要是失去了它那总指挥的地位，那就坏了，种种体力和智力的活动，就随时随地有发生冲突的可能，这重心的抽去是种种不平衡现象主要的原因。现在的中国就吃亏在没有了这个重心，结果什么都豁了边，都不合适了。我们这老大国家，说也可惨，在这百年来，根本就没有思想可说。从安逸到宽松，从宽松到怠惰，从怠惰到着忙，从着忙到瞎闯，从瞎闯到混乱，这几个形容词我想可以概括近百年来中国的思想史——简单说，它完全放弃了总指挥的地位。没有了系统，没有了目标，没有了和谐，结果是现代的中国：一团混乱。

混乱，混乱，那儿都是的。因为思想的无能，所以引起种种混乱的现象，这是一步。再从这种种的混乱，更影响到思想本体，使它也传染了这混乱。好比一个人因为身体软弱才受外感，得了种种的病，这病的蔓延又回过来销蚀病人有限的精力，使他变成更软弱了，这是第二步。经济，政治，社会，那儿不是蹊跷，那儿不是混乱？这影响到个人方面是理智与感情的不平衡，感情不受理智的节制就是意气，意气永远是浮的，浅的，无结果的；因为意气占了上风，结果是错误的活动。为了不曾辨认清楚的目标，我们的文人变成了政客，研究科学的，做了非科学的官，学生抛弃了学问的寻求，工人做了野心家的牺牲。这种种混乱现象影响到我们青年是造成烦闷心理的原因的一个。

这一个征候——混乱——又过渡到第二个征候——变态。什么是人群社会的常态？人群是感情的结合。虽则尽有好奇的思想家告诉我们人是互杀互害的，或是人的团结是基本于怕惧的本能，虽则就在有秩序上轨道的社会里，我们也看得见恶性的表现，我们还是相信社会的纪纲是靠着积极的情感来维系的。这是说在一常态社会的天平上，情爱的分量一定超过仇恨的分量，互助的精神一定超过互害互杀的现象。但在一个社会没有了负有指导使命的思想的中心的情形之下，种种离奇的变态的现象，都是可能的产生了。

一个社会不能供给正当的职业时，它即使有严厉的法令，也不能禁止盗匪的横行。一个社会不能保障安全，奖励恒业恒心，结果原来正当的商人，都变成了拿妻子生命财产来做买空卖空的投机家。我们只要翻开我们的日报，就可以知道这现代的社会是常态是变态。笼统一点说，他们现在只有两个阶级可分，一个是执行恐怖的主体，强盗，军队，土匪，绑匪，政客，野心的政治家，所有得势的投机家都是的，他们实行的，不论明的暗的，直接间接都是一种恐怖主义。还有一个是被恐怖的。前一阶级永远拿着杀人的利器或是类似的东西在威吓着，压迫着，要求满足他们的私欲，后一阶级永远是在地上爬着，发着抖，喊救命，这不是变态吗？这变态的现象表现在思想上就是种种荒谬的主义离奇的主张。笼统说，我们现在听得见的主义主张，除了平庸不足道的，大都是计算领着我们向死路上走的。这不是变态吗？

这种种变态现象影响到我们青年，又是造成烦闷心理的原因的一个。

这混乱与变态的观众又协同造成了第三种的现象——一切标准的颠倒。人类的生活的条件，不仅仅是衣食住："人之异于禽兽者几希"，我们一讲到人道，就不能脱离相当的道德观念。这比是无形的空气，他的清鲜是我们健康生活的必要条件。我们不能没有理想，没有信念，我们真生命的寄托决不在单纯的衣食间。我们崇拜英雄！广义的英雄——因为在他们事业上所表现的品性里，我们可以感到精神的满足与灵感，鼓动我们更高尚的天性，勇敢的发挥人道的伟大。你崇拜你的爱人，因为她代表的是女性的美德。你崇拜当代的政治家，因为他们代表的是无私心的努力。你崇拜思想家，因为他们代表的是寻求真理的勇敢。这崇拜的涵义就是标准。时代的风尚尽管变迁，但道义的标准是永远不动摇的。这些道义的准则，我们问时代要求的是随时给我们这些道义准则的一个具体的表现。仿佛是在渺茫的人生道上给悬着几颗照路的明星。但现代给我们的是什么？我们何尝没有热烈的崇拜心？我们何尝不在这一件事那一件事上，或是这一个人物那一个人物的身上安放过我们迫切的期望。但是，但是，还用我说吗！有那一件事不使我们重大的迷惑，失望，悲伤？说到人的方面，那有比普遍的人格的破产更可悲悼的？在不知那一种魔鬼主义的秋风里，我们眼见我们心目中的偶像像败叶似的一个个全掉了下来！眼见一个个道义的标准，都叫丑恶的人性给沾上了不可清洗的污秽！标准是没有了的。这种种道德方面人格方面颠倒的现象，影响到我们青年，又是造成烦闷心理的原因的一个。

跟着这种种症候还有一个惊心的现象，是一般创作活动的消沉，这也是当然的结果。因为文艺创作活动的条件是和平有秩序的社会状态，常态的生活，以及理想主义的根据。我们现在却只有混乱、变态，以及精神生活的破产。这仿佛是拿毒药放进了人生的泉源，从这里流出来的思想，那还有什么真善美的表现？

这时代病的症候是说不尽的，这是最复杂的一种病，但单就我们上面说到的几点看来，我们似乎已经可以采得一点消息，至少我个人是这么想。——那一点消息就是生命的枯窘，或是活力的衰耗。我们所以得病是为我们生活的组织上缺少了思想的重心，它的使命是领导与指挥。但这又为什么呢？我的解释，是我们这民族已经到了一个活力枯窘的时期。生命之流的本身，已经是近于干涸了；再加之我们现得的病，又是直接克伐生命本体的致命症候，我们怎么能受得住？这话可又讲远了，但又不能不从本原上讲起。我们第一要记得我们这民族是老得不堪的一个民族。我们知道什么东西都有它天限的寿命；一种树只能青多少年，过了这期限就得衰，一种花也只能开几度花，过此就为死（虽则从另一个看法，它们都是永生的，因为它们本身虽得死，它们的种子还是有机会继续发长）。我们这棵树在人类的树林里，已经算得是寿命极长的了。我们的血统比较又是纯粹的，就连我们的近邻西藏满蒙的民族都等于不和我们混合。还有一个特点是我们历来因为四民制的结果，士之子恒为士，商之子恒为商，思想这任务完全为士民阶级的专利，又因为经济制度的关系，活力最充足的农民简直没有机会读书，因此士民阶级形成了一种孤单的地位。我们要知道知识是一种堕落，尤其从活力的观点看，这士民阶级是特别堕落的一个阶级，再加之我们旧教育观念的偏窄，单就知识论，我们思想本能活动的范围简直是荒谬的狭小。我们只有几本书，一套无生命的陈腐的文字，是我们惟一的工具。这情形就比是本来是一个海湾，和大海是相通的，但后来因为沙地的胀起，这一湾水渐渐的隔离它所从来的海，而变成了湖。这湖原先也许还承受得着几股山水的来源，但后来又经过陵谷的变迁，这部分的来源也断绝了，结果这湖又干成一只小潭，乃至一小潭的止水，胀满了青苔与萍梗，纯迟迟的眼看得见就可以完全干涸了去的一个东西。这是我们受教育的士民阶级的相仿情形。现在所谓智识阶级亦无非是这潭死水里比较泥草松动些风来还多少吹得皱的一洼臭水，别瞧它矜矜自喜，可怜它能有多少前程？还能有多少生命？

所以我们这病，虽则症候不止一种，虽然看来复杂，归根只是中医所谓气血两亏的一种本原病。我们现在所感觉的烦闷，也只见沉浸在这一洼离死不远的臭水里的气闷，还有什么可说的？水因为不流所以滋生了水草，这水草的涨性，又帮助浸干这有限的水。同样的，我们的活力因为断绝了来源，所以发生了种种本原性的病症，这些病又回过来侵蚀本原，帮助消尽这点仅存的活力。

病性既是如此，那不是完全绝望了吗？

那也不能这么容易。一棵大树的凋零，一个民族的衰歇，决不是一朝一夕的事儿。我们当然还是要命。只是怎么要法，是我们的问题。我说过我们的病根是在失去了思想的重心，那又是原因于活力的单薄。在事实上，我们这读书阶级形成了一种极孤单的状况，一来因为阶级关系它和民族里活力最充足的农民阶级完全隔绝了，二来因为畸形教育以及社会的风尚的结果，它在生活方面是极端的城市化，腐化，奢侈化，惰化，完全脱离了大自然健全的影响变成自蚀的一种蛀虫，在智力活动方面，只偏向于纤巧的浅薄的诡辩的乃至于程式化的一道，再没有创造的力量的表示，渐次的完全失去了它自身的尊严以及统豁领导全社会活动的无上的权威。这一没有了统帅，种种紊乱的现象就都跟着来了。

这畸形的发展是值得寻味的。一方面你有你的读书阶级，中了过度文明的毒，一天一天望腐化僵化的方向走，但你却不能否认它智力的发达，只因为道义标准的颠倒以及理想主义的缺乏，它的活动也全不是在正理上。就说这一堂的翩翩年少——尤其是文化最发旺的江浙的青年，十个虑有九个是弱不禁风的。但问题还不全在体力的单薄，尤其是智力活动本身是有了病，它只有毒性的戟刺，没有健全的来源，没有天然的滋养。纤巧的新奇的思想不是我们需要的，我们要的是从丰满的生命与强健的活力里流露出来纯正的健全的思想，那才是有力量的思想。

同时我们再看看占我们民族十分之八九的农民阶级。他们生活的简单，脑筋的简单，感情的简单，意识的疏浅，文化的定住，几于使他们形成一种仅仅有生物作用的人类。他们的肌肉是发达的，他们是能工作的，但因为教育的不普及，他们智力的活动简直的没有机会，结果按照生物学的公例，因无用而退化，他们的脑筋简直不行的了。乡下的孩子当然比城市的孩子不灵，粗人的子弟当然比不上书香人的子弟，这是一定的。但我们现在为救这文化的性命，非得赶快就有健全的活力来补充我们受足了过度文明的毒的读书阶级不可。也有人说这读书阶级是不可救药的了，希望如其有，是在我们民族里还未经开化的农民阶级。我的意思是我们应得利用这部分未开凿的精力来补充我们开凿过分的士民阶级。讲到实施，第一得先打破这无形的阶级界限以及省分界限。通婚和婚是必要的，比较的说，广东湖南乃至北方人比江浙人健全得多，乡下人比城里人健全得多，所以江浙人和北方人非得尽量的通婚，城市人非得与农人尽量的通婚不可。但是这话说着容易，实际上是极困难的。讲到结婚，谁愿意放弃自身的艳福，为的是渺茫的民族的前途上，那一个翩翩的少年甘心放著窈窕风流的江南女郎不要，而去乡村里找粗蠢的大姑娘作配，谁肯不就近结识血统逼近的姨妹表妹乃至于同学妹，而肯远去异乡到口音不相通的外省人中间去寻配偶？这是难的我知道。但希望并不见完全没有——这希望完全是在教育上。第一我们得赶快认清这时代病无非是一种本原病，什么混乱的变态的现象，都无非显示生命的缺乏，这种种病，又都就是直接克伐生命的，所以我们为要文化与思想的健全，不能不想方法开通路子，使这几洼孤立的呆定的死水重复得到天然泉水的接济，重复灵活起来，一切的障碍与淤塞自然会得消灭——思想非得直接从生命的本体里热烈的进裂出来才有力量，才是力量。这过度文明的人种非得带它回到生命的本源上去不可，它非得重新生过根不可。按着这个目标，我们在教育上就不能不极力推广教育的机会到健全的农民阶级里去，同时奖励阶级间的通婚。假如国家的力量可以干涉个人婚姻的话，我们尽可以用强迫的方法叫你们这些翩翩的少年都去娶乡下大姑娘子，而同时把我们窈窕风流的女郎去嫁给农民做媳妇。况且谁知道，我们现在择偶的标准本身就是不健全的。女人要嫁给金钱，奢侈，虚荣，女性的男子；男人的口味也是同样的不妥当。什么都是不健全的，喔，这毒气充塞的文明社会！在我们理想实现的那一天，我们这文化如其有救的话，将来的青年男女一定可以兼有士民与农民的特长，体力与智力得到均平的发展，从这类健全的生命树上，我们可以盼望吃得著美丽鲜甜的思想的果子！

至于我们个人方面，我也有一部分的意见，只是今天时光局促了怕没有机会发挥，但总结一句话，我们要认清我们是什么病，这病毒是在我们一个个你我的身体上，血液里，无容讳言的，只要我们不认错了病多少总有办法。我的意见是要多多接近自然，因为自然是健全的纯正的影响，这里面有无穷尽性灵的滋养与启发与灵感。这完全靠我们各个自觉的修养。我们先得要立志不做时代和时光的奴隶，我们要做我们思想和生命的主人，这暂时的沉闷决不能压倒我们的理想，我们正应得感谢这深刻的沉闷，因为在这里，我们才感悟着一些自度的消息，如我方才说的，我们还是得努力，我们还是得坚持，我们的态度是积极的。正如我两年前《落叶》的结束是喊一声，Everlasting yea，我今天还是要你们跟着我来喊一声 Everlasting Yea！

一九二九年秋在上海暨南大学讲演稿

泰戈尔

我有几句话想趁这个机会对诸君讲，不知道你们有没有耐心听。泰戈尔先生快走了，在几天内他就离别北京，在一两个星期内他就告辞中国。他这一去大约是不会再来的了。也许他永远不能再到中国。

他是六七十岁的老人，他非但身体不强健，他并且是有病的。去年秋天他还发了一次很重的骨痛热病。所以他要到中国来，不但他的家属，他的亲戚朋友，他的医生，都不愿意他冒险，就是他欧洲的朋友，比如法国的罗曼罗兰，也都有信去劝阻他。他自己也曾经踌躇了好久，他心里常常盘算他如其到中国来，他究竟能不能够给我们好处，他想中国人自有他们的诗人，思想家，教育家，他们有他们的智慧，天才，心智的财富与营养，他们更用不着外来的补助与戟刺，我只是一个诗人，我没有宗教家的福音，没有哲学家的理论，更没有科学家实利的效用，或是工程师建设的才能，他们要我去做什么，我自己又为什么要去，我有什么礼物带去满足他们的盼望！他真的很觉得迟疑，所以他延迟了他的行期。但是他也对我们说到冬天完了，春风吹动的时候（印度的春风比我们的吹得早），他不由的感觉了一种内迫的冲动，他面对着逐渐滋长的青草与鲜花，不由的抛弃了，忘却了他应尽的职务，不由的解放了他的歌唱的本能，和着新来的鸣雀，在柔软的南风中开怀的讴吟，同时他也收到我们催请的信，我们青年盼望他的诚意与热心，唤起了老人的勇气。他立即定夺了他东来的决心。他说趁我暮年的肢体不曾僵透，趁我衰老的心灵还能感受，决不可错过这最后惟一的机会，这博大，从容，礼让的民族，我幼年时便发心朝拜，与其将来在黄昏寂静的境界中萎衰的惆怅，何如利用这夕阳未暝时的光芒，了却我晋香人的心愿？

他所以决意的东来，他不顾亲友的劝阻，医生的警告，不顾他自己的高年与病体，他也撇开了在本国迫切的任务，跋涉了万里的海程，他来到了中国。

自从四月十二在上海登岸以来，可怜老人不曾有过一半天完整的休息，旅行的劳顿不必说，单就公开的演讲以及较小集会时的谈话，至少也有了三四十次！他的，我们知道，不是教授们的讲义，不是教士们的讲道，他的心府不是堆积货品的栈房，他的辞令不是教科书的喇叭。他是灵活的泉水，一颗颗颤动的圆珠从池心里兢兢的泛登水面，都是生命的精液；他是瀑布的吼声，在白云间，青林中，石罅里，不住的啸响；他是百灵的歌声，他的欢欣、愤慨，响亮的谐音，弥漫在无际的晴空。但是他是倦了，终夜的狂歌已经耗尽了子规的精力，东方的曙色亦照出她点点的心血染红了蔷薇枝上的白露。

老人是疲乏了。这几天他睡眠也不得安宁。他已经透支了他有限的精力。他差不多是靠散拿吐瑾过日的，他不由的不感觉风尘的厌倦，他时常想念他少年时在恒河边沿拍浮的清福，他想望椰树的清荫与曼果的甜瓤。

但他还不仅是身体的惫劳，他也感觉心境的不舒畅。这是很不幸的。我们做主人的只是深深的负歉。他这次来华，不为游历，不为政治，更不为私人的利益，他熬着高年，冒着病体，抛弃自身的事业，备尝行旅的辛苦，他究竟为的是什么？他为的只是一点看不见的情感。说远一点，他的使命是在修补中国与印度两民族间中断千余年的桥梁，说近一点，他只想感召我们青年真挚的同情。因为他是信仰生命的，他是尊崇青年的，他是歌颂青春与清晨的，他永远指点着前途的光明。悲悯是当初释迦牟尼证果的动机，悲悯也是泰戈尔先生不辞艰苦的动机。现代的文明只是骇人的浪费，贪淫与残暴，自私与自大，相猜与相忌，飓风似的倾覆了人道的平衡，产生了巨大的毁灭。芜秽的心田里只是误解的蔓草，毒害同情的种子，更没有收成的希冀。在这个荒惨的境地里，难得有少数的丈夫，不怕阻难，不自馁怯，肩上扛着铲除误解的大锄，口袋里满装着新鲜人道的种子，不问天时是阴是雨是晴，不问是早晨是黄昏是黑夜，他只是努力的工作，清理一方泥土，施殖一方生命，同时口唱着嘹亮的新歌，鼓舞在黑暗中将次透露的萌芽，泰戈尔先生就是这少数中的一个。他是来广布同情的，他是来消除成见的。我们亲眼见过他慈祥的阳春似的表情，亲耳听过他从心灵底里迸裂出的大声，我想只要我们的良心不曾受恶毒的烟煤熏黑，或是被恶浊的偏见污抹，谁不曾感觉他赤诚的力量，魔术似的，为我们生命的前途开辟了一个神奇的境界，燃点了理想的光明？所以我们也懂得他的深刻的懊怅与失望，如其他知道部分的青年不但不能容纳他的灵感，并且成心的诬毁他的热忱。我们固然奖励思想的独立，但我们决不敢附和误解的自由。他生平最满意的成绩就在他永远能得青年的同情，不论在德国，在丹麦，在美国，在日本，青年永远是他最忠心的朋友。他也曾经遭受种种的误解与攻击，政府的猜疑与报纸的诬毁与守旧派的讥评，不论如何的谬妄与剧烈，从不曾扰动他优容的大量，他的希望，他的信仰，他的爱心，他的至诚，完全的托付青年。我的须，我的发是白的，但我的心却永远是青的，他常常的对我们说，只要青年是我的知己，我理想的将来就有著落，我乐观的明灯永远不致暗淡。他不能相信纯洁的青年也会坠落在怀疑，猜忌，卑琐的泥溷。他更不能信中国遭受意外的待遇。他很不自在，他很感觉异样的怆心。

因此精神的懊丧更加重他躯体的倦劳。他差不多是病了。我们当然很焦急的期望他的健康，但他再没有心境继续他的讲演。我们恐怕今天就是他在北京公开讲演最后的一个机会。他有休养的必要。我们也决不忍再使他耗费他有限的精力。他不久又有长途的跋涉，他不能不有三四天完全的养息，所以从今天起，所有已经约定的会集，公开与私人的，一概撤消，他今天就出城去静养。

我们关切他的一定可以原谅，就是一小部分不愿意他来作客的诸君也可以自喜战略的成功。他是病了，他在北京不再开口了，他快走了，他从此不再来了。但是同学们，我们也得平心的想想，老人到底有什么罪，他有什么负心，他有什么不可容赦的犯案？公道是死了吗，为什么听不见你的声音？

他们说他是守旧，说他是顽固。我们能相信吗？他们说他是"太迟"，说他是"不合时宜"，我们能相信吗？他自己是不能信，真的不能信。他说这一定是滑稽家的反调。他一生所遭逢的批评只是太新，太早，太急进，太激烈，太革命的，太理想的，他六十年的生涯只是不断的奋斗与冲锋，他现在还只是冲锋与奋斗。但是他们说他是守旧，太迟，太老。他顽固奋斗的对象只是暴烈主义，资本主义，帝国主义，武力主义，杀灭性灵的物质主义；他主张的只是创造的生活，心灵的自由，国际的和平，教育的改造，普爱的实现。但他们说他是帝国政策的间谍，资本主义的助力，亡国奴族的流民，提倡裹脚的狂人！肮脏是在我们的政策与暴徒的心里，与我们的诗人又有什么关连？昏乱是在我们冒名的学者与文人的脑里，与我们的诗人又有什么亲属？我们何妨说太阳是黑的，我们何妨说苍蝇是真理？同学们，听信我的话，像他的这样伟大的声音我们也许一辈子再不会听着的了。留神目前的机会，预防将来的惆怅！他的人格我们只能到历史上去搜寻比拟。他的博大的温柔的灵魂我敢说永远是人类记忆里的一次灵迹。他的无边际的想象与辽阔的同情使我们想起惠德曼；他的博爱的福音与宣传的热心使我们记起托尔斯泰；他的坚韧的意志与艺术的天才使我们想起造摩西像的密亿郎其罗；他的诙谐与智慧使我们想象当年的苏格拉底与老聃；他的人格的和谐与优美使我们想念暮年的葛德；他的慈祥的纯爱的抚摩，他的为人道不厌的努力，他的磅礴的大声，有时竟使我们唤起救主的心像；他的光彩，他的音乐，他的雄伟，使我们想念奥林必克山顶的大神。他是不可侵凌的，不可逾越的，他是自然界的一个神秘的现象。他是三春和暖的南风，惊醒树枝上的新芽，增添处女颊上的红晕。他是普照的阳光。他是一派浩瀚的大水，来自不可追寻的渊源，在大地的怀抱中终古的流着，不息的流着，我们只是两岸的居民，凭借这慈恩的天赋，灌溉我们的田稻，苏解我们的消渴，洗净我们的污垢。他是喜马拉雅积雪的山峰，一般的崇高，一般的纯洁，一般的壮丽，一般的高傲，只有无限的青天枕藉他银白的头颅。

人格是一个不可错误的实在，荒歉是一件大事，但我们是饿惯了的，只认鸠形与鹄面是人生本来的面目，永远忘却了真健康的颜色与彩泽。标准的低降是一种可耻的堕落；我们只是踞坐在井底的青蛙。但我们更没有怀疑的余地。我们也许揣详东方的初白，却不能非议中天的太阳。我们也许见惯了阴霾的天时，不耐这热烈的光焰，消散天空的云雾，暴露地面的荒芜，但同时在我们心灵的深处，我们岂不也感觉一个新鲜的影响，催促我们生命的跳动，唤醒潜在的想望，仿佛是武士望见了前峰烽烟的信号，更不踌躇的奋勇向前？只有接近了这样超轶的纯粹的丈夫，这样不可错误的实在，我们方始相形的自愧我们的口不够阔大，我们的嗓音不够响亮，我们的呼吸不够深长，我们的信仰不够坚定，我们的理想不够莹澈，我们的自由不够磅礴，我们的语言不够明白，我们的情感不够热烈，我们的努力不够勇猛，我们的资本不够充实……

我自信我不是恣滥不切事理的崇拜，我如其曾经应用浓烈的文字，这是因为我不能自制我浓烈的感想。但我最急切要声明的是，我们的诗人，虽则常常招受神秘的徽号，在事实上却是最清明，最有趣，最诙谐，最不神秘的生灵。他是最通达人情，最近人情的。我盼望有机会追写他日常的生活与谈话。如其我是犯嫌疑的，如其我也是性近神秘的（有好多朋友这么说），你们还有适之先生的见证，他也说他是最可爱最可亲的个人；我们可以相信适之先生绝对没有"性近神秘"的嫌疑！所以无论他怎样的伟大与深厚，我们的诗人还只是有骨有血的人，不是野人，也不是天神。惟其是人，尤其是最富情感的人，所以他到处要求人道的温暖与安慰，他尤其要我们中国青年的同情与情爱。他已经为我们尽了责任，我们不应，更不忍辜负他的期望。同学们，爱你的爱，崇拜你的崇拜，是人情不是罪孽，是勇敢不是懦怯。

十二日在真光讲

我的祖母之死

一

一个单纯的孩子，

过他快活的时光，

兴冲冲的，活泼泼的，

何尝识别生存与死亡？

这四行诗是英国诗人华茨华斯（William Wordsworth）一首有名的小诗叫做"我们是七人"（We are seven）的开端，也就是他的全诗的主意。这位爱自然，爱儿童的诗人，有一次碰着一个八岁的小女孩，发卷蓬松的可爱，他问她兄弟姊妹共有几个，她说我们是七个，两个在城里，两个在外国，还有一个姊妹一个哥哥，在她家里附近教堂的墓园里埋着。但她小孩的心里，却分不清生与死的界限，她每晚携着她的干点心与小盘皿，到那墓园的草地里，独自的吃，独自的唱，唱给她的在土堆里眠着的兄姊听，虽则他们静悄悄的莫有回响，她烂漫的童心却不曾感到生死间有不可思议的阻隔；所以任凭华翁多方的譬解，她只是睁着一双灵动的小眼，回答说：

"可是，先生，我们还是七人。"

二

其实华翁自己的童真，也不让那小女孩的完全。他曾经说："在孩童时期，我不能相信我自己有一天也会得悄悄的躺在坟里，我的骸骨会得变成尘土。"又一次他对人说："我做孩子时最想不通的，是死的这回事将来也会得轮到我自己身上。"

孩子们天生是好奇的，他们要知道猫儿为什么要吃耗子，小弟弟从哪里变出来的，或是究竟先有鸡还是先有鸡蛋；但人生最重大的变端——死的现象与实在，他们也只能含糊的看过，我们不能期望一个个小孩子们都是搔头穷思的丹麦王子。他们临到丧故，往往跟着大人啼哭；但他只要眼泪一干，就会到院子里踢毽子，赶蝴蝶，即使在屋子里长眠不醒了的是他们的亲爹或亲娘，大哥或小妹，我们也不能盼望悼死的悲哀可以完全翳蚀了他们稚羊小狗似的欢欣。你如其对孩子说，你妈死了，你知道不知道——他十次里有九次只是对着你发呆；但他等到要妈叫妈，妈偏不应的时候，他的嫩颊上就会有热泪流下。但小孩天然的一种表情，往往可以给人们最深的感动。我生平最忘不了的一次电影，就是描写一个小孩爱恋已死母亲的种种天真的情景。她在园里看种花，园丁告诉她这花在泥里，浇下水去，就会长大起来。那天晚上天下大雨，她睡在床上，被雨声惊醒了，忽然想起园丁的话，她的小脑筋里就发生了绝妙的主意。她偷偷的爬出了床，走下楼梯，到书房里去拿下桌上供着的她死母的照片，一把揣在怀里，也不顾倾倒着的大雨，一直走到园里，在地上用园丁的小锄掘松了泥土，把她怀里的亲妈，谨慎的取了出来，栽在泥里，把松泥掩护着，她做完了工就蹲在那里守候，穿着白色的睡衣，在深夜的暴雨里，蹲在露天的地上，专心笃意的盼望已经死去的亲娘，像花草一般，从泥土里发长出来！

三

我初次遭逢亲属的大故，是二十年前我祖父的死，那时我还不满六岁。那是我生平第一次可怕的经验，但我追想当时的心理，我对于死的见解也不见得比华翁的那位小姑娘高明。我记得那天夜里，家里人吩咐祖父病重，他们今夜不睡了，但叫我和我的姊妹先上楼睡去，回头要我们时他们会来叫我的，我们就上楼去睡了，底下就是祖父的卧房，我那时也不十分明白，只知道今夜一定有很怕的事，有火烧，强盗抢，做怕梦一样的可怕。我也不十分睡着，只听得楼下的急步声，碗碟声，唤婢仆声。隐隐的哭泣声，不息的响着。过了半夜，他们上来把我从睡梦里抱了下去，我醒过来只听得一片的哭声，他们已经把长条香点起来，一屋子的烟，一屋子的人，围拢在床前，哭的哭，喊的喊，我也捱了过去，在人丛里偷看大床里的好祖父。忽然听说醒了醒，哭喊声也歇了，我看见父亲趴在床里，把病父抱持在怀里。祖父倚在他的身上，双眼紧闭着，口里衔着一块黑色的药物，他说话了，很轻的声音，虽则我不曾听明他说的什么话，后来知道他经过了一阵昏晕，他又醒了过来对家人说："你们吃吓了，这算是小死。"他接着又说了好几句话，随讲音随低，呼气随微，去了，再不醒了，但我却不曾亲见最后的弥留，也许是我记不起，总之我那时早已跪在地板上，手里擎着香，跟着在大家高声的哭喊了。

四

此后我在亲戚家收殓虽则看得不少，但死的实在的状况却不曾见过。我们念书人的幻想是比较的丰富，但往往因为有了幻想力，就不管生命现象的实在，结果是书呆子，陆放翁说的"百无一用是书生"。人生的范围是无穷的，我们少年时精力充足什么都不怕尝试，只愁没有出奇的事情做，往往抱怨这宇宙太窄，青天太低，大鹏似的翅膀飞不痛快，但是……但是平心的说，且不论奇的，怪的，特别的，离奇的，我们姑且试问人生里最基本的事实，最单纯的，最普遍的，最平庸的，最近人情的经验，我们究竟能有多少的把握，我们能有多少深彻的了解，我们是否都亲身经历过？譬如说：生产，恋爱，痛苦，悲，死，妒，恨，快乐，真疲倦，真饥饿，渴，毒焰似的渴，真的幸福，冻的刑罚，忏悔，种种的情热。我可以说，我们平常人生观，人类，人道，人情，真理，哲理，本能等等名词不离口吻的念书人们，什么文学家，什么哲学家——关于真正人生基本的事实的实在，知道的——恐怕是极微至少，即便不等于圆圈。我有一个朋友，他和夫人的感情极厚，一次他夫人临到难产，因为在外国，所以进医院什么都得他自己照料，最后医生宣言只有用手术一法，但性命不能担保，他没有法子，只好和他半死的夫人诀别（解剖时亲属不准在旁边）。满心毒魔似的难受，他出了医院，走在道上，走上桥去，像得了离魂病似的，心脉春臼似的跳着，最后他听着了教堂和缓的钟声，他就不自主的跟着钟声，进了教堂，跟着做礼拜的跪着，祷告，忏悔，祈求，唱诗，流泪（他并不是信教的人），他这样的捱过时刻，后来回转医院时，一步步都是残酷的磨难，比上刑场的犯人，加倍的难受，他怕见医生与看护妇，仿佛他的命运是在他们的手掌里握着。事后他对人说："我这才知道了人生一点子的意味！"

五

所以不曾经历过精神或心灵的大变的人们，只是在生命的户外徘徊，也许偶尔猜想到几分墙内的动静，但总是浮的浅的，不切实的，甚至完全是隔膜的。人生也许是个空虚的幻梦，但在这幻象中，生与死，恋爱与痛苦，毕竟是陡起的奇峰，应得激动我们彷徨者的注意，在此中也许有可以感悟到一些幻里的真，虚中的实，这浮动的水泡不曾破裂以前，也应得饱吸自由的日光，反射几丝颜色！

我是一只不羁的野狗，我往往纵容想象的猖狂，诡辩人生的现实：比如凭借凹折的玻璃，觉察当前景色。但时而复再，我也能从烦嚣的杂响中听出清新的乐调，在炫耀的杂彩里，看出有条理的意匠。这次祖母的大故，老家庭的生活，给我不少静定的时刻，不少深刻的反省。我不敢说我因此感悟了部分的真理，或是取得了若干智慧；我只能说我因此与实际生活更深了一层的接触，益发激动我对奇的探讨，益发使我惊讶这迷迷的玄妙，不但死是神奇的现象，不但生命与呼吸是神奇的现象，就连日常的生活与习惯与迷信，也好像放射着异样的光闪，不容我们擅用一两个形容词来概状，更不容我们倡言什么主义来抹煞——一个革新者的热心，碰着了实在的寒冻！

六

我在我的日记里翻出一封不曾写完不曾付寄的信，是我祖母死后第二天的早上写的。我那时在极强烈的极鲜明的时刻内，很想把那几日经过感想与疑问，痛快的写给一个同情的好友，使他在数千里外也能分尝我强烈的鲜明的感情。那位同情的好友我选中了通伯，但那封信却只起了一个呆重的头，一为丧中忙，二是我那时眼热不耐用心，始终不曾写就，一直挨到现在再想

徐志摩精品集

补写，恐怕强烈已经变弱，鲜明已经变暗，逃亡的思绪，不易追获的了。我现在把那封残信录到这里，再来追摹当时的情景。

通伯：

我的祖母死了！从昨夜十时半起，直到现在，满屋子只是号啕呼抢的悲音，与和尚道士女僧的礼忏鼓磬声。二十年前祖父丧时的情景，如今又在眼前了。忘不了的情景！

你愿否听我讲些？

我一路回家，怕的也许已经见不到老人，但老人却在生死的交关仿佛存心的弥留着，等待她最钟爱的孙儿——即不能与他开言诀别，也使他尚能把握她依然温暖的手掌，抚摩她依然跳动着的胸怀，凝视她依然能自开自阖虽则不再能表情的目睛。她的病是脑充血的一种，中医称为"卒中"（最难救的中风）。她十日前在暗房里颠仆倒地，从此不再开口出言，登仙似的结束了她八十四年的长寿，六十年良妻与贤母的辛勤，她现在已经永远的脱辞了烦恼的人间，还归她清静自在的来处。我们承受她一生的厚爱与荫泽的儿孙，此时亲见，将来追念，她最后的神化，不能自禁中怀的摧痛，热泪暴雨似的盆涌，然痛心中却亦隐有无穷的赞美，热泪中依稀想见她功成德备的微笑，无形中似有不朽的灵光，永远的临照她绵衍的后裔……

七

旧历的乞巧那一天，我们一大群快活的游踪，驴子灰的黄的白的，轿子四个脚夫抬的，正在山海关外，纡回的，曲折的绕登角山的栖贤寺，面对着残圮的长城，巨虫似的爬山越岭，隐入烟霭的迷茫。那晚回北戴河海滨住处，已经半夜，我们还打算天亮四点钟上莲峰山去看日出，我已经快上床，忽然想起了，也去问有信没有，听差递给我一封电报，家里来的四等电报。我就知道不妙，果然是"祖母病危速回"！我当晚就收拾行装，赶早上六时车到天津，晚上才上津浦快车。正嫌路远车慢，半路又为发水冲坏了轨道过不去，一停就停了十二点钟有余，在车里多过了一夜，直到第三天的中午方才过江上沪宁车。这趟车如其准点到上海，刚好可以接上沪杭的夜车，谁知道又误了点，误了不多不少的一分钟，一面我们的车进站，他们的车头鸣的一声叫，别断别断的去了！我若然悬空身子，还可以冒险跳车，偏偏我的一双手又被行李雇定了，所以只得定着眼睛送沪杭车离站远去，直到八月二十二日的中午我方才到家。我给通伯的信说"怕的是已经见不着老人"，在路上那几天真是难受，缩不短的距离没有法子，但是那急人的水发，急人的火车，几面凑拢来，叫我整整的迟一昼夜到家！试想病危了的八十四岁的老人，这二十四点钟不是容易过的，说不定她刚巧在这个期间内有什么动静，那才叫人抱愧哩！可是结果还算没有多大的差池——她老人家还在生死的交关等着！

八

奶奶——奶奶——奶奶！奶——奶！你的孙儿回来了，奶奶！没有回音。老太太阖着眼，仰面躺在床里，右手拿着一把半旧的雕翎扇很自在的扇动着。老太太原来就怕热，每到暑天总是扇子不离手的，那几天又是特别的热。这还不是好好的老太太，呼吸顶匀净的，定是睡着了，谁说危险！奶奶，奶奶！她把扇子放下了，伸手去摸着头顶上挂着的冰袋，一把抓得紧紧的，呼了一口长气，像是暑天赶道儿的喝了一碗凉汤似的，这不是她明明的有感觉不是？我把她的手握在手里，她似乎感觉我手心的热，可是她也让我握着，她开了眼了！右眼张得比左眼开些，瞳子却是发呆，我拿手指在她的眼前一挑，她也没有瞬，那准是她瞧不见了——奶奶！奶奶——她也真没有听见，难道她真是病了，真是危险，这样爱我疼我宠我的好祖母，难道真会得……我心里一阵的难受，鼻子里一阵的酸，滚热的眼泪就迸了出来。这时候床前已经挤满了人，我的这位，我的那位，我一眼看过去，只见一片惨白忧愁的面色，一只只装满了泪珠的眼眶。我的妈更看的憔悴。她们已经伺候了六天六夜，妈对我讲祖母这回不幸的情形，怎样的她夜饭前还在大厅上吩咐事情，怎样的饭后进房去自己擦脸，不知怎样的闪了下去，外面人听着响声才进去，已经是不能开口了，怎样的请医生，一直到现在还没有转机……

　　一个人到了天伦骨肉的中间，整套的思想情绪，就变换了式样与颜色。你的不自然的口音与语法没有用了；你的耀眼的袍服可以不必穿了；你的洁白的天使的翅膀，预备飞翔出人间到天堂的，不便在你的慈母跟前自由的开豁；你的理想的楼台亭阁，也不易轻易的放进这二百年的老屋；你的佩剑，要塞，以及种种的防御，在争竞的外界即使是必要的，到此只是可笑的累赘。在这里，不比在其余的地方，他们所要求于你的，只是随熟的声音与笑貌，只是好的，纯粹的本性，只是一个没有斑点子的赤裸裸的好心。在这些纯爱的骨肉的经纬中间，不由得你不从你的天性里抽出最柔糯亦最有力的几缕丝线来加密或是缝补这幅天伦的结构。

　　所以我那时坐在祖母的床边，含着两朵热泪，听母亲叙述她的病况，我脑中发生了异常的感想，我像是至少逃回了二十年的光阴，正如我膝前子侄辈一般的高矮，回复了一片纯朴的童真，早上走来祖母的床前，揭开帐子叫一声软和的奶奶，她也回叫了我一声，伸手到里床去摸给我一个蜜枣或是三片状元糕，我又叫一声奶奶，出去玩了，那是如何可爱的辰光，如何可爱的天真，但如今没有了，再也不回来了。现在床里躺着的，还不是我亲爱的祖母，十个月前我伴着到普陀登山拜佛清健的祖母，但现在何以不再答应我的呼唤，何以不再能表情，不再能说话，她的灵性哪里去了？

九

　　一天，一天，又是一天——在垂危的病榻前过的时刻，不比平常飞驶无碍的光阴，时钟上同样的一声嘀嗒，直接的打在你的焦急的心里，给你一种模糊的隐痛——祖母还是照样的眠着，右手的脉自从起病以来已是极微仅有的，但不能动弹的却反是有脉的左侧，右手还时不时在挥扇，但她的呼吸还是一例的平均，面容虽不免瘦削，光泽依然不减，并没有显著的衰象，所以我们在旁边看她的，差不多每分钟都盼望她从这长期的睡眠中醒来，打一个哈欠，就开眼见人，开口说话——果然她醒了过来，我们也不会觉得离奇，像是原来应当似的。但这究竟是我们亲人绝望中的盼望，实际上所有的医生，中医，西医，针医，都已一致的回绝，说这是"不治之症"，中医说这脉象是凭证，西医说脑壳里血管破裂，虽则植物性机能——呼吸，消化——不曾停止，但言语中枢已经断绝——此外更专门更玄学更科学的理论我也记不得了。所以暂时不变的原因，就在老太太本来的体元太好了，拳术家说的"一时不能散工"，并不是病有转机的兆头。

我们自己人也何尝不明白这是个绝症；但我们却总不忍自认是绝望：这"不忍"便是人情。我有时在病榻前，在凄悒的静默中，发生了重大的疑问。科学家说人的意识与灵感，只是神经系最高的作用，这复杂，微妙的机械，只要部分有了损伤或是停顿，全体的动作便发生相当的影响；如其最重要的部分受了扰乱，他不是变成反常的疯癫，便是完全的失去意识。照这一说，体即是用，离了体即没有用；灵魂是宗教家的大谎，人的身体一死什么都完了。这是最干脆不过的说法，我们活着时有这样有那样已经尽够麻烦，尽够受，谁还有兴致，谁还愿意到坟墓的那一边再去发生关系，地狱也许是黑暗的，天堂是光明的，但光明与黑暗的区别无非是人类专擅的假定，我们只要摆脱这皮囊，还归我清静，我就不愿意头戴一个黄色的空圈子，合着手掌跪在云端里受罪！

再回到事实上来，我的祖母——一位神智最清明的老太太——究竟在哪里？我既然不能断定因为神经部分的震裂她的灵感性便永远的消灭，但同时她又分明的失却了表情的能力，我只能设想她人格的自觉性，也许比平时消淡了不少，却依旧是在着，像在梦魇里将醒未醒时似的，明知她的儿女孙曾不住的叫唤她醒来，明知她即使要永别也总还有多少的嘱咐，但是可怜她的眼球再不能反映外界的印象，她的声带与口舌再不能表达她内心的情意，隔着这脆弱的肉体的关系，她的性灵再不能与她最亲的骨肉自由的交通——也许她也在整天整夜的伴着我们焦急，伴着我们伤心，伴着我们出泪，这才是可怜，这才真叫人悲感哩！

十

到了八月二十七那天，离她起病的第十一天，医生吩咐脉象大大的变了，叫我们当心，这十一天内每天她很困难的只咽入几滴稀薄的米汤，现在她的面上的光泽也不如早几天了，她的目眶更陷落了，她的口部的肌肉也更宽弛了，她右手的动作也减少了，即使拿起了扇子也不再能很自然的扇动了——

她的大限的确已经到了。但是到晚饭后，反是没有什么显象。同时一家人着了忙，准备寿衣的，准备冥银的，准备香灯等等的。我从里走出外，又从外走进里，只见匆忙的脚步与严肃的面容。这时病人的大动脉已经微细的不可辨，虽则呼吸还不至怎样的急促。这时一门的骨肉已经齐集在病房里，等候那不可避免的时刻。到了十时光景，我和我的父亲正坐在房的那一头一张床上，忽然听得一个哭叫的声音说——"大家快来看呀，老太太的眼睛张大了！"这尖锐的喊声，仿佛是一大桶的冰水浇在我的身上，我所有的毛管一齐竖了起来，我们跟跄的奔到了床前，挤进了人丛。果然，老太太的眼睛张大了，张得很大了！这是我一生从不曾见过，也是我一辈子忘不了的眼见的神奇。（恕罪我的描写！）不但是两眼，面容也是绝对的神变了（transfigured）；她原来皱缩的面上，发出一种鲜润的彩泽，仿佛半瘀的血脉，又一次在全身通畅了。她那布满皱纹的面颊也都回复了异样的丰润；同时她的呼吸渐渐的上升，急进的短促，现在已经几乎脱离了气管，只在鼻孔里脆响的呼出了。但是最神奇不过的是一只眼睛！她的瞳孔早已失去了收敛性，呆顿的放大了。但是最后那几秒钟，不但眼眶是充分的张开了，不但黑白分明，瞳孔锐利的紧敛了，并且放射着一种不可形容，不可信的辉光，我只能称它为"生命最集中的灵光"！这时候床前只是一片的哭声，子媳唤着娘，孙子唤着祖母，婢仆争喊着老太太，几个稚龄的曾孙，也跟着狂叫太太……但老太太最后的开眼，仿佛是与她亲爱的骨肉，作无言的诀别，我们都在号泣的送终，她也安慰了，她放心的去了。在几秒钟内，死的黑影已经移上了老人的面部，遏灭了生命的异彩，她最后的呼气，正似水泡破裂，电光杳灭，菩提的一响，生命呼出了窍，什么都止息了。

十一

我满心充塞了死象的神奇，同时又须顾管我有病的母亲，她那时出性的号啕，在地板上滚着，我自己反而哭不出来；我自己也觉得奇怪，眼看着一家长幼的涕泪滂沱，耳听着狂沸似的呼抢号叫，我不但不发生同情的反应，却反而达到一个超感情的，静定的，幽妙的意境，我想象的看见祖母脱离了躯壳与人间，穿着雪白的长袍，冉冉的上升天去，我只想默默的跪在尘埃，赞美她一生的功德，赞美她一生的圆寂。这是我的设想！我们内地人却没有这样纯粹的宗教思想；他们的假定是不论死的是高年厚德的老人或是无知无愆的幼孩，或是罪大恶极的凶人，临到弥留的时刻总是一例的有无常鬼，摸壁鬼，牛头马面，赤发獠牙的阴差等等到门，拿着镣链枷锁，来捉拿阴魂到案。所以烧纸帛是平他们的暴戾，最后的呼抢是没奈何的诀别。这也许是大部分临死时实在的情景，但我们却不能概定所有的灵魂都不免遭受这样的凌辱。譬如我们的祖老太太的死，我能想象她是登天，只能想象她慈祥的神化——像那样鼎沸的号啕，固然是至性不能自禁，但我总以为不如匍伏隐泣或祷默，较为近情，较为合理。

　　理智发达了，感情便失去了自然的浓挚；厌世主义的看来，眼泪与笑声一样是空虚的，无意义的。但厌世主义姑且不论，我却不相信理智的发达，会得妨碍天然的情感；如其教育真有效力，我以为效力就在剥削了不合理性的"感情作用"，但决不会有损真纯的感情；他眼泪也许比一般人流得少些，但他等到流泪的时候，他的泪才是应流的泪。我也是智识愈开流泪愈少的一个人，但这一次却也真的哭了好几次。一次是伴我的姑母哭的，她为产后不曾复元，所以祖母的病一直瞒着她，一直到了祖母故后的早上方才通知她。她扶病来了，她还不曾下轿，我已经听出她在啜泣，我一时感觉一阵的悲伤，等到她出轿放声时，我也在房中歔欷不住。又一次是伴祖母当年的赠嫁婢哭的。她比祖母小十一岁，今年七十三岁，亦已是个白发的婆子，她也来哭她的"小姐"，她是见着我祖母的花烛的惟一的一个人，她的一哭我也哭了。

　　再有是伴我的父亲哭的。我总是觉得一个身体伟大的人，他动情感的时候，动人的力量也比平常人伟大些。我见了我父亲哭泣，我就忍不住要伴着淌泪。但是感动我最强烈的几次，是他一人倒在床里，反复的啜泣着，叫着妈，像一个小孩似的，我就感到最热烈的伤感，在他伟大的心胸里浪涛似的起伏，我就感到母子的感情的确是一切感情的起源与总结，等到一失慈爱的荫蔽，仿佛一生的事业顿时莫有了根底，所有的欢乐都不能填平这惟一的缺陷；所以他这一哭，我也真哭了。但是我的祖母果真是死了吗？她的躯体是的，但她是不死的。诗人勃兰恩德（Bryant）说：

So live, that when thy summons comes to join the

innumerable caravan, which moves to that mysterious realm where each one takes his chamber in the silent halls of death, then go not, like the quarry slave at night scourged to his dungeon, but sustained and soothed.

By an unfaltering truth, approach thy grave like one that wraps the drapery of his couch, about him, and lies doun to pleasant dreams.

如果我们的生前是尽责任的，是无愧的，我们就会安坦的走近我们的坟墓，我们的灵魂里不会有惭愧或悔恨的齿痕。人生自生至死，如勃兰恩德的比喻，真是大队的旅客在不尽的沙漠中进行，只要良心有个安顿，到夜里你卧倒在帐幕里也就不怕噩梦来缠绕。

我的祖母，在那旧式的环境里，到我们家来五十九年，真像是做了长期的苦工，她何尝有一日的安闲，不必说子女的嫁娶，就是一家的柴米油盐，扫地抹桌子，哪一件事不在八十岁老人早晚的心上！我的伯父快近六十岁了，但他的起居饮食，还差不多完全是祖母经管的，初出世的曾孙如其有些身热咳嗽，老太太晚上就睡不安稳；她爱我宠我的深情，更不是文字所能描写；她那深厚的慈荫，真是无所不包，无所不蔽；但她的身心即使劳碌了一生，她的报酬却在灵魂的无上平安；她的安慰就在她的儿女孙曾，只要我们能够步到她的前列，各尽天定的责任，她在冥冥中也就永远的微笑了。

十一月二十四日

西湖记

1923 年 9 月 7 日——10 月 28 日
杭州——上海——杭州

九月七日

方才又来了一位丫姑太太，手里抱着一个岁半的女孩，身边跟着一个五六岁的男孩。男的是她亲生的，女的是育婴堂里抱来的；他们是一对小夫妻！小媳妇在她婆婆的胸前吃奶，手舞足蹈得很快活。

明天祖母回神。良房里的病人立刻就要倒下来似的。积年的肺痨，外加风症，外加一家老小的一团乌糟——简直是一家毒菌的工厂，和他们同住的真是危险。若然在今晚明朝倒了下来，免不得在大厅上收殓，夹着我家的二通，那才是糟！她一去，他们一房剩下的是一个黑籍的老子，一窍不通的，一群瘦骨如柴肺病种的小孩！

为一个讣闻上的继字，听说镇上一群人在沸沸的议论，说若然不加继字，直是蔑视孙太夫人。他们的口舌原来姑丈只比作他家里海棠树上的雀噪，一般的无意识，一般的招人烦厌。我们写信去请教名家以后，适之已有回信，他说古礼原配与继室，原没有分别，继姚的俗例，一定是后人歧视后母所定的；据他所知，古书上绝无根据。

九月二十九日

这一时骤然的生活改变了态度，虽则不能说是从忧愁变到快乐，至少却也是从沉闷转成活泼。最初是父亲自己也闷慌了，有一天居然把那只游船收拾个干净，找了叔薇兄弟等一群人，一直开到东山背后，过榆桥转到横头景转桥，末了还看了电灯厂方才回家。那天很愉快！塔影河的两岸居然被我寻出了一爿两片经霜的枫叶。我从水面上捞到了两片，不曾红透的，但着色糯净得可爱。寻红叶是一件韵事。（早几天我同绎荛阿六带了水果月饼玫瑰酒到东山背后去寻红叶，站在俞家桥上张皇的回望，非但一些红的颜色都找不到，连枫树都不易寻得出来，失望得很。后来翻山上去，到宝塔边去痛快的吐纳了一番。那时已经暝色渐深，西方只剩有几条青白色，月亮已经升起，我们慢慢的绕着塔院的外面下去，歇在问松亭里喝酒，三兄弟喝完了一瓶烧酒，方才回家。山脚下又布施了上月月下结识的丐友，他还问起我们答应他的冬衣哪！）菱塘里去买菱吃，又是一件趣事。那钵盂峰的下面，都是菱塘，我们船过时，见鲜翠的菱塘里，有人坐着圆圆的菱桶在采摘。我们就嚷着买菱。买了一桌子的菱，青的红的，满满的一桌子。"树头鲜"真是好吃，怪不得人家这么说。我选了几只嫩青，带回家给妈吃，她也说好。

这是我们第一次称心的活动。

八月十五那天，原来约定到适之那里去赏月的，后来因为去得太晚了，又同着绎荛，所以不曾到烟霞去。那晚在湖上也玩得很畅，虽则月儿只是若隐若现的。我们在路上的时候，满天堆紧了乌云，密层层的，不见中秋的些微消息。我那时很动了感兴——我想起了去年印度洋上的中秋！一年的差别！我心酸得比哭更难过。一天的乌云，是的，什么光明的消息都莫有！

我们在清华开了房间以后，立即坐车到楼外楼去。吃得很饱，喝得很畅。桂花栗子已经过时，香味与糯性都没有了。到九点模样，她到底从云阵里奋战了出来，满身挂着胜利的霞彩。我在楼窗上靠出去望见湖光渐渐的由黑转青，青中透白，东南角上已经开朗，喜得我大叫起来。我的欢喜不仅为的月出；最使我痛快的，是在于这失望中的满意。满天的乌云，我原来已经抵拚拿雨来换月，拿抑塞来换光明，我抵拚喝他一个醉，回头到梦里去访中秋，寻团圆——梦里是甚么都有的。

我们站在白堤上看月望湖，月有三大圈的彩晕，大概这就算是月华的了。

月出来不到一点钟又被乌云吞没了，但我却盼望，她还有扫荡廓清的能力，盼望她能在一半个时辰内，把掩盖住青天的妖魔，一齐赶到天的那边去，盼望她能尽量的开放她的清辉，给我们爱月的一个尽量的陶醉——那时我便在三个印月潭和一座雷峰塔的媚影中做一个小鬼，做一个永远不上岸的小鬼，都情愿，都愿意。

"贼相"不在家，末了抓到了蛮子仲坚，高兴中买了许多好吃的东西——有广东夹沙月饼——雇了船，一直望湖心里进发。

三潭印月上岸买栗子吃，买莲子吃；坐在九曲桥上谈天，讲起湖上的对联，骂了康圣人一顿。后来走过去在桥上发现有三个人坐着谈话，几上放有茶碗。我正想对仲坚说他们倒有意思，那位老翁涩重的语音听来很熟，定睛看时，原来他就是康大圣人！

下一天我们起身已不早，绎我同意到烟霞洞去，路上我们逛了雷峰塔，我从不曾去过，这塔的形与色与地位，真有说不出的神秘的庄严与美。塔里面四大根砖柱已被拆成倒置圆锥体形，看看危险极了。轿夫说："白状元的坟就在塔前的湖边，左首草丛里也有一个坟，前面一个石碣，说是白娘娘的坟。"我想过去，不料满径都是荆棘，过不去。雷峰塔的下面，有七八个鹄形鸠面的丐僧，见了我们一齐张起他们的破袈裟，念佛要钱。这倒颇有诗意。

我们要上桥时，有个人手里握着一条一丈余长的蛇，叫着放生，说是小青蛇。我忽然动心，出了两角钱，看他把那蛇扔在下面的荷花池里，我就怕等不到夜它又落在他的手里了。

进石屋洞初闻桂子香——这香味好几年不闻到了。

到烟霞洞时上门不见土地，适之和高梦旦他们一早游花坞去了。我们只喝了一碗茶，捡了几张大红叶——疑是香樟——就急急的下山。香蕉月饼代饭。

到龙井，看了看泉水就走。

前天在车里想起雷峰塔做了一首诗用杭白。

> 那首是白娘娘的古墓，
> （划船的手指着蔓草深处）
> 客人，你知道西湖上的佳话，
> 白娘娘是个多情的妖魔。
>
> 她为了多情，反而受苦——

爱了个没出息的许仙，她的情夫；

他听信一个和尚，一时的糊涂，

拿一个钵盂，把她妻子的原形罩住。

到今朝已有千把年的光景，

可怜她被镇压在雷峰塔底——

这座残败的古塔，凄凉地，

庄严地，永远在南屏的晚钟声里！

十月一日

前天乘看潮专车到斜桥，同行者有叔永、莎菲、经农、莎菲的先生Ellery，叔永介绍了汪精卫。一九一八年在南京船里曾经见过他一面，他真是个美男子，可爱！适之说他若是女人一定死心塌地的爱他，他是男子……他也爱他！

精卫的眼睛，圆活而有异光，仿佛有些青色，灵敏而有侠气。马君武也加入我们的团休。到斜桥时适之等已在船上，他和他的表妹及陶知行，一共十人，分两船。中途集在一只船里吃饭，十个人挤在小舱里，满满的臂膀都掉不过来。饭菜是大白肉，粉皮包头鱼，豆腐小白菜，芋艿，大家吃得很快活。精卫闻了黄米香，乐极了。我替曹女士蒸了一个大芋头，大家都笑了。精卫酒量极好，他一个人喝了大半瓶白玫瑰。我们讲了一路诗，精卫是做旧诗的，但他却不偏执，他说他很知道新诗的好处。但他自己因为不曾感悟到新诗应有的新音节，所以不曾尝试。我同适之约替陆志苇的《渡河》作一篇书评。

我原定请他们看夜潮，看过即开船到硖石，一早吃锦霞馆的羊肉面，再到俞桥去看了枫叶，再乘早车动身各分南北。后来叔永夫妇执意要回去，结果一半落北，一半上南，我被他们拉到杭州去了。

过临平与曹女士看暝色里的山形，黑鳞云里隐现的初星，西天边火饰似的红霞。

楼外楼吃蟹，精卫大外行！

湖心亭畔荡舟看月。

三潭印月闻桂花香。

十月四日

昨天与君劢、菊农等去常州。乘便游了天宁寺，大殿上有一二百个和尚在礼忏，钟声，磬声，鼓声，佛号声，合成一种宁静的和谐，使我感到异样的意境。走进大殿去，只闻着极浓馥的檀香，青色的氤氲，一直上腾到三世佛的面前，又是一种庄严而和蔼，静定的境界。

十月五日

方才从君劢处吃蟹回来，路上买得两本有趣的旧书：一是 Mark Twin 的 Is Shakespear Dead？一是 Sidney Lanier 的 Music and poetry，虽旧，却都是初版，不易得到的。

早上同裕卿到吴淞去吊君革，听了他出现的奇迹，今天我对人便讲，也已写信去告诉爸妈。这实在是太离奇了，难道最下等的迷信会有根据的吗？纸衣，纸锭，经忏，寿限……这话真是太渺茫了。我已经约定君革的母亲，他的阴灵回家时，我要去会他。君劢亦愿意去看个究竟。

今天与振飞在一枝香吃饭，谈法国文学颇畅，振飞真是个"风雅的生意人"。

十月九日

前天在常州车站上渡桥时，西天正染着我最爱的嫩青与嫩黄的和色，一颗烁亮的初星从一块云斑里爬了出来，我失声大叫好景。菊农说："寡人有疾，寡人好色！"好色是真的。最初还带几分勉强，现在看的更锐敏，欣赏也更自然了。今夜我为眼怕光，拿一张红油光纸来把电灯包了，光线恬静得多。在这微红的灯光里，烟卷烧着的一头，吸时的闪光，发出一痕极艳的青光，像磷。

十月十一日

方才从美丽川回来，今夜叔永夫妇请客，有适之，经农，擘黄，云五，梦旦，君武，振飞；精卫不曾来，君劢闯席。君劢初见莎菲，大倾倒，顷与散步时热忱犹溢，尊为有"内心生活"者，适之不禁狂笑。君武大怪精卫从政，忧其必毁。

午间东苏借君劢处请客，有适之菊农筑山等。与菊农偃卧草地上朗诵斐德的《诗论》，与哈代的诗。

午后为适之拉去沧州别墅闲谈，看他的烟霞杂诗，问尚有匿而不宣者否，适之赧然曰有，然未敢宣，以有所顾忌。《努力》已决停版，拟改组，大体略似规复《新青年》，因仲甫又复拉拢，老同志散而复聚亦佳。适之问我"冒险"事，云得自可恃来源，大约梦也。

秋白亦来，彼病肺已证实，而旦夕劳作不能休，可悯。适之翻示沫若新作小诗，陈义体格词采皆见竭蹶，岂《女神》之遂永逝？

与适之经农，步行去民厚里一二一号访沫若，久觅始得其居。沫若自应门，手抱褓褓儿，跣足，敝服（旧学生服），状殊憔悴，然广额宽颐，怡和可识。入门时有客在，中有田汉，亦抱小儿，转顾问已出门引去，仅记其面狭长。沫若居至隘，陈设亦杂，小孩羼杂其间，倾跌须父抚慰，涕泗亦须父揩拭，皆不能说华语；厨下木屐声卓卓可闻，大约即其日妇。坐定寒暄已，仿吾亦下楼，殊不谈话，适之虽勉寻话端以济枯窘，而主客间似有冰结，移时不涣。沫若时含笑睇视，不识何意。经农竟嗫不吐一字，实亦无从端启。五时半辞出，适之亦甚讶此会之窘，云上次有达夫时，其居亦稍整洁，谈话亦较融洽。然以四手而维持一日刊，一月刊，一季刊，其情况必不甚愉适，且其生计亦不裕，或竟窘，无怪其以狂叛自居。

十月十二日

方才沫若领了他的大儿子来看我，今天谈得自然的多了。他说要写信给西滢，为他评《茵梦湖》的事。怪极了，他说有人疑心西滢就是徐志摩，说笔调像极了。这倒真有趣，难道我们英国留学生的腔调的确有与人各别的地方，否则何以有许多人把我们俩混作一个？他开年要到四川赤十字医院去，他也厌恶上海。他送了我一册《卷耳集》，是他《诗经》的新译；意思是很好，他序里有自负的话："……不怕就是孔子复生，他定也要说出'启予者沫若也'的一句话。"我还只翻看了几首。

沫若入室时，我正在想做诗，他去后方续成。用诗的最后的语句作题——"灰色的人生"，问樵倒读了好几篇，似乎很有兴会似的。

同谭裕靠在楼窗上看街。他列说对街几家店铺的隐幕，颇使我感触，卑污的，罪恶的人道，难道便不是人道了吗？

十月十三日

昨写此后即去适之处长谈，自六时至十二时不少休。归过慕尔鸣路时又遇君劢菊农等，正洗澡归，截劫，拥入室内，勒不令归，因在沙发上胡睡一宵，头足岖嵝，甚苦，又有巨蚊相扰，故得寐甚微。

与适之谈，无所不至，谈书谈诗谈友情谈爱谈恋谈人生谈此谈彼，不觉夜之渐短。适之是转老回童的了，可喜！

凡适之诗前有序后有跋者，皆可疑，皆将来索引资料。

十月十五日回国周年纪念

今天是我回国的周年纪念。恰好冠来了信，一封六页的长信，多么难得的，可珍的点缀啊！去年的十月十五日，天将晚时，我在三岛丸船上拿着望远镜望碇泊处的接客者，渐次的望着了这个亲，那个友，与我最爱的父亲，五年别后，似乎苍老了不少。那时我在狂跳的心头，突然进起一股不辨是悲是喜的寒流，腮边便觉着两行急流的热泪。后来回三泰栈，我可怜的娘，生生的隔绝了五年，也只有两行热泪迎接她惟一的不孝的娇儿。但久别初会的悲感，毕竟是暂时的，久离重聚的欢怀，毕竟是实现了。那时老祖母的不减的清健，给我不少的安慰，虽则母亲也着实见老。

今年的十月十五日——今天呢？老祖母已经做了天上的仙神，再不能亲见她钟爱的孙儿生命里命定非命定的一切——今天已是她离人间的第四十九日！这是个不可补的缺陷，长驻的悲伤。我最爱的母亲，一生只是痛苦与烦劳与不怿，往时还盼望我学成后补偿她的慰藉，如今却只是病更深，烦更剧，愁思益结，我既不能消解她的愁源，又不能长侍她的左右，多少给她些温慰。父亲也是一样的失望，我不能代替他一分一息的烦劳，却反增添了他无数的白发。我是天壤间怎样的一个负罪，内疚的人啊！

一年，三百六十有五日，容易的过去了。我的原来的活泼的性情与容貌，自此亦永受了"年纪"的印痕——又是个不可补的缺陷，一个长驻的悲伤！

我最敬最爱的友人呀，我只能独自地思索，独自地想象，独自地抚摩时间遗下的印痕，独自地感觉内心的隐痛，独自地呼嗟，独自地流泪……方才我读了你的来信，江潮般的感触，横塞了我的胸臆，我竟忍不住啜泣了。我只是个乞儿，轻拍着人道与同情紧闭着的大门，妄想门内人或许有一念的慈悲，赐给一方便——但我在门外站久了，门内不闻声响，门外劲刻的凉风，却反向着我褴褛的躯骸狂扑——我好冷呀，大门内慈悲的人们呀！

前日沫若请在美丽川，楼石庵适自南京来，故亦列席。饮者皆醉，适之说诚恳话，沫若遽抱而吻之——卒飞拳投罯而散——骂美丽川也。

今晚与适之回请，有田汉夫妇与叔永夫妇，及振飞。大谈神话。出门时见腴庐——振飞言其姊妹为"上海社会之花"。

十月十六日

昨夜散席后，又与适之去亚东书局，小坐，有人上楼，穿蜡黄西服，条子绒线背心，行路甚捷，帽沿下卷——颇似捕房"三等侦探"，适之起立为介绍，则仲甫也。彼坐我对面，我睇视其貌，发甚高，几在顶中，前额似斜坡，尤异者则其鼻梁之峻直，歧如眉脊，线画分明，若近代表现派仿非洲艺术所雕铜像，异相也。

与适之约各翻曼殊斐儿作品若干篇，并邀西滢合作，由泰东书局出版，适之冀可售五千。

读E. Dowden勃朗宁传，我最爱其夫妇恋史之高洁，白莱德长罗勃德六岁，其通信中有语至骇至蠢至有味：——"I Never thought of being happy through you or by you or in you, even your good was all my idea of good and is. "

"Let me be too near to be seen……once I used to be uneasy, and to think that I ought to make you see me. But Love is better than Sight. "

"I Love your Love too much. And that is the worst fault. My be loved. I can ever find in my love of you. "

谈明宣——她是抚堂先生的小女儿，今年九岁，颇明慧可爱，我抱置膝上，诵诗娱之。

十月十七日

振铎顷来访，蜜月实仅三朝，又须如陆志苇所谓"仆仆从公"矣。

幼仪来信，言归国后拟办幼稚院，先从硖石入手。

日间不曾出门，五时吃三小蟹，饭后与树屏等闲谈，心至不怿。

忽念阿云，独彼明眸可解我忧，因即去天吉里，渭孙在家，不见阿云，讶问则已随田伯伯去绍兴矣。

我爱阿云甚，我今独爱小友，今宝宝二三四爷恐均忘我矣！

十月二十一日

昨下午自硖到此，与适之经农同寓，此来为"做工"，此来为"寻快活"。

昨在火车中，看了一个小沄做的《龙女》的故事，颇激动我的想象。

经农方才又说，日子过得太快了，我说日子只是过的太慢，比如看书一样，乏味的页子，尽可以随便翻他过去——但是到什么时候才翻得到不乏味的页子呢？

我们第一天游湖，逛了湖心亭——湖心亭看晚霞看湖光是湖上少人注意的一个精品——看初华的芦荻，楼外楼吃蟹，曹女士贪看柳梢头的月，我们把桌子移到窗口，这才是持螯看月了！夕阳里的湖心亭，妙；月光下的湖心亭，更妙。晚霞里的芦雪是金色；月下的芦雪是银色。莫泊桑有一段故事，叫做 In The Moonlight，白天适之翻给我看，描写月光激动人的柔情的魔力，那个可怜的牧师，永远想不通这个矛盾："既然上帝造黑夜来让我们安眠，这样绝美的月色，比白天更美得多，又是什么命意呢？"便是最严肃的，最古板的宝贝，只要他不曾死透僵透，恐怕也禁不起"秋月的银指光儿，浪漫的搔爬"！曹女士唱了一个"秋香"歌，婉曼得很。

三潭印月——我不爱什么九曲，也不爱什么三潭，我爱在月光下看雷峰静极了的影子——我见了那个，便不要性命。

阮公墩也是个精品，夏秋间竟是个绿透了的绿洲，晚上雾霭苍茫里，背后的群山，只剩了轮廓！它与湖心亭一对乳头形的浓青——墨青，远望去也分不清是高树与低枝，也分不清是榆荫是柳荫，只是两团媚极了的青屿——谁说这上面不是神仙之居？

我形容北京冬令的西山，寻出一个"钝"字；我形容中秋的西湖，舍不了一个"嫩"字。

昨夜二更时分与适之远眺着静偃的湖与堤与印在波光里的堤影，清绝秀绝媚绝，真是理想的美人，随她怎样的姿态，也比拟不得的绝色。我们便想出去拿舟玩月；拿一只轻如秋叶的小舟，悄悄的滑上了夜湖的柔胸，拿一支轻如芦梗的小桨，幽幽的拍着她光润，蜜糯的芳容，挑着她雾縠似的梦壳，扁着身子偷偷的挨了进去，也好分赏她贪饮月光醉了的妙趣！

但昨夜却为泰戈尔的事缠住了，辜负了月色，辜负了湖光，不曾去拿舟，也不曾去偷尝"西子"的梦情；且待今夜月来时吧！

"数大"便是美，碧绿的山坡前几千个绵羊，挨成一片的雪绒，是美；一天的繁星，千万双闪亮的神眼，从无极的蓝空中下窥大地，是美；泰山顶上的云海，巨万的云峰在晨光里静定着，是美；沧海万顷的波浪，戴着各式的白帽，在日光里动荡着，起落着，是美；爱尔兰附近的那个"羽毛岛"上栖着几千万的飞禽，夕阳西沉时只见一个"羽化"的太空，只是万鸟齐鸣的大声，是美……数大便是美，数大了，似乎按照着一种自然律，自然的会有一种特殊的排列，一种特殊的节奏，一种特殊的式样，激动我们审美的本能，激发我们审美的情绪。

所以西湖的芦荻，与花坞的竹林，也无非是一种数大的美。但这数大的美，不是智力可以分析的，至少不是我的智力所能分析的。看芦花与看黄熟的麦田，或从高处看松林的顶颠，性质是相似的；但因颜色的分别，白与黄与青的分别，我们对景而起的情感，也就各各不同。季候当然也是个影响感兴的元素。芦雪尤其代表气运之转变，一年中最显著最动人深感的转变；象征中秋与三秋间万物由荣入衰的微指；所以芦荻是个天生的诗题。

西湖的芦苇，年来已经渐次的减少，主有芦田的农人，因为芦柴的出息远不如桑叶，所以改种桑树，再过几年，也许西溪的"秋雪"，竟与苏堤的断桥，同成陈迹！

在白天的日光中看芦花，不能见芦花的妙趣；它是同丁香与海棠一样，只肯在月光下泄漏它灵魂的秘密；其次亦当在夕阳晚风中。去年十一月我在南京看玄武湖的芦荻，那时柳叶已残，芦花亦飞散过半，但紫金山反射的夕照与城头倏起的凉飚，丛苇里惊起了野鸭无数，墨点似的洒满云空（高下的鸣声相和），与一湖的飞絮，沉醉似的舞着，写出一种凄凉的情调，一种缠绵的意境，我只能称之为"秋之魂"，不可以言语比况的秋之魂！又一次看芦花的经验是在月夜的大明湖，我写给徽那篇《月照与湖》（英文的）就是纪念那难得的机会的。

所以前天西溪的芦田，它本身并不曾怎样的激动我的情感。与其白天看西溪的芦花，不如月夜泛舟到湖心亭去看芦花，近便经济得多。

花坞的竹子，可算一绝，太好了，我竟想不出适当的文字来赞美；不但竹子，那一带的风色都好，中秋后尤妙，一路的黄柳红枫，真叫人应接不暇！

三十一那天晚上我们四个人爬登了葛岭，直上初阳台，转折处颇类香山。

十月二十三日

昨天（二十二日）是一个纪念日，我们下午三人出去到壶春楼，在门外路边摆桌子喝酒。适之对着西山，夕晖留在波面上的余影，一条直长的金链似的，对映山后渐次泯灭的琥珀光；经农坐在中间，自以为两面都看得到，也许他一面也不曾看见；我的座位正对着东方初升在晚霭里渐渐皎洁的明月，银辉渗着的湖面，仿佛听着了爱人的裙响似的，霎时呼吸紧迫，心头狂跳。城南电灯厂的煤烟，那时顺着风向，一直吹到北高峰，在空中仿佛是一条漆黑的巨蟒，荫没了半湖的波光，益发衬托出受月光处的明粹。这时缓缓的从月下过来一条异样的船，大约是砖瓦船，长的，平底的。没有船舱，也没有篷帐，静静的从月光中过来，船头上站着一个不透明的人影，手里拿着一支长竿，左向右向的撑着，在银波上缓缓的过来——一幅精妙的"雪罗蔼"，镶嵌在万顷金波里，悄悄的悄悄的移着：上帝不应受赞美吗？我疯癫似的醉了，醉了！

饭后我们到湖心亭夫，横卧在湖边石板上，论世间不平事，我愤怒极了，呼嗷，咒诅，顿足，都不够发泄。后来独自划船，绕湖心亭一周，听桨破小波声，听风动芦叶声，方才勉强把无明火压了下去。

十月二十八日下午八时

完了，西湖这一段游记也完了。经农已经走了，今天一早走的，但像是已经去了几百年似的。适之已定后天回上海。我想明天，迟至后天早上走。方才我们三个人在杏花村吃饭吃蟹，我喝了几杯酒。冬笋真好吃。

一天的繁星，我放平在船上看星。沉沉的宇宙，我们的生命究竟是个什么东西？我又摸住了我的伤痕。星光呀，仁善些，不要张着这样讥刺的眼，倍增我的难受。

志摩日记（选录）

1925 年 8 月 9 目—31 日北京
1925 午 9 月 5 日—17 日上海

八月九日起日记

"幸福还不是不可能的"，这是我最近的发现。

今天早上的时刻，过得甜极了。我只要你；有你我就忘却一切，我什么都不想什么都不要了，因为我什么都有了。与你在一起没有第三人时，我最乐。坐着谈也好，走道也好，上街买东西也好。厂甸我何尝没有去过，但哪有今天那样的甜法；爱是甘草，这苦的世界有了它就好上口了。眉，你真玲珑，你真活泼，你真像一条小龙。

我爱你朴素，不爱你奢华。你穿上一件蓝布袍，你的眉目间就有一种特异的光彩，我看了心里就觉着不可名状的欢喜。朴素是真的高贵。你穿戴齐整的时候当然是好看，但那好看是寻常的，人人都认得的。素服时的眉，有我独到的领略。

"玩人丧德，玩物丧志。"这话确有道理。

我恨的是庸凡，平常，琐细，俗；我爱个性的表现。

我的胸膛并不大，决计装不下整个或是甚至部分的宇宙。我的心河也不够深，常常有露底的忧愁。我即使小有才，决计不是天生的，我信是勉强来的；所以每回我写什么多少总是难产，我惟一的靠傍是刹那间的灵通。我不能没有心的平安。眉，只有你能给我心的平安。在你完全的蜜甜的高贵的爱里，我享受无上的心与灵的平安。

凡事开不得头，开了头便有重复，甚至成习惯的倾向。在恋中人也得提防小漏缝儿，小缝儿会变大窟窿，那就糟了。我见过两相爱的人因为小事情误会斗口，结果只有损失，没有利益。我们家乡俗谚有："一天相骂十八头，夜夜睡在一横头"，意思说是好夫妻也免不了吵。我可不信，我信合理的生活，动机是爱，知识是指南针；爱的生活也不能纯粹靠感情，彼此的了解是不可少的。爱是帮助了解的力，了解是爱的成熟，最高的了解是灵魂的化合，那是爱的圆满功德。

没有一个灵性不是深奥的，要懂得真认识一个灵性，是一辈子的工作。这工夫愈下愈有味，像逛山似的，惟恐进得不深。

眉，你今天说想到乡间去过活，我听了顶欢喜，可是你得准备吃苦。总有一天我引你到一个地方，使你完全转变你的思想与生活的习惯。你这孩子其实太娇养惯了！我今天想起丹农雪乌的《死的胜利》的结局；但中国人，哪配！眉，你我从今起对爱的生活负有做到他十全的义务。我们应得努力。眉，你怕死吗？眉，你怕活吗？活比死难得多！眉，老实说，你的生活一天不改变，我一天不得放心。但北京就是阻碍你新生命的一个大原因，因此我不免发愁。

我从前的束缚是完全靠理性解开的，我不信你的就不能用同样的方法。万事只要自己决心，决心与成功间的是最短的距离。

往往一个人最不愿意听的话，是他最应得听的话。

八月十日

我六时就醒了，一醒就想你来谈话，现在九时半了，难道你还不曾起身，我等急了。

我有一个心，我有一个头，我心动的时候，头也是动的。我真应得谢天，我在这一辈子里，本来自问已是陈死人，竟然还能尝着生活的甜味，曾经享受过最完全，最奢侈的时辰。我从此是一个富人，再没有抱怨的口实，我已经知足。这时候，天坍了下来，地陷了下去，霹雳击在我的身上，我再也不怕死，不愁死，我满心只是感谢。即使眉你有一天（恕我这不可能的设想）心换了样，停止了爱我，那时我的心就像莲蓬似的栽满了窟窿，我所有热血都从这些窟窿里流走——即使有那样悲惨的一天，我想我还是不敢怨的，因为你我的心曾经一度灵通，那是不可灭的。上帝的意思到处是明显的，他的发落永远是公正的；我们永远不能批评，不能抱怨。

八月十一日

这过的是什么日子！我这心上压得多重呀！眉，我的眉，怎么好呢？刹那间有千百件事在方寸间起伏，是忧，是虑，是瞻前，是顾后，这笔上哪能写出？眉，我怕，我真怕世界与我们是不能并立的，不是我们把他们打毁成全我们的话，就是他们打毁我们，逼迫我们去死。眉，我悲极了，我胸口隐隐的生痛，我双眼盈盈的热泪，我就要你，我此时要你，我偏不能有你，喔，这难受——恋爱是痛苦，是的眉，再也没有疑义。眉，我恨不得立刻与你死去，因为只有死可以给我们想望的清静，相互的永远占有。眉，我来献全盘的爱给你，一团火热的真情，整个儿给你，我也盼望你也一样拿整个，完全的爱还我。

世上并不是没有爱，但大多是不纯粹的，有漏洞的，那就不值钱，平常，浅薄。我们是有志气的，决不能放松一屑屑，我们得来一个真纯的榜样。眉，这恋爱是大事情，是难事情，是关生死超生死的事情——如其要到真的境界，那才是神圣，那才是不可侵犯。有同情的朋友是难得的，我们现有少数的朋友，就思想见解论，在中国是第一流。他们都是真爱你我，看重你我，期望你我的。他们要看我们做到一般人做不到的事，实现一般人梦想的境界。他们，我敢说，相信你我有这天赋，有这能力；他们的期望是最难得的，但同时你我负着的责任，那不是玩儿。对己，对友，对社会，对天，我们有奋斗争到底，做到十全的责任！眉，你知道我这来心事重极了，晚上睡不着不说，睡着了就来怖梦，种种的顾虑整天像刀光似的在心头乱刺，眉，你又是在这样的环境里嵌着，连自由谈天的机会都没有，咳，这真是哪里说起！眉，我每晚睡在床上寻思时，我仿佛觉着发根里的血液一滴滴的消耗，在忧郁的思念中黑发变成苍白。一天二十四时，心头哪有一刻的平安——除了与你单独相对的俄顷，那是太难得了。眉，我们死去吧。眉，你知道我怎样的爱你，啊眉！比如昨天早上你不来电话，从九时半到十一时我简直像是活抱着炮烙似的受罪，心那么的跳，那么的痛。也不知为什么，说你也不信，我躺在榻上直咬着牙，直翻身喘着哪！后来再也忍不住了，自己拿起了电话，心头那阵发的狂跳，差一点叫我晕了。谁知你一直睡着没有醒，我这自讨苦吃多可笑。但同时你得知道，眉，在恋中人的心理是最复杂的心理，说是最不合理可以，说是最合理也可以。眉，你肯不肯亲手拿刀割破我的胸膛，挖出我那血淋淋的心留着，算是我给你最后的礼物？

今朝上睡昏昏的只是在你的左右。那怖梦真可怕，仿佛有人用妖法来离间我们，把我迷在一辆车上，整天整夜的飞行了三昼夜，旁边坐着一个瘦长的严肃的妇人，像是命运自身，我昏昏的身体动不得，口开不得，听凭那妖车带着我跑，等得我醒来的时候有人来对我说你已另订约了。我说不信。你带约指的手指忽在我眼前闪动。我一见就往石板上一头冲去，一声悲叫，就死在地下——正当你电话铃响把我振醒，我那时虽则醒了，但那一阵的凄惶与悲酸，像是灵魂出了窍似的。可怜呀，眉！我过来正想与你好好的谈半点钟天。偏偏你又得出门就诊去，以后一天就完了，四点以后过的是何等不自然而侷促的时刻！我与"先生"谈，也是凄凉万状。我们的影子在荷池圆叶上晃着，我心里只是悲惨。眉呀，你快来伴我死去吧！

八月十二日

这在恋中人的心境真是每分钟变样，绝对的不可测度。昨天那样的受罪，今儿又这般的上天，多大的分别！像这样的艳福，世上能有几个人享着；像这样奢侈的光阴，这宇宙间能有几多？却不道我年前口占的"海外缠绵香梦境，销魂今日竟燕京"，应在我的甜心眉的身上！B明白了，我真又欢喜又感激！他这来才够交情，我从此完全信托他了。眉，你的福分可也真不小，当代贤哲你瞧都在你的妆台前听候差遣。眉，你该睡着了吧。这时候，我们又该梦会了！说也真奇，这来精神异常的抖擞，真想做事了；眉，你内助我，我要向外打仗去！

八月十四日

昨晚不知那儿来的兴致，十一点钟跑到W家里，本想与奚谈天。他买了新鲜蜜桃，葡萄，莎果，莲蓬请我，谁知讲不到几句话，太太回来了，那就是完事。接着 W 和 M 也来了，一同在天井里坐着闲话，大家嚷饿，就吃蛋炒饭。我吃了两碗，饭后就嚷打牌，我说那我就得住夜，住夜就得与他们夫妻同床，M 连骂"要死快哩，疯头疯脑"，但结果打完了八圈牌，我的要求居然做到，三个人一头睡下，熄了灯，M 躲紧在 W 的胸前，咯吱吱地笑个不住，我假装睡着，其实他们说话我全听分明，到天亮都不曾落忽。

眉，娘真是何苦来。她是聪明，就该聪明到底；她既然看出我们俩都是痴情人容易钟情，她就该得想法大处落墨。比如说禁止你与我往来，不许你我见面，也是一个办法；否则就该承认我们的情分，给我们一条活路才是道理。像这样小鹣鹣的溜着眼珠当着人前提防，多说一句话该，多看一眼该，多动一手该，这可不是真该，实际毫无干系，只叫人不舒服，强迫人装假，真是何苦来。眉，我总说有真爱就有勇气，你爱我的一片血诚，我身体磨成了粉都不能怀疑，但同时你娘那里既不肯冒险，他那里又不肯下决断，生活上也没有改向，单叫我含糊的等着，你说我心上哪能有平安，这神魂不定又哪能做事？因此不由不私下盼望你能进一步爱我，早晚想一个坚决的办法出来，使我早一天定心，早一天能堂皇的做人，早一天实现我一辈子理想中的新生活。眉，你爱我究竟是怎样的爱法？

我不在时你想我，有时很热烈的想我，那我信！但我不在时你依旧有你的生活，并不是怎样的过不去，我在你当然更高兴。但我所最要知道的是，眉呀，我是否你"完全的必要"，我是否能给你一些世上再没有第二人能给你的东西，是否在我的爱你的爱里你得到了你一生最圆满，最无遗憾的满足？这问题是最重要不过的，因为恋爱之所以为恋爱就在他那绝对不可改变不可替代的一点：罗米乌爱玖丽德，愿为她死，世上再没有第二个女子能动他的心，玖丽德爱罗米乌，愿为他死，世上再没有第二个男子能占她一点子的情。他们那恋爱之所以不朽，又高尚，又美，就在这里。他们俩死的时候彼此都是无遗憾的，因为死成全他们的恋爱到最完全最圆满的程度，所以这，"Die upon a kiss"是真钟情人理想的结局，再不要别的。反面说，假如恋爱是可以替代的，像是一支牙刷烂了可以另买，皮服破了可以另制，他那价值也就可想。"定情"——the spiritual engagement, the great mutual giving up——是一件伟大的事情，两个灵魂在上帝的眼前自愿的结合，人间再没有更美的时

徐志摩精品集

刻——恋爱神圣就在这绝对性，这完全性，这不变性；所以诗人说：

……the light of a whole life die, When love is done.

恋爱是生命的中心与精华；恋爱的成功是生命的成功，恋爱的失败是生命的失败，这是不容疑义的。

眉，我感谢上苍，因为你已经接受了我；这来我的灵性有了永久的寄托，我的生命有了最光荣的起点，我这一辈子再不能想望关于我自身更大的事情发现，我一天有你的爱，我的命就有根，我就是精神上的大富翁。因此我不能不切实的认明这基础究竟是多深，多坚实，有多少抵抗侵凌的实力——这生命里多的是狂风暴雨！

所以我不怕你厌烦我要问你究竟爱到什么程度？有了我的爱，你是否可以自慰已经得到了生命与生命中的一切？反面说，要没有我的爱，是否你的一生就没有了光彩？我再来打譬喻：你爱吃莲肉，爱吃鸡豆肉；你也爱我的爱；在这几天我信莲肉，鸡豆，爱都是你的需要；在这情形下爱只像是一个"加添的必要"。An additional necessity, 不是绝对的必要，比如空气，比如饮食，没了一样就没有命的。有莲时吃莲，有鸡豆时吃鸡豆，有爱时"吃"爱。好，再过几时时新就换样，你又该吃蜜桃，吃大石榴了，那时假定我给你的爱也跟着莲与鸡豆完了，但另有与石榴同时的爱现成可以"吃"——你是否能照样过你的活，照样生活里有跳有笑的？再说明白的，眉呀，我祈望我的爱是你的空气，你的饮食，有了就活，缺了就没有命的一样东西；不是鸡豆或是莲肉，有时吃固然痛快，过了时也没有多大交关，石榴柿子青果跟着来替口味多着吧！眉，你知道我怎样的爱你，你的爱现在已是我的空气与饮食，到了一半天不可少的程度，因此我要知道在你的世界里我的爱占一个什么地位？

May, I miss your passionately appealing gazings and soulcom municating glances which once so overwhelmed and ingraliated me.Suppose I die suddenly tomorrow morning. Suppose I change my heart and love somebody else, What then would you feel and what would you do ? These are very cruel supposition, I know, but all the same I can't help making them, such being the lover's psychology.

Do you know what would I have done if in my coming back, I should have found my love no longer mine ! Try and imagine the situation and tell me what you think.

日记已经第六天了，我写上了一二十页，不管写的是什么，你一个字都还没有出世哪！但我却不怪你，因为你真是忙；我自己就负你空忙大部分的责。但我盼望你及早开始你的日记，纪念我们同玩厂甸那一个甜蜜的早上。我上面一大段问你的话，确是我每天郁在心里的一点意思，眉，你不该答复我一两个字吗？眉，我写日记的时候我的意绪益发蚕丝似的绕着你；我笔下多写一个眉字，我口里低呼一声我的爱，我的心为你多跳了一下。你从前给我写的时候也是同样的情形我知道，因此我益发盼望你继续你的日记，也使我多得一点欢喜，多添几分安慰。

　　我想去买一只玲珑坚实的小箱，存你我这几月来交换的信件，算是我们定情的一个纪念，你意思怎样？

八月十六日

　　真怪，此刻我的手也直抖擞，从没有过的，眉，我的心，你说怪不怪，跟你的抖擞一样？想是你传给我的，好，让我们同病；叫这剧烈的心震震死了岂不是完事一宗？事情的确是到门了，眉，是往东走或往西去你赶快得定主意才是，再要含糊时大事就变成了玩笑，那可真不是玩！他那口气是最分明没有的了；那位京友我想一定是双心，决不会第二个人。他现在的口气似乎比从前有主意的多。他已经准备"依法办理"；你听他的话"今年决不拦阻你"。好，这回像人了！他像人，我们还不争气吗？眉，这事情清楚极了，只要你的决心，娘，别说一个，十个也不能拦阻你。我的意思是我们同到南边去（你不愿我的名字混入第一步，固然是你的好意，但你知道那是不成功的，所以与其拖泥带浆还不如走大方的路，来一个干脆，只是情是真的，我们有什么见不得人面的地方？）找着P做中间人，解决你与他的事情，第二步当然不用提及，虽则谁不明白？眉，你这回真不能再做小孩了，你得硬一硬心，一下解决了这大事免得成天怀鬼胎过不自然的痛苦的日子。要知道你一天在这尴尬的境地里嵌着，我也心理上一天站不直，哪能真心去做事，害得谁都不舒服，真是何苦来？眉，救人就是自救，自救就是救人。我最恨的是苟且，因循，懦怯，在这上面无论什么事都是找不到基础的。有志者事竟成，没有错儿。奋勇上前吧，眉。你不用怕，有我整个儿在你旁边站着，谁要动你分毫，有我拼着性命保护你，你还怕什么？

今晚我认账心上有点不舒服，但我有解释，理由很长，明天见面再说吧。我的心怀里，除了挚爱你的一片热泪外，我决不容留任何夹杂的感想；这册爱眉小札里，除了登记因爱而流出的思想外，我也决不愿夹杂一些不值得的成分。眉，我是太痴了，自顶至踵全是爱。你得明白我，你得永远用我的柔情包住我这一团的热情，决不可有一丝的漏缝，因为那时就有爆烈的危险。

八月十九日

眉，你救了我，我想你这回真的明白了，情感到了真挚而且热烈时，不自主的往极端方向走去，亦难怪我昨夜一个人发狂似的想了一夜。我何尝成心和你生气，我更不会存一丝的怀疑，因为那就是怀疑我自己的生命，我只怪嫌你太孩子气，看事情有时不认清亲疏的区别，又太顾虑，缺乏勇气。须知真爱不是罪，（就怕爱而不真，做到真字的绝对义那才做到爱字。）在必要时我们得以身殉，与烈士们爱国，宗教家殉道，同是一个意思。你心上还有芥蒂时，还觉着"怕"时，那你的思想就没有完全叫爱染色，你的情没有到晶莹剔透的境界，那就比一块光泽不纯的宝石，价值不能怎样高的。昨晚那个经验，现在事后想来，自有它的功用。你看我活着不能没有你，不单是身体，我要你的性灵，我要你身体完全的爱我，我也要你的性灵完全的化入我的，我要的是你的绝对的全部——因为我献给你的也是绝对的全部，那才当得起一个爱字。在真的互恋里，眉，你可以尽量，尽性的给，把你一切的所有全给你的恋人，再没有任何的保留，隐藏更不须说；这给，你要知道，并不是给，像你送人家一件袍子或是什么，非但不是给掉，这给是真的爱，因为在两情的交流中，给与爱再没有分界；实际是你给的多你愈富有，因为恋情不是像金子似的硬性，它是水流与水流的交抱，是明月穿上了一件轻快的云衣，云彩更美，月色亦更艳了。眉，你懂得不是，我们买东西尚且要挑剔，怕上当，水果不要有洼洞的，宝石不要有斑点的，布绸不要有绉纹的，爱是人生最伟大的一件事实，如何少得一个完全：一定得整个换整个，整个化人整个，像糖化在水里，才是理想的事业，有了那一天，这一生也就有了交代了。

眉，方才你说你愿意跟我死去，我才放心你爱我是有根了；事实不必有，决心不可不有，因为实际的事变谁都不能测料，到了临场要没有相当准备时，原来神圣的事业立刻就变成丑陋的玩笑。

世间多的是没志气人，所以只听见玩笑，真的能认真的能有几个人；我们不可不格外自勉。

我不仅要爱的肉眼认识我的肉身，我要你的灵眼认识我的灵魂。

八月二十一日

眉，醒起来。眉，起来，你一生最重要的交关已经到门了。你再不可含糊，你再不可因循，你成人的机会到了，真的到了。他已经把你看作泼水难收，当着生客们的面前，尽量的羞辱你；你再没有志气，也不该犹豫了；同时你自己也看得分明，假如你离成了，决不能再在北京耽下去。我是等着你，天边去，地角也去，为你我什么道儿都欣欣的不踌躇的走去。听着：你现在的选择，一边是苟且暧昧的图生，一边是认真的生活；一边是肮脏的社会，一边是光荣的恋爱；一边是无可理喻的家庭，一边是海阔天空的世界与人生；一边是你的种种的习惯，寄妈舅母，各类的朋友，一边是我与你的爱。认清楚了这回，我最爱的眉呀，"差以毫厘，谬以千里"，"一失足成千古恨"，你真的得下一个完全自主的决心，叫爱你期望你的真朋友们，一致起敬你才好呢！

眉，为什么你不信我的话？到什么时候你才听我的话！你不信我的爱吗？你给我的爱不完全吗？为什么你不肯听我的话，连极小的事情都不依从我——倒是别人叫你上哪儿你就梳头打扮了快走？你果真爱我，不能这样没胆量，恋爱本是光明事。为什么要这样子偷偷的，多不痛快？

眉，要知道你只是偶尔的觉悟，偶尔的难受。我呢，简直是整天整晚的叫忧愁割破了我的心。O May！ Love me; give me all your love, let us become one; try to live into my love for you. let my love fill you, nourish you, caress your daring body and hug your daring soul too; let me love stream over you, merge you thoroughly; let me rest happy and confident in your passion for me.

忧愁他整天拉着我的心，
像一个琴师操练他的琴，
悲哀像是海礁间的飞涛，
看他那汹涌听他那呼号。

八月二十二日

眉，今儿下午我实在是饿慌了，压不住上冲的肝气，就这么说吧，倒叫你笑话酸劲儿大，我想想是觉着有些过分的不自持，但同时你当然也懂得我的意思。我盼望，聪明的眉呀，你知道我的心胸不能算不坦白，度量也不能说是过分的窄。我最恨是琐碎地方认真，但大家要分明，名分与了解有了就好办，否则就比如一盘不分疆界的棋，叫人无从下手了。很多事情是庸人自扰，头脑清明所以是不能少的。

你方才跳舞说一句话很使我自觉难为情，你说"我们还有什么客气？"难道我真的气度不宽，我得好好的反省才是。眉，我没有怪你的地方，我只要你的思想与我的合并成一体，绝对的泯缝，那就不易见错儿了。

我们得互相体谅；你我间的一切都得从一个爱字里流出。

我一定听你的话。你叫我几时回南我就几时回南，你叫我几时往北我就几时往北。

今天本想当人前对你说一句小小的怨语，可没有机会。我想说，"小眉真对不起人，把人家万里格外叫了回来了，可连一个清静谈话的机会都没给人家！"下星期西山去一定可以有机会了，我想着就起劲。你呢，眉？

我较深的思想一定得写成诗才能感动你。眉，有时我想就只你一个人真的懂我的诗，爱我的诗。真的我有时恨不得拿自己血管里的血写一首诗给你，叫你知道我爱你是怎样的深。

眉，我的诗魂的滋养全得靠你，你得抱着我的诗魂像抱亲孩子似的，他冷了你得给他穿，他饿了你得喂他食——有你的爱他就不愁饿不愁冻，有你爱他就有命！

眉，你得引我的思想往更高更大更美处走；假如有一天我思想堕落或是衰败时就是你的羞耻，记着了，眉！

已经三点了，但我不对你说几句话我就别想睡。这时你大概早睡着了，明儿九时半能起吗？我怕还是问题。

你不快活时我最受罪，我应当是第一个有特权有义务给你慰安的人不是？下回无论你怎样受了谁的气不受用时，只要我在你旁边看你一眼或是轻轻的对你说一两个小字，你就应得宽解；你永远不能对我说"Shut up"（当然你决不会说的，我是说笑话。）叫我心里受刀伤。

我们男人，尤其是像我这样的痴子，真也是怪，我们的想头不知是那样转的，比如说去秋那"一双海电"，为什么这一来就叫一万二千度的热顿时变成了冰，烧得着天的火立刻变成了灰。也许我是太痴了，人间绝对的事情本是少有的。All or Nothing 到如今还是我做人的标准。

眉，你真是孩子，你知道你的情感的转向来的多快，一会儿气得话都说不出，一会儿又嚷吃面包了！

今晚与你跳的那一个舞，在我是最 enjoy 不过了，我觉得从没有经验过那样浓艳的趣味——你要知道你偶尔唤我时我的心身就化了！

八月二十三日

昨晚来今雨轩又有慷慨激昂的"援女学联会"，有一个有胡子矮矮的，他像是大军师模样。三五个女学生一群男学生站在一起谈话，女的哭哭噪噪，一面擦眼泪，一面高声的抗议。我只听见"像这样还有什么公理呢？"又说"谁失踪了，准受重伤了，谁准叫他们打死了，唉，一定是打死了，乌乌乌乌……"

眉倒看得好玩，你说女人真不中用，一来就哭；你可不知道女人的哭才是她的真本领哩！

今天一早就下雨，整天阴霾到底。你不乐，我也不快；你不愿见人，并且不愿见我；你不打电话，我知道你连我的声音都不愿听见。我可一点不怪你，眉，我懂得你的抑郁，我只抱歉我不能给你我应分的慰安。十一点半了，你还不曾回家，我想象此时坐在一群叫嚣不相干的俗客中间，看他们放肆的赌，你尽愣着，眼泪向里流着，有时你还得赔笑脸。眉，你还不厌吗，这种无谓的生活，你还不造反吗？眉？

　　我不知道我对你说着什么话才好，好像我所有的话全说完了，又像是什么话都没有说。眉呀，你望不见我的心吗？这凄凉的大院子今晚又是我单个儿占着，静极了，我觉得你不在我的周围，我想飞上你那里去，一时也像飞不到的样子。眉，这是受罪．真是受罪！方才"先生"晚他这一时不肯上我们这儿来，因为他看了我们不自然的情形觉着不舒服，原来事情没有到门大家见面打哈哈倒没有什么，这回来可不对了，悲惨的颜色，紧急的情调，一时都来了，但见面时还得装作，那就是痛苦，连旁观人都受着的，所以他不愿意来，虽则他很 Miss 你。他明天见娘谈话去，他再不见效，准都不能见效了，他真是好朋友，他见到，他也做到，我们将来怎样答谢他才好哩。S 来信有这几句话——我觉得自己无助的可怜，但是一看小曼，我觉得自己运气比她高多了，如果我精神上来，多少可以做些事业，她却难上难，一不狠心立志，险得很。岁月蹉跎，如何能保守健康精神与身体，志摩？你们都是她的至近朋友，怎不代她设想设想？使她蹉跎下去，真是可惜……

八月二十四日

　　这来你真的很不听话，眉，你知道不？也许我不会说话，你不爱听；也许你心烦听不进，今晚在真光我问你记否去年第一次在剧场觉得你的发卷擦着我的脸，（我在海拉尔寄回一首诗来纪念那初度尖锐的官感，在我是不可忘的。）你理都没有理会我，许是你看电影出了神，我不能过分怪你。

　　今晚北海真好，天上的双星那样的晶清，隔着一条天河含情的互睇着；满池的荷叶在微风里透着清馨；一弯黄玉似的初月在西天挂着；无数的小虫相应的叫着；我们的小舫在荷叶丛中刺着，我就想你，要是你我俩坐着一只船在湖心里荡着，看星，听虫，嗅荷馨，忘却了一切，多幸福的事，我就怨你这一时心不静，思想不清，我要你到山里去也就为此。你一到山里心胸自然开豁的多，我敢说你多忘了一件杂事，你就多一分心思留给你的爱。你看看地上的草色，看看天上的星光，摸摸自己的胸膛，自问究竟你的灵魂得到了寄托没有，你的爱得到了代价没有，你的一生寻出了意义没有？你在北京城里是不会有清明思想的——大自然提醒我们内心的愿望。

　　我想我以后写下的不拿给你看了。眉，一则因为天天看烦得很，反正是这一路的话，这爱长爱短老听也是怪腻烦的；二则我有些不甘愿，因为分明这来你并不怎样看重我的"心声"。我每天写，有功夫就写，倒像是我惟一的功课，很多是夜阑人静半夜三更写的，可是你看也就翻过算数，到今天你那本子还是白白的，我问你劝你的话你也从不提及，可见你并不曾看进去，我写当然还是写，但我想这来不每天缴卷似的送过去了，我也得装装马虎，等你自己想起时问起时真的要看时再给你不迟。我记得（你记得吗，眉？）才几个月前你最初与我秘密通讯时，你那时的诚恳，焦急，需要，怎样抱怨我不给你多写，你要看我的字就比掉在岸上的鱼想水似的急，——咳，那时间我的肝肠都叫你摇动了，眉！难道这几个月来你已经看够了不成？我的话准没有先前的动听，所以你也不再着急要，虽则我自问我对你一往的深情真是一天深似一天，我想看你的字，想听你的话，想搂抱你的思想，正比你几个月前想要我的有增无减——眉，这是什么道理？我知道我如其尽说这一套带怨意的话，你一定看得更不耐烦，我真是愈来愈蠢了，什么新鲜的念头，讨人欢喜招人乐的俏皮话一句也想不着，这本子一页又一页只是板着脸子说的郑重话，那能怪你不爱看——我自个活该不是？下回我想来一个你给我的信的研究——我要重新接近你那时的真与挚，热烈与深刻。眉，你知道你那时偶尔看一眼，那一眼里含着多少的深情呀！现在你快正眼都不爱觑我了，眉，这是什么道理？你说你心烦，所以连面都不愿见我——我懂得，我不怪你，假如我再跑了一次看看——我不在跟前时也许你的思想到会分给我一些——你说人在身边，何必再想，真是！这样来我愿意我立即死了，那时我倒可以希望占有你一部分纯洁的思想的快乐。眉，你几时才能不心烦？你一天心烦，我也一天不心安，因为我们俩的思想镶不到一起，随我怎样的用力用心——

眉，假如我逼着你跟我走，那是说到和平办法真没有希望时，你将怎样发付我？不，我情愿收回这问句，因为你也许忍心拿一把刀插在爱你的摩的心里！

咳，"以不了了之"，什么话！我倒不信。徐志摩不是懦夫，到相当时候我有我的颜色，无耻的社会你们看着吧！

眉，只要你有一个日本女子一半的痴情与侠气——你早跟我飞了，什么事都解决了。乱丝总得快刀斩，眉，你怎的想不通呀！

上海有时症，天又热，我也有些怕去。

八月二十七日

两天不亲近爱眉小札了，真觉得抱歉。

香山去只增添、加深我的懊丧与惆怅。眉，没有一分钟不怀有想你的痴情。眉，上山，听泉，折花，望远，看星，独步，嗅草，捕虫，寻梦——哪一处没有你，眉，哪一处不惦着你，眉，哪一个心跳不是为着你，眉！

我一定得造成你，眉；旁人的闲话我愈听愈恼，愈愤愈自信，眉！交给我你的手，我引你到更高处去，我要你放胆地完全信任地把你的手交给我。

我没有别的方法，我就有爱；没有别的天才，就是爱；没有别的能耐，只是爱；没有别的动力，只是爱。

我是极空洞的一个穷人，我也是一个极充实的富人——我有的只是爱。

眉，这一潭清洌的泉水，你不来洗濯谁来；你不来解渴谁来；你不来照形谁来？

我白天想望的，晚间祈祷的，梦中缠绵的，平时神往的——只是爱的成功，那就是生命的成功。

是真爱不能没有力量；是真爱不能没有悲剧的倾向。

眉，"先生"说你意志不坚强，所以目前逢着有阻力的环境倒是好的，因为有阻力的环境是激发意志最强的一个力量，假如阻力再不能激发意志时，那事情也就不易了。这时候各界的看法各个不同，眉，你觉出了没有？有绝对怀疑的；有相对怀疑的；有部分同情的；有完全同情的（那很少，除是老K）；有嫉忌的，有阴谋破坏的（那最危险）；有肯积极助成的，有愿消极帮忙的……都有。但是，眉，听着，一切都跟着你我自己走；只要你我有意志，有气，有勇，加在一个真的情爱上，什么事不成功，真的！

有你存我的怀中，虽则不过几秒钟，我的心头便没有忧愁的踪迹；你不在我的当前，我的心就像挂灯笼似的悬着。

你为什么不抽空给我写一点？不论多少，抱着你的思想与抱着你的温柔的肉体，同样是我这辈子无上的快乐。

往高处走，眉，往高处走！

我不愿意你过分"爱物"，不愿意你随便花钱，无形中养成"想什么非要到手什么不可"的习惯；我将来决不会怎样赚钱的，即使有机会我也不来，因为我认定奢侈的生活不是高尚的生活。

爱，在俭朴的生活中，是有真生命的，像一朵朝露浸着的小草花；在奢华的生活中，即使有爱，不能纯粹，不能自然，像是热屋子里烘出来的花，一半天就衰萎的忧愁。

论精神我主张贵族主义，谈物质我主张平民主义。

眉，你闲着的时候想一想，你会不会有一天厌弃你的摩？

不要怕想，想是领到"通"的路上去的。

爱朋友怜惜与照顾也得有个限度，否则就有界限不分明的危险。

小的地方要防，正因为小的地方容易忽略。

八月二十八日

这生活真闷死得人，下午等你消息不来时我反仆在床上，凄凉极了，心跳得飞快，在迷惘中呻吟着"Let me die, let me die！ Love！"

眉，你的舌头上生疱，说话不利便；我的舌头上不生疱，说话一样的不能出口，我只能连声的叫你，眉，眉，你听着了没有？

为谁憔悴？眉，今天有不少人说我。

老太爷防贼有功，应赏反穿黄马褂！

心里只是一束乱麻，叫我如何定心做事？

"南边去防口实"，咳眉，这回再要"以不了了之"，我真该投身西湖做死鬼去了。我本想在南行前写完这本日记的，但看情形怕不易了，眉，这本子里不少我的呕心血的话，你要是随便翻过的话，我的心血就白呕了！

八月三十一日

眉，今晚我只是"爽然"！"如此星辰非昨夜，为谁风露立终宵"，多凄凉的情调呀！北海月色荷香，再会了！

织女与牛郎，清浅一水隔，相对两无言，盈盈复脉脉。

九月五日　上海

前几天真不知是怎样过的，眉呀，昨晚到站时"谭谭"背给我听你的来电，他不懂得末尾那个眉字，瞎猜是密码还是什么，我真忍不住笑了——好久不笑了眉，你的摩！

"先生"真可人，"一切如意——珍重——眉"多可爱呀，救命王菩萨，我的眉！这世界毕竟不是骗人的，我心里又漾着一阵甜味儿，痒齐齐怪难受的，飞一个吻给我至爱的眉，我感谢上苍，真厚待我，眉终究不负我，忍不住又独自笑了。昨夜我住在蒋家，覆去翻来老想着你，哪睡得着，连着蜜甜的叫你嗔你亲你，你知道不，我的爱？

今天捱过好不容易，直到十一时半你的信才来，阿弥陀佛，我上天了。我一拆开信见你肥肥的字迹我就想躲着，我妈坐在我对桌，我爸躺在床上，同声笑着骂了："谁来看你信，这鬼鬼祟祟的干么！"我倒怪不好意思的。念你信时我面上一定很有表情，一忽儿紧皱着眉头，一忽儿笑逐颜开，妈准递眼风给爸笑话我哪！

眉，我真心的小龙，这来才是推开云雾见青天了！我心花怒放就不用提了。眉，我恨不得立刻搂着你，亲你一个气都喘不回来，我的至宝，我的心血，这才是我的好龙儿哪！

你那里是披心沥胆，我这里也打开心肠来收受你的至诚——同时我也不敢不感激我们的"红娘"，他真是你我的恩人——你我还不争气一些！

说也真怪，昨天还是在昏沉地狱里抗着的，这来勇气全回来了，你答应了我的话，你给了我交代，我还不听你话向前做事去？眉，你放心，你的摩也不能不给你一个好"交代"！

今天我对 P 全讲了。他明白，他说有办法，可不知什么办法？

真厌死人，娘还得跟了来！我本想到南京去接你的，她若来时我连上车站都不便，这多气人，可是我听你话眉，如今我完全听你话，你要我怎办就怎办，我完全信托你，我耐着——为着你眉。

眉，你几时才能再给我一个甜甜的——我急了！

九月八日

风波，恶风波。

眉，方才听说你在先施吃冰淇淋剪发，我也放心了；昨晚我说——"The absolute way out is the best way out．"

我意思是要你死，你既不能死，那你就活；现在情形大概你也活得过去，你也不须我保护；我为你已经在我的灵魂上堆上一大塔的窑煤，我等于说了谎，我想我至少是对得住你的；这也是意气使然，有行动时只是往下爬，永远不能向上争，我只能暂时洒一滴伤心的悲泪，拿一块冷笑的毛毡包起我那流鲜血的心，等着再看随后的变化罢。

我此时竟想立刻跑开，远着你们，至少让"你的"几位安安心；我也不写信给你，也没法写信；我也不想报复，虽则你娘的横蛮真叫人发指；我也不要安慰，我自己会骗自己的，罢了，罢了，罢了，真罢了！

一切人的生活都是说谎打底的。志摩，你这个痴子妄想拿真去代谎，罢了，真罢了！

眉，难道这就是你我的下场？难道老婆婆的一条命就活活的吓倒了我们，真的蛮横压得倒真情吗？

眉，我现在只想在什么时候再有机会抱着你痛哭一场——我此时忍不住悲泪直流，你是弱者眉，我更是弱者中的弱者，我还有什么面目见朋友去，还有什么心肠做事情去——罢了，罢了，真罢了！

眉，留着你半夜惊醒时一颗凄凉的眼泪给我吧，你不幸的爱人！

眉，你镜子里照照，你眼珠里有我的泪水没有？

唉，再见吧！

九月九日

今晚许见着你，眉，叫我怎样好！我非但近痴，简直已经痴了。方才爸爸进来问我写什么，我说日记，他要看前面的题字，没法给他看了，他指了指"眉"字，笑了笑，用手打了我一下。爸爸真通人情，前夜我没回家他急得什么似的一晚没睡，他说替我"捏着一大把汗"，后来问我怎样，我说没事，他说："你额上亮着哪。"他又对我说："像你这样年纪，身边女人是应得有一个的，但可不能胡闹，以后，有夫之妇总以少接近为是。"我当然不能对他细讲，点点头算数。

昨晚我叫梦相缠得真苦，眉，你真害苦了我，叫我怎生才是？我真想与你与你们一家人形迹上完全绝交，能躲避处躲避，免不了见面时也只随便敷衍。我恨你的娘刺骨，要不为你爱我，我要叫她认识我的厉害！等着吧，总有一天报复的！

我见人都觉着尴尬，了解的朋友又少，真苦死。前天我急极时忽然想起了 LY，她多少是个有侠气的女子，她或能帮忙，比如代通消息，但我现在简直连信都不想给你通了。我这里还记着日记，你那里恐怕连想我都没有时候了。唉，我一想起你那专暴淫蛮的娘！

我来扬子江边买一把莲蓬：

  手剥一层层的莲衣，

  看江鸥在眼前飞，

  忍含着一眼悲泪——

我想着你，我想着你，啊小龙！

我尝一尝莲瓤，回味曾经的温存——

  那阶前不卷的垂帘，

  卷护着销魂的欢恋，

  我又听着你的盟言：

"永远是你的，我的身体，我的灵魂。"

我尝一尝莲心，我的心比莲心苦，

  我长夜里怔忡，

  挣不开的恶梦；

  谁知我的苦痛？

你害了我，爱，这是叫我如何过？

但我不能说你负，更不能猜你变；

我心头只是一片柔，

你是我的！我依旧

将你紧紧的抱搂——

除非是天翻，但是我不能想象那一天！

九日四日沪宁道上

九月十一日

眉，这到底是怎么回事？你眼看着我流泪晶晶的说话的时候，我似乎懂得你，但转瞬间又模糊了；不说别的，就这现亏我就吃定的了，"总有一天报答你"——那一天不是今天，更有哪一天？我心只是放不下，我明天还得对你说话。

事态的变化真是不可逆料，难道真有命不成？昨天在 M 外院微光中，你烁亮的眼对着我，你温热的身子亲着我，你说"除非立刻跑"，那话就像电火似的照亮了我的心。那一刹那间，我乐极，什么都忘了，因为昨天下午你在慕尔鸣路上那神态真叫我有些诧异，你一边咬得那样定，你心里究竟是怎么一回事呢？所以我忍不住（怕你真又糊涂了）写了封信给他，亲自跑去送信，本不想见你的，他昨晚态度倒不错，承他的情，我又占了你至少五分钟，但我昨晚一晚只是睡不着，就惦着怎样"跑"。我想起大连，想叫"先生"下来帮着我们一点，这样那样尽想，连我们在大连租的屋子，相互的生活，都一一影片似的翻上心来。今天我一早出门还以为有几分希冀，这冒险的意思把我的心搔得直发痒，可万想不到说谎时是这般田地，说了真话还是这般田地，真是麻维勒斯了！

我心里只是一团谜，我爸我娘直替我着急，悲观得凶，可我又有什么办法？咳，眉，你不能成心的害我毁我；你今天还说你永远是我的，我没法不信你，况且你又有那封真挚的信，我怎能不怜着你一点，这生活真是太蹊跷了！

九月十三日

"先生"昨晚来信，满是慰我的好意，我不能不听他的话。他懂得比我多，看得比我透，我真想暂时收拾起我的私情，做些正经事业，也叫爱我如"先生"的宽宽心，咳，我真是太对不起人了。

眉，一见你一口气就哽住了我的咽喉，什么话都说不出来了。他昨晚的态度真怪，许有什么花样。他临上马车过来与我握手的神情也顶怪的，我站着看你，心里难受就不用提了，你到底是谁的？昨晚本想与你最后说几句话，结果还是一句都说不成，只是加添了愤懑。咳，你的思想真混乱，眉，我不能不说你。

这来我几时再见你眉？看你吧。我不放心的就是你许有彻悟的时候，真要我的时候，我又不在你的身旁，那便怎办？

西湖上见得着我的眉吗？

我本来站在一个光亮的地位，你拿一个黑影子丢上我的身来，我没法摆脱……

The sufferer has no right to Pessimism.

这话里有电，有震醒力！

十日在栈里做了一首诗：

> 今晚天上有半轮的下弦月；
>> 你想携着她的手，
>> 往明月处去——
> 一样是清光，我想，圆满或残缺。

> 庭前有一树开剩的玉兰花；
>> 她有的是爱花癖，
>> 我忍着它的怜惜——
> 一样是芬芳，她说，满花与残花。

浓荫里有一只过时的夜莺；

　　她受了秋凉，

　　　不如从前澈亮——

她快死了，她说，但我不悔我的痴情！

但这莺，这一树残花，这半轮月——

　　我独自沉吟，

　　　对着我的身影——

她在哪里呀，为什么伤悲，凋谢，残缺？

九月十六日

　　你今晚终究来不来？你不来我明天怕走，不得相见了；你来了又待怎样？我现在至多的想望是与你临行一诀，但看来百分里没望一分机会！你娘不来时许还有法想，她若来时什么都完了。想着真叫人气，但转想即使见面又待怎生，你还是在无情的石壁里嵌着，我没法挖你出来，多见只多尝锐利的痛苦，虽则我不怕痛苦。眉，我这来完全变了个"宿命论者"，我信人事会合有命有缘，绝对不容什么自由与意志。我现在只要想你常说的那句话早些应验——"我总有一天报答你"，是的我也信，前世不论，今生是你欠债的；你受了我的礼还不曾回答；你的盟言——"完全是你的，我的身体，我的灵魂"——还不曾实践。眉，你决不能随便堕落了，你不能负我，你的惟一的摩！我固然这辈子除了你没有受过女人的爱，同时我也自信你也该觉着我给你的爱也不是平常的。眉，真的到几时才能清账。我不是急，你要我耐我不是不能耐，但怕的是华年不驻，热情难再，到那天彼此都离朽木不远的时候再交抱，岂不是"何苦"？

　　我怕我的话说不到你耳边，我不知你不见我时心里想的是什么，我不能自由见你，更不能勉强你想我；但你真的能忘我么？真的能忍心随我去休吗？眉，我真不信为什么我的运蹇如此！

　　我的心思不论往哪一方向走，碰着的总是你，我的甜；你呢？

　　在家里伴娘睡两晚，可怜，只是在梦阵里颠倒，连白天都是心怔怔的。

昨天上车时，怕你在车上，初到打电话时怕你已到，到春润庐时怕你就到——这心头的回折，这无端的狂跳，有谁知道？

方才送花去，踌躇了半晌，不忍不送，却没有附信去，我想你能够懂得。

昨天在楼外楼上微醺时那凄凉味儿，眉呀，你何苦爱我来！

方才在烟霞洞与夏之闲谈，他说今年红蓼、红蕉都死了，紫薇也叫虫咬了，我听了又有怅触，随口四句——

> 红蕉烂死紫薇病
> 秋雨横斜秋风紧
> 山前山后乱鸣泉
> 有人独立怅空溟

九月十七日

爸今天一定很怪我。早上没有回去，他已是不愿意，下午又没有回，他准皱眉！但他也一定有数，我为什么耽着；眉，我的眉，为你，不为你更为谁！可怜我今天去车站盼望你来，又不敢露面，心里双层的难受，结果还是白候，这时候已九时半！王福没电话来，大约又没有到，也许不叫打，我几次三番想写信给你可又没法传递，咳，真苦极了。现在我立定主意了，不管了，以后就看你了，眉呀！想不到这爱眉小札，欢欢喜喜开的篇，会有这样凄惨的结束，这一段公案到哪一天才判得清？我成天思前想后的神思越恍惚了，再不快找"先生"寻安慰去，我真该疯了。眉，我有些怨你；不怨你别的，怨你在平那一个月，多难得的日子，没多给我一点平安。你想想北海那晚上！眉，要不是你后来那封信，我真该疑你了。

今天我又发傻，独自去灵隐，直挺挺地躺在壑雷亭下那条石凳上寻梦。我故意把你那小红绢盖在脸上，妄想倩女离魂，反把你变到壑雷亭下来会我！眉，你究竟怎样了，我哪里舍得下你，我这里还可以像现在似的自由地写日记，你那里怕连出神的机会都没有。一个娘，一个丈夫，手挽手地给你造上一座打不破的牢墙，想着怎不叫人悲愤！你说"Some day God will pity us"，but will there be such a day？

昨晚把娘给我那玻璃翠戒指落了，真吓得我！恭喜没有掉了；我盼望有一天把小龙也捡了回来，那才真该恭喜哪！

昏昏的度日，诗意尽有，写可写不成，方才凑成了四节。

昨天我冒着大雨去烟霞岭下访桂；
　　南高峰在烟霞中不见；
　　在一家松茅铺的屋沿前，
　　我停步，问一个村姑今年
翁家山的丹桂有没有去年时的媚。

那村姑先对着我身上细细地端详：
　　"活像个羽毛浸瘪了的鸟。"
　　我心里想，她，定觉得蹊跷，
　　在这大雨天单身走远道，
倒来没来头地问桂花今年香不香！

"客人，你运气不好，来得太迟又太早，
　　这里就是有名的满家巷，
　　往年这时候到处香得凶，
　　这几天连绵的雨，外加风，
弄得这稀糟，今年的早桂就算完了。"

果然这桂子林也不能给我欢喜：
　　枝上只见焦烂的细蕊，
　　看着凄惨，咳，无端的灾！
　　我心想，为什么到处憔悴？——
这年头活着不易，这年头活着不易！

又凑成了一首：

再不见雷峰，雷峰坍成了一座大荒冢，

　　顶上有不少交抱的青葱；

　　顶上有不少交抱的青葱，

再不见雷峰，雷峰坍成了一座大荒冢。

发什么感慨，对着这光阴应分的摧残？

　　世下多的是不应分的变态；

　　世下多的是不应分的变态，

发什么感慨，对着这光阴应分的摧残？

发什么感慨，这塔是镇压，这坟是掩埋——

　　镇压还不如掩埋来得痛快；

　　镇压还不如掩埋来得痛快，

发什么感慨，这塔是镇压，这坟是掩埋！

再没有雷峰，雷峰从此掩埋在人的记忆中，

　　像曾经的梦境，曾经的爱宠；

　　像曾经的梦境，曾经的爱宠，

再没有雷峰，雷峰从此掩埋在人的记忆中！

情书一束

小曼：

　　这实在是太惨了，怎叫我爱你的不难受？假如你这番深沉的冤屈，有人写成了小说故事，一定可使千百个同情的读者滴泪。何况今天我处在这最尴尬最难堪的地位，怎禁得不咬牙切齿的恨，肝肠迸裂的痛心呢？真的太惨了。我的乖！你前生作的是什么孽，今生要你来受这样惨酷的报应。无论折断一枝花，尚且是残忍的行为，何况这生生的糟踏一个最美最纯洁最可爱的灵魂？真是太难了。你的四围全是细精铁壁你便有翅膀也难飞。咳，眼看着一只洁白美丽的稚羊，让那满面横肉的屠夫擎着利刀向着它刀刀见血的蹂躏谋杀——旁边站着不少的看客。那羊主人也许在内，不但不动怜惜反而称赞屠夫的手段，好像他们都挂着馋涎想分尝美味的羊羔哪。咳！这简直的不能想。实有的与想象的悲惨的故事我也闻见过不少。但我爱，你现在所身受的却是谁都不曾想到过，更有谁有胆量来写？我劝你早些看哈代那本《Jude the obscure》吧。那书里的女子 sue，你一定很可同情她。哈代写的结果叫人不忍卒读。但你得明白作者的意思。将来有机会，我对你细讲。咳！我真不知道你申冤的日子在哪一天！实在是没有一个人能明白你，不明白也算了，一班人还来绝对的冤你。阿呸！狗屁的礼教，狗屁的家庭，狗屁的社会，去你们的。青天里白白的出太阳；这群两脚，血管的水全是冰凉的。我现在可以放怀的对你说：我腔子里一天还有热血，你就一天有我的同情与帮助。我大胆的承受你的爱，珍重你的爱，永保你的爱。我如其凭爱的恩惠，还能从有性灵里放射出一丝一缕的光亮，这光亮全是你的。你尽量用吧！假如你能在我的人格思想里发现有些须的滋养与温暖，这也全是你的，你尽量使吧！最初我听见人家诬蔑你的时候，我就热烈的对他们宣言，我说：你们听着，先前我不认识她，我没有权利替她说话：

现在我认识了她，我绝对的替她辩护。我敢说如其女人的心曾经有过纯洁的，她的就是一个。Her heart is as pure and unsoiled as any women'sheart can be; and her soul as noble.

现在更进一层了，你听着这分别。先前我自己仿佛站得高些，我的眼是往下望的。那时我怜你惜你疼你的感情是斜着下来到你身上来的；渐渐的我觉得我看法不对，我不应得站得比你高些，我只能平看着你。我站在你的正对面，我的泪上的光芒与你的泪上的光芒针对着，交换着。你的灵性渐渐的化入了我的，我也与你一样的觉悟了，一个新来的影响在我的人格中四布的贯彻。——现在我连平视都不敢了。我从你的苦恼与悲惨的情感里憬悟了你的高洁的灵魂的真际。这是上帝神光的反映，我自己不由的低降了下去。现在我只能仰着头献给你我有限的真情与真爱，声明我的惊讶与赞美。不错，勇敢，胆量，怕什么？前途当然是有光明的，没有也得叫他有一个。灵魂有时可以到发黑暗的地狱里去游行，但一点神灵的光亮却永远在灵魂本身的中心点着。——况且你不是确信你已经找着了你的真归宿、真想望，实现了你的梦，来让这伟大的灵魂的结合毁灭一切的阻碍，创造一切的价值，往前走吧！再也不必迟疑。

你要告诉我什么？尽量的告诉我。像一条河流似的，尽量把他的积源交给无边的大海。像一朵高爽的葵花，对着和暖的阳光，一瓣瓣的展露她的秘密。你要我的安慰，你当然有我的安慰，只要我有，我能给你，要什么有什么。我只要你做到你自己说的一句话——"Fight on"。即使运命叫你在得到最后胜利之前碰着了不可躲避的死，我的爱！那时你就死。因为死就是成功，就是胜利。一切有我在，一切有爱在。同时你努力的方向得自己认清，再不容丝毫的含糊，让步牺牲是有的，但什么事都有个限度，有个止境。你这样一朵稀有的奇葩，决不是为一对庸俗的父母，为一个庸懦兼残忍的丈夫牺牲来的。你对上帝负有责任；你对自己负有责任；尤其你对你新发现的爱负有责任。你已往的牺牲已经是够了，你再不能轻易糟踏一分半分的黄金光阴。人间的关系是相对的，尽职也有个道理。灵魂是要救度的，肉体也不能永久让人家侮辱蹂躏；因为就是肉体也含有灵性的。总之一句话：时候已经到了，你得 Assert your own personality。你的心肠太软，这是你一辈子吃亏的原因。但以后可再不能过分的含糊了。因为灵与肉实在是不能绝对分家的。

要不然 Nora 何必一定得抛弃她的家，永别她的儿女，重新投入渺茫的世界里去？她为的就是她自己的人格与性灵的尊严，侮辱与蹂躏是不应得容许的。且不忙，慢慢的来。不必悲观，不必厌世，只要你抱定主意往前走，决不会走过头，前面有人等着你。以后信你得好好的收藏起，将来或许有用。——在你申冤出气时的将来，但暂时切不可泄漏。切切！

一九二五年三月三日

龙龙：

我的肝肠寸寸的断了。今晚再不好好的给你一封信，再不把我的心给你看，我就不配爱你，就不配受你的爱。我的小龙呀，这实在是太难受了。我现在不愿别的，只愿我伴着你一同吃苦。——你方才心头一阵阵的绞痛，我在旁边只是咬紧牙关闭着眼替你熬着。龙呀，让你血液里的讨命鬼来找着我吧，叫我眼看你这样生生的受罪，我什么意念都变了灰了！你吃现鲜鲜的苦是真的，叫我怨谁去？离别当然是你今晚纵酒的大原因：我先前只怪我自己不留意，害你吃成这样。但转想你的苦分明不全是酒醉的苦，假如今晚你不喝酒，我到了相当的时刻，得硬着头皮对你说再会，那时你就会舒服了吗？再回头受逼迫的时候就会比醉酒的痛苦强吗？咳！你自己说的对，顶好是醉死了完事，不死也得醉，醉了多少可以自由发泄，不比死闷在心窝里好吗？所以我一想到你横竖是吃苦，我的心就硬了。我只恨你不该留这许多人一起喝，这一人多就糟；要是单是你与我对喝，那时要醉就同醉，要死也死在我们热烈情焰上；醉也是一体，死也是一体；要哭让眼泪和成一起，要心跳让你我的胸膛贴紧在一起；这不是在极苦里实现了我们想望的极乐，从醉的大门走进了大解脱的境界；只要我们的魂灵搏成了一体这不就满足了我们最高的想望？啊我的龙，这时候你睡熟了没有？你的呼吸调匀了没有？你的灵魂暂时平安了没有？你知不知道你的爱正在含着两眼热泪，在这深夜里和你说话，想你，疼你，安慰你，爱你？我好恨呀，这一层层的隔膜，真的全是隔膜；这仿佛是你淹在水里挣扎着要命，他们却掷下瓦片石块来，算是救渡你！你好恨呀，这酒的力量还不够大，方才我站在旁边，我是完全准备了的，我知道我的龙儿的心坎儿只嚷着：

"我冷呀，我要他的热胸膛偎着我；我痛呀，我要我的他搂着我；我倦呀，我要在他的手臂内得到我最想望的安息与舒服！"——但是实际上只能在旁边站着看，我稍微的一帮助，就受人干涉；意思说："不劳费心，这不关你的事，请你早去休息吧，她不用你管。"哼，你不用我管！我这难受，你大约也有些觉着吧。方才你接连了叫着："我不是醉，只是难受，只是心里苦。"你那话一声，像是钢锥子刺着我的心；愤、慨、恨、急的各种情绪就像潮水似的涌上了胸头。那时我就觉得什么都不怕，勇气像天一般的高，只要你一句话出口，什么事我都干！为你，我抛弃了一切只是本分；为你，我还顾得什么性命与名誉？——真的，假如你方才说出了一半句着边际着颜色的话，此刻你我的命运早已变定了方向都难说哩！你多美灵呀，我醉后的小龙！你那惨白的颜色与静定的眉目使我想象起你最后解脱时的形容，使我觉着一种逼迫赞美与崇拜的激震，使我觉着一种美满和谐。——龙，我的至爱，将来你永诀尘俗的俄顷，不能没有我在你的最近的边旁；你最后的呼吸一定得明白报告这世间你的心是谁的，你的爱是谁的，你的灵魂是谁的。龙呀，你应当知道我是怎样的爱你；你占有我的爱，我的灵，我的肉，我的"整个儿"永远在我爱的身旁旋转着，永久的缠绕着。真的，龙龙！你已经激动了我的痴情，我说出来你不要怕，我有时真想拉你一同情死去，去到绝对死的寂灭里去实现完全的爱，去到普通的黑暗里去寻求惟一的光明。——咳！今晚要是你有一杯毒药在近旁。此时你我竟许早已在极乐世界了。说也怪，我真的不沾恋这形式的生命；我只求一个同伴，有了同伴我就情愿欣欣的瞑目。龙龙，你不是已经答应做我永久的同伴了吗？我再不能放松你，我的心肝，你是我的，你是我这一辈子惟一的成就，你是我的生命我的诗，你完全是我的，一个个细胞都是我的。——你要说半个不字叫天雷打死我完事！我在十几个钟头内就走了，丢开你走了，你怨我忍心不是？我也自认我这回不得不硬一硬心肠，你也明白我这回去是我精神的与知识的"撒拿吐瑾"，我受益就是你受益。我此去得加倍的用心，你在这时期内也得加倍的奋斗。我信你的勇气，这回就是你试验，实证你勇气的机会。我人走，我的心不离着你；要知道在我与你的中间有的是无形的精神线，彼此的悲欢喜怒此后是会相通的，你信不信？（身无彩凤双飞翼，心有灵犀一点通。）我再也不必嘱咐，你已经有了努力的方向，我预知你一定成功。你这回冲锋上去，死了也是成功。有我在这里，阿龙，放大胆子上前去吧！彼此不要辜负了，再会！

三月十日早三时

我不愿意替你规定生活，但我要你注意缰子一次拉紧了是不得松的，你得咬紧牙齿暂时对一切的游戏娱乐应酬说一声再会，你干脆的得谢绝一切的朋友，你得彻底的刻苦，你不能纵容你的 whims，再不能管闲事，管闲事空惹一身骚；也再不能发脾气。记住，只要你耐得住半年，只要你决意等我，回来时一定使你满意欢喜，这都是可能的；天下没有不可能的事——只要你有信心，有勇气，腔子里有热血，灵魂里有真爱。龙呀！我的孤注就押在你的身上了！

再如失望，我的生机也该灭绝了。

最后一句话：只有 S 是惟一有益的真朋友。

三月十日

小曼：

好几天没信寄你，但我这几天真是想家的厉害；每晚（白天也是的）一闭上眼就回北京，什么奇怪的花样都会在梦里变出来。曼，这西伯利亚的充军真有些儿苦，我又晕车，看书不舒服，写东西更烦，车上空气又坏，东西也难吃，这真是何苦来！同车的人不是带着家眷走，便是回家去的。他们在车上多过一天便离家近一天，就我这傻瓜甘心抛却爱和热闹的北京，到这荒凉的境界里来叫苦！再隔一个星期到柏林，又得对付张幼仪，我口虽硬，心头可是不免发腻。小曼你懂得不是？这一来，柏林又变了一个无趣味的难关；所以总要到意大利等着老头以后，我才能鼓起游兴来玩：但这单身的玩兴趣终是有限的。我要是一年前出来，我的心里就不同；那时倒是破釜沉舟的决绝不比这一次身心两处，梦魂都不得安稳。但是曼，你们放心，我决不颓丧，更不追悔；这次欧游的教育是不可少的。稍微吃点小苦算什么？那还不是应该的。你知道我并没有多少不可摇动的大天才，我这两年的文字生涯差不多是逼出来的。要不是私下里吃苦，命途上颠仆，谁知道我灵魂里有没有音乐？安乐是害人的，像我最近在北京的生活是不可以为常的；假如我新月社的生活继续下去，要不了两年，徐志摩不堕落也堕落了。我的笔尖上再也没光芒，我的心上再没有新鲜的跳动，那我就完了——"泯然众人矣"！到那时候我一定自惭形秽，再也不敢谬托谁的知己，竟许在政治场中鬼混，涂上满面的窑煤。——咳！那才叫做出丑哩！要知道堕落也要有天才，许多人连堕落都不够资格，我自信我够，所以更危险。因此我力自振拔，这回出去清一清头脑，补足了我自己的教育再说。——爱我的期望我成才的都好像是我恩主，又是债主，我真的又感激又怕他们！小曼，你也得尽你的力量帮助我望清明的天空上腾，谨防我一滑足陷入泥混的深潭，从此不得救度。小曼，你知道我绝对不慕荣华，不羡名利，——我只求对得起我自己。将来我回国后的生活的确是问题，照我自己理想，简直想丢开北京。你不知道我多么爱山林的清闲？前年我在家乡山中，去年在庐山时，我的性灵是天天新鲜，天天活动的。创作是一种无上的快乐，何况这自然而然像山溪似的流着。——我只要一天出产一首短诗，我就满意；所以我很想望欧洲回去后，到西湖山里（离家近些）去住几时；但须有一个条件：至少得有一个人陪着我。前年××在烟霞洞养病，有他的表妹与他作伴，我说他们是神仙似的生活；我当时很羡慕他们。这种的生活——在山林清幽处与一如意友人共处——是我理想的幸福，也是培养、保全一个诗人性灵的必要生活。你说是否？小曼！朋友像子美他们，固然他们也很爱我器重我，但他们却不了解我——他们期望我做一点事业，譬如要我办报等等。但他们哪能知道我灵魂的想望，我真的志愿，他们永远端详不到的。男朋友里真期望我的，怕只有张彭春一个，女友里叔华是我一个同志。但我现在只想望"她"能做我的伴侣，给我安慰，给我快乐；除了"她"这茫茫大地上叫我更向谁要去？

这类话暂且不提，我来讲些路上的情形给你听听：——我上一封信上不是说在这国际车上我独占一大间卧室，舒服极了不是？好，乐极生悲，昨晚就来了报应！昨夜到一个大站，那地名不知有多长，我怎么也念不上来。未到以前就有人来警告我说：前站有两个客人上车，你得的占有权满期了。我就起了恐慌，去问那和善的老车役。他张着口对我笑笑说："不错，有两个客人要到你房里，而且是两位老太太！"（此地是男女同房的，不管是谁！）

我说你不要开玩笑；他说："那你看着，要是老太太还算是你的幸气，像这样荒凉的地方哪里有好客人来。"过了一阵，车到了站。我下去散步回来，果然！房间里有了新来的行李，一只帆布提箱，两个铺盖，一只篾篮装食物的。我看这情形不对，就问间壁房里人，来了些什么客人。间壁一位肥美的德国太太回告我"来人不是好对付的，徐先生这回怕你要吃苦了！"不像是好对付的。唉！来了两位：一矮，一高；矮的青脸，高的黑脸；青的穿黑，黑的穿青；一个像老母鸭，一个像猫头鹰；衣襟上都带着列宁小照的徽章，分明是红党里的将军！我马上赔笑脸凑上去说话，不成；高的那位只会三句英语，青脸的那位一字不提。说了半天，不得要领。再过一歇，他们在饭厅里，我回房来，老车役进来铺床。他就笑着问我："那两位太太好不好！"我恨恨的说："别打趣了，我真着急不知道来人是什么路道！"正说时，他掀起一个垫子，露出两柄明晃晃上足子弹的手枪，他就拿在手里一漾，笑着说："你看，她们就是这个路道！"

今天早上醒来，恭喜，我的头还是好好的在我脖子上安着！小曼，你要看了她们两位好汉的尊容，准吓得你心跳，浑身抖擞！

俄国的东西贵死了，可恨！车里饭坏的不成话，贵的更不成话。一杯可可五毛钱像泥水，还得看西崽大爷们的嘴脸！地方是真冷，决不是人住的！一路风景可真美，我想专写一封晨报通信，讲西伯利亚。

小曼，现在我这里下午六时。北京约在八时半，你许正在吃饭。同谁，讲些什么？为什么我听不见？咳！我恨不得——不写了，一心只想到狄更生那里看信去！

志 摩

三月十八日 Omsk 西

居然被我急出了你的一封信来，我最甜的龙儿！再要不来，我的心跳病也快成功了。让我先来数一数你的信：（1）四月十九，你发病那天一张附着随后来的；（2）五月五号（邮章）；（3）五月十九至二十一（今天才到，你又忘了西伯利亚话）；（4）五月二十五英文的。

我发的信只恨我没有计数，论封数比你来的多好几倍。在斐伦翠四月上半月至少有十封多是寄中街的；以后，适之来信以后，就由他邮局住址转信，到如今全是的。到巴黎后，至少已寄五六封，盼望都按期寄到。

昨天才写信的，但今天一看了你的来信，胸中又涌起了一海的思感，一时哪说得清。第一，我怨我上几封信不该怨你少写信，说的话难免有些怨气，我知道你不会怪我的。但我一想起我的曼已是满身的病，满心的病，我这不尽责的□□□，溜在海外，不分你的病，不分你的痛，倒反来怨你笔懒。——咳，我这一想起你，我惟一的宝贝，我满身的骨肉就全化成了水一般的柔情，向着你那里流去。我真恨不得剖开我的胸膛，把我爱放在我心头热血最暖处窝着，再不让你遭受些微风霜的侵暴，再不让你受些微尘埃的沾染。曼呀，我抱着你，亲着你，你觉得吗？

我在斐伦翠知道你病，我急得什么似的；幸亏适之来了回电，才稍为放心了些。但你的病情的底细直到今天看了你五月十九至二十一日的信才知道清楚。真苦了你，我的乖！真苦了你。但是你放心，我这次虽然不曾尽我的心，因为不在你的身旁，眼看那特权叫旁人享受了去；但是你放心，我爱！我将来有法子补我缺憾。你与我生命合成了一体以后，日子还长着哩，你可以相信我一定充分酬报你的。不得你信我急，看你信又不由我不心痛。可怜你心跳着，手抖着，眼泪咽着，还得给我写信；哪一个字里，哪一句里，我不看出我曼曼的影子。你的爱，隔着万里路的灵犀一点，简直是我的命水，全世界所有的宝贝买不到这一点子不朽的精诚。——我今天要是死了，我是要把你爱我的爱带了坟里去，做鬼也以自傲了！你用不着再来叮嘱，我信你完全的爱，我信你比如我信我的父母，信我自己，信天上的太阳；岂止你早已成我灵魂的一部，我的影子里有你的影子，我的声音里有你的声音，我的心里有你的心，鱼不能没有水，人不能没有氧气；我不能没有你的爱。

曼，你连着要我回去。你知道我不在你的身旁，我简直是如坐针毡，哪有什么乐趣？你知道我一天要咬几回牙，顿几回脚，恨不踹破了地皮，滚入你的交抱；但我还不走，有我踌躇的理由。

曼，我上几封信已经说得很亲切，现在不妨再说个明白。你来信最使我难受的是你多少不免绝望的口气。你身在那鬼世界的中心，也难怪你偶尔的气馁。我也不妨告诉你，这时候我想起你还是与他同住，同床共枕，我这心痛，心血都迸了出来似的。

曼，这在无形中是一把杀我的刀，你忍心吗？你说老太太的"面子"。咳！老太太的面子——我不知道要杀灭多少性灵流多少的人血，为要保全她的面子？不，不！我不能再忍。曼你得替我——你的爱，与你自己，我的爱——想一想哪！不，不；这是什么时代，我们再不能让社会拿我们血肉去祭迷信！Oh！come，love！assert your passion，let our love conquer；We can't suffer any longer such degradation and humiliation. 退步让步，也得有个止境；来！我的爱，我们手里有刀，斩断了这把乱丝才说话。——要不然，我们怎对得起给我们灵魂的上帝！是的，曼，我已经决定了，跳入油锅，上火焰山，我也得把我爱你洁净的灵魂与洁净的身子拉出来，我不敢说，我有力量救你，救你就是救我自己，力量是在爱里；再不容迟疑，爱，动手吧！

　　我在这几天内决定我的行期，我本想等你来电后再走，现在看事情急不及待，我许就来了。但同时我们得谨慎，万分的谨慎，我们再不能替鬼脸的社会造笑话。有勇还得有智，我的计划已经有了。

眉爱：

　　我又在上海了。本与适之约定，今天他由杭州来同车。谁知他又失约，料想是有事绊住了，走不脱，我也懂得。只是我一人凄凄凉凉的在栈房里闷着。遥想我眉此时亦在怀念远人，怎不怅触！南方天时真坏，雪后又雨，屋内又无炉火。我是只不惯冷的猫，这一时只冻得手足常冰。见报北京得雪，我们那快雪同志会，我不在，想也鼓不起兴来。户外雪重，室内衾寒，眉眉我的，你不想念摩摩否？

　　昨天整天只寄了封没字梅花信给你，你爱不爱那碧玉香囊？寄到时，想多少还有余甘。前晚在杭州，正当雪天奇冷，旅馆屋内又不生火。下午风雪猛后，只得困守。晚饭喝了几杯酒，暖是暖些，情景却是百无聊赖，真闷得凶。游灵峰时坐轿，脚冻如冰，手指也直了。下午与适之去肺病院看郁达夫，不见。我一个人去买了点东西，坐车回碛。过年初四，你的第二封信等着我。爸说有信在窗上我好不欢喜。但在此等候张女士，偏偏她又不来，已发两电，亦未得复。咳！"这日子叫我如何过？"我爸前天不舒服，发寒热、咳嗽，今天还不曾全好。他与妈许后天来沪。新年大家多少有些兴致，只我这孤零零心魂不定，眠食也失了常度，还说什么快活？爸妈看我神情，也觉着关切。

其实这也不是一天的事，除了张眼见我眉眉的妙颜，我的愁容就没有开展的希望。眉，你一定等急了，我怎不知道？但急也只能耐心等着。现在爸妈要我，到京后自当与我亲亲好好的欢聚。就我自己说，还不想变一只长小毛翅的小鸟，波的飞向最亲爱的妆前。谭宜孙诗人那首燕儿歌，爱，你念过没有？你的脆弱的身体没一刻不在我的念中。你来信说还好，我就放心些。照你上函，又像是不很爽快的样子。爱爱，千万保重要紧！为你摩摩。适之明天回沪，我想与他同车走。爸妈一半天也去，再容通报。动身前有电报去，弗念。前到电谅收悉，要赶快车寄出，此时不多写了。堂上大人安健，为我叩叩

汝　摩

年初五

我等北京人来谈过，才许走，这事情又是少不了的关键。我怎敢迷拗呢？眉眉，你耐着些吧，别太心烦了。有好戏就伴爹娘去看看，听听锣鼓响暂时总可忘忧。说实话，我也不要你老在火炉生得太热的屋子里窝着，这其实只有害处，少有好处；而况你的身体就要阳光与鲜空气的滋补，那比什么神仙药都强。我只收了你两回的信，你近来起居情形怎样，我恨不立刻飞来拥着你，一起翻看你的日记。那我想你总是为在远的摩摩不断的记着。陆医的药你虽怕吃，娘大约是不肯放松你的。据适之说，他的补方倒是吃不坏的。我始终以为你的病只要养得好就可以复元的；绝妙的养法是离开北京到山里去嗅草香吸清鲜空气；要不了三个月，保你变一只小活老虎。你生性本来活泼，我也看出你爱好天然景色，只是你的习惯是城市与暖屋养成的；无怪缺乏了滋养的泉源。你这一时听了摩摩的话否？早上能比先前早起些，晚上能比先前早睡些否？读书写东西，我一点也不期望你；我只想你在日记本上多留下一点你心上的感想。你信来常说有梦，梦有时怪有意思的；你何不闲着没事，描了一些你的梦痕来给你摩摩把玩？

但是我知道我们都是太私心了，你来信只问我这样那样，我去信也只提眉短眉长，你那边二老的起居我也常在念中。娘过年想必格外辛苦，不过劳否？爸爸呢，他近来怎样，兴致好些否？糖还有否？我深恐他们也是深深的关念我远行人，我想起他们这几月来待我的恩情，便不禁泫然欲涕！眉你我

真得知感些，像这样慈爱无所不至的爹娘，真是难得又难得，我这来自己尝着了味道，才明白娘真是了不得，了不得！到我们恋爱成功日还不该对她磕一万个响头道谢吗？我说"恋爱成功"，这话不免有语病；因为这好像说现在还不曾成功似的。但是亲亲的眉，要知道爱是做不尽的，每天可以登峰，每天还一样可以造极，这不是缝衣，针线有造完工的一天。在事实上呢，当然俗语说的"洞房花烛夜"，是一个分明的段落；但你我的爱，眉眉，我期望到海枯石烂日，依旧是与今天一样的风光、鲜艳、热烈。眉眉，我们真得争一口气，努力来为爱做人，也好叫这样疼惜我们的亲人，到晚年落一个心欢的笑容！

我这里事情总算是有结果的。成见的力量真是不小，但我总想凭至情至性的力量去打开他，哪怕他铁山般的牢硬。今午与我妈谈，极有进步，现在得等北京人到后，方有明白结束，暂时只得忍耐。老金与人（？）想常在你那里，为我道候，恕不另，梅花香束到否。

摩祝眉喜

年初六

眉眉乖乖：

今天托沈久之带京网篮一只，内有火腿茶菊，以及家用托买的两包。你一双鞋也带去，看适用否，缎鞋年前已卖完，这双尺寸恰好，但不怎么好：茶菊你替我留下一点，我要另送人。今天我又替你买了一双我自以为极得意的鞋，你一定欢喜，北京一定买不出，是外国做来的，价钱可不小。你的大衣料顶麻烦，我看过，也问过，但始终没有买，也许不买，到北京再说。你说要厚呢夹大衣，那还不是冬天用的，薄的倒有好看的，怕又买不合适。天台橘子倒有，临走时再买，早买要坏，火腿恐不十分好，包头里的好，我还想去买些，自己带。

适之真可恶，他又不走了！赔款委员会仍在上海开，他得在此接洽，他不久搬去沧州别墅。

昨晚有人请我妈听戏，我也陪了去，听的你说是什么？就是上次你想听没听着的《新玉堂春》。尚小云唱的真不坏，下回再有，一定请眉眉听去。

朱素云也配得好，昨晚戏园里挤得简直是水泄不通。戏情虽则简单，却是情形有趣，三堂会审后，穿蓝的官与王金龙作对，他知道王三一定去监牢里会苏三，故意守他们正在监内绸缪的时候，带了衙役去查监。吓得王三涂了满面窑煤，装疯混了出去。后来穿红的官做好人，调和了他们，审清了案子，苏三挂红出狱。苏三到客店里去梳妆一节，小云做得极好，结局拜天地团圆，成全了一对恩爱夫妻。这戏不坏，但我看时也只想着眉眉，她说不定几时候怎样坐立不安的等着我哩！眉眉，我真的心烦，什么事也做不成，今天想写一点给副刊，提了笔直发愣，什么也没有写成。大约我在见眉之前，什么事都不用想了，这几十天就算白活的，真坑人！思想也乱得很，一时高飞，一时沉低，像在梦里似的，与人谈话也是心不在焉的慌。眉眉，不知道你怎样；我没有你简直不能做人过日子。什么繁华，什么声色，都是甘蔗渣，前天有人很热心的要介绍电影明星，我一点也没兴趣，一概婉辞谢绝。上海可不了，这班所谓明星，简直是"火腿"的变相，哪里还是干净的职业，眉眉，你想上银幕的意思趁早打消了罢！我看你还是往文学美术方面，耐心的做去。不要贪快，以你的聪明，只要耐心，什么事不成，你真的争口气，羞羞这势利世界也好！你近来身体怎样，没有信来真急人。昨天有船到，今天还是没有信，大概你压根儿就没有写。我本该明天赶到京和我的爱眉宝贝同过元宵的；谁知我们还得磨折，天罚我们冷清清的一个在南，一个在北，冷眼看人家热闹，自己伤心！新月社一定什么举动也没，风景煞尽的了！你今晚一定特别的难过，满望摩摩元宵回京，谁知还是这形单影只的？你也只能自己譬解譬解：将来我们温柔的福分厚着，蜜甜的日子多着；名分定了，谁还抢得了？我今晚仍伴妈睡，爸在杭未回。昨晚在第一台见一女，长得真美，妈都看呆了；那一双大眼真惊人，少有得见的，见时再详说。

堂上请安

摩摩问候

元宵前夜

爱眉：

昨晚打电后，母亲又不甚舒服，亦稍气喘，不绝呻吟。我二时睡，天亮醒回。又闻呻吟，睡眠亦不甚好。今日似略有热度，昨日大解，又稍进烂面或有关系。我等早八时即全家出门去沈家浜上坟。先坐船出市不远，即上岸走。蒋姑母谷定表妹亦同行。正逢乡里大迎神会。天气又好，遍里垅尽是人。附近各镇人家亦雇船来看，有桥处更拥挤。会甚简陋，但乡人兴致极高，排场亦不小。田中一望尽绿，忽来千百张红白绸旗，迎风飘舞，蜿蜒进行，长十丈之龙，有七八彩砌，楼台亭阁，亦见十余。有翠香寄柬、天女散花、三戏牡丹、吕布貂蝉等彩扮，高跷亦见，还有三百六十行，彩扮至趣。最妙者为一大白牯牛，施施而行，神气十足。据云此公须尽白烧一坛，乃肯随行。此牛殊有古希风味，可惜未带照相器，否则大可留些印象。此时方回，明后日还有迎会。请问洵美有兴致来看乡下景致否，亦未易见到，借此来硖一次何似？方才回镇，船傍岸时我等俱已前行。父亲最后，因篙支不稳，仆倒船头，幸未落水。老人此后行动真应有人随侍矣。今晚父亲与幼仪、阿欢同去杭州。我一人留此伴母，可惜你行动不能自由，梵皇渡今亦有检查，否则同来侍病，岂不是好？洵美诗你已寄出否？明日想做些工，肩负过多，不容懒矣。你昨晚睡得好否？牙如何？至念！回头再通电，你自己保重！

摩

四月九日星期四

我至爱的老婆：

先说几件事，再报告来平后行踪等情。第一，文伯怎么样了？我盼着你来信，他三弟想已见过，病情究有甚关系否？药店里有一种叫因陈，可煮当水喝，甚利于黄病。仲安确行，医治不少黄。他现在北平，伺候副帅。他回沪定为他调理如何？只是他是无家之人，吃中药极不便，梦绿家或我家能否代煎？盼即来信。

第二是钱的问题。我是焦急得睡不着。现在第一盼望节前发薪，但即节前有，寄到上海，定在节后。而二百六十元期转眼即到，家用开出支票，连两个月房钱亦在三百元以上，节还不算。我不知如何弥补得来？借钱又无处开口。我这里也有些书钱、车钱、赏钱，少不了一百元。真的踌躇极了。本想有外快来帮助，不幸目前无一事成功，一切飘在云中，如何是好？钱是真可恶，来时不易，去时太易。我自阳历三月起，自用不算，路费等等不算，单就付银行及你的家用，已有二千零五十元。节上如再寄四百五十元，正合二千五百元而到六月底还有四个月，如连公债果能抵得四百元，那就有三千元光景，按五百元一月，应该尽有富余，但内中不幸又夹有债项。你上节的三百元，我这节的二百六十元，就去了五百六十元，结果拮据得手足维艰。此后又已与老家说绝，缓急无可通融。我想想，我们夫妻俩真是醒起才是！若再因循，真不是道理。再说我原许你家用及特用每月以五百元为度。我本意教书而外，另有翻译方面二百可恃，两样合起，平均相近六百，总还易于维持。不想此半年各事颠倒，母亲去世，我奔波往返，如同风裹篷帆。身不定，心亦不定。莎士比亚更如何译得？结果仅有学校方面五百多，而第一个月又被扣了一半。眉眉亲爱的，你想我在这情形下，张罗得苦不苦？同时你那里又似乎连五百都还不够用似的，那叫我怎么办？我想好好和你商量，想一长久办法，省得拔脚窝脚，老是不得干净。家用方面，一是（屋子），二是（车子），三是（厨房）：这三样都可以节省。照我想一切家用此后非节到每月四百，总是为难。眉眉，你如能真心帮助我，应得替我想法子，我反正如果有余钱，也决不自存。我靠薪水度日，当然梦想不到积钱，惟一希冀即是少债，债是一件 degrading and humiliating thing。眉，你得知道有时竟连最好朋友都会因此伤到感情的，我怕极了的。

写至此，上沅夫妇来打了岔，一岔直岔到下午六时。时间真是不够支配。你我是天成的一对，都是不懂得经济，尤其是时间经济。关于家务的节省，你得好好想一想，总得根本解决车屋厨房才是。我是星四午前到的，午后出门，第一看奚若，第二看丽琳叔华。叔华长胖了好些，说是个有孩子的母亲，可以相信了。孩子更胖，也好玩，不怕我，我抱她半天。我近来也颇爱孩子，有伶俐相的，我真爱。我们自家不知到哪天有那福气，做爸妈抱孩子的福气。听其自然是不成的，我们都得想法，我不知你肯不肯。我想你如果肯为孩子牺牲一些，努力戒了烟，省得下来的是大烟里，那怕孩子长成到某种程度，你再吃。你想我们要有，也真是时候了。现在阿欢已完全与我不相干的了。至少我们女儿也得有一个，不是？这你也得想想。

星四下午又见杨今甫，听了不少关于俞珊的话。好一位小姐，差些一个大学都被她闹散了。梁实秋也有不少丑态，想起来还算咱们露脸，至少不曾闹什么话柄。夫人！你的大度是最可佩服的。北京最大的是清华问题，闹得人人都头昏。奚若今天走，做代表到南京，他许去上海来看你，你得约洵美请他玩玩。他太太也闹着要离家独立谋生去，你可以问问他。

星五午刻，我和罗隆基同出城。先在燕京，叔华亦在，从文亦在。我们同去香山看徽音，她还是不见好，新近又发了十天烧，人颇疲乏。孩子倒极俊，可爱得很，眼珠是林家的，脸盘是梁家的。昨在女大，中午叔华请吃鲫鱼蜜酒，饭后谈了不少话，吃茶。有不少客来，有 Rose，熊光着脚不穿袜子，海也不回来了，流浪在南方已有十个月，也不知怎么回事。她亦似乎满不在意，真怪。昨晚与李大头在公园，又去市场看王泊生戏，唱逍遥津，大气磅礴，只是有气少韵。座不甚佳，亦因配角太乏之故。今晚唱探母，公主为一民国大学生，唱还对付，貌不佳。他想搭小翠花，如成，倒有希望叫座。此见下海亦不易。说起你们唱戏，现在我亦无所谓了。你高兴，只要侪伴合适，你想唱无妨，但得顾住身体。此地也有捧雪艳琴的。有人要请你做文章。昨天我不好受，头腹都不适。冰其林吃太多了。今天上午余家来，午刻在莎菲家，有叔华、冰心、今甫、性仁等，今晚上沅请客，应酬真厌人，但又不能不去。

说你的画，叔华说原卷太差，说你该看看好些的作品。老金，丽琳张大了眼，他们说孩子是真聪明，这样聪明是糟了可惜。他们总以为在上海是极糟，已往确是糟，你得争气，打出一条路来，一鸣惊人才是。老邓看了颇夸，他拿付裱，裱好他先给题，杏佛也答应题，你非得加倍用功小心，光娘的信到了，照办就是。请知照一声，虞裳一二五元送来否？也问一声告我。我要走了，你得勤写信。乖！

你的摩

十四日

至爱妻眉：

今天是九月十九，你二十八年前出世的日子。我不在家中，不能与你对饮一杯蜜酒，为你庆祝安康。这几日秋风凄冷，秋月光明；更使游子思念家庭。又因为归思已动，更觉百无聊赖，独自惆怅。遥想闺中，当亦同此情景。

今天洵美等来否？也许他们不知道，还是每天似的，只有瑞午一人陪着你吞吐烟霞。

眉爱，你知我是怎样的想念你！你信上什么"恐怕成病"的话，说得闪烁，使我不安。终究你这一月来身体有否见佳？如果我在家你不得休养，我出外你仍不得休养，那不是难了吗？前天和奚若谈起生活，为之相对生愁。但他与我同意，现在只有再试试，你从我来北平住一时，看是如何。你的身体当然宜北不宜南！

爱，你何以如此固执，忍心与我分离两地？上半年来去频频，又遭大故，倒还不觉得如何。这次可不同，如果我现在不回，到年假尚有两个多月，虽然光阴易逝，但我们恩爱夫妇，是否有此分离之必要？眉，你到哪天才肯听从我的主张？我一人在此，处处觉得不合适；你又不肯来，我又为责任所羁，真是难死人也！

百里那里，我未回信，因为等少蝶来信，再作计较。竞武如果虚张声势，结果反使我们原有交易不得着落，他们两造，都无所谓；我这千载难逢的一次外快又遭打击，这我可不能甘休！竞武现在何处你得把这情形老实告诉他才是。

你送兴业五百元是哪一天？请即告我。因为我二十以前共送六百元付账，银行二十三来信，尚欠四百元，连本月房租共欠五百有余。如果你那五百元是在二十三以后，那便还好，否则我又该着急得不了了！请速告我。

车怎样了？绝对不能再养的了！

大雨家见当路那块地立即要出卖，他要我们给他想法。他想要五万两，此事瑞午有去路否？请立即回信。如瑞午无甚把握，我即另函别人设法。事成我要二厘五的一半。如有人要，最高出价多少，立即来信，卖否由大雨决定。

明日我叫图南江给你二百元家用（十一月份），但千万不可到手就宽，我们的穷运还没有到底；自己再不小心，更不堪设想。我如有不花钱飞机坐，立即回去。不管生意成否，我真想你，想极了！

摩 吻

十月二十九日

谒见哈代的一个下午

"如其你早几年，也许就是现在，到道骞司德的乡下，你或许碰得到《裘德》的作者，一个和善可亲的老者，穿着短裤便服，精神飒爽的，短短的脸面，短短的下颏，在街道上闲暇的走着，招呼着，答话着，你如其过去问他卫撒克士小说里的名胜，他就欣欣的从详指点讲解；回头他一扬手，已经跳上了他的自行车，按着车铃，向人丛里去了。我们读过他著作的，更可以想象这位貌不惊人的圣人，在卫撒克士广大的，起伏的草原上，在月光下，或在晨曦里，深思地徘徊着。天上的云点，草里的虫吟，远处的隐约的人声都在他灵敏的神经里印下不磨的痕迹；或在残败的古堡里拂拭乳石上的苔青与网结；或在古罗马的旧道上，冥想数千年前铜盔铁甲的骑兵曾经在这日光下驻踪或在黄昏的苍茫里，独倚在枯老的大树下，听前面乡村里的青年男女，在笛声琴韵里，歌舞他们节会的欢欣；或在济茨或雪莱或史文庞的遗迹，悄悄的追怀的他们艺术的神奇……在他的眼里，像在高蒂闲（Theophiie Gautier）的眼里，这看得见的世界是活着的；在他的'心眼'（The Lnward Eye）里，像在他最服膺的华茨华士的心眼里，人类的情感与自然的景象是相联合的；在他的想象里，像在所有大艺术家的想象里，不仅伟大的史迹，就是眼前最琐小最暂忽的事实与印象，都有深奥的意义，平常人所忽略或竟不能窥测的。从他那六十年不断的心灵生活——观察、考量、揣度、印证——从他那六十年不懈不弛的真纯经验里，哈代，像春蚕吐丝制茧似的抽绎他最微妙最桀傲的音调，纺织他最缜密最经久的诗歌——这是他献给我们可珍的礼物。"

上文是我三年前慕而未见时半自想象半自他人传述写来的哈代。去年七月在英国时，承狄更生先生的介绍，我居然见到了这位老英雄，虽则会面不及一小时，在余小子已算是莫大的荣幸，不能不记下一些踪迹。我不讳我的"英雄崇拜"。山，我们爱蹁高的；人，我们为什么不愿意接近大的？但接近大人物正如爬高山，往往是一件费劲的事；你不仅得有热心，你还得有耐心。半道上力乏是意中事，草间的刺也许拉破你的皮肤，但是你想一想登临危峰时的愉快！真怪，山是有高的，人是有不凡的！我见曼殊斐儿，比方说，只不过二十分钟模样的谈话，但我怎么能形容我那时在美的神奇的启示中的全生震荡？——

我与你虽仅一度相见——

但那二十分不死的时间！

果然，要不是那一次巧合的相见，我这一辈子就永远见不着她——会面后不到六个月她就死了。自此我益发坚持我英雄崇拜的势利，在我有力量能爬的时候，总不教放过一个"登高"的机会。我去年到欧洲完全是一次"感情作用的旅行"；我去是为泰谷尔，顺便我想去多瞻仰几个英雄。我想见法国的罗曼罗兰，意大利的丹农雪乌，英国的哈代。但我只见着了哈代。

在伦敦时对狄更生先生说起我的愿望，他说那容易，我给你写信介绍，老头精神真好，你小心他带了你到道骞斯德林子里去走路，他仿佛是没有力乏的时候似的！那天我从伦敦下去到道骞斯德，天气好极了，下午三点过到的。下了站我不坐车，问了 Max Gate 的方向，我就欣欣的走去。他家的外园门正对一片青碧的平壤，绿到天边，绿到门前；序侧远处有一带绵延的平林。进园径转过去就是哈代自建的住宅，小方方的壁上满爬着藤萝。有一个工人在园的一边剪草，我问他哈代先生在家不，他点一点头，用手指门。我拉了门铃，屋子里突然发一阵狗叫声，在这宁静中听得怪尖锐的，接着一个白纱抹头的年轻下女开门出来。

"哈代先生在家，"她答我的问，"但是你知道哈代先生是'永远'不见客的。"

我想糟了。"慢着，"我说，"这里有一封信，请你给递了进去。""那末请候一候。"她拿了信进去又关上了门。

她再出来的时候脸上堆着最俊俏的笑容。"哈代先生愿意见你，先生，请进来。"多俊俏的口音！"你不怕狗吗，先生。"她又笑了。"我怕。"我说。"不要紧，我们的梅雪就叫，她可不咬，这儿生客来得少。"

我就怕狗的袭来！战兢兢的进了门，进了官厅，下女关门出去，狗还不曾出现，我才放心。壁上挂着沙琴德（John Sargeant）的哈代画像，一边是一张雪莱的像，书架上记得有雪莱的大本集子，此外陈设是朴素的，屋子也低，暗沉沉的。

我正想着老头怎么会这样喜欢雪莱，俩人的脾胃相差够多远，外面楼梯上一阵急促的脚步声和狗铃声下来，哈代推门进来了。我不知他身材实际多高，但我那时站着平望过去，最初几乎没有见他，我的印象是他是一个矮极了的小老头儿。我正要表示我一腔崇拜的热心，他一把拉了我坐下，口里连着说"坐坐"，也不容我说话仿佛我的"开篇"辞他早就有数，连着问我，他那急促的一顿顿的语调与干涩的苍老的口音，"你是伦敦来的？""狄更生是你的朋友？""他好？""你译我的诗？""你怎么翻的？""你们中国诗用韵不用？"前面那几句问话是用不着答的（狄更生信上说起我翻他的诗），所以他也不等我答话，直到末一句他才收住了。坐着也是奇矮，也不知怎的，我自己只显得高，私下不由踌躇，似乎在这天神面前我们凡人就在身材上也不应分占先似的！（阿，你没见过萧伯纳——这比下来你是个蚂蚁！）这时候他斜着坐，一只手搁在台上头微微低着，眼往下看，头顶全秃了，两边脑角上还各有一鬃也不全花的头发；他的脸盘粗看像是一个尖角往下的等边形三角，两颧像是特别宽，从宽浓的眉尖直扫下来的束住在一个短促的下巴尖；他的眼不大，但是深凹的，往下看的时候多，不易看出颜色与表情。最特别的，最"哈代的"，是他那口连着两旁松松往下堕的夹腮皮。如其他的眉眼只是忧郁的深沉，他的口脑的表情分明是厌倦与消极。不，他的脸是怪，我从不曾见过这样耐人寻味的脸。他那上半部，秃的宽广的前颊，着发的头角，你看了觉得好玩，正如一个孩子的头，使你感觉一种天真的趣味，但愈往下愈不好看，愈使你觉得难受，他那皱纹龟驳的脸皮正使你想起苍老的岩石，雷电的猛烈，风霜的侵凌，雨溜的剥蚀，苔藓的沾染，虫鸟的斑斓，什么时间与空间的变幻都在这上面遗留着痕迹！你知道他是不抵抗的，忍受的，但看他那下颊，谁说这不泄露他的怨毒，他的厌倦，他的报复性的沉默！他不露一点笑容，你不易相信他与我们一样也有嬉笑的本能。正如他的脊背是倾向伛偻，他面上的表情也只是一种不胜压迫的伛偻。喔哈代！

回讲我们的谈话。他问我们中国诗用韵不。我说我们从前只有韵的散文，没有无韵的诗，但最近……但他不要听最近，他赞成用韵，这道理是不错的。你投块石子到湖心里去，一圈圈的水纹漾了开去，韵是波纹。少不得，抒情诗 Lyric 是文学的精华的精华。颠不破的钻石，不论多小。磨不灭的光彩。我不重视我的小说。什么都没有做好的小诗难。他背了莎士比亚 "Tell me where is Fancy bred" [1]，朋琼生（Ben jionson）的 Drink to me only with thine eyes" [2] 高兴的说了。我说我爱他的诗因它们不仅结构严密像建筑，同时有思想的血脉在流走，像有机的整体。我说了 Organic[3] 这个字；他重复说了两遍："Yes Otganic，yes Organic：A poem ought to be a Living thing" [4]，练习文字顶好学写诗；很多人从学诗写好散文，诗是文学的秘密。

他沉思了一晌。"三十年前有朋友约我到中国去。他是一个教士。我的朋友，叫莫尔德，他在中国住了五十年，他回英国来时每回说话先想起中文再翻英文的！他中国什么都知道，他请我去，太不便了，我没有去。但是你们的文字是怎么一回事？难极了不是？为什么你们不丢了它，改用英文或法文，不方便吗？"哈代这话骇住了我。一个最认识各种语言的天才的诗人要我们丢掉几千年的文字！我与他辩难了一晌，幸巧他也没有坚持。

说起我们共同的朋友。他又问起狄更生的近况，说他真是中国的朋友。我说我明天到康华尔去看罗素。谁？罗素？他没有加案语。我问起勃伦腾（Edmund Blunden），他说他从日本有信来，他是一个诗人。讲起麦雷（John M Murry）他起劲了。"你认识麦雷？"他问。"他就住在这儿道骞斯德海边，他买了一所古怪的小屋子，正靠着海，怪极了的小屋子，什么时候那可以叫海给吞了去似的。他自己每天坐一部破车到镇上来买菜。他是有能干的。他会写。我也见过他从前的太太曼殊斐儿？他又娶了，你知道不？我说给你听麦雷的故事。曼殊斐儿死了，他悲伤得很，无聊极了，他办了他的报（我怕他的报维持不了），还是悲伤。好了，有一天有一个女的投稿几首诗，麦雷觉得有意思，写信叫她去看他，她去看他，一个年轻的女子，两人说投机了，就结了婚，现在大概他不悲伤了。"

他问我那晚到那里去。我说到 Exeter[5] 看教堂去，他说好的。他就讲建筑、他的本行。我问你小说里常有建筑师，有没有你自己的影子？他说没有。这

---

[1] 请告诉我幻想从何处诞生。
[2] 请用你的眼睛为我干杯。
[3] 有机的。
[4] "是的，有机的，是的，有机的：一首诗应该是一个活生生的东西"。
[5] 埃克塞特。

时候梅雪出去了又回来，咻咻的爬在我的身上乱抓。哈代见我有些窘，就站起来呼开梅雪，同时说我们到园里去走走吧，我知道这是送客的意思。我们一起走出门绕到屋子的左侧去看花，梅雪摇着尾巴咻咻的跟着。我说哈代先生，我远道来你可否给我一点小纪念品。他回头见我手里有照相机，他赶紧他的步子急急地说，我不爱照相，有一次美国人来给了我很多的麻烦，我从此不叫来客照相——我也不给我的笔迹（Autograph），你知道？他脚步更快了，微偻着背，腿微向外弯一摆一摆的走着仿佛怕来客要强抢他什么东西似的！"到这儿来，这儿有花，我来采两朵花给你做纪念好不好？"他俯身下去到花坛里去采了一朵红的一朵白的递给我"你暂时插在衣襟上吧，你现在赶六点钟车刚好，恕我不陪你了，再会，再会——来，来，梅雪：梅雪……"老头扬了扬手，径自进门去了。

　　啬刻的老头，茶也不请客人喝一盅！但谁还不满足，得着了这样难得的机会？往古的达文赛、莎士比亚、葛德、拜伦，是不回来了的；——哈代！多远多高的一个名字！方才那头秃秃的背弯弯的腿屈屈的，是哈代吗？太奇怪了！那晚有月亮，离开哈代五个钟头以后，我站在哀克刹脱教堂的门前玩弄自身的影子，心里充满着神奇。

我过的端阳节

我方才从南口回来。天是真热，朝南的屋子里都到了九十度 [1] 以上，两小时的火车竟如在火窑中受刑，坐起一样的难受。我们今天一早在野鸟开唱以前就起身，不到六时就骑骡出发，除了在永陵休息半小时以外，一直到下午一时余，只是在高度的日光下赶路。我一到家，只觉得四肢的筋肉里像用细麻绳扎紧似的难受，头里的血，像沸水似的急流，神经受了烈性的压迫，仿佛无数烧红的铁条蛇盘似的绞紧在一起……

一进阴凉的屋子，只觉得一阵眩晕从头顶直至踵底，不仅眼前望不清楚，连身子也有些支持不住。我就向着最近的藤椅上瘫了下去，两手按住急颤的前胸，紧闭着眼，纵容内心的混沌，一片黯黄，一片茶青，一片墨绿，影片似的在倦绝的眼膜上扯过……

直到洗过了澡，神志方才回复清醒，身子也觉得异常的爽快，我就想了……

人啊，你不自己惭愧吗？

野兽，自然的，强悍的，活泼的，美丽的，我只是羡慕你！

什么是文明人：只是腐败了的野兽！你若然拿住一个文明惯了的人类，剥了他的衣服装饰，夺了他作伪的工具——语言文字，把他赤裸裸的放在荒野里看看——多么"寒碜"的一个畜生呀！恐怕连长耳朵的小骡儿，都瞧他不起哪！

白天，狼虎放平在丛林里睡觉，他躲在树荫底下发痧；

晚上，清风在树林中演奏轻微的妙乐，鸟雀儿在巢里做好梦，他倒在一块石上发烧咳嗽——着了凉了！

---

[1] 指华氏。

也不等狼虎去商量他有限的皮肉，也不必小雀儿去嘲笑他的懦弱；单是他平常歌颂的艳阳与凉风，甘霖与朝露，已够他的受用：在几小时之内可使他脑子里消灭了金钱名誉经济主义等等的虚景，在一半天之内，可使他心窝里消灭了人生的情感悲乐种种的幻象，在三两天之内——如其那时还不曾受淘汰——可使他整个的超出了文明人的丑态，那时就叫他放下两只手来替脚平分走路的负担，他也不以为离奇，抵拚撕破皮肉爬上树去采果子吃，也不会感觉到体面的观念……

平常见了活泼可爱的野兽，就想起红烧野味之美，现在你失去了文明的保障，但求彼此平等待遇两不相犯，已是万分的侥幸……

文明只是个荒谬的状况；文明人只是个凄惨的现象——

我骑在骡上嚷累叫热，跟着哑巴的骡夫，比手势告诉我他整天的跑路，天还不算顶热，他一路很快活的不时采一朵野花，折一茎麦穗，笑他古怪的笑，唱他哑巴的歌；我们到了客寓喝冰汽水喘息，他路过一条小涧时，扑下去喝一个贴面饱，同行的有一位说："真的，他们这样的胡喝，就不会害病，真贱！"

回头上了头等车，坐在皮椅上嚷累叫热，又是一瓶两瓶的冰水，还怪嫌车里不安电扇；同时前面火车头里的司机的加煤的，在一百四五十度的高温里笑他们的笑，谈他们的谈……

田里刈麦的农夫拱着棕黑色的裸背在做工，从清早起已经做了八九时的工，热烈的阳光在他们的皮上像在打出火星来似的，但他们却不曾嚷腰酸、叫头痛……

我们不敢否认人是万物之灵；我们却能断定人是万物之淫；

什么是现代的文明；只是一个淫的现象；

淫的代价是活力之腐败与人道之丑化；

前面是什么？没有别的，只是一张黑沉沉的大口，在我们运定的道上张开等着，时候到了把我们整个的吞了下去完事！

六月二十日

徐志摩精品集

泰山日出

我们在泰山顶上看出太阳。在航过海的人，看太阳从地平线下爬上来，本不是奇事；而且我个人是曾饱饫过红海与印度洋无比的日彩的。但在高山顶上看日出，尤其在泰山顶上，我们无餍的好奇心，当然盼望一种特异的境界，与平原或海上不同的。果然，我们初起时，天还暗沉沉的，西方是一片的铁青，东方些微有些白意，宇宙只是——如用旧词形容——一体莽莽苍苍的。但这是我一面感觉劲烈的晓寒，一面睡眼不曾十分醒豁时约略的印象。等到留心回览时，我不由得大声的狂叫——因为眼前只是一个见所未见的境界。原来昨夜整夜暴风的工程，却砌成一座普遍的云海。除了日观峰与我们所在的玉皇顶以外，东西南北只是平铺着弥漫的云气。在朝旭未露前，宛似无量数厚毳长绒的绵羊，交颈接背的眠着，卷耳与弯角都依稀辨认得出。那时候在这茫茫的云海中，我独自站在雾霭溟濛的小岛上，发生了奇异的幻想——

我躯体无限的长大，脚下的山峦比例我的身量，只是一块拳石；这巨人披着散发，长发在风里像一面黑色的大旗，飒飒的在飘荡。这巨人竖立在大地的顶尖上，仰面向着东方，平拓着一双长臂，在盼望，在迎接，在催促，在默默的叫唤；在崇拜，在祈祷，在流泪——在流久慕未见而将见悲喜交互的热泪……

这泪不是空流的，这默祷不是不生显应的。

巨人的手，指向着东方——

东方有的，在展露的，是什么？

东方有的是瑰丽荣华的色彩，东方有的是伟大普照的光明——出现了，到了，在这里了……

玫瑰汁，葡萄浆，紫荆液，玛瑙精，霜枫叶——大量的染工，在层累的云底工作，无数蜿蜒的鱼龙，爬进了苍白色的云堆。

一方的异彩，揭去了满天的睡意，唤醒了四隅的明霞——光明的神驹，在热奋地驰骋……

云海也活了；眠熟了兽形的涛澜，又回复了伟大的呼啸，昂头摇尾的向着我们朝露染青馒形的小岛冲洗，激起了四岸的水沫浪花，震荡着这生命的浮礁，似在报告光明与欢欣之临在……

再看东方——海句力士已经扫荡了他的阻碍，雀屏似的金霞，从无垠的肩上产生，展开在大地的边沿。起……起……用力，用力。纯焰的圆颅，一探再探的跃出了地平，翻登了云背，临照在天空……

歌唱呀，赞美呀，这是东方之复活，这是光明的胜利……

散发祷祝的巨人，他的身彩横亘在无边的云海上，已经渐渐的消翳在普遍的欢欣里；现在他雄浑的颂美的歌声，也已在霞彩变幻中，普彻了四方八隅……

听呀，这普彻的欢声；看呀，这普照的光明！

北戴河海滨的幻想

他们都到海边去了。我为左眼发炎不曾去。我独坐在前廊，偎坐在一张安适的大椅内，袒着胸怀，赤着脚，一头的散发，不时有风来撩拂。清晨的晴爽，不曾消醒我初起时睡态；但梦思却半被晓风吹断。我阖紧眼帘内视，只见一斑斑消残的颜色，一似晚霞的余赭，留恋地胶附在天边。廊前的马樱，紫荆，藤萝，青翠的叶与鲜红的花，都将他们的妙影映印在水汀上，幻出幽媚的情态无数；我的臂上与胸前，亦满缀了绿荫的斜纹。从树荫的间隙平望，正见海湾：海波亦似被晨曦唤醒，黄蓝相间的波光，在欣然的舞蹈。滩边不时见白涛涌起，进射着雪样的水花。浴线内点点的小舟与浴客，水禽似的浮着；幼童的欢叫，与水波拍岸声，与潜涛鸣咽声，相间的起伏，竞报一滩的生趣与乐意。但我独坐的廊前，却只是静静的，静静的无甚声响。妩媚的马樱，只是幽幽的微颤着，蝇虫也敛翅不飞。只有远近树里的秋蝉在纺纱似的绵引他们不尽的长吟。

在这不尽的长吟中，我独坐在冥想。难得是寂寞的环境，难得是静定的意境；寂寞中有不可言传的和谐，静默中有无限的创造。我的心灵，比如海滨，生平初度的怒潮，已经渐次的消翳，只剩有疏松的海砂中偶尔的回响，更有残缺的贝壳，反映星月的辉芒。此时摸索潮余的斑痕，追想当时汹涌的情景，是梦或是真，再亦不须辨问，只此眉梢的轻皱，唇边的微哂，已足解释无穷奥绪，深深的蕴伏在灵魂的微纤之中。

青年永远趋向反叛，爱好冒险；永远如初度航海者，幻想黄金机缘于浩森的烟波之外；想割断系岸的缆绳，扯起风帆，欣欣的投入无垠的怀抱。他厌恶的是平安，自喜的是放纵与豪迈。无颜色的生涯，是他目中的荆棘；绝海与凶献，是他爱自由的途径。他爱折玫瑰：为她的色香，亦为她冷酷的刺毒。他爱搏狂澜：为他的庄严与伟大，亦为他吞噬一切的天才，最是激发他探险与好奇的动机。他崇拜冲动：不可测，不可节，不可预逆，起，动，消歇皆在无形中，狂飙似的倏忽与猛烈与神秘。他崇拜斗争：从斗争中求剧烈的生命之意义，从斗争中求绝对的实在，在血染的战阵中，呼嗷胜利之狂欢或歌败丧的哀曲。

幻象消灭是人生里命定的悲剧；青年的幻灭，更是悲剧中的悲剧，夜一般的沉黑，死一般的凶恶。纯粹的，猖狂的热情之火，不同阿拉亭的神灯，只能放射一时的异彩，不能永久的朗照；转瞬间，或许，便已敛熄了最后的焰舌，只留存有限的余烬与残灰，在未灭的余温里自伤与自慰。

流水之光，星之光，露珠之光，电之光，在青年的妙目中闪耀，我们不能不惊讶造化者艺术之神奇；然可怖的黑影，倦与衰与饱餍的黑影，同时亦紧紧的跟着时日进行，仿佛是烦恼，痛苦，失败，或庸俗的尾曳，亦在转瞬间，彗星似的扫灭了我们最自傲的神辉——流水涸，明星没，露珠散灭，电闪不再！

在这艳丽的日辉中，只见愉悦与欢舞与生趣，希望，闪烁的希望，在荡漾，在无穷的碧空中，在绿叶的光泽里，在虫鸟的歌吟中，在青草的摇曳中——夏之荣华，春之成功。春光与希望，是长驻的；自然与人生，是调谐的。

在远处有福的山谷内，莲馨花在坡前微笑，稚羊在乱石间跳跃，牧童们，有的吹着芦笛，有的平卧在草地上，仰看变幻的浮游的白云，放射下的青影在初黄的稻田中缥缈地移过。在远处安乐的村中，有妙龄的村姑，在流涧边照映她自制的春裙；口衔烟斗的农夫三四，在预度秋收的丰盈，老妇人们坐在家门外阳光中取暖，她们的周围有不少的儿童，手擎着黄白的钱花在环舞与欢呼。

在远——远处的人间，有无限的平安与快乐，无限的春光……

在此暂时可以忘却无数的落蕊与残红；亦可以忘却花荫中掉下的枯叶，私语地预告三秋的情意；亦可以忘却苦恼的僵瘪的人间，阳光与雨露的殷勤，不能再恢复他们腮颊上生命的微笑，亦可以忘却纷争的互杀的人间，阳光与雨露的仁慈，不能感化他们凶恶的兽性；亦可以忘却庸俗的卑琐的人间，行云与朝露的丰姿，不能引逗他们刹那间的凝视；亦可以忘却自觉的失望的人间，绚烂的春时与媚草，只能反激他们悲伤的意绪。

我亦可以暂时忘却我自身的种种；忘却我童年期清风白水似的天真；忘

徐志摩精品集

却我少年期种种虚荣的希冀；忘却我渐次的生命的觉悟；忘却我热烈的理想的寻求；忘却我心灵中乐观与悲观的斗争；忘却我攀登文艺高峰的艰辛；忘却刹那的启示与彻悟之神奇；忘却我生命潮流之骤转；忘却我陷落在危险的漩涡中之幸与不幸；忘却我追忆不完全的梦境；忘却我大海底里埋着的秘密；忘却曾经刳割我灵魂的利刃，炮烙我灵魂的烈焰，摧毁我灵魂的狂飙与暴雨；忘却我的深刻的怨与艾；忘却我的冀与愿；忘却我的恩泽与惠感；忘却我的过去与现在……

过去的实在，渐渐的膨胀，渐渐的模糊，渐渐的不可辨认；现在的实在，渐渐的收缩，逼成了意识的一线，细极狭极的一线，又裂成了无数不相联续的黑点……黑点亦渐次的隐翳？幻术似的灭了，灭了，一个可怕的黑暗的空虚……

一九二三年八月中旬作

我所知道的康桥

我这一生的周折，大都寻得出感情的线索。不论别的，单说求学。我到英国是为要从罗素。罗素来中国时，我已经在美国。他那不确的死耗传到的时候，我真的出眼泪不够，还做悼诗来了。他没有死，我自然高兴。我摆脱了哥伦比亚大博士衔的引诱，买船票过大西洋，想跟这位二十世纪的福禄泰尔认真念一点书去。谁知一到英国才知道事情变样了：一为他在战时主张和平，二为他离婚，罗素叫康桥给除名了，他原来是 Trinity Col—lege[1] 的 Fellow[2]，这来他的 Fellow—ship[3] 也给取销了。他回英国后就在伦敦住下，夫妻两人卖文章过日子。因此我也不曾遂我从学的始愿。我在伦敦政治经济学院里混了半年，正感着闷想换路走的时候，我认识了狄更生先生。狄更生（Galsworthy Lowes Dickinson）是一个有名的作者，他的《一个中国人通信》（Letters From John Chinaman）与《一个现代聚餐谈话》（A Modern Symposium）两本小册子早得了我的景仰。我第一次会著他是在伦敦国际联盟协会席上，那天林宗孟先生演说，他做主席；第二次是宗孟寓里吃茶，有他。以后我常到他家里去。他看出我的烦闷，劝我到康桥去，他自己是王家学院（Kings College）的 Fellow。我就写信去问两个学院，回信都说学额早满了，随后还是狄更生先生替我去在他的学院里说好了，给我一个特别生的资格，随意选科听讲。从此黑方巾黑披袍的风光也被我占着了。初起我在离康桥六英里的乡下叫沙士顿地方租了几间小屋住下，同居的有我从前的夫人张幼仪女士与郭虞裳君。每天一早我坐街车（有时骑自行车）上学，到晚回家。这样的生活过了一个春，但我在康桥还只是个陌生人，谁都不认识，康桥的生

---

[1] 英国剑桥大学的三一学院。

[2] 英语，院务委员。

[3] 英语，院务委员资格。

徐志摩精品集

活，可以说完全不曾尝着，我知道的只是一个图书馆，几个课室，和三两个吃便宜饭的茶食铺子。狄更生常在伦敦或是大陆上，所以也不常见他。那年的秋季我一个人回到康桥，整整有一学年，那时我才有机会接近真正的康桥生活，同时我也慢慢的"发见"了康桥。我不曾知道过更大的愉快。

"单独"是一个耐寻味的现象。我有时想它是任何发见的第一个条件。你要发见你的朋友的"真"，你得有与他单独的机会。你要发见你自己的真，你得给你自己一个单独的机会。你要发见一个地方（地方一样有灵性），你也得有单独玩的机会。我们这一辈子，认真说，能认识几个人？能认识几个地方？我们都是太匆忙，太没有单独的机会。说实话，我连我的本乡都没有什么了解。康桥我要算是有相当交情的，再次许只有新认识的翡冷翠了。阿，那些清晨，那些黄昏，我一个人发痴似的在康桥！绝对的单独。

但一个人要写他最心爱的对象，不论是人是地，是多么使他为难的一个工作？你怕，你怕描坏了它，你怕说过分了恼了它，你怕说太谨慎了辜负了它。我现在想写康桥，也正是这样的心理，我不曾写，我就知道这回是写不好的——况且又是临时逼出来的事情。但我却不能不写，上期预告已经出去了。我想勉强分两节写，一是我所知道的康桥的天然景色，一是我所知道的康桥的学生生活。我今晚只能极简的写些，等以后有兴会时再补。

康桥的灵性全在一条河上；康河，我敢说，是全世界最秀丽的一条水。河的名字是葛兰大（Granta），也有叫康河（River Cam）的，许有上下流的区别，我不甚清楚。河身多的是曲折，上游是有名的拜伦潭（Byrou's Pool）当年拜伦常在那里玩的；有一个老村子叫格兰骞斯德，有一个果子园，你可以躺在累累的桃李树荫下吃茶，花果会掉入你的茶杯，小雀子会到你桌上来啄食，那真是别有一番天地。这是上游；下游是从骞斯德顿下去，河面展开，那是春夏间竞舟的场所。上下河分界处有一个坝筑，水流急得很，在星光下听水声，听近村晚钟声，听河畔倦牛刍草声，是我康桥经验中最神秘的一种：大自然的优美，宁静，调谐在这星光与波光的默契中不期然的淹入了你的性灵。

但康河的精华是在它的中权，著名的"Backs"[1]，这两岸是几个最蜚声的学院的建筑。从上面下来是 Pembroke, St. Katharine's, King's, Clare,

---

[1] 英语，后院。

Trinity, St. John's。最令人留连的一节是克莱亚与王家学院的毗连处，克莱亚的秀丽紧邻着王家教堂（King's Chapel）的闳伟。别的地方尽有更美更庄严的建筑，例如巴黎赛因河的罗浮宫一带，威尼斯的利阿尔多大桥的两岸，翡冷翠维基乌大桥的周遭；但康桥的"Backs"自有它的特长，这不容易用一二个状词来概括，它那脱尽尘埃气的一种清澈秀逸的意境可说是超出了画图而化生了音乐的神味。再没有比这一群建筑更调谐更匀称的了！论画，可比的许只有柯罗（Corot）的田野；论音乐，可比的许只有萧班（Chopin）的夜曲。就这也不能给你依稀的印象，它给你的美感简直是神灵性的一种。

假如你站在王家学院桥边的那棵大椈树荫下眺望，右侧面，隔着一大方浅草坪，是我们的校友居（Fellows Building），那年代并不早，但它的妩媚也是不可掩的，它那苍白的石壁上春夏间满缀着艳色的蔷薇在和风中摇头，更移左是那教堂，森林似的尖阁不可浼的永远直指着天空；更左是克莱亚，阿！那不可信的玲珑的方庭，谁说这不是圣克莱亚（St. Clare）的化身，那一块石上不闪耀着她当年圣洁的精神？在克莱亚后背隐约可辨的是康桥最潇贵最骄纵的三清学院（Trinity），它那临河的图书楼上坐镇着拜伦神采惊人的雕像。

但这时你的注意早已叫克莱亚的三环洞桥魔术似的摄住。你见过西湖白堤上的西泠断桥不是（可怜它们早已叫代表近代丑恶精神的汽车公司给踩平了，现在它们跟着苍凉的雷峰永远辞别了人间）？你忘不了那桥上斑驳的苍苔，木栅的古色，与那桥拱下泄露的湖光与山色不是？克莱亚并没有那样体面的衬托，它也不比庐山栖贤寺旁的观音桥，上瞰五老的奇峰，下临深潭与飞瀑；它只是怯怜怜的一座三环洞的小桥，它那桥洞间也只掩映着细纹的波鳞与婆娑的树影，它那桥上棂比的小穿阑与阑节顶上双双的白石球，也只是村姑子头上不夸张的香草与野花一类的装饰；但你凝神的看着，更凝神的看着，你再反省你的心境，看还有一丝屑的俗念沾滞不？只要你审美的本能不曾泯灭时，这是你的机会实现纯粹美感的神奇！

但你还得选你赏鉴的时辰。英国的天时与气候是走极端的。冬天是荒谬的坏，逢著连绵的雾盲天你一定不迟疑的甘愿进地狱本身去试试；春天（英国是几乎没有夏天的）是更荒谬的可爱，尤其是它那四五月间最渐缓最艳丽的黄昏，那才真是寸寸黄金。在康河边上过一个黄昏是一服灵魂的补剂。阿！

我那时蜜甜的单独，那时蜜甜的闲暇。一晚又一晚的，只见我出神似的倚在桥阑上向西天凝望：——

> 看一回凝静的桥影，
> 数一数螺细的波纹：
> 我倚暖了石阑的青苔，
> 青苔凉透了我的心坎：……
> 还有几句更笨重的怎能仿佛那游丝似轻妙的情景：
> 难忘七月的黄昏，远树凝寂，
> 像墨泼的山形，衬出轻柔暝色，
> 密稠稠，七分鹅黄，三分橘绿，
> 那妙意只可去秋梦边缘捕捉……

四

这河身的两岸都是四季常青最葱翠的草坪。从校友居的楼上望去，对岸草场上，不论早晚，永远有十数匹黄牛与白马，胫蹄没在恣蔓的草丛中，从容的在咬嚼，星星的黄花在风中动荡，应和着它们尾鬃的扫拂。桥的两端有斜倚的垂柳与椈荫护住。水是澈底的清澄，深不足四尺，匀匀的长着长条的水草。这岸边的草坪又是我的爱宠，在清朝，在傍晚，我常去这天然的织锦上坐地，有时读书，有时看水；有时仰卧着看天空的行云，有时反仆着搂抱大地的温软。

但河上的风流还不止两岸的秀丽。你得买船去玩。船不止一种：有普通的双桨划船，有轻快的薄皮舟（Canoe），有最别致的长形撑篙船（Punt）。最末的一种是别处不常有的：约莫有二丈长，三尺宽，你站直在船梢上用长竿撑着走的。这撑是一种技术。我手脚太蠢，始终不曾学会。你初起手尝试时，容易把船身横住在河中，东颠西撞的狼狈。英国人是不轻易开口笑人的，但是小心他们不出声的皱眉！也不知有多少次河中本来优闲的秩序叫我这莽撞的外行给捣乱了。我真的始终不曾学会；每回我不服输跑去租船再试的时候，有一个白胡子的船家往往带讥讽的对我说："先生，这撑船费劲，天热累人，还是拿个薄皮舟溜溜吧！"我那里肯听话，长篙子一点就把船撑了开去，结果还是把河身一段段的腰斩了去！

你站在桥上去看人家撑，那多不费劲，多美！尤其在礼拜天有几个专家的女郎，穿一身缟素衣服，裙裾在风前悠悠的飘着，戴一顶宽边的薄纱帽，帽影在水草间颤动，你看她们出桥洞时的姿态，捻起一根竟像没分量的长竿，只轻轻的，不经心的往波心里一点，身子微微的一蹲，这船身便波的转出了桥影，翠条鱼似的向前滑了去。她们那敏捷，那闲暇，那轻盈，真是值得歌咏的。

在初夏阳光渐暖时你去买一支小船，划去桥边荫下躺着念你的书或是做你的梦，槐花香在水面上飘浮，鱼群的唼喋声在你的耳边挑逗。或是在初秋的黄昏，近着新月的寒光，望上流僻静处远去。爱热闹的少年们携着他们的女友，在船沿上支着双双的东洋彩纸灯，带着话匣子，船心里用软垫铺着，也开向无人迹处去享他们的野福——谁不爱听那水底翻的音乐在静定的河上描写梦意与春光！

住惯城市的人不易知道季候的变迁。看见叶子掉知道是秋，看见叶子绿知道是春；天冷了装炉子，天热了拆炉子；脱下棉袍，换上夹袍，脱下夹袍，穿上单袍；不过如此罢了。天上星斗的消息，地下泥土里的消息，空中风吹的消息，都不关我们的事。忙着哪，这样那样事情多着，谁耐烦管星星的移转，花草的消长，风云的变幻？同时我们抱怨我们的生活，苦痛，烦闷，拘束，枯燥，谁肯承认做人是快乐？谁不多少间咒诅人生？

但不满意的生活大都是由于自取的。我是一个生命的信仰者，我信生活决不是我们大多数人仅仅从自身经验推得的那样暗惨。我们的病根是在"忘本"。人是自然的产儿，就比枝头的花与鸟是自然的产儿；但我们不幸是文明人，入世深似一天，离自然远似一天。离开了泥土的花草，离开了水的鱼，能快活吗？能生存吗？从大自然，我们取得我们的生命；从大自然，我们应分取得我们继续的滋养。那一株婆娑的大木没有盘错的根柢深入在无尽藏的地里？我们是永远不能独立的。有幸福是永远不离母亲抚育的孩子，有健康是永远接近自然的人们。不必一定与鹿豕游，不必一定回"洞府"去；为医治我们当前生活的枯窘，只要"不完全遗忘自然"一张轻淡的药方我们的病象就有缓和的希望。在青草里打几个滚，到海水里洗几次浴，到高处去看几次朝霞与晚照——你肩背上的负担就会轻松了去的。

这是极肤浅的道理，当然。但我要没有过过康桥的日子，我就不会有这样的自信。我这一辈子就只那一春，说也可怜，算是不曾虚度。就只那一春，我的生活是自然的，是真愉快的！（虽则碰巧那也是我最感受人生痛苦的时期。）我那时有的是闲暇，有的是自由，有的是绝对单独的机会。说也奇怪，竟像是第一次，我辨认了星月的光明，草的青，花的香，流水的殷勤。我能忘记那初春的睥睨吗？曾经有多少个清晨我独自冒着冷去薄霜铺地的林子里闲步——为听鸟语，为盼朝阳，为寻泥土里渐次苏醒的花草，为体会最微细最神妙的春信。阿，那是新来的画眉在那边凋不尽的青枝上试它的新声！阿，这是第一朵小雪球花挣出了半冻的地面！阿，这不是新来的潮润沾上了寂寞的柳条？

静极了，这朝来水溶溶的大道，只远处牛奶车的铃声，点缀这周遭的沈默。顺着这大道走去，走到尽头，再转入林子里的小径，往烟雾浓密处走去，头顶是交枝的榆荫，透露着漠楞楞的曙色；再往前走去，走尽这林子，当前是平坦的原野，望见了村舍，初青的麦田，更远三两个馒形的小山掩住了一条通道。天边是雾茫茫的，尖尖的黑影是近村的教寺。听，那晓钟和缓的清音。这一带是此邦中部的平原，地形像是海里的轻波，默沈沈的起伏；山岭是望不见的，有的是常青的草原与沃腴的田壤。登那土阜上望去，康桥只是一带茂林，拥戴着几处娉婷的尖阁。妩媚的康河也望不见踪迹，你只能循着那锦带似的林木想象那一流清浅。村舍与树林是这地盘上的棋子，有村舍处有佳荫，有佳荫处有村舍。这早起是看炊烟的时辰：朝雾渐渐的升起，揭开了这灰苍苍的天幕，（最好是微霰后的光景）远近的炊烟，成丝的，成缕的，成卷的，轻快的，迟重的，浓灰的，淡青的，惨白的，在静定的朝气里渐渐的上腾，渐渐的不见，仿佛是朝来人们的祈祷，参差的翳入了天厅。朝阳是难得见的，这初春的天气。但它来时是起早人莫大的愉快。顷刻间这田野添深了颜色，一层轻纱似的金粉糁上了这草，这树，这通道，这庄舍。顷刻间这周遭弥漫了清晨富丽的温柔。顷刻间你的心怀也分润了白天诞生的光荣。"春"！这胜利的晴空仿佛在你的耳边私语。"春"！你那快活的灵魂也仿佛在那里回响。

伺候着河上的风光，这春来一天有一天的消息。关心石上的苔痕，关心败草里的花鲜，关心这水流的缓急，关心水草的滋长，关心天上的云霞，关心新来的鸟语。怯怜怜的小雪球是探春信的小使。铃兰与香草是欢喜的初声。窈窕的莲馨，玲珑的石水仙，爱热闹的克罗克斯，耐辛苦的蒲公英与雏菊——这时候春光已是缦烂在人间，更不须殷勤问讯。

瑰丽的春放。这是你野游的时期。可爱的路政，这里不比中国，那一处不是坦荡荡的大道？徒步是一个愉快，但骑自转车是一个更大的愉快。在康桥骑车是普遍的技术；妇人，稚子，老翁，一致享受这双轮舞的快乐。（在康桥听说自转车是不怕人偷的，就为人人都自己有车，没人要偷。）任你选一个方向，任你上一条通道，顺着这带草味的和风，放轮远去，保管你这半天的逍遥是你性灵的补剂。这道上有的是清荫与美草，随地都可以供你休憩。你如爱花，这里多的是锦绣似的草原。你如爱鸟，这里多的是巧啭的鸣禽。你如爱儿童，这乡间到处是可亲的稚子。你如爱人情，这里多的是不嫌远客的乡人，你到处可以"挂单"借宿，有酪浆与嫩薯供你饱餐，有夺目的果鲜恣你尝新。你如爱酒，这乡间每"望"都为你储有上好的新酿，黑啤如太浓，苹果酒姜酒都是供你解渴润肺的。……带一卷书，走十里路，选一块清静地，看天，听鸟，读书，倦了时，和身在草绵绵处寻梦去——你能想象更适情更适性的消遣吗？

陆放翁有一联诗句："传呼快马迎新月，却上轻舆趁晚凉；"这是做地方官的风流。我在康桥时虽没马骑，没轿子坐，却也有我的风流：我常常在夕阳西晒时骑了车迎着天边扁大的日头直追。日头是追不到的，我没有夸父的荒诞，但晚景的温存却被我这样偷尝了不少。有三两幅画图似的经验至今还是栩栩的留着。只说看夕阳，我们平常只知道登山或是临海，但实际只须辽阔的天际，平地上的晚霞有时也是一样的神奇。有一次我赶到一个地方，手把着一家村庄的篱笆，隔着一大田的麦浪，看西天的变幻。有一次是正冲着一条宽广的大道，过来一大群羊，放草归来的，偌大的太阳在它们后背放射着万缕的金辉，天上却是乌青青的，只剩这不可逼视的威光中的一条大路，一群生物！我心头顿时感着神异性的压迫，我真的跪下了，对着这冉冉渐翳的金光。再有一次是更不可忘的奇景，那是临着一大片望不到头的草原，满开着艳红的罂粟，在青草里亭亭的像是万盏的金灯，阳光从褐色云里斜着过来，幻成一种异样的紫色，透明似的不可逼视，刹那间在我迷眩了的视觉中，这草田变成了……不说也罢，说来你们也是不信的！

　　一别二年多了，康桥，谁知我这思乡的隐忧？也不想别的，我只要那晚钟撼动的黄昏，没遮拦的田野，独自斜倚在软草里，看第一个大星在天边出现！

　　　　　　　　　　一九二六年一月十四日至一月二十三日作

吸烟与文化（牛津）

一

　　牛津是世界上名声压得倒人的一个学府。牛津的秘密是它的导师制。导师的秘密，按利卡克教授说，是"对准了他的徒弟们抽烟"。真的在牛津或康桥地方要找一个不吸烟的学生是很费事的——先生更不用提。学会抽烟，学会沙发上古怪的坐法，学会半吞半吐的谈话——大学教育就够格儿了。"牛津人""康桥人"还不够抖吗？我如其有钱办学堂的话，利卡克说，第一件事情我要做的是造一间吸烟室，其次造宿舍，再次造图书室；真要到了有钱没地方花的时候再来造课堂。

二

　　怪不得有人就会说，原来英国学生就会吃烟，就会懒惰。臭绅士的架子！臭架子的绅士！难怪我们这年头背心上刺刺的老不舒服，原来我们中间也来了几个叫土巴菇烟臭薰出来的破绅士！

　　这年头说话得谨慎些。提起英国就犯嫌疑。贵族主义！帝国主义！走狗！挖个坑埋了他！

　　实际上事情可不这么简单。侵略，压迫，该咒是一件事，别的事情不跟着走。至少我们得承认英国，就它本身说，是一个站得住的国家，英国人是有出息的民族。它的是有组织的生活，它的是有活气的文化。我们也得承认牛津或是康桥至少是一个十分可羡慕的学府，它们是英国文化生活的娘胎。多少伟大的政治家，学者，诗人，艺术家，科学家，是这两个学府的产儿——

烟味儿给薰出来的。

三

利卡克的话不完全是俏皮话。"抽烟主义"是值得研究的。

但吸烟室究竟是怎么一回事？烟斗里如何抽得出文化真髓来？对准了学生抽烟怎样是英国教育的秘密？利卡克先生没有描写牛津、康桥生活的真相；他只这么说，他不曾说出一个所以然来。许有人愿意听听的，我想。我也在英国念过两年书，大部分的时间在康桥。但严格的说，我还是不够资格的。我当初并不是像我的朋友温源宁先生似的出了大金镑正式去请教薰烟的；我只是个，比方说，烤小半熟的白薯，离着焦味儿透香还正远哪。但我在康桥的日子可真是享福，深怕这辈子再也得不到那蜜甜的机会了。我不敢说康桥给了我多少学问或是教会了我什么。我不敢说受了康桥的洗礼，一个人就会变气息，脱凡胎。我敢说的只是——就我个人说，我的眼是康桥教我睁的，我的求知欲是康桥给我拨动的，我的自我的意识是康桥给我胚胎的。我在美国有整两年，在英国也算是整两年。在美国我忙的是上课，听讲，写考卷，啃橡皮糖，看电影，赌咒。在康桥我忙的是散步，划船，骑自转车，抽烟，闲谈，吃五点钟茶、牛油烤饼，看闲书。如其我到美国的时候是一个不含糊的草包，我离开自由神的时候也还是那原封没有动；但如其我在美国的时候不曾通窍，我在康桥的日子至少自己明白了原先只是一肚子颟顸。这分别不能算小。

我早想谈谈康桥，对它我有的是无限的柔情。但我又怕亵渎了它似的始终不曾出口。这年头！只要贵族教育一个无意识的口号就可以把牛顿、达尔文、米尔顿、拜伦、华茨华斯、阿诺尔德、纽门、罗刹蒂、格兰士顿等等所从来的母校一下抹煞。再说年来交通便利了，各式各种日新月异的教育原理教育新制翩翩的从各方向的外洋飞到中华，哪还容得厨房老过四百年墙壁上爬满骚胡髭一类藤萝的老书院一起来上讲坛？

四

但另换一个方向看去，我们也见到少数有见地的人，再也看不过国内高等教育的混沌现象，想跳开了蹂烂的道儿，回头另寻新路走去。向外望去，现成有牛津康桥青藤缭绕的学院招着你微笑；回头望去，五老峰下飞泉声中白鹿洞一类的书院瞅着你惆怅。这浪漫的累乡病跟着现代教育丑化的程度在少数人的心中一天深似一天。这机械性买卖性的教育够腻烦了，我们说。我们也要几间满沿着爬山虎的高雪克屋子来安息我们的灵性，我们说。我们也要一个绝对闲暇的环境好容我们的心智自由的发展去，我们说。

林语堂先生在《现代评论》登过一篇文章谈他的教育的理想。新近任叔永先生与他的夫人陈衡哲女士也发表了他们的教育的理想。林先生的意思约莫记得是想仿效牛津一类学府；陈、任两位是要恢复书院制的精神。这两篇文章我认为是很重要的，尤其是陈、任两位的具体提议，但因为开倒车走回头路分明是不合时宜，他们几位的意思并不曾得到期望的回响。想来现在学者们太忙了，寻饭吃的，做官的，当革命领袖的，谁都不得闲，谁都不愿闲，结果当然没有人来关心什么纯粹教育（不含任何动机的学问）或是人格教育。这是个可憾的现象。

我自己也是深感这浪漫的思乡病的一个；我只要

"草青人远，

一流冷涧"……

但我们这想望的境界有容我们达到的一天吗？

民国十百年一月十四日

巴黎的鳞爪

咳巴黎！到过巴黎的一定不会再希罕天堂；尝过巴黎的，老实说，连地狱都不想去了。整个的巴黎就像是一床野鸭绒的垫褥，衬得你通体舒泰，硬骨头都给熏酥了的——有时许太热一些。那也不碍事，只要你受得住。赞美是多余的，正如赞美天堂是多余的；咒诅也是多余的，正如咒诅地狱是多余的。巴黎，软绵绵的巴黎，只在你临别的时候轻轻地嘱咐一声"别忘了，再来！"其实连这都是多余的。谁不想再去？谁忘得了？

香草在你的脚下，春风在你的脸上，微笑在你的周遭。不拘束你，不责备你，不督饬你，不窘你，不恼你，不揉你。它搂着你，可不缚住你：是一条温存的臂膀，不是根绳子。它不是不让你跑，但它那招逗的指尖却永远在你的记忆里晃着。多轻盈的步履，罗袜的丝光随时可以沾上你记忆的颜色！

但巴黎却不是单调的喜剧。赛因河的柔波里掩映着罗浮宫的倩影，它也收藏着不少失意人最后的呼吸。流着，温驯的水波；流着，缠绵的恩怨。咖啡馆：和着交颈的软语，开怀的笑响，有踞坐在屋隅里蓬头少年计较自毁的哀思。跳舞场：和着翻飞的乐调，迷醇的酒香，有独自支颐的少妇思量着往迹的怆心。浮动在上一层的许是光明，是欢畅，是快乐，是甜蜜，是和谐；但沉淀在底里阳光照不到的才是人事经验的本质：说重一点是悲哀，说轻一点是惆怅：谁不愿意永远在轻快的流波里漾着，可得留神了你往深处去时的发见！

一天，一个从巴黎来的朋友找我闲谈，谈起了劲，茶也没喝，烟也没吸，一直从黄昏谈到天亮，才各自上床去躺了一歇，我一合眼就回到了巴黎，方才朋友讲的情境怂恿的把我自己也缠了进去；这巴黎的梦真醇人，醇你的心，醇你的意志，醇你的四肢百体，那味儿除是亲尝过的谁能想象！——我醒过来时还是迷糊的忘了我在那儿，刚巧一个小朋友进房来站在我的床前笑吟吟喊我"你做什么梦来了，朋友，为什么两眼潮潮的像哭似的？"我伸手一摸，果然眼里有水，不觉也失笑了——可是朝来的梦，一个诗人说的，同是这悲凉滋味，正不知这泪是为那一个梦流的呢！

下面写下的不成文章，不是小说，不是写实，也不是写梦——在我写的人只当是随口曲，南边人说的"出门不认货"，随你们宽容的读者们怎样看罢。

出门人也不能太小心了，走道总得带些探险的意味。生活的趣味大半就在不预期的发见，要是所有的明天全是今天刻板的化身，那我们活什么来了？正如小孩子上山就得采花，到海边就得捡贝壳，书呆子进图书馆想捞新智慧——出门人到了巴黎就想……

你的批评也不能过分严正不是？少年老成——什么话！老成是老年人的特权，也是他们的本分；说来也不是他们甘愿，他们是到了年纪不得不。少年人如何能老成？老成了才是怪哪！

放宽一点说，人生只是个机缘巧合；别瞧日常生活河水似的流得平顺，它那里面多的是潜流，多的是漩涡——轮着的时候谁躲得了给卷了进去？那就是你发愁的时候，是你登仙的时候，是你辨着酸的时候，是你尝着甜的时候。

巴黎也不定比别的地方怎样不同：不同就在那边生活流波里的潜流更猛，漩涡更急，因此你叫给卷进去的机会也就更多。

我赶快得声明我是没有叫巴黎的漩涡给淹了去——虽则也就够险。多半的时候我只是站在赛因河岸边看热闹，下水去的时候也不能说没有，但至多也不过在靠岸清浅处溜着，从没敢往深处跑——这来漩涡的纹螺，势道，力量，可比远在岸上时认清楚多了。

一　九小时的萍水缘

我忘不了她。她是在人生的急流里转着的一张萍叶，我见着了它，掬在手里把玩了一响，依旧交还给它的命运，任它飘流去——它以前的飘泊我不曾见来，它以后的飘泊，我也见不着，但就这曾经相识匆匆的恩缘——实际上我与她相处不过九小时——已在我的心泥上印下踪迹，我如何能忘，在忆起时如何能不感须臾的惆怅？

那天我坐在那热闹的饭店里瞥眼看着她，她独坐在灯光最暗漆的屋角里，这屋内那一个男子不带媚态，那一个女子的胭脂口上不沾笑容，就只她：穿一身淡素衣裳，戴一顶宽边的黑帽，在鬔密的睫毛上隐隐闪亮着深思的目光——我几乎疑心她是修道院的女僧偶尔到红尘里随喜来了。我不能不接着注意她，她的别样的支颐的倦态，她的曼长的手指，她的落漠的神情，有意无意间的叹息，在在都激发我的好奇——虽则我那时左边已经坐下了一个瘦的，右边来了肥的，四条光滑的手臂不住的在我面前晃着酒杯。但更使我奇异的是她不等跳舞开始就匆匆的出去了，好像害怕或是厌恶似的。第一晚这样，第二晚又是这样：独自默默的坐着，到时候又匆匆的离去。到了第三晚她再来的时候我再也忍不住不想法接近她。第一次得著的回音，虽则是"多谢好意，我再不愿交友"的一个拒绝，只是加深了我的同情的好奇。我再不能放过她。巴黎的好处就在处处近人情；爱慕的自由是永远容许的。你见谁爱慕谁想接近谁，决不是犯罪，除非你在经程中泄漏了你的尘气暴气，陋相或是贫相，那不是文明的巴黎人所能容忍的。只要你"识相"，上海人说的，什么可能的机会你都可以利用。对方人理你不理你，当然又是一回事；但只要你的步骤对，文明的巴黎人决不让你难堪。

我不能放过她。第二次我大胆写了个字条付中间人——店主人——交去。我心里直伥伥的怕讨没趣。可是回话来了——她就走了，你跟着去吧。

她果然在饭店门口等着我。

你为什么一定要找我说话，先生，像我这再不愿意有朋友的人？

她张着大眼看我，口唇微微的颤着。

我的冒昧是不望恕的，但是我看了你忧郁的神情我足足难受了三天，也不知怎的我就想接近你，和你谈一次话，如其你许我，那就是我的想望，再没有别的意思。

真的她那眼内绽出了泪来，我话还没说完。

想不到我的心事又叫一个异邦人看透了……她声音都哑了。

我们在路灯的灯光下默默的互注了一晌，并着肩沿马路走去，走不到多远她说不能走，我就问了她的允许雇车坐上，直望波龙尼大林园清凉的暑夜里兜去。

原来如此，难怪你听了跳舞的音乐像是厌恶似的，但既然不愿意何以每晚还去？

那是我的感情作用；我有些舍不得不去，我在巴黎一天，那是我最初遇见——他的地方，但那时候的我……可是你真的同情我的际遇吗，先生？我快有两个月不开口了，不瞒你说，今晚见了你我再也不能制止，我爽性说给你我的生平的始末吧，只要你不嫌。我们还是回那饭庄去罢。

你不是厌烦跳舞的音乐吗？

她初次笑了。多齐整洁白的牙齿，在道上的幽光里亮着！有了你我的生气就回复了不少，我还怕什么音乐？

我们俩重进饭庄去选一个犄角坐下，喝完了两瓶香槟，从十一时舞影最凌乱时谈起，直到早三时客人散尽侍役打扫屋子时才起身走，我在她的可怜身世的演述中遗忘了一切，当前的歌舞再不能分我丝毫的注意。

下面是她的自述。

  我是在巴黎生长的。我从小就爱读天方夜谭的故事，以及当代描写东方的文学；阿东方，我的童真的梦魂那一刻不在它的玫瑰园中留恋？十四岁那年我的姊姊带我上比京去住，她在那边开一个时式的帽铺，有一天我看见一个小身材的中国人来买帽子，我就觉着奇怪，一来他长得异样的清秀，二来他为什么要来买那样时式的女帽；到了下午一个女太太拿了方才买去的帽子来换了，我姊姊就问她那中国人是谁，她说是她的丈夫，说开了头她就讲她当初怎样为爱他触怒了自己的父母，结果断绝了家庭和他结婚，但她一点也不追悔因为她的中国丈夫待她怎样好法，她不信西方人会得像他那样体贴，那样温存。我再也忘不了她说话时满心怡悦的笑容。从此我仰慕东方的私衷又添深了一层颜色。

  我再回巴黎的时候已经长成了，我父亲是最宠爱我的，我要什么他就给我什么。我那时就爱跳舞，阿，那些迷醉轻易的时光，巴黎那一处舞场上不见我的舞影。我的妙龄，我的颜色，我的体态，我的聪慧，尤其是我那媚人的大眼——

  阿，如今你见的只是悲惨的余生再不留当时的丰韵——制定了我初期的堕落。我说堕落不是？是的，堕落，人生那处不是堕落，这社会那里容得一个有姿色的女人保全她的清洁？我正快走入险路

139

的时候，我那慈爱的老父早已看出我的倾向，私下安排了一个机会，叫我与一个有爵位的英国人接近。一个十七岁的女子那有什么主意，在两个月内我就做了新娘。

说起那四年结婚的生活，我也不应得过分的抱怨，但我们欧洲的势利的社会实在是树心里生了蠹，我怕再没有回复健康的希望。我到伦敦去做贵妇人时我还是个天真的孩子，哪有什么机心，哪懂得虚伪的卑鄙的人间的底里，我又是个外国人，到处遭受嫉忌与批评。还有我那担名的丈夫。

他娶我究竟为什么动机我始终不明白，许贪我年轻贪我貌美带回家去广告他自己的手段，因为真的我不曾感着他一息的真情；新婚不到几时他就对我冷淡了，其实他就没有热过，碰巧我是个傻孩子，一天不听著一半句软语，不受些温柔的怜惜，到晚上我就不自制的悲伤。他有的是钱，有的是趋奉谄媚，成天在外打猎作乐，我愁了不来慰我，我病了不来问我，连著三年抑郁的生涯完全消灭了我原来活泼快乐的天机，到第四年实在耽不住了，我与他吵一场回巴黎再见我父亲的时候，他几乎不认识我了。我自此就永别了我的英国丈夫。因为虽则实际的离婚手续在他方面到前年方始办理，他从我走了后也就不再来顾问我——这算是欧洲人夫妻的情分！

我从伦敦回到巴黎，就比久困的雀儿重复飞回了林中，眼内又有了笑，脸上又添了春色，不但身体好多，就连童年时的种种想望又在我心头活了回来。三四年结婚的经验更叫我厌恶西欧，更叫我神往东方。东方，阿，浪漫的多情的东方！我心里常常的怀念著。有一晚，那一个运定的晚上，我就在这屋子内见著了他，与今晚一样的歌声，一样的舞影，想起还不就是昨天，多飞快的光阴，就可怜我一个单薄的女子，无端叫运神摆布，在情网里颠连，在经验的苦海里沉沦，朋友，我自分足已经埋葬了的活人，你何苦又来逼著我把往事掘起，我的话是简短的，但我身受的苦恼，朋友，你信我，是不可量的；你望我的眼里看，凭着你的同情你可以在刹那间领会我灵魂的真际！

他是菲利滨人，也不知怎的我初次见面就迷了他。他肤色是深黄的，但他的性情是不可信的温柔；他身材是短的，但他的私语有多叫人魂销的魔力？阿，我到如今还不能怨他；我爱他太深，我爱他太真，我如何能一刻忘他，虽则他到后来也是一样的薄情，一样的冷酷。你不倦么，朋友，等我讲给你听？

我自从认识了他我便倾注给他我满怀的柔情，我想他，那负心的他，也够他的享受，那三个月神仙似的生活！我们差不多每晚在此聚会的。秘谈是他与我，欢舞是他与我，人间再有更甜美的经验吗？朋友你知道痴心人赤心爱恋的疯狂吗？因为不仅满足了我私心的想望，我十多年梦魂缭绕的东方理想的实现。有他我什么都有了，此外我更有什么沾恋？因此等到我家里为这事情与我开始交涉的时候，我更不踌躇的与我生身的父母根本决绝。我此时又想起了我垂髫时在比京见著的那个嫁中国人的女子，她与我一样也为了痴情牺牲一切，我只希冀她这时还能保持着她那纯爱的生活，不比我这失运人成天在幻灭的辛辣中回味。

我爱定了他。他是在巴黎求学的，不是贵族，也不是富人，那更使我放心，因为我早年的经验使我迷信真爱情是穷人才能供给的。谁知他骗了我——他家里也是有钱的，那时我在热恋中抛弃了家，牺牲了名誉，跟了这黄脸人离却巴黎，辞别欧洲，经过一个月的海程，我就到了我理想的灿烂的东方。阿，我那时的希望与快乐！但才出了红海，他就上了心事，经我再三的逼，他才告诉他家里的实情，他父亲是菲利滨最有钱的土著，性情是极严厉的，他怕轻易不能收受我进他们的家庭。我真不愿意把此后可怜的身世烦你的听，朋友，但那才是我痴心人的结果，你耐心听着吧！

东方，东方才是我的烦恼！我这回投进了一个更陌生的社会，呼吸更沉闷的空气；他们自己中间也许有他们温软的人情，但轮着我的却一样还只是猜忌与讥刻，更不容情的刺袭我的孤独的性灵。果然他的家庭不容我进门，把我看作一个"巴黎淌来的可疑的妇人"。我为爱他也不知忍受了多少不可忍的侮辱，吞了多少悲泪，但我自慰的是他对我不变的恩情。因为在初到的一时他还是不时来慰我——我独自赁屋住着。但慢慢的也不知是人言浸润还是他原来爱我不深，他竟然表示割绝我的意思。朋友，试想我这孤身女子牺牲了一切为的还不是他的爱，如今连他都离了我，那我更有什么生机？我怎的始终不曾自毁，我至今还不信，因为我那时真的是没路走了。我又没有钱，他狠心丢了我，我如何能再去缠他，这也许是我们白种人的倔强，我不久便揩干了眼泪，出门去自寻活路。我在一个菲美合种人的家里寻得了一个保姆的职务；天幸我生性是耐烦领小孩的——我在伦敦的日子没孩子管，我就养猫弄狗——救活我的是那三五个活灵的孩子，黑头发短手指的乖乖。在那炎热的岛上我是过了两年没颜色的生活，得了一次凶险的热病，从此我面上再不存青年期的光彩。我的心境正稍稍回复平衡的时候两件不幸的事情又临着了我：一件是我那他与另一女子的结婚，这消息使我昏厥了过去，一件是被我弃绝的慈父也不知怎的问得了我的踪迹，来电说他老病快死要我回去。

阿，天罚我！等我赶回巴黎的时候正好赶着与老人诀别，忏悔我先前的造孽！

从此我在人间还有什么意趣？我只是个实体的鬼影，活动的尸体；我的心也早就死了，再也不起波澜；在初次失望的时候我想象中还有个辽远的东方，但如今东方只在我的心上留下一个鲜明的新伤，我更有什么希冀，更有什么心情？但我每晚还是不自主的到这饭店里来小坐，正如死去的鬼魂忘不了他的老家！我这一生的经验本不想再向人前吐露的，谁知又碰着了你，苦苦的追着我，逼我再一度撩拨死尽的火灰，这来你够明白了，为什么我老是这落漠的神情，我猜你也是过路的客人，我深深自幸又接近一次人情的温慰，但我不敢希望什么，我的心是死定了的，时候也不早了，你看方才舞影凌乱的地板上现在只剩一片冷淡的灯光，

侍役们已经收拾干净，我们也该走了，再会吧，多情的朋友！

二 "先生，你见过艳丽的肉没有？"

我在巴黎时常去看一个朋友，他是一个画家，住在一条老闻着鱼腥的小街底头一所老屋子的顶上一个 A 字式的尖阁里，光线暗惨得怕人，白天就靠两块日光胰子大小的玻璃窗给装装幌，反正住的人不嫌就得，他是照例不过正午不起身，不近天亮不上床的一位先生，下午他也不居家，起码总得上灯的时候他才脱下了他的开裓露出两条破烂的臂膀埋身在他那艳丽的垃圾窝里开始他的工作。

艳丽的垃圾窝——它本身就是一幅妙画！我说给你听听。贴墙有精窄的一条上面盖着黑毛毡的算是他的床，在这上面就准你规规矩矩的躺着，不说起坐一定扎脑袋，就连翻身也不免冒犯斜着下来永远不退让的屋顶先生的身分！承着顶尖全屋子顶宽舒的部分放着他的书桌——我捏着一把汗叫它书桌，其实还用提吗，上边什么法宝都有，画册子，稿本，黑炭，颜色盘子，烂袜子，领结，软领子，热水瓶子压瘪了的，烧干了的酒精灯，电筒，各色的药瓶，彩油瓶，脏手绢，断头的笔杆，没有盖的墨水瓶子，一柄手枪，那是瞒不过我化七法郎在密歇耳大街路旁旧货摊上换来的，照相镜子，小手镜，断齿的梳子，蜜膏，晚上喝不完的咖啡杯，详梦的小书，还有——还有可疑的小纸盒儿，凡士林一类的油膏……一只破木板箱一头漆着名字上面蒙着一块灰色布的是他的梳妆台兼书架，一个洋瓷面盆半盆的胰子水似乎都叫一部旧板的卢骚集子给饕了去，一顶便帽套在洋瓷长提壶的耳柄上，从袋底里倒出来的小铜钱错落的散着像是土耳其人的符咒，几只稀小的烂苹果围着一条破香蕉像是一群大学教授们围着一个教育次长索薪……

壁上看得更斑斓了：这是我顶得意的一张庞那的底稿当废纸买来的，这是我临蒙内的裸体，不十分行，我来撩起灯罩你可以看清楚一点，草色太浓了，那膝部画坏了，这一小幅更名贵，你认是谁，罗丹的！那是我前年最大的运气，也算是错来的，老巴黎就是这点子便宜，挨了半年八个月的饿不要紧，只要有机会捞着真东西，这还不值得！那边一张挤在两幅油画缝里的，你见了没有，也是有来历的，那是我前年趁马克倒霉路过佛兰克福德时夹手抢来的，是真的孟察尔都难说，就差糊了一点，现在你给三千佛郎我都不卖，加倍再加倍都值，你信不信？再看那一长条……在他那手指东点西的卖弄他的家珍的时候，你竟会忘了你站着的地方是不够六尺阔的一间阁楼，倒像跨在你头顶那两爿斜着下来的屋顶也顺着他那艺术谈法术似的隐了去，露出一个爽恺的高天，壁上的疙瘩，壁蟢窠，霉块，钉疤，全化成了哥罗画帧中"飘飘欲化烟"的最美丽林树与轻快的流涧；桌上的破领带及手绢烂香蕉臭袜子等等也全变形成戴大阔边稻草帽的牧童们，偎着树打盹的，牵着牛在涧里喝水的，手反衬着脑袋放平在青草地上瞪眼看天的，斜眼溜着那边走进来的娘们手按着音腔吹横笛的——可不是那边来了一群娘们，全是年岁轻轻的，露着胸膛，散着头发，还有光着白腿的在青草地上跳着来了？……唵！小心扎脑袋，这屋子真扁纽，你出什么神来了？想着你的 Bel Ami[1] 对不对？你到巴黎快半个月，该早有落儿了，这年头收成真容易——呒，太容易了！谁说巴黎不是理想的地狱？你吸烟斗吗？这儿有自来火。对不起，屋子里除了床，就是那张弹簧早经追悼过了的沙发，你坐坐吧，给你一个垫子，这是全屋子顶温柔的一样东西。

不错，那沙发，这阁楼上要没有那张沙发，主人的风格就落了一个极重要的原素。说它肚子里的弹簧完全没了劲，在主人说是太谦，在我说是简直污蔑了它。因为分明有一部分内簧是不曾死透的，那在正中间，看来倒像是一座分水岭，左右都是往下倾的，我初坐下时不提防它还有弹力，倒叫我骇了一下；靠手的套布可真是全霉了，露着黑黑黄黄不知是什么货色，活像主人衬衫的袖子。我正落了座，他咬了咬嘴唇翻一翻眼珠微微的笑了。笑什么了你？我笑——你坐上沙发那样儿叫我想起爱菱。爱菱是谁？她呀——她是我第一个模特儿。模特儿？你的？你的破房子还有模特儿，你这穷鬼化得起……别急，究竟是中国初来的，听了模特儿就这样的起劲，看你那脖子都上了红印了！本来不算事，当然，可是我说像你这样的破鸡棚……破鸡棚便怎么样，耶稣生在马号里的，安琪儿们都在马矢里跪着礼拜哪！别忙，好朋友，我讲你听。如其巴黎人有一个好处，他就是不势利！中国人顶糟了，这一点；穷人有穷人的势利，阔人有阔人的势利，半不阑珊的有半不阑珊的势利——那才是半开化，才是野蛮！你看像我这样子，头发像刺猬，八九天不

---

[1] 法语，好朋友。

刮的破胡子，半年不收拾的脏衣服，鞋带扣不上的皮鞋——要在中国，谁小叫我外国叫化子，那配进北京饭店一类的势利场；可是在巴黎，我就这样儿随便问那一个衣服顶漂亮脖子搽得顶香的娘们跳舞，十回就有九回成，你信不信？至于模特儿，那更不成话，那有在巴黎学美术的，不论多穷，一年里不换十来个眼珠亮亮的来坐样儿？屋子破更算什么？波希民[1]的生活就是这样，按你说模特儿就不该坐坏沙发，你得准备杏黄贡缎绣丹凤朝阳做垫的太师椅请她坐你才安心对不对？再说……

别再说了！算我少见世面，算我是乡下老戆，得了；可是说起模特儿，我倒有点好奇，你何妨讲些经验给我长长见识？有真好的没有？我们在美术院里见著的什么维纳丝得米罗，维纳丝梅第妻，还有铁青的，鲁班师的，鲍第千里的，丁稻来笃的，箕奥其安内的裸体实在是太美，太理想，太不可能，太不可思议；反面说，新派的比如雪尼约克的，玛提斯的，塞尚的，高耿的，弗朗剌马克的，又是太丑，太损，太不像人，一样的太不可能，太不可思议。人体美，究竟怎么一回事？我们不幸生长在中国女人衣服一直穿到下巴底下腰身与后部看不出多大分别的世界里，实在是太蒙昧无知，太不开眼。可是再说呢，东方人也许根本就不该叫人开眼的，你看过约翰巴里士那本沙扬娜拉没有，他那一段形容一个日本裸体舞女 _ 就是一张脸子粉搽得像棺材里爬起来的颜色，此外耳朵以后下巴以下就比如一节蒸不透的珍珠米！——看了真叫人恶心。你们学美术的才有第一手的经验，我倒是……

你倒是真有点羡慕，对不对？不怪你，人总是人。不瞒你说，我学画画原来的动机也就是这点子对人体秘密的好奇。你说我穷相，不错，我真是穷，饭都吃不出，衣都穿不全，可是模特儿——我怎么也省不了。这对人体美的欣赏在我已经成了一种生理的要求，必要的奢侈，不可摆脱的嗜好；我宁可少吃俭穿，省下几个法郎来多雇几个模特儿。你简直可以说我是著了迷，成了病，发了疯，爱说什么就什么，我都承认——我就不能一天没有一个精光的女人耽在我的面前供养，安慰，喂饱我的"眼淫"。当初罗丹我猜也一定与我一样的狼狈，据说他那房子里老是有剥光了的女人，也不为坐样儿，单看她们日常生活"实际的"多变化的姿态——他是一个牧羊人，成天看着一

---

[1] 英语 Bohemian 的音译，指生活放荡不羁的艺术家。

群剥了毛皮的驯羊！鲁班师那位穷凶极恶的大手笔，说是常难为他太太做模特儿，结果因为他成天不断的画他太太竟许连穿裤子的空儿都难得有！但如果这话是真的鲁班师还是太傻，难怪他那画里的女人都是这剥白猪似的单调，少变化；美的分配在人体上是极神秘的一个现象，我不信有理想的全材，不论男女我想几乎是不可能的；上帝拿着一把颜色望地面上撒，玫瑰，罗兰，石榴，玉簪，剪秋罗，各样都沾到了一种或几种的彩泽，但决没有一种花包涵所有可能的色调的，那如其有，按理论讲，岂不是又得回复了没颜色的本相？人体美也是这样的，有的美在胸部，有的腰部，有的下部，有的头发，有的手，有的脚踝，那不可理解的骨骼，筋肉，肌理的会合，形成各个不同的线条，色调的变化，皮面的涨度，毛管的分配，天然的姿态，不可制止的表情——也得你不怕麻烦细心体会发见去，上帝没有这样便宜你的事情，他决不给你一个具体的绝对美，如果有我们所有艺术的努力就没了意义；巧妙就在你明知这山里有金子，可是在那一点你得自己下工夫去找。阿！说起这艺术家审美的本能，我真要闭着眼感谢上帝——要不是它，岂不是所有人体的美，说窄一点，都变了古长安道上历代帝王的墓窟，全叫一层或几层薄薄的衣服给埋没了！回头我给你看我那张破床底下有一本宝贝，我这十年血汗辛苦的成绩——千把张的人体临摹，而且十分之九是在这间破鸡棚里勾下的，别看低我这张弹簧早经追悼了的沙发，这上面落坐过至少一二百个当得起美字的女人！别提专门做模特儿的，巴黎那一个不知道俺家黄脸什么，那不算希奇，我自负的是我独到的发见：一半因为看多了缘故，女人肉的引诱在我差不多完全消灭在美的欣赏里面，结果在我这双"淫眼"看来，一丝不挂的女人就同紫霞宫里翻出来的尸首穿得重重密密的摇不动我的性欲，反面说当真穿着得极整齐的女人，不论她在人堆里站着，在路上走着，只要我的眼到，她的衣服的障碍就无形的消灭，正如老练的矿师一瞥就认出矿苗，我这美术本能也是一瞥就认出"美苗"，一百次里错不了一次；每回发见了可能的时候，我就非想法找到她剥光了她叫我看个满意不成，上帝保佑这文明的巴黎，我失望的时候真难得有！我记得有一次在戏院子看着了一个贵妇人，实在没法想（我当然试来）我那难受就不用提了，比发疟疾还难受——她那特长分明是在小腹与……

够了够了！我倒叫你说得心痒痒的。人体美！这门学问，这门福气，我们不幸生长在东方谁有机会研究享受过来？可是我既然到了巴黎，又幸气碰着你，我倒真想叨你的光开开我的眼，你得替我想法，要找在你这宏富的经验中比较最贴近理想的一个看看……

你又错了！什么，你意思花就许巴黎的花香，人体就许巴黎的美吗？太灭自己的威风了！别信那巴理士什么沙扬娜拉的胡说；听我说，正如东方的玫瑰不比西方的玫瑰差什么香味，东方的人体在得到相当的栽培以后，也同样不能比西方的人体差什么美——除了天然的限度，比如骨骼的大小，皮肤的色彩。同时顶要紧的当然要你自己性灵里有审美的活动，你得有眼睛，要不然这宇宙不论它本身多美多神奇在你还是白来的。我在巴黎苦过这十年，就为前途有一个宏愿：我要张大了我这经过训练的"淫眼"到东方去发见人体美——谁说我没有大文章做出来？至于你要借我的光开开眼，那是最容易不过的事情，可是我想想——可惜了！有个马达姆朗洒，原先在巴黎大学当物理讲师的，你看了准忘不了，现在可不在了，到伦敦去了；还有一个马达姆薛托漾，她是远在南边乡下开面包铺子的，她就够打倒你所有的丁稻来笃，所有的铁青，所有的箕奥其安内——尤其是给你这未人流看，长得太美了，她通体就看不出一根骨头的影子，全叫匀匀的肉给隐住的，圆的，润的，有一致节奏的，那妙是一百个哥蒂蔼也形容不全的，尤其是她那腰以下的结构，真是奇迹！你从意大利来该见过西龙尼维纳丝的残像，就那也只能仿佛，你不知道那活的气息的神奇，什么大艺术天才都没法移植到画布上或是石塑上去的（因此我常常自己心里辩论究竟是艺术高出自然还是自然高出艺术，我怕上帝僭先的机会毕竟比凡人多些）；不提别的单就她站在那里你看，从小腹接桎上股那两条交荟的弧线起直往下贯到脚著地处止，那肉的浪纹就比是——实在是无可比——你梦里听着的音乐：不可信的轻柔，不可信的匀净，不可信的韵味——说粗一点，那两股相并处的一条线直贯到底，不漏一屑的破绽，你想通过一根发丝或是吹度一丝风息都是绝对不可能的——但同时又决不是肥肉的粘著，那就呆了。真是梦！唉，就可惜多美一个天才偏叫一个身高六尺三寸长红胡子的面包师给糟蹋了；真的这世上的因缘说来真怪，我很少看见美妇人不嫁给猴子类牛类水马类的丑男人！但这是支话。眼前我招得到的，够资格的也就不少——有了，方才你坐上这沙发的时候叫我想起了爱菱，也许你与她有缘分，我就为你招她去吧，我想应该可以容易招到的。

可是上那儿呢？这屋子终究不是欣赏美妇人的理想背景，第一不够开展，第二光线不够——至少为外行人像你一类著想……我有了一个顶好的主意，你远来客我也该独出心裁招待你一次，好在爱菱与我特别的熟，我要她怎么她就怎么；暂且约定后天吧，你上午十二点到我这里来，我们一同到芳丹薄罗的大森林里去，那是我常游的地方，尤其是阿房奇石相近一带，那边有的是天然的地毯，这一时是自然最妖艳的日子，草青得滴得出翠来，树绿得涨得出油来，松鼠满地满树都是，也不很怕人，顶好玩的，我们决计到那一带去秘密野餐吧——至于"开眼"的话，我包你一个百二十分的满足，将来一定是你从欧洲带回家最不易磨灭的一个印象！一切有我布置去，你要是愿意贡献的话，也不用别的，就要你多买大杨梅，再带一瓶橘子酒，一瓶绿酒，我们享半天闲福去。现在我讲得也累了，我得躺一会儿，我拿我床底下那本秘本给你先揣摹揣摹……

隔一天我们从芳丹薄罗林子里回巴黎的时候，我仿佛刚做了一个最荒唐，最艳丽，最秘密的梦。

一九二五年冬作

"迎上前去"

这回我不撒谎，不打隐谜，不唱反调，不来烘托；我要说几句至少我自己信得过的话，我要痛快的招认我自己的虚实，我愿意把我的花押在这张供状的末尾。

我要求你们大量的容许，准我在我第一天接手晨报副刊的时候，介绍我自己，解释我自己，鼓励我自己。

我相信真的理想主义者是受得住眼看他往常保持着的理想煨成灰、碎成断片、烂成泥，在这灰、这断片、这泥的底里，他再来发现他更伟大、更光明的理想。我就是这样的一个。

只有信生病是荣耀的人们才来不知耻的高声嚷痛；这时候他听着有脚步声，他以为有帮助他的人向着他来，谁知是他自己的灵性离了他去！真有志气的病人，在不能自己豁脱苦痛的时候，宁可死休，不来忍受医药与慈善的侮辱。我又是这样的一个。

我们在这生命里到处碰头失望，连续遭逢"幻灭"，头顶只见乌云，地下满是黑影，同时我们的年岁、病痛、工作、习惯，恶狠狠的压上我们的肩背，一天重似一天，在无形中嘲讽的呼喝着，"倒，倒，你这不量力的蠢才！"因此你看这满路的倒尸，有全死的，有半死的，有爬着挣扎的，有默无声息的……嘿！生命这十字架，有几个人扛得起来？

但生命还不是顶重的担负，比生命更重实更压得死人的是思想那十字架。人类心灵的历史里能有几个无成的孟贲乌获？在思想可怕的战场上我们就只有数得清有限的几具光荣的尸体。

我不敢非分的自夸；我不够狂，不够妄。我认识我自己力量的止境，但我却不能制止我看了这时候国内思想界萎瘪现象的愤懑与羞恶。我要一把抓住这时代的脑袋，问它要一点真思想的精神给我看看——不是借来的兑来的

徐志摩精品集

冒来的描来的东西，不是纸糊的老虎，摇头的傀儡，蜘蛛网幕面的偶像；我要的是筋骨里迸出来，血液里激出来，性灵里跳出来，生命里震荡出来的真纯的思想。我不来问他要，是我的懦怯；他拿不出来给我看，是他的耻辱。朋友，我要你选定一边，假如你不能站在我的对面，拿出我要的东西来给我看，你就得站在我这一边，帮着我对这时代挑战。

我预料有人笑骂我的大话。是的，大话。我正嫌这年头的话太小了，我们得造一个比小更小的字来形容这年头听着的说话，写下印成的文字；我们得请一个想象力细致如史魏夫脱（Dean Swift）的来描写那些说小话的小口，说尖话的尖嘴。一大群的食蚁兽！他们最大的快乐是忙着他们的尖喙在泥土里垦寻细微的蚂蚁。蚂蚁是吃不完的，同时这可笑的尖嘴却益发不住的向尖的方向进化，小心再隔几代连蚂蚁这食料都显太大了！

我不来谈学问，我不配，我书本的知识是真的十二分的有限。年轻的时候我念过几本极普通的中国书，这几年不但没有知新，温故都说不上，我实在是固陋，但我却抱定孔子的一句名言"知之为知之，不知为不知，是知也"，决不来强不知以为知；我并不看不起国学与研究国学的学者，我十二分尊敬他们，只是这部分的工作我只能艳羡的看他们去做，我自己恐怕不但今天，竟许这辈子都没希望参加的了。外国书呢？看过的书虽则有几本，但是真说得上"我看过的"能有多少，说多一点，三两篇戏，十来首诗，五六篇文章，不过这样罢了。

科学我是不懂的，我不曾受过正式的训练，最简单的物理化学，都说不明白，我要是不预备就去考中学校，十分里有九分是落第，你信不信？天上我只认识几颗大星，地上几棵大树，这也不是先生教我的；从先生那里学来的，十几年学校教育给我的，究竟有些什么，我实在想不起，说不上，我记得的只是几个教授可笑的嘴脸与课堂里强烈的催眠的空气。

我人事的经验与知识也是同样的有限，我不曾做过工；我不曾尝味过生活的艰难，我不曾打过仗，不曾坐过监，不曾进过什么秘密党，不曾杀过人，不曾做过买卖，发过一个大的财。

所以你看，我只是个极平常的人，没有出人头地的学问，更没有非常的经验。但同时我自信我也有我与人不同的地方。我不曾投降这世界，我不受它的拘束。

我是一只没笼头的野马，我从来不曾站定过。我人是在这社会里活着，我却不是这社会里的一个，像是有离魂病似的，我这躯壳的动静是一件事，我那梦魂的去处又是一件事。我是一个傻子：我曾经妄想在这流动的生活里发现一些不变的价值，在这打谎的世上寻出一些不磨灭的真，在我这灵魂的冒险是生命核心里的意义；我永远在无形的经验的巉岩上爬着。

冒险——痛苦——失败——失望，是跟着来的，存心冒险的人就得打算他最后的失望；但失望却不是绝望，这分别很大。我是曾经遭受失望的打击，我的头是流着血，但我的脖子还是硬的；我不能让绝望的重量压住我的呼吸，不能让悲观的慢性病侵蚀我的精神，更不能让厌世的恶质染黑我的血液。厌世观与生命是不可并存的；我是一个生命的信徒，起初是的，今天还是的，将来我敢说也是的。我决不容忍性灵的颓唐，那是最不可救药的堕落，同时却继续躯壳的存在；在我，单这开口说话，提笔写字的事实，就表示后背有一个基本的信仰，完全的没破绽的信仰；否则我何必再做什么文章，办什么报刊？

但这并不是说我不感受人生遭遇的痛创；我决不是那童呆性的乐观主义者；我决不来指着黑影说这是阳光，指着云雾说这是青天，指着分明的恶说这是善；我并不否认黑影、云雾与恶，我只是不怀疑阳光与青天与善的实在；暂时的掩蔽与侵蚀不能使我们绝望，这正应得加倍的激动我们寻求光明的决心。前几天我觉着异常懊丧的时候无意中翻着尼采的一句话，极简单的几个字却涵有无穷的意义与强悍的力量，正如天上星斗的纵横与山川的经纬，在无声中暗示你人生的奥义，祛除你的迷惘，照亮你的思路，他说"受苦的人没有悲观的权利"（The sufferer has no right to pessimism），我那时感受一种异样的惊心，一种异样的彻悟——

> 我不辞痛苦，因为我要认识你，上帝；
> 我甘心，甘心在火焰里存身，
> 到最后那时辰见我的真，
> 见我的真，我定了主意，上帝，再不迟疑！

所以我这次从南边回来，决意改变我对人生的态度，我写信给朋友说这要来认真做一点"人的事业"了——

> 我再不想成仙，蓬莱不是我的分；
>
> 我只要这地面，情愿安分的做人。

在我这"决心做人，决心做一点认真的事业"，是一个思想的大转变；因为先前我对这人生只是不调和不承认的态度，因此我与这现世界并没有什么相互的关系，我是我，它是它，它不能责备我，我也不来批评它。但这来我决心做人的宣言却就把我放进了一个有关系，负责任的地位，我再不能张着眼睛做梦，从今起得把现实当现实看：我要来察看，我要来检查，我要来清除，我要来颠扑，我要来挑战，我要来破坏。

人生到底是什么？我得先对我自己给一个相当的答案。人生究竟是什么？为什么这形形色色的，纷扰不清的现象——宗教，政治，社会，道德，艺术，男女，经济？我来是来了，可还是一肚子的不明白，我得慢慢的看古玩似的，一件件拿在手里看一个清切再来说话，我不敢保证我的话一定在行，我敢担保的只是我自己思想的忠实；我前面说过我的学识是极浅陋的，但我却并不因此自馁，有时学问是一种束缚，知识是一层障碍，我只要能信得过我能看的眼，能感受的心，我就有我的话说；至于我说的话有没有人听，有没有人懂，那是另外一件事，我管不着了——"有的人身死了才出世的"，谁知道一个人有没有真的出世那一天？

是的，我从今起要迎上前去！生命第一个消息是活动，第二个消息是搏斗，第三个消息是决定；思想也是的，活动的下文就是搏斗。搏斗就包含一个搏斗的对象，许是人，许是问题，许是现象，许是思想本体。一个武士最大的期望是寻着一个相当的敌手，思想家也是的，他也要一个可以较量他充分的力量的对象。"攻击是我的本性。"一个哲学家说，"要与你的对手相当——这是一个正直的决斗的第一个条件。你心存鄙夷的时候你不能搏斗。你占上风，你认定对手无能的时候你不应当搏斗。我的战略可以约成四个原则：——第一，我专打正占胜利的对象——在必要时我暂缓我的攻击，等他胜利了再开手；第二，我专打没有人打的对象，我这边不会有助手，我单独的站定一边——在这搏斗中我难为的只是我自己；第三，我永远不来对人的攻击——在必要时我只拿一个人格当显微镜用，借它来显出某种普遍的，但却隐遁不易踪迹的恶性；第四，我攻击某事物的动机，不包含私人嫌隙的关系，在我攻击是一个善意的，而且在某种情况下，感恩的凭证。"

这位哲学家的战略，我现在僭引作我自己的战略，我盼望我将来不至于在搏斗的沉酣中忽略了预定的规律，万一疏忽时我恳求你们随时提醒。我现在戴我的手套去！

自　剖

我是个好动的人：每回我身体行动的时候，我的思想也仿佛就跟着跳荡。我做的诗，不论它们是怎样的"无聊"，有不少是在行旅期中想起的。我爱动，爱看动的事物，爱活泼的人，爱水，爱空中的飞鸟，爱车窗外掣过的田野山水。星光的闪动，草叶上露珠的颤动，花须在微风中的摇动，雷雨时云空的变动，大海中波涛的汹涌，都是在在触动我感兴的情景。是动，不论是什么性质，就是我的兴趣，我的灵感。是动就会催快我的呼吸，加添我的生命。

近来却大大的变样了。第一我自身的肢体，已不如原先灵活；我的心也同样的感受了不知是年岁还是什么的拘絷。动的现象再不能给我欢喜，给我启示。先前我看着在阳光中闪烁的金波，就仿佛看见了神仙宫阙——什么荒诞美丽的幻觉，不在我的脑中一闪闪的掠过；现在不同了，阳光只是阳光，流波只是流波，任凭景色怎样的灿烂，再也照不化我的呆木的心灵。我的思想，如其偶尔有，也只似岩石上的藤萝，贴着枯干的粗糙的石面，极困难的蜒着；颜色是苍黑的，姿态是倔强的。

我自己也不懂得何以这变迁来得这样的兀突，这样的深彻。原先我在人前自觉竟是一注的流泉，在在有飞沫，在在有闪光；现在这泉眼，如其还在，仿佛是叫一块石板不留余隙的给镇住了。我再没有先前那样蓬勃的情趣，每回我想说话的时候，就觉着那石块的重压，怎么也掀不动，怎么也推不开，结果只能自安沉默！"你再不用想什么了，你再没有什么可想的了"；"你再不用开口了，你再没有什么话可说的了"，我常觉得我沉闷的心府里有这样半嘲讽半吊唁的谆嘱。

说来我思想上或经验上也并不曾经受什么过分剧烈的戟刺。我处境是向来顺的，现在，如其有不同，只是更顺了的。那么为什么这变迁？远的不说，就比如我年前到欧洲去时的心境：啊！我那时还不是一只初长毛角的野鹿？

什么颜色不激动我的视觉，什么香味不奋兴我的嗅觉？我记得我在意大利写游记的时候，情绪是何等的活泼，兴趣何等的醇厚，一路来眼见耳听心感的种种，那一样不活栩栩的丛集在我的笔端，争求充分的表现！如今呢？我这次到南方去，来回也有一个多月的光景，这期内眼见耳听心感的事物也该有不少。我未动身前，又何尝不自喜此去又可以有机会饱餐西湖的风色，邓尉的梅香——单提一两件最合我脾胃的事。有好多朋友也曾期望我在这闲暇的假期中采集一点江南风趣，归来时，至少也该带回一两篇爽口的诗文，给在北京泥土的空气中活命的朋友们一些清醒的消遣。但在事实上不但在南中时我白瞪着大眼，看天亮换天昏，又闭上了眼，拼天昏换天亮，一枝秃笔跟着我涉海去，又跟着我涉海回来，正如岩洞里的一根石笋，压根儿就没一点摇动的消息；就在我回京后这十来天，任凭朋友们怎样的催促，自己良心怎样的责备，我的笔尖上还是滴不出一点墨渖来。我也曾勉强想想，勉强想写，但到底还是白费！可怕是这心灵骤然的呆顿。完全死了不成？我自己在疑惑。

　　说来是时局也许有关系。我到京几天就逢着空前的血案。五卅事件发生时我正在意大利山中，采茉莉花编花篮儿玩，翡冷翠山中只见明星与流萤的交唤，花香与山色的温存，俗氛是吹不到的。直到七月间到了伦敦，我才理会国内风光的惨淡，等得我赶回来时，设想中的激昂，又早变成了明日黄花，看得见的痕迹只有满城黄墙上墨彩斑斓的"泣告"！

　　这回却不同。屠杀的事实不仅是在我住的城子里发见，我有时竟觉得是我自己的灵府里的一个惨象。杀死的不仅是青年们的生命，我自己的思想也仿佛遭着了致命的打击，比是国务院前的断脰残肢，再也不能回复生动与连贯。但这深刻的难受在我是无名的，是不能完全解释的。这回事变的奇惨性引起愤慨与悲切是一件事，但同时我们也知道在这根本起变态作用的社会里，什么怪诞的情形都是可能的。屠杀无辜，远不是年来最平常的现象。自从内战纠结以来，在受战祸的区域内，那一处村落不曾分到过遭奸污的女性，屠残的骨肉，供牺牲的生命财产？这无非是给冤氛团结的地面上多添一团更集中更鲜艳的怨毒。再说那一个民族的解放史能不浓浓的染着 Martyrs[1] 的腔血？俄国革命的开幕就是二十年前冬宫的血景。只要我们有识力认定，有胆

---

[1] 英语，烈士。

量实行，我们理想中的革命，这回羔羊的血就不会是白涂的。所以我个人的沉闷决不完全是这回惨案引起的感情作用。

爱和平是我的生性。在怨毒，猜忌，残杀的空气中，我的神经每每感受一种不可名状的压迫。记得前年奉直战争时我过的那日子简直是一团黑漆，每晚更深时，独自抱着脑壳伏在书桌上受罪，仿佛整个时代的沉闷盖在我的头顶——直到写下了《毒药》那几首不成形的咒诅诗以后，我心头的紧张才渐渐的缓和下去。这回又有同样的情形；只觉着烦，只觉着闷，感想来时只是破碎，笔头只是笨滞。结果身体也不舒畅，像是蜡油涂抹住了全身毛窍似的难过，一天过去了又是一天，我这里又在重演更深独坐箍紧脑壳的姿势，窗外皎洁的月光，分明是在嘲讽我内心的枯窘！

不，我还得往更深处按。我不能叫这时局来替我思想骤然的呆顿负责，我得往我自己生活的底里找去。

平常有几种原因可以影响我们的心灵活动。实际生活的牵掣可以劫去我们心灵所需要的闲暇，积成一种压迫。在某种热烈的想望不曾得满足时，我们感觉精神上的烦闷与焦躁，失望更是颠覆内心平衡的一个大原因；较剧烈的种类可以麻痹我们的灵智，淹没我们的理性。但这些都合不上我的病源；因为我在实际生活里已经得到十分的幸运，我的潜在意识里，我敢说不该有什么压着的欲望在作怪。

但是在实际上反过来看，另有一种情形可以阻塞或是减少你心灵的活动。我们知道舒服，健康，幸福，是人生的目标，我们因此推想我们痛苦的起点是在望见那些目标而得不到的时候。我们常听人说"假如我像某人那样生活无忧我一定可以好好的做事，不比现在整天的精神全化在琐碎的烦恼上"。我们又听说"我不能做事就为身体太坏，若是精神来得，那就……"我们又常常设想幸福的境界，我们想"只要有一个意中人在跟前那我一定奋发，什么事做不到？"但是不，在事实上，舒服，健康，幸福，不但不一定是帮助或奖励心灵生活的条件，它们有时正得相反的效果。我们看不起有钱人，在社会上得意人，肌肉过分发展的运动家，也正在此；至于年少人幻想中的美满幸福，我敢说等得当真有了红袖添香，你的书也就读不出所以然来，且不说什么在学问上或艺术上更认真的工作。

那末生活的满足是我的病源吗？

"在先前的日子，"一个真知我的朋友，就说："正为是你生活不得平衡，正为你有欲望不得满足，你的压在内里的Libido[1]就形成一种升华的现象，结果你就借文学来发泄你生理上的郁结（你不常说你从事文学是一件不预期的事吗？）；这情形又容易在你的意识里形成一种虚幻的希望，因为你的写作得到一部分赞许，你就自以为确有相当创作的天赋以及独立思想的能力。但你只是自冤自，实在你并没有什么超人一等的天赋，你的设想多半是虚荣，你的以前的成绩只是升华的结果。所以现在等得你生活换了样，感情上有了安顿，你就发见你向来写作的来源顿呈萎缩甚至枯竭的现象；而你又不愿意承认这情形的实在，妄想到你身子以外去找你思想枯窘的原因，所以你就不由的感到深刻的烦闷。你只是对你自己生气，不甘心承认你自己的本相。不，你原来并没有三头六臂的！

　　"你对文艺并没有真兴趣，对学问并没有真热心。你本来没有什么更高的志愿，除了相当合理的生活，你只配安分做一个平常人，享你命里注定的'幸福'；在事业界，在文艺创作界，在学问界内，全没有你的位置，你真的没有那能耐。不信你只要自问在你心里的心里有没有那无形的'推力'，整天整夜的恼着你，逼着你，督着你，放开实际生活的全部，单望着不可捉摸的创作境界里去冒险？是的，顶明显的关键就是那无形的推力或是冲动（The Impulse），没有它人类就没有科学，没有文学，没有艺术，没有一切超越功利实用性质的创作。你知道在国外（国内当然也有，许没那样多）有多少人被这无形的推力驱使，在实际生活上变成一种离魂病性质的变态动物，不但人间所有的虚荣永远沾不上他们的思想，就连维持生命的睡眠饮食，在他们都失了重要，他们全部的心力只是在他们那无形的推力所指示的特殊方向上集中应用。怪不得有人说天才是疯癫；我们在巴黎、伦敦不就到处碰得着这类怪人？如其他是一个美术家，恼着他的就只怎样可以完全表现他那理想中的形体；一个线条的准确，某种色彩的调谐，在他会得比他生身父母的生死与国家的存亡更重要，更迫切，更要求注意。我们知道专门学者有终身掘坟墓的，研究蚊虫生理的，观察亿万万里外一个星的动定的。并且他们决不问社会对于他们的劳力有否任何的认识，那就是虚荣的进路；他们是被一

――――――――――――
[1] 英语，性欲。

点无形的推力的魔鬼蛊定了的。

"这是关于文艺创作的话。你自问有没有这种情形。你也许经验过什么'灵感'，那也许有，但你却不要把刹那误认作永久的，虚幻认作真实。至于说思想与真实学问的话，那也得背后有一种推力，方向许不同，性质还是不变。做学问你得有原动的好奇心，得有天然热情的态度去做求知识的工夫。真思想家的准备，除了特强的理智，还得有一种原动的信仰；信仰或寻求信仰，是一切思想的出发点：极端的怀疑派思想也只是期望重新位置信仰的一种努力。从古来没有一个思想家不是宗教性的。在他们，各按各的倾向，一切人生的和理智的问题是实在有的；神的有无，善与恶，本体问题，认识问题，意志自由问题，在他们看来都是含逼迫性的现象，要求合理的解答——比山岭的崇高，水的流动，爱的甜蜜更真，更实在，更耸动。他们的一点心灵，就永远在他们设想的一种或多种问题的周围飞舞，旋绕，正如灯蛾之于火焰：牺牲自身来贯彻火焰中心的秘密，是他们共有的决心。

"这种惨烈的情形，你怕也没有吧？我不说你的心幕上就没有思想的影子；但它们怕只是虚影，像水面上的云影，云过影子就跟着消散，不是石上的溜痕越日久越深刻。

"这样说下来，你倒可以安心了！因为个人最大的悲剧是设想一个虚无的境界来谎骗你自己；骗不到底的时候你就得忍受'幻灭'的莫大的苦痛。与其那样，还不如及早认清自己的深浅，不要把不必要的负担，放上支撑不住的肩背，压坏你自己，还难免旁人的笑话！朋友，不要迷了，定下心来享你现成的福分吧；思想不是你的分，文艺创作不是你的分，独立的事业更不是你的分！天生扛了重担来的那也没法想。（那一个天才不是活受罪！）你是原来轻松的，这是多可羡慕，多可贺喜的一个发见！算了吧，朋友！"

一九二六年三月二十五至四月一日作

再　剖

　　你们知道喝醉了想吐吐不出或是吐不爽快的难受不是？这就是我现在的苦恼；肠胃里一阵阵的作恶，腥腻从食道里往上泛，但这喉关偏跟你别扭，它捏住你，逼住你，逗着你——不，它且不给你痛快哪！前天那篇《自剖》，就比是哇出来的几口苦水，过后只是更难受，更觉着往上冒。我告你我想要怎么样。我要孤寂：要一个静极了的地方——森林的中心，山洞里，牢狱的暗室里——再没有外界的影响来逼迫或引诱你的分心，再不须计较旁人的意见，喝采或是嘲笑；当前惟一的对象是你自己：你的思想，你的感情，你的本性。那时它们再不会躲避，不会隐遁，不会装作；赤裸裸的听凭你察看，检验，审问。你可以放胆解去你最后的一缕遮盖，袒露你最自怜的创伤，最掩讳的私亵。那才是你痛快一吐的机会。

　　但我现在的生活情形不容我有那样一个时机。白天太忙（在人前一个人的灵性永远是蜷缩在壳内的蜗牛），到夜间，比如此刻，静是静了，人可又倦了，惦着明天的事情又不得不早些休息。啊，我真羡慕我台上放着那块唐砖上的佛像，他在他的莲台上瞑目坐着，什么都摇不动他那人定的圆澄。我们只是在烦恼网里过日子的众生，怎敢企望那光明无碍的境界！有鞭子下来，我们躲；见好吃的，我们垂涎；听声响，我们着忙；逢着痛痒，我们着恼。我们是鼠，是狗，是刺猬，是天上星星与地上泥土间爬着的虫。那里有工夫，即使你有心想亲近你自己？那里有机会，即使你想痛快的一吐？

　　前几天也不知无形中经过几度挣扎，才呕出那几口苦水，这在我虽则难受还是照旧，但多少总算是发泄。事后我私下觉着愧悔，因为我不该拿我一己苦闷的骨鲠，强读者们陪着我吞咽。是苦水就不免薰蒸的恶味。我承认这完全是我自私的行为，不敢望恕的。我惟一的解嘲是这几口苦水的确是从我自己的肠胃里呕出——不是去脏水桶里舀来的。我不曾期望同情，我只要朋友们认识我的深浅——（我的浅？）我最怕朋友们的容宠容易形成一种虚拟的期望；我这操刀自剖的一个目的，就在及早解卸我本不该扛上的担负。

是的，我还得往底里按，往更深处剖。

最初我来编辑副刊，我有一个愿心。我想把我自己整个儿交给能容纳我的读者们，我心目中的读者们，说实话，就只这时代的青年。我觉着只有青年们的心窝里有容我的空隙，我要偎着他们的热血，听他们的脉搏。我要在我自己的情感里发见他们的情感，在我自己的思想里反映他们的思想。假如编辑的意义只是选稿，配版，付印，拉稿，那还不如去做银行的伙计——有出息得多。我接受编辑晨副的机会，就为这不单是机械性的一种任务。（感谢《晨报》主人的信任与容忍，）晨副变了我的喇叭，从这管口里我有自由吹弄我古怪的不调谐的音调，它是我的镜子，在这平面上描画出我古怪的不调谐的形状。我也决不掩讳我的原形：我就是我。记得我第一次与读者们相见，就是一篇供状。我的经过，我的深浅，我的偏见，我的希望，我都曾经再三的声明，怕是你们早听厌了。但初起我有一种期望是真的——期望我自己。也不知那时间为什么原因我竟有那活棱棱的一副勇气。我宣言我自己跳进了这现实的世界，存心想来对准人生的面目认他一个仔细。我信我自己的热心（不是知识）多少可以给我一些对敌力量的。我想拣这一天，把我的血肉与灵魂，放进这现实世界的磨盘里去捱，锯齿下去拉——我就要尝那味儿！只有这样，我想，才可以期望我主办的刊物多少是一个有生命气息的东西；才可以期望在作者与读者间发生一种活的关系；才可以期望读者们觉着这一长条报纸与黑的字印的背后，的确至少有一个活着的人与一个动着的心，他的把握是在你的腕上，他的呼吸吹在你的脸上，他的欢喜，他的惆怅，他的迷惑，他的伤悲，就比是你自己的，的确是从一个可认识的主体上发出来的变化——是站在台上人的姿态——不是投射在白幕上的虚影。

并且我当初也并不是没有我的信念与理想。有我崇拜的德性，有我信仰的原则，有我爱护的事物，也有我痛疾的事物。往理性的方向走，往爱心与同情的方向走，往光明的方向走，往真的方向走，往健康快乐的方向走，往生命，更多更大更高的生命方向走——这是我那时的一点"赤子之心"。我恨的是这时代的病象，什么都是病象：猜忌，诡诈，小巧，倾轧，挑拨，残杀，互杀，自杀，忧愁，作伪，肮脏。我不是医生，不会治病；我就有一双手，趁它们活灵的时候，我想，或许可以替这时代打开儿扇窗，多少让空气流通些，浊的毒性的出去，清醒的洁净的进来。

但紧接着我的狂妄的招摇，我最敬畏的一个前辈（看了我的吊刘叔和文）就给我当头一棒：——

　　……既立意来办报而且郑重宣言"决意改变我对人的态度"，那么自己的思想就得先磨冶一番，不能单凭主觉，随便说了就算完事。迎上前去，不要又退了回来！一时的兴奋，是无用的，说话越觉得响亮起劲，跳踯有力，其实即是内心的虚弱，何况说出衰颓懊丧的语气，教一般青年看了，更给他们以可怕的影响，似乎不是志摩这番挺身出马的本意！……

迎上前去，不要又退了回来！这一喝这几个月来就没有一天不在我"虚弱的内心"里回响。实际上自从我喊出"迎上前去"以后，即使不曾撑开了往后退，至少我自己觉不得我的脚步曾经向前挪动。今天我再不能容我自己这梦梦的下去。算清亏欠，在还算得清的时候，总比窝着浑并强。我不能不自剖。冒着"说出衰颓懊丧的语气"的危险，我不能不利用这反省的锋刃，劈去纠着我心身的累赘淤积，或许这来倒有自我真得解放的希望！

想来这做人真是奥妙。我信我们的生活至少是复性的。看得见，觉得着的生活是我们的显明的生活，但同时另有一种生活，跟着知识的开豁逐渐胚胎，成形，活动，最后支配前一种的生活，比是我们投在地上的身影，跟着光亮的增加渐渐由模糊化成清晰，形体是不可捉的，但它自有它的奥妙的存在。你动它跟着动，你不动它跟着不动。在实际生活的匆遽中，我们不易辨认另一种无形的生活的并存，正如我们在阴地里不见我们的影子；但到了某时候某境地忽的发见了它，不容否认的踵接着你的脚跟，比如你晚间步月时发见你自己的身影。它是你的性灵的或精神的生活。你觉到你有超实际生活的性灵生活的俄顷，是你一生的一个大关键！你许到极迟才觉悟（有人一辈子不得机会），但你实际生活中的经验，动作，思想，没有一丝一屑不同时在你那跟着长成的性灵生活中留着"对号的存根"，正如你的影子不放过你的一举一动，虽则你不注意到或看不见。

　　我这时候就比是一个人初次发见他有影子的情形。惊骇，讶异，迷惑，耸悚，猜疑，恍惚同时并起，在这辨认你自身另有一个存在的时候。我这辈子只是在生活的道上盲目的前冲，一时踹入一个泥潭，一时踏折一支草花，只是这无目的的奔驰；从那里来，向那里去，现在在那里，该怎么走，这些根本的问题却从不曾到我的心上。但这时候突然的，恍然的我惊觉了。仿佛是一向跟着我形体奔波的影子忽然阻住了我的前路，责问我这匆匆的究竟是为什么！

　　一称新意识的诞生。这来我再不能盲冲，我至少得认明来踪与去迹，该怎样走法如其有目的地，该怎样准备如其前程还在遥远？

　　阿，我何尝愿意吞这果子，早知有这多的麻烦！现在我第一要考查明白的是这"我"究竟是怎么一回事；然后再决定掉落在这生活道上的"我"的赶路方法。以前种种动作是没有这新意识作主宰的；此后，什么都得由它。

一九二六年四月五日作

想　飞

假如这时候窗子外有雪——街上，城墙上，屋脊上，都是雪，胡同口一家屋檐下偎着一个戴黑兜帽的巡警，半拢着睡眼，看棉团似的雪花在半空中跳着玩……假如这夜是一个深极了的啊，不是壁上挂钟的时针指示给我们看的深夜，这深就比是一个山洞的深，一个往下钻螺旋形的山洞的深……

假如我能有这样一个深夜，它那无底的阴森捻起我遍体的毫管；再能有窗子外不住往下筛的雪，筛淡了远近间飏动的市谣，筛泯了在泥道上挣扎的车轮。筛灭了脑壳中不妥协的潜流……

我要那深，我要那静。那在树荫浓密处躲着的夜鹰轻易不敢在天光还在照亮时出来睁眼。思想；它也得等。

青天里有一点子黑的。正冲着太阳耀眼，望不真，你把手遮着眼，对着那两株树缝里瞧，黑的，有榧子来大，不，有桃子来大——嘿，又移着往西了！

我们吃了中饭出来到海边去。（这是英国康槐尔极南的一角，三面是大西洋。）勧丽丽的叫响从我们的脚底下匀匀的往上颤，齐着腰，到了肩高，过了头顶，高入了云，高出了云。啊，你能不能把一种急震的乐音想象成一阵光明的细雨，从蓝天里冲着这平铺着青绿的地面不住的下？不，那雨点都是跳舞的小脚，安琪儿的。云雀们也吃过了饭，离开了它们卑微的地巢飞往高处做工去。上帝给它们的工作，替上帝做的工作。瞧着，这儿一只，那边又起了两！一起就冲着天顶飞，小翅膀动活的多快活，圆圆的，不踌躇的飞——它们就认识青天。一起就开口唱，小嗓子动活的多快活，一颗颗小精圆珠子直往外唾，亮亮的唾，脆脆的唾，它们赞美的是青天。瞧着，这飞得多高，有豆子大，有芝麻大，黑刺刺的一屑，直顶着无底的天顶细细的摇——这全看不见了，影子都没了！但这光明的细雨还是不住的下着……

飞。"其翼若垂天之云……背负苍天，而莫之夭阏者"；那不容易见着。

徐志摩精品集

我们镇上东关厢外有一座黄泥山，山顶上有一座七层的塔，塔尖顶著天。塔院里常常打钟，钟声响动时，那在太阳西晒的时候多，一枝艳艳的大红花贴在西山的鬓边回照著塔山上的云彩——钟声响动时，绕著塔顶尖，摩着塔顶天，穿著塔顶云，有一只两只有时三只四只有时五只六只蜷着爪往地面瞧的"饿老鹰"，撑开了它们灰苍苍的大翅膀没挂恋似的在盘旋，在半空中浮着，在晚风中涸着，仿佛是按着塔院钟的波荡来练习圆舞似的。那是我做孩子时的"大鹏"。有时好天抬头不见一瓣云的时候听着貌忧忧的叫响，我们就知道那是宝塔上的饿老鹰寻食吃来了，这一想象半天里秃顶圆睛的英雄，我们背上的小翅膀骨上就仿佛豁出了一锉锉铁刷似的羽毛，摇起来呼呼响的，只一摆就冲出了书房门，钻入了玳瑁镶边的白云里玩儿去，谁耐烦站在先生书桌前晃着身子背早上上的多难背的书！啊，飞！不是那在树枝上矮矮的跳着的麻雀儿的飞；不是那凑天黑从堂扁后背冲出来赶蚊子吃的蝙蝠的飞；也不是那软尾巴软嗓子做窠在堂檐上的燕子的飞。要飞就得满天飞，风拦不住云挡不住的飞，一翅膀就跳过一座山头，影子下来遮得阴二十亩稻田的飞，到天晚飞倦了就来绕着那塔顶尖顺着风向打圆圈做梦……听说饿老鹰会抓小鸡！

飞。人们原来都是会飞的。天使们有翅膀，会飞，我们初来时也有翅膀，会飞。我们最初来就是飞了来的，有的做完了事还是飞了去，他们是可羡慕的。但大多数人是忘了飞的，有的翅膀上掉了毛不长再也飞不起来，有的翅膀叫胶水给胶住了再也拉不开，有的羽毛叫人给修短了像鸽子似的只会在地上跳，有的拿背上一对翅膀上当铺去典钱使过了期再也赎不回……真的，我们一过了做孩子的日子就掉了飞的本领。但没了翅膀或是翅膀坏了不能用是一件可怕的事。因为你再也飞不回去，你蹲在地上呆望着飞不上去的天，看旁人有福气的一程一程的在青云里逍遥，那多可怜。而且翅膀又不比是你脚上的鞋，穿烂了可以再问妈要一双去，翅膀可不成，折了一根毛就是一根，没法给补的。还有，单顾着你翅膀也还不定规到时候能飞，你这身子要是不谨慎养太肥了，翅膀力量小再也拖不起，也是一样难不是？一对小翅膀驮不起一个胖肚子，那情形多可笑！到时候你听人家高声的招呼说，朋友，回去罢，趁这天还有紫色的光，你听他们的翅膀在半空中沙沙的摇响，朵朵的春云跳过来拥着他们的肩背，望着最光明的来处翩翩的，冉冉的，轻烟似的化出了你的视域，像云雀似的只留下一泻光明的骤雨——"Thou art unseen, but yet I hear thy shrill delight"——那你，独自在泥涂里淹着，够多难受，够多懊恼，够多寒伧！趁早留神你的翅膀，朋友。

是人没有不想飞的。老是在这地面上爬着够多厌烦，不说别的。飞出这圈子，飞出这圈子！到云端里去，到云端里去！那个心里不成天千百遍的这么想？飞上天空去浮着，看地球这弹丸在太空里滚着，从陆地看到海，从海再看回陆地。凌空去看一个明白——这才是做人的趣味，做人的权威，做人的交代。这皮囊要是太重挪不动，就掷了它，可能的话，飞出这圈子，飞出这圈子！

人类初发明用石器的时候，已经想长翅膀。想飞。原人洞壁上画的四不象，它的背上掮着翅膀；拿着弓箭赶野兽的，他那肩背上也给安了翅膀。小爱神是有一对粉嫩的肉翅的。挨开拉斯（Icarus）是人类飞行史里第一个英雄，第一次牺牲。安琪儿（那是理想化的人）第一个标记是帮助他们飞行的翅膀。那也有沿革——你看西洋画上的表现。最初像是一对小精致的令旗，蝴蝶似的粘在安琪儿们的背上，像真的，不灵动的。渐渐的翅膀长大了，地位安准了，毛羽丰满了。画图上的天使们长上了真的可能的翅膀。人类初次实现了翅膀的观念，彻悟了飞行的意义。挨开拉斯闪不死的灵魂，回来投生又投生。人类最大的使命，是制造翅膀；最大的成功是飞！理想的极度，想象的止境，从人到神！诗是翅膀上出世的；哲理是在空中盘旋的。飞：超脱一切，笼盖一切，扫荡一切，吞吐一切。

你上那边山峰顶上试去，要是度不到这边山峰上，你就得到这万丈的深渊里去找你的葬身地！"这人形的鸟会有一天试他第一次的飞行，给这世界惊骇，使所有的著作赞美，给他所从来的栖息处永久的光荣。"啊达文赛！

但是飞？自从挨开拉斯以来，人类的工作是制造翅膀，还是束缚翅膀？这翅膀，承上了文明的重量，还能飞吗？都是飞了来的，还都能飞了回去吗？钳住了，烙住了，压住了——这人形的鸟会有试他第一次飞行的一天吗？……

同时天上那一点子黑的已经迫近在我的头顶，形成了一架鸟形的机器，忽的机沿一侧，一球光直往下注，砏的一声炸响——炸碎了我在飞行中的幻想，青天里平添了几堆破碎的浮云。

一九二六年四月十四日至十六日作

诗歌

1914 年

挽李幹人 [1]

李长吉赴召玉楼，立功立德，
　　有志未成，年少遽醒蝴蝶梦；
屈灵均魂报砥室，某水某邱，
　　欲归不得，夜深怕听杜鹃啼。

（1914 年杭州一中校刊《友声》第 2 期）

---

[1] 此为挽联，写于 1914 年 4 月。

1921 年

草上的露珠儿 [1]

　　草上的露珠儿
颗颗是透明的水晶球，
　　新归来的燕儿
在旧巢里呢喃个不休；

诗人哟！可不是春至人间
　　还不放开你
　　创造的喷泉，
嘻嘻！吐不尽南山北山的璠瑜，
　　洒不完东海西海的琼珠，
　　融和琴瑟箫笙的音韵，
　　饮餐星辰日月的光明！
诗人哟！可不是春在人间，
　　还不开放你
　　创造的喷泉！

---

[1] 写于 1921 年 11 月 23 日。

这一声霹雳

 震破了漫天的云雾，

显焕的旭日

 又升临在黄金的宝座；

柔软的南风

 吹皱了大海慷慨的面容，

洁白的海鸥

 上穿云下没波自在优游；

诗人哟！可不是趁航时候，

 还不准备你

  歌吟的渔舟！

看哟！那白浪里

 金翅的海鲤

 白嫩的长鲵，

  虾须和蟛脐！

快哟！一头撒网一头放钩，

 收！收！

你父母妻儿亲戚朋友

 享定了希世的珍馐。

诗人哟！可不是趁航时候，

 还不准备你

 歌吟的渔舟！

诗人哟！

 你是时代精神的先觉者哟！

 你是思想艺术的集成者哟！

 你是人天之际的创造者哟！

你资材是河海风云，
鸟兽花草神鬼蝇蚊，
一言以蔽之：天文地文人文；

你的洪炉是"印曼桀乃欣"，
永生的火焰"烟士披里纯"，
炼制着诗化美化灿烂的鸿钧；

你是高高在上的云雀天鹨，
纵横四海不问今古春秋，
散布着希世的音乐锦绣；

你是精神困穷的慈善翁，
你展览真善美的万丈虹，
你居住在真生命的最高峰。

1922 年

笑解烦恼结 [1]
（送幼仪）

一

这烦恼结，是谁家扭得水尖儿难透？

这千缕万缕烦恼结是谁家忍心机织？

这结里多少泪痕血迹，应化沉碧！

忠孝节义——咳，忠孝节义谢你维系

　　四千年史髅不绝，

却不过把人道灵魂磨成粉屑，

黄海不潮，昆仑叹息，

四万万生灵，心死神灭，中原鬼泣！

咳，忠孝节义！

[1] 写于 1922 年 6 月。

二

东方晓，到底明复出，
如今这盘糊涂账，
如何清结？

三

莫焦急，万事在人为，只消耐心
　　共解烦恼结。
虽严密，是结，总有丝缕可觅，
莫怨手指儿酸、眼珠儿倦，

可不是抬头已见，快努力！

四

如何！毕竟解散，烦恼难结，烦恼苦结。
来，如今放开容颜喜笑，握手相劳；
此去清风白日，自由道风景好。
听身后一片声欢，争道解散了结儿，
　　消除了烦恼！

（1922 年 11 月 8 日《新浙江报·新朋友》）

青年杂咏 [1]

一

青年！

你为什么沉湎于悲哀？

你为什么耽乐于悲哀？

你不幸为今世的青年，

你的天是沉碧奈何天；

你筑起了一座水晶宫殿，

在"眸冷骨累"（melancholy）的河水边。

河流流不尽骨累眸冷，

还夹着些些残枝断梗，

一声声失群雁的悲鸣，

水晶宫朝朝暮暮反映——

映出悲哀，飘零，眸子吟，

无聊，宇宙，灰色的人生，

你独生在宫中，青年呀，

霉朽了你冠上的黄金！

[1] 1922 年春写于英国。

徐志摩精品集

二

青年！

你为什么迟徊于梦境？

你为什么迷恋于梦境？

你幸而为今世的青年，

你的心是自由梦魂心，

你抛弃你尘秽的头巾，

解脱你肮脏的外内衿，

露出赤条条的洁白身，

跃人缥缈的梦潮清冷，

浪势奔腾，侧眼波罅里，

看朝彩晚霞，满天的星——

梦里的光景，模糊，绵延，

却又分明；梦魂，不愿醒，

为这大自在的无终始，

任凭长鲸吞噬，亦甘心。

三

青年！

你为什么醉心于革命，

你为什么牺牲于革命？

黄河之水来自昆仑巅，

泛流华族支离之遗骸，

挟黄沙莽莽，沉郁音响，

苍凉，惨如鬼哭满中原！

华族之遗骸！浪花荡处

尚可认伦常礼教，祖先，

神主之断片——君不见

两岸遗孽，枉戴着忠冠、

孝辫、抱缺守残，泪眼看

风云暗淡，"道丧"的人间！

运也！这狂澜，有谁能挽，

问谁能挽精神之狂澜？

（1923 年 3 月 18 日《时事新报·学灯》）

春 [1]

　　康河右岸皆学院，左岸牧场之背，榆荫密覆，大道纡回，一望葱翠，春尤浓郁，但闻虫鸟语，校舍寺塔掩映林巅，真胜处也。迩来草长日丽，时有情耦隐卧草中，密话风流。我常往复其间，辄成左作。

河水在夕阳里缓流，
暮霞胶抹树干树头；
蚱蜢飞，蚱蜢戏吻草光光，
我在春草里看看走走。

蚱蜢匐伏在铁花胸前，
铁花羞得不住的摇头，
草里忽伸出只藕嫩的手，
将孟浪的跳虫拦腰紧拶。

金花菜，银花菜，星星澜澜，
点缀着天然温暖的青毡，
青毡上青年的情耦，
情意胶胶，情话啾啾。

我点头微笑，南向前走，

观赏这青透春透的园囿，
树尽交柯，草也骈偶，
到处是缱绻，是绸缪。

雀儿在人前猥盼亵语，
人在草处心欢面赧，
我羡他们的双双对对，
有谁羡我孤独的徘徊？

孤独的徘徊！
我心须何尝不热奋震颤，

答应这青春的呼唤，
燃点着希望灿灿，
春呀！你在我怀抱中也！

（1923 年 5 月 30 日《时事新报·学灯》）

人种由来 [1]

一

夏娃："你是亚当吗，上帝
　　　创造我来伴你的。
　　　你从今后再不怕
　　　荒凉，再不愁孤寂。
　　　让我摸摸你的脸，
　　　口边蓬蓬像树藓，
　　　你喉头有个桃核，
　　　你肌肉好多强健；
　　　但是你胸前不如
　　　我又嫩又软又肥——
　　　我们原来两样的，
　　　我又希奇又欢喜。"

亚当："你的声音很好听，
　　　你的手怪招痒的，
　　　你初来人地生疏，
　　　等我慢慢指导你，
　　　昨晚我在睡梦里，
　　　上帝从我变出你；

---

[1] 1922 年写于英国。

　　　　你的肉是我的肉，

　　　　你我原来是一体，

　　　　不过我男你是女"。

夏娃："我叫你夫你叫我妻，

　　　　千年万年不分离！

　　　　我觉得心头狂跳，

　　　　方才一阵清风过，

　　　　吹来树上鲜果味，

　　　　我想去——"

亚当："谨记上帝的吩咐；

　　　　伊塍园里鲜果富，

　　　　樱桃梅李都可采，

　　　　独禁'知识树'上果，

　　　　你须牢记在心头，

　　　　若然犯禁死无处。

　　　　如今我去折桑麻，

　　　　你在此地喂鸡鹅。"

二

　蛇："夏娃！"

夏娃："谁呀！"

　蛇："原来你不认识我，

　　　　我是伊塍的圣蛇，

　　　　通天达地晓人事，

　　　　宇宙秘密无不知，

　　　　亚当是个蠢东西，

　　　　——嘻嘻！"

夏娃："什么叫做'嘻嘻'呢？"

　蛇："等我好好教导你。

181

嘻嘻是个笑声气；

我笑亚当泰腐气，

一心皈依信上帝。

伊甸园里最珍奇，

莫如'知识树'上果；

你若偷采吃一枝，

宇宙密库顿开锁；

你的双眼会开放，

见红见紫见星光；

还有种种消息好，

吃了药儿便知晓——

嘻嘻！"

夏娃："嘻嘻，多谢你，蛇儿，

是去采果儿吃也！"

三

亚当："夏娃，替我搔搔背，

我有好东西给你。"

夏娃："你有什么好东西，

蛇儿笑你泰腐气。"

亚当："蛇儿专出坏主意，

千万不可轻信伊。

我给你个桑乌都，

甜里带酸很有味。"

夏娃："乌都算什么东西，

我的苹果才希奇；

今晚临睡吃下去，

明早张眼见天地！"

四

夏娃："亚当！我见亮光了！

　　好一个美妙天地！

　　赶快睁开你眼皮，

　　你我准备见面礼！"

亚当："你的疯话我不信，

　　哪有眼皮会开闭——

　　咳奇怪！果真两眼

　　有些发痒酸齑齑；

　　夏娃！夏娃！真希奇

　　果然是光亮天地！"

夏娃："不成！慢点儿过来。

　　你我原来是裸体！

　　不好了！快躲起来，

　　那边来的是上帝！"

（1923 年 6 月 21 日《时事新报·学灯》）

"两尼姑"或"强修行" [1]

一

门前几行竹，
后园树荫菶，
墙苔斑驳日影迟，
清妙静淑白岩庵。

庵里何人居？
修道有女师：
大师正中年，
小师甫二十。

大师昔为大家妇，
夫死誓节作道姑，
小师祝发心悲切，
字郎不幸音尘绝。

彼此同怜运不济，
持斋奉佛山隈里；
花开花落春来去，

---

[1] 1922年写于英国。

庵堂里尽日念阿弥。

佛堂庄洁供大士，
大士微笑手拈花，
春慵画静风日眠，
木鱼声里悟禅机。

禅机悟未得，
凡心犹兀兀；
大师未忘人间世，

小师情孽正放花。

情孽放花不自知，
芳心苦闷说无词；
可怜一对笼中鸟，
尽日呢喃尽日悲。

长尼多方自譬解，
人间春色亦烟花；
筵席大小终须散，
出家岂有再还家。

二

繁星天，明月夜，
春花茂，秋草败，
燕双栖，子规啼，
蝶恋花，蜂收蕊——
自然风色最恼人，

出家人对此浑如醉。

门前竹影疏，
后圃树荫绵，
蒲团氤氲里，
有客来翩翩。

客来慕山色，
随喜偶问庵，
小师出应门，
腮颊起红痕。

红痕印颊亦印心，
小女自此懒讽经；
佛缘，
尘缘——
两不可相兼；
枯寂，
生命——
弱俗抑率真？

神气顿恍惚，
清泪湿枕衾，
幼尼亦不言，
长尼亦不问。

三

竹影当婆娑，
树影犹掩映。

如何白岩庵，
不见修行人？

佛堂佛座尽灰积，
拈花大士亦蒙尘，
子规空啼月，
蜘网布庵门。

疏林发凉风，
荒圃有余薪。
鸦闹斜阳里，
似笑强修行！

（1923 年 5 月 5 日《时事新报·学灯》）

悲　观 [1]

一

青草地，
牛吃草，
摇头掉尾，
天上的青云白云
卷来卷去。

二

登山头，
望城里，
只见黑沉沉的屋顶
　鳞次栉比，
街道上尘烟里，
　生灵挤挤。

三

教堂前，

[1] 约 1922 年写于英国。

钟声里，

白衣的牧师

和黑裙黑披的老妇女，

聚复散，散复聚。

四

歌舞场，

繁华地，

白的红的，黑的绿的，

高冠长裙，笑语依稀。

五

庙堂中，

柴堆里，

几块破烂的木头，

当年受香烟礼拜的偶像，

面目未朽，未朽！

六

战场上，

濠沟里，

枪炮倒在败草间，

到处残破的房屋，

　肢体，血痕缕缕。

七

天灾国，

饥荒地，

草尽木稀，

小儿不啼，

黑灰色的空气。

八

心死国，

人荒境，

有影无形，

有声无气，

深谷里的子规，

　见月不啼。

九

噫！

噫！

十

幻象破，

上帝死，

半夜梦醒睡已尽，

但这黑昏昏，阴森森

　鬼棱棱……

十一

这心头
压着全世界的重量，咳！全宇宙
这精神的宇宙
这宇宙的宇宙，
都是空，空，空，……

十二

休！
休！

夏日田间即景

（近沙士顿）

柳林青青，
南风熏熏，
幻成奇峰瑶岛，
一天的黄云白云，
那边麦浪中间，
有农妇笑语殷殷。

笑语殷殷——
问后园豌豆肥否，
问杨梅可有鸟来偷；
好几天不下雨了，
玫瑰花还未曾红透；
梅夫人今天进城去，
且看她有新闻无有。

笑语殷殷——
"我们家的如今好了，
已经照常上工去，
不再整天无聊，
不再逞酒使气，
回家来有说有笑，
疼他儿女——爱他妻；

呀！真巧！你看那边，
蓬着头，走来的，笑嘻嘻，
可不是他，（哈哈！）满身是泥！"

南风熏熏，
草木青青，
满地和暖的阳光，
满天的白云黄云，
那边麦浪中间，
有农夫农妇，笑语殷殷。

（1923 年 3 月 14 日《时事新报·学灯》）

沙士顿重游随笔 [1]

一

许久不见了，满田的青草黄花！

你们在风前点头微笑，仿佛说彼此无恙。

今春雨少，你们的面容着实清癯；

我一年来也无非是烦恼踉跄；

见否我白发骈添，眉峰的愁痕未隐？

你们是需要雨露，人间只缺少同情。——

青年不受恋爱的滋润，比如春阳霖雨，照洒沙碛永远
    不得收成。

但你们还有众多的伴侣；

在"大母"慈爱的胸前，和晨风软语，听晨星骈唱，

每天农夫赶他牛车经过，谈论村前村后的新闻，

有时还有美发罗裙的女郎，来对你们声诉她遭逢的
    薄幸。

至于我的灵魂，只是常在他囚羁中忧伤岑寂；

他仿佛是"衣司业尔"彷徨的圣羊。

---

[1] 1922 年春写于英国。

二

许久不见了，最仁善公允的阳光！
你们现正斜倚在这残破的墙上，
牵动了我不尽的回忆，无限的凄怆。
我从前每晚散步的欢怀，
总少不了你殷勤的照顾。
你吸起人间畅快和悦的心潮，
有似明月钩引湖海的夜汐；
就此荏苒临逝的回光，不但完成一天的功绩，
并且预告晴好的清晨，吩咐勤作的农人，安度良宵。
这满地零乱的栗花，都像在你仁荫里欢舞。

对面楼窗口无告的老翁，
也在饱啜你和煦的同情：
他皱缩昏花的老眼，似告诉人说：
都亏这养老棚朝西，容我每晚享用莫景的温存：
这是天父给我不用求讨的慰藉。

三

许久不见了，和悦的旧邻居！
那位白须白发的先生，正在趁晚凉将水浇菜，
老夫人穿着蓝布的长裙，站在园篱边微笑。
一年过得容易，
那篱畔的苹花，已经落地成泥！
这些色香两绝的玫瑰的种畴在八十老人跟前，
好比艳眼的少艾，独倚在虬松古柏的中间，
他们笑着对我说结婚已经五十三年，

徐志摩精品集

今年十月里预备金婚；

来到此村三十九年，老夫人从不曾半日离家，

每天五时起工作，眠食时刻，四十年如一日；

莫有儿女，彼此如形影相随，

但管门前花草后园蔬果，

从不问村中事情，更不晓世上有春秋，

老夫人拿出他新制的杨梅酱来请我尝味，

因为去年我们在时吃过，曾经赞好。

四

那灰色墙边的自来井前，上面盖着栗树的浓荫，

　　残花还不时地堕落，

站着位十八的郎，

他发上络住一支藤黄色的梳子，衬托着一大股蓬松的

　　褐色细麻，

转过头来见了我，微微一笑，

脂江的唇缝里，漏出了一声有意无意的"你好！"

五

那边半尺多厚干草，铺顶的低屋前，

依旧站着一年前整天在此的一位褴褛老翁，

他曲着背将身子承住在一根黑色杖上，

后脑仅存几茎白发，和着他有音节的咳嗽，上下颤动。

我走过他跟前，照例说了晚安，

他抬起头向我端详，

一时口角的皱纹，齐向下颌紧叠，

吐露些不易辨认的声响，接着几声干涸的咳嗽。

我瞥见他右眼红腐，像烂桃颜色（并不可怕），

一张绝扁的口，挂着一线口涎。

我心里想阿弥陀佛，这才是老贫病的三角同盟。

六

两条牛并肩在街心里走来，

卖弄他们最庄严的步法。

沉着迟重的蹄声，轻撼了晚村的静默。

一个赤腿的小孩，一手扳着门枢，

一手的指甲腌在口里，

瞪着眼看牛尾的撩拂。

七

一个穿制服的人，向我行礼，

原来是从前替我们送信的邮差，

他依旧穿黑呢红边的制衣，背着皮袋，手里握着一
　　叠信。

只见他这家进，那家出，有几家人在门外等他，

他捱户过去，继续说他的晚安，只管对门牌投信，

他上午中午下午一共巡行三次，每次都是刻板的面目；

雨天风天，晴天雪天，春天冬天，

他总是循行他制定的责务；

他似乎不知道他是这全村多少喜怒悲欢的中介者；

他像是不可防御的运命自身。

有人张着笑口迎他，

有人听得他的足音，便惶恐震栗；

但他自来自去，总是不变的态度。

他好比双手满抓着各式情绪的种子，向心田里四撒；

这家的笑声，那边的幽泣；

全村顿时增加的脉搏心跳，歔欷叹息，

都是他盲目工程的结果，

他哪里知道人间最大的消息，

都曾在他褴旧的皮袋里住过，

在他干黄的手指里经过——

可爱可怖的邮差呀！

（1923 年 3 月 13 日《时事新报·学灯》）

康桥西野暮色 [1]

　　我常以为文字无论韵散的圈点并非绝对的必要。我们口里说笔上写得清利晓畅的时候。段落语气自然分明，何必多添枝叶去加点画。近来我们崇拜西洋了，非但现代做的文字都要循规蹈矩，应用"新圈钟"，就是无辜的圣经贤传红楼水浒，也教一班无事忙的先生，支离宰割，这里添了几只钩，那边画上几枝怕人的黑杠！！！真好文字其实没有圈点的必要，就怕那些"科学的"先生们倒有省事的必要。

　　你们不要骂我守旧，我至少比你们新些。现在大家喜欢讲新，潮流新的，色彩新的，文艺新的，所以我也只好随波逐流跟着维新。唯其为要新鲜，所以我胆敢主张一部分的诗文废弃圈点。这并不是我的创见，自今以后我们多少免不了仰西洋的鼻息。我想你们应该知道英国的小说家 George Choow，你们要看过他的名著 *Krook Kerith*，就知道散文的新定义新趣味新音节。

　　还有一位爱尔兰人叫做 James Joyce，他在国际文学界的名气恐怕和蓝宁在国际政治界上差不多，一样受人崇拜，受人攻击。他五、六年前出了一部 *The Portrait of an Artist as Young Men*，独创体裁，在散文里开了一个新纪元，恐怕这就是一部不朽的贡献。他又做了一部书叫 *Ulysses*，英国美国谁都不肯不敢替他印，后来他自己在巴黎印行。这部书恐怕非但是今年，也许是这个时期里的一部独一著作。

　　他书后最后一百页（全书共七百几十页）那真是纯粹的"Prose"，像牛酪一样润滑，像教堂里石坛一样光澄，非但大写字母没有，连，。……？：——；——！（）""等可厌的符号一齐灭迹，也

---

[1] 1922 年写于英国。

不分章句篇节，只有一大股清丽浩瀚的文章排冞而前，像一大匹白罗披泻，一大卷瀑布倒挂，丝毫不露痕迹，真大手笔！

至于新体诗的废句须大写，废句法点画，更属寻常，用不着引证。但这都是乘便的饶舌。下面一首乱词，并非故意不用句读，实在因为没有句读的必要，所以画好了蛇没有添足上去。

一个大红日挂在西天
紫云绯云褐云
簇簇斑斑田田
青草黄田白水
郁郁密密鬖鬖
红瓣黑蕊长梗
罂粟花三三两两

一大块透明的琥珀
千百折云凹云凸
南天北天暗暗默默
东天中天舒舒阖阖
宇宙在寂静中构合
太阳在头赫里告别
一阵临风
几声"可可"

一颗大胆的明星
仿佛骄矜的小艇
抵牾着云涛云潮
兀兀漂漂潇潇
侧眼看暮焰沉销
回头见伙伴来！

晚霞在林间田里

晚霞在原上溪底

晚霞在风头风尾

晚霞在村姑眉际

晚霞在燕喉鸦背

晚霞在鸡啼犬吠

晚霞在田陇陌上

陌上田垅行人种种

白发的老妇老翁

屈躬咳嗽龙钟

农夫工罢回家

肩锄手篮口衔菰巴

白衣裳的红腮女郎

攀折几茎白葩红英

笑盈盈髯人绿荫森森

跟着肥满蓬松的"北京"

罂粟在凉园里摇曳

白杨树上一阵鸦啼

夕照只剩了几痕紫气

满天镶嵌着星巨星细

田里路上寂无声响

榆荫里的村屋微泄灯芒

冉冉有风打树叶的抑扬

前面远远的树影塔光

罂粟老鸦宇宙婴孩

一齐沉沉奄奄眠熟了也

（1923 年 7 月 6 日《时事新报·学灯》）

听槐格讷（Wagner）乐剧 [1]

是神权还是魔力，
搓揉着雷霆霹雳，
暴风、广漠的怒号，
绝海里骇浪惊涛；

地心的火窖咆哮，
回荡，狮虎似狂嗥，
仿佛是海裂天崩，
星陨日烂的朕兆；

忽然静了；只剩有
松林附近，乌云里
漏下的微嘘，拂狃
村前的酒帘青旗；

可怖的伟大凄静
万壑层岩的雪景，
偶尔有冻鸟横空，
摇曳零落的悲鸣；

悲鸣，胡笳的幽引，

---

[1] 1922 年 5 月 25 日写于英国。

雾结冰封的无垠，
隐隐有马蹄铁甲
篷帐悉索的荒音；

荒音，洪变的先声，
鼍鼓金钲暮荡怒，
霎时间万马奔腾，
酣斗里血流虎虎；

是泼牢米修仡司（Prometheus）
的反叛，抗天拯人
的奋斗，高加山前
挚鹰刳胸的创呻；

是恋情，悲情，惨情，
是欢心，苦心，赤心；
是弥漫，普遍，神幻，
消金灭圣的性爱；

是艺术家的幽骚，
是天壤间的烦恼，
是人类千年万年
郁积未吐的无聊；

这沉郁酝酿的牢骚，
这猖獗圣洁的恋爱，
这悲天悯人的精神，
贯透了艺术的天才。

性灵，愤怒，慷慨，悲哀，

管弦运化，金革调合，
创制了无双的乐剧，
革音革心的槐格讷！

五月二十五日

（1923 年 3 月 10 日《时事新报·学灯》）

情死（Liebstch）^[1]

玫瑰，压倒群芳的红玫瑰，昨夜的雷雨，原来是你发出的信号——
　　真娇贵的丽质！

你的颜色，是我视觉的醇醪；我想走近你，但我又不敢。

青年！几滴白露在你额上，在晨光中吐艳。

你颊上的笑容，定是天上带来的；可惜世界太庸俗，不能供给他们
　　常住的机会。

你的美是你的运命！

我走近来了；你迷醉的色香又征服了一个灵魂——我是你的俘虏！

你在那里微笑！我在这里发抖。

你已经登了生命的峰极。你向你足下望——一个无底的深潭！

你站在潭边，我站在你的背后——我，你的俘虏。

我在这里微笑！你在那里发抖。

丽质是命运的命运。

我已经将你禽捉在手内——我爱你，玫瑰！

色、香、肉体、灵魂、美、迷力——尽在我掌握之中。

我在这里发抖，你——笑。

玫瑰！我顾不得你玉碎香销，我爱你！

花瓣、花萼、花蕊、花刺、你，我——多么痛快啊！——
　　尽胶结在一起；一片狼藉的猩红，两手模糊的鲜血。

玫瑰！我爱你！

（1923 年 2 月 4 日《努力周报》）

---

[1]　写于 1922 年 6 月。

月夜听琴 [1]

是谁家的歌声，
和悲缓的琴音，
星茫下，松影间，
有我独步静听。

音波，颤震的音波，
穿破昏夜的凄清，
幽冥，草尖的鲜露，
动荡了我的灵府。

我听，我听，我听出了
琴情，歌者的深心。
枝头的宿鸟休惊，
我们已心心相印。

休道她的芳心忍，
她为你也曾吞声，
休道她淡漠，冰心里
满蕴着热恋的火星。

记否她临别的神情，

---

[1] 1922 年写于英国。

满眼的温柔和酸辛，
你握着她颤动的手——
一把恋爱的神经！

记否你临别的心境，
冰流沦彻你全身，
满腔的抑郁，一海的泪，
可怜不自由的魂灵？

松林中的风声哟！
休扰我同情的倾诉；
人海中能有几次
恋潮淹没我的心滨？

那边光明的秋月，
已经脱卸了云衣，
仿佛喜声地笑道：
"恋爱是人类的生机！"

我多情的伴侣哟！
我羡你蜜甜的爱唇，
却不道黄昏和琴音
联就了你我的神交！

（1923 年 4 月 1 日《时事新报·学灯》）

夜 [1]

一

夜，无所不包的夜，我颂美你！

夜，现在万象都像乳饱了的婴孩，在你大母温柔的怀抱中眠熟。

一天只是紧叠的乌云，像野外一座帐篷，静悄悄的，静悄悄的；

河面只闪着些纤微，软弱的辉芒，桥边的长梗水草，黑沉沉的像几条烂醉的鲜鱼横浮在水上，任凭惫懒的柳条，在他们的肩尾边撩拂；

对岸的牧场，屏围着墨青色的榆荫，阴森森的，像一座镂空的古墓；那边树背光芒，又是什么呢？

我在这沉静的境界中徘徊，在凝神地倾听……听不出青林的夜乐，听不出康河的梦呓，听不出鸟翅的飞声；

我却在这静谧中，听出宇宙进行的声息，黑夜的脉搏与呼吸，听出无数的梦魂的匆忙踪迹；

也听出我自己的幻想，感受了神秘的冲动，在鼗动他久敛的羽翮，准备飞出他沉闷的巢居，飞出这沉寂的环境，去寻访

黑夜的奇观，去寻访更玄奥的秘密——

听呀，他已经沙沙的飞出云外去了！

---

[1] 写于 1922 年 7 月。

二

一座大海的边沿，黑夜将慈母似的胸怀，紧贴住安息的万象；

波澜也只是睡意，只是懒懒向空疏的沙滩上洗淹，像一个小沙弥在瞌睡地撞他的夜钟，只是一片模糊的声响。

那边岩石的面前，直竖着一个伟大的黑影——是人吗？

一头的长发，散披在肩上，在微风中颤动；

他的两臂，瘦的，长的，向着无限的天空举着——

他似在祷告，又似在悲泣——

是呀，悲泣——

海浪还只在慢沉沉的推送——

看呀，那不是他的一滴眼泪？

一颗明星似的眼泪，掉落在空疏的海砂上，落在倦懒的浪头上，落在睡海的心窝上，落在黑夜的脚边——一颗明星似的眼泪！

一颗神灵，有力的眼泪，仿佛是发酵的酒娘，作炸的引火，霹雳的电子；

他唤醒了海，唤醒了天，唤醒了黑夜，唤醒了浪涛——真伟大的革命——

霎时地扯开了满天的云幕，化散了迟重的雾气。

纯碧的天中，复现出一轮团圆的明月，

一阵威武的西风，猛扫着大海的琴弦，开始，神伟的音乐。

海见了月光的笑容，听了大风的呼啸，也像初醒的狮虎，

　　摇摆咆哮起来——

霎时地浩大的声响，霎时地普遍的猖狂！

夜呀！你曾经见过几滴那明星似的眼泪？

三

到了二十世纪的不夜城。

夜呀，这是你的叛逆，这是恶俗文明的广告，无耻、淫猥、残暴、肮脏——表面却是一致的辉耀，看，这边是跳舞会的尾声，

那边是夜宴的收梢，那厢高楼上一个肥狠的犹大，正在奸污他钱掳的新娘；

那边街道的转角上，有两个强人，擒住一个过客，一手用刀割断他的喉管，一手掏他的钱包；

那边酒店的门外，麇聚着一群醉鬼，蹒跚地在秽语，狂歌，

　音似钝刀刮锅底——

幻想更不忍观望，赶快的掉转翅膀，向清净境界飞去。

飞过了海，飞过了山，也飞回了一百多年的光阴——

他到了"湖滨诗侣"的故乡。

多明净的夜色！只淡淡的星辉在湖胸上舞旋，三四个草虫叫夜；

四围的山峰都把宽广的身影，寄宿在葛濑士迷亚柔软的湖心，

　沉酣的睡熟；

那边"乳鸽山庄"放射出几缕油灯的稀光，斜偻在庄前的荆篱上；

听呀，那不是，罪翁吟诗的清音——

　　The poets who on earth have made us heirs of truth and pure delight by heavenly lays !

　　Oh ! might my name be numberd among theirs,

　　Then glady would end my mortal days !

　诗人解释大自然的精神，

　美妙与诗歌的欢乐，苏解人间爱困！

　无羡富贵，但求为此高尚的诗歌者之一人，

　便撒手长暝，我已不负吾生。

　我便无憾地辞尘埃，返归无垠。

他音虽不亮，然韵节流畅，证见旷达的情怀，一个个的音符，都变成了活动的火星，从窗棂里点飞出来！飞入天空，仿佛一串鸢灯，凭彻青云，下照流波，余音洒洒的惊起了林里的栖禽，放歌称叹。

接着清脆的嗓音，又不是他妹妹桃绿水（Dorothy）的？

呀，原来新染烟癖的高柳列奇（Coleridge）也在他家作客，三人围坐在

那间湫隘的客室里，壁炉前烤火炉里烧着他们早上在园里亲劈的栗柴，在必拍的作响，铁架上的水壶也已经滚沸，嗤嗤有声：

> To sit without emotion, hope or aim in the loved presence
> of my cottage fire, And Listen to the flapping of the flame or
> kettle whispering its faint undersong,

　　坐处在可爱的将息炉火之前，

　　无情绪的兴奋、无冀、无筹营，

　　听，但听火焰，飐摇的微喧，

　　听水壶的沸响，自然的乐音。

夜呀，像这样人间难得的纪念，你保存了多少……

四

　　他又离了诗侣的山庄，飞出了湖滨，重复逆溯着汹涌的时潮，到了几百年前海岱儿堡（Heidelberg）的一个跳舞盛会。

　　雄伟的赭色宫堡，一体沉浸在满目的银涛中，山下的尼波河（Nubes）在悄悄的进行。

　　堡内只是舞过闹酒的欢声，那位海量的侏儒今晚已喝到第六十三瓶啤酒，嚷着要吃那大厨里烧烤的全牛，引得满庭假发粉面的男客、长裙如云的女宾，哄堂的大笑。

　　在笑声里幻想又溜回了不知几十世纪的一个昏夜——

　　眼前只见烽烟四起，巴南苏斯的群山，点成一座照彻云天大火屏，

　　远远听得呼声，古朴壮硕的呼声——

　　"阿加孟龙打破了屈次奄，夺回了海伦，现在凯旋回雅典了，希腊的人民呀，大家快来欢呼呀！——

　　——阿加孟龙，王中的王！"

　　这呼声又将我幻想的双翼，吹回更不知无量数的世纪，到了一个更古的黑夜，

一座大山洞的跟前；

一群男女，老的、少的、腰围兽皮或树叶的原民，蹲踞在一堆柴火的跟前，在煨烤大块的兽肉。猛烈地腾窜的火花，照出他们强固的躯体，黝黑多毛的肌肤——

这是人类文明的摇荡时期。

夜呀，你是我们的老乳娘！

五

最后飞出了气围，飞出了时空的关塞。

当前是宇宙的大观！

几百万个太阳，大的小的，红的黄的，放花竹似的在无极中激震，

旋转——

但人类的地球呢？

一海的星砂，却向哪里找去，

不好，他的归路迷了！

夜呀，你在哪里？

光明，你又在哪里？

六

"不要怕，前面有我。"一个声音说。

"你是谁呀？"

"不必问，跟着我来不会错的。我是宇宙的枢纽，我是光明的泉源，我是神圣的冲动，我是生命的生命，我是诗魂的向导；不要多心，跟我来不会错的。"

"我不认识你。"

"你已经认识我！在我的眼前，太阳、草木、星、月、介壳、鸟兽、各类的人、虫豸，都是同胞，他们都是从我取得生命，都受我的爱护，我是太阳的太阳，永生的火焰；

你只要听我指导，不必猜疑，我叫你上山，你不要怕险；我教你人水，你不要怕淹；我教你蹈火，你不要怕烧；我叫你跟我走，你不要问我是谁；

我不在这里，也不在那里，但只随便哪里都有我。若然万象都是空的幻的，我是终古不变的真理与实在；

你方才遨游黑夜的胜迹，你已经得见他许多珍藏的秘密——你方才经过大海的边沿，不是看见一颗明星似的眼泪吗？——那就是我。

你要真静定，须向狂风暴雨的底里求去；

你要真和谐，须向混沌的底里求去；

你要真平安，须向大变乱，大革命的底里求去；

你要真幸福，须向真痛苦里尝去；

你要真实在，须向真空虚里悟去；

你要真生命，须向最危险的方向访去；

你要真天堂，须向地狱里守去；

这方向就是我。

这是我的话，我的教训，我的启方；

我现在已经领你回到你好奇的出发处，引起你游兴的夜里；

你看这不是湛露的绿草，这不是温驯的康河？愿你再不要多疑，听我的话，不会错的——我永远在你的周围。"

一九二二年七月康桥

（1923 年 12 月 1 日《晨报·文学旬刊》）

徐志摩精品集

小 诗 [1]

月，我含羞地说，
请你登记我冷热交感的情泪，
在你专登泪债的哀情录里；

月，我哽咽着说，
请你查一查我年表的滴滴清泪，
是放新账还是清旧欠呢？

（1923 年 4 月 30 日《时事新报·学灯》）

---

[1] 写于 1922 年 7 月 21 日。

私　语 [1]

秋雨在一流清冷的秋水池，

一棵憔悴的秋柳里，

一条怯怜的秋枝上，

一片将黄未黄的秋叶上，

听他亲亲切切噎噎唼唼，

私语三秋的情思情事，情语情节，

临了轻轻将他拂落在秋水秋波的秋晕里，

　一涡半转，跟着秋流去。

这秋雨的私语，三秋的情思情事，情诗情节，

也掉落在秋水秋波的秋晕里，

　一涡半转，跟着秋流去。

七月二十一日

（1923 年 4 月 30 日《时事新报·学灯》）

---

[1] 写于 1922 年 7 月 21 日。

你是谁呀？ [1]

你是谁呀？
面熟得很，你我曾经会过的，
但在哪里呢，竟是无从记起；
是谁引你到我密室里来的？
你满面忧怆的精神，你何以
默不出声，我觉得有些怕惧；
你的肤色好比干蜡，两眼里
泄露无限的饥渴；呀！他们在
迸泪、鲜红、枯干、凶狠的眼泪，
胶在睫帘边，多可怕，多凄惨！
——我明白了：我知晓你的伤感，
憔悴的根源；可怜！我也记起，
依稀，你我的关系像在这里，
那里，云里雾里，哦，是的是的！
但是再休提起：你我的交谊，
从今起，另辟一番天地，是呀，
另辟一番天地；再不用问你
——我希冀——"你是谁呀"？

（1923 年 5 月 4 日《时事新报·学灯》）

---

[1] 1922 年写于英国。

无　儿 [1]

夜色
溟漾，
野鸽
在巢中，
窸窣，
翀毳，
蓬松。
这鸽儿的抖动，
恍似
小孩的嫩掌——
嫩又丰——
扪胸，
可爱的逗痒
茸茸；
"鸽儿呀！
休动休动，
我心忡忡，
我泪溶溶，
鸽儿呀，
休动休动，
无儿的我，

[1] 1922 年写于英国。

忍不住伤痛。"

（1923 年 5 月 4 日《时事新报·学灯》）

梦游埃及 [1]

龙舟画桨
　　地中海海乐悠扬；
浪涛的中心
　　有丑怪奋斗汹张；

一轮漆黑的明月，
滚入了青面的太阳——
　　青面白发的太阳；
太阳又奔赴涛心，将海怪
　　浇成奇伟的偶像；

大海化成了大漠；
开佛伦王的石像
　　危峙在天地中央；
张口把太阳吃了
　　遍体发骇人的光亮；
巨万的黄人黑人白人
　　蠕伏在浪涛汹涌的地面；
金刚般的勇士
　　大倘步走上了人堆；

[1] 1922 年写于英国。

徐志摩精品集

人堆里呶呶的怪响
　　不知是悲切是欢畅；
勇士的金盔金甲
　　闪闪亮亮
　　烨烨生火；

顷刻大火燔燔，火焰里有个
伟丈夫端坐；
　　像菩萨，
　　像葛德，
　像柏拉图，
坐镇在勇士们头颅砌成的
莲台宝座；

一阵骇人的金电——
这人宝塔又变形为
　　大漠里清静静地
　　一座三角金字塔：
　　一个个金字，都是
　　　放焰的龙珠；
塔像一只高背的骆驼，
　　驮着个不长不短的
人魔——他睁着怪眼大喊道：——
　　"奴隶的人间，可曾看出
　　此中的消息呀？"

（1923 年 5 月 14 日《时事新报·学灯》）

清风吹断春朝梦 [1]

片片鹅绒眼前纷舞，
　　疑是梅心蝶骨醉春风；
一阵阵残琴碎箫鼓，
　　依稀山风催瀑弄青松；

梦底的幽情，素心，
缥缈的梦魂，梦境——
都教晓鸟声里的清风，
轻轻吹拂——吹拂我枕衾，
枕上的温存——，将春梦解成
丝丝缕缕，零落的颜色声音！
这些深灰浅紫，梦魂的认识，
依然黏恋在梦上的边陲。
无如风吹尘起，漫潦梦屐，
纵心愿归去，也难不见涂踪便；

清风！你来自青林幽谷，
　　款布自然的音乐，
　　轻怀草意和花香，
　　温慰诗人的幽独，
　　攀帘问小姑无恙，

[1] 写于 1922 年 8 月 3 日。

知否你晨来呼唤，

唤散—缘绻缱——

梦里深浓的恩缘？

任春朝富的温柔，

问谁偿逍遥自由？

只看一般梦意阑珊——

诗心，恋魂，理想的彩云——

一似狼藉春阴的玫瑰，

一似鹃鸟黎明的幽叹，

韵断香散，仰望天高云远，

梦翅双飞，一逝不复还！

（1923 年 6 月 5 日《时事新报·学灯》）

十日前作《春梦》，偶然拈得此题，今日始勉强成咏，诗意过揉且隐，词只掠影之功，音节不纯，尤所深憾；然梦固难显，灵奥亦何能遽达，独恨神游未远，又被同来阻隔耳！

八月三日

地中海中梦埃及魂入梦 [1]

（埃及，古埃及！）
昨夜你古希的精灵，
洒一瓢黝黄的月彩，
点染我的梦境；

（埃及，古埃及！）
我梦魂在海上游行，
听波涛终古的幽骚，
终古不平之鸣；

（埃及，古埃及！）
我鼓梦棹上溯时潮，
逆湍险，访史乘的泉源，
遨游云间宫堡；

（埃及，古埃及！）
在尘埃之外逍遥，
解脱了时空的锁链，
自由地翔翱；

（埃及，古埃及！）

---

[1] 1922 年 9 月写于从英国归国途中。

超轶了梦境的神秘，

超轶了神秘的梦境，

　　一切人生之迷；

　　（埃及，古埃及！）

颠破了这颠不破的梦壳，

方能到真创造的庄严地，

凝成人间千年万年，

凝不成的理想结晶体；

　　（埃及，古埃及！）

开佛伦王寂寞的偶像无恙！

开佛伦王寂寞的理想无恙！

开佛伦王寂寞的梦乡无恙！

　　（埃及，古埃及！）

尼罗河畔的月色，

三角洲前的涛声，

金字塔光的微颤，

人面狮身的幽影！

　　是我此日梦景之断片，

　　是谁何时断片的梦景？

　　（1923年9月4日《时事新报·学灯》）

威尼市 [1]

我站在桥上，
这甜熟的黄昏，
远处来的箫声和琴音——点儿、线儿，
圆形、方形、长形，
尽是灿烂的黄金，
倾泻在波涟里，
澄蓝而凝匀。
歌声，游艇，
灯烛的辉莹，
梦寐似生，
——绚缊——
幻景似消泯，
在流水的胸前——
鲜妍，绻缱——
流，流，
流入沉沉的黄昏。

我灵魂的弦琴，
感受了无形的冲动，
怔忡，惺忪，
悄悄地吟弄，

[1] 1922 年写于英国。

徐志摩精品集

一支红朵蜡的新曲，

出咽的香浓；

但这微妙的心琴哟，

有谁领略，

有谁能听！

（1923 年 4 月 28 日《时事新报·学灯》）

康桥再会罢 [1]

康桥，再会罢；
我心头盛满了别离的情绪，
你是我难得的知己，我当年
辞别家乡父母，登太平洋去，
（算来一秋二秋，已过了四度春秋，浪迹在
海外，美土欧洲）
扶桑风色，檀香山芭蕉况味，
平波大海，开拓我心胸神意，
如今都变了梦里的山河，
渺茫明灭，在我灵府的底里；
我母亲临别的泪痕，她弱手
向波轮远去送爱儿的巾色，
海风咸味，海鸟依恋的雅意，
尽是我记忆的珍藏，我每次
摩按，总不免心酸泪落，便想
理箧归家，重向母怀中匐伏，
回复我天伦挚爱的幸福；
我每想人生多少跋涉劳苦，
多少牺牲，都只是枉费无补，
我四载奔波，称名求学，毕竟
在知识道上，采得几茎花草，

[1] 写于1922年8月10日离英前夕。

徐志摩精品集

在真理山中，爬上几个峰腰，
钧天妙乐，曾否闻得，彩红色，
可仍记得？——但我如何能回答？
我但自喜楼高车快的文明，
不曾将我的心灵污抹，今日
我对此古风古色，桥影藻密，
依然能坦胸相见，惺惺惜别。

康桥，再会罢！
你我相知虽迟，然这一年中
我心灵革命的怒潮，尽冲泻
在你妩媚河身的两岸，此后
清风明月夜，当照见我情热
狂溢的旧痕，尚留草底桥边，
明年燕子归来，当记我幽叹
音节，歌吟声息，缦烂的云纹
霞彩，应反映我的思想情感，
此日撒向天空的恋意诗心，
赞颂穆静腾辉的晚景，清晨
富丽的温柔；听！那和缓的钟声
解释了新秋凉绪，旅人别意，
我精魂腾跃，满想化人音波，
震天彻地，弥盖我爱的康桥，
如慈母之于睡儿，缓抱软吻；
康桥！汝永为我精神依恋之乡！
此去身虽万里，梦魂必常绕
汝左右，任地中海疾风东指，
我亦必纡道西回，瞻望颜色；
归家后我母若问海外交好，
我必首数康桥；在温清冬夜

腊梅前，再细辨此日相与况味；
设如我星明有福，素愿竟酬，
则来春花香时节，当复西航，
重来此地，再捡起诗针诗线，
绣我理想生命的鲜花，实现
年来梦境缠绵的销魂踪迹，
散香柔韵节，增媚河上风流；
故我别意虽深，我愿望亦密，
昨宵明月照林，我已向倾吐
心胸的蕴积，今晨雨色凄清，
小鸟无欢，难道也为是怅别
情深，累藤长草茂，涕泪交零！

康桥！山中有黄金，天上有明星，
人生至宝是情爱交感，即使
山中金尽，天上星散，同情还
永远是宇宙间不尽的黄金，
不昧的明星；赖你和悦宁静
的环境，和圣洁欢乐的光阴，
我心我智，方始经爬梳洗涤，
灵苗随春草怒生，沐日月光辉，
听自然音乐，哺啜古今不朽
——强半汝亲栽育——的文艺精英：
恍登万丈高峰，猛回头惊见
真善美浩瀚的光华，覆翼在
人道蠕动的下界，朗然照出
生命的经纬脉络，血赤金黄，
尽是爱主恋神的辛勤手绩；
康桥！你岂非是我生命的泉源？
你惠我珍品，数不胜数；最难忘

骞士德顿桥下的星磷坝乐，
弹舞殷勤，我常夜半凭阑干，
倾听牧地黑野中倦牛夜嚼，
水草间鱼跃虫嗤，轻挑静寞；
难忘春阳晚照，泼翻一海纯金，
淹没了寺塔钟楼，长垣短堞，
千百家屋顶烟突，白水青田，
难忘茂林中老树纵横；巨干上
黛薄荼青，却教斜刺的朝霞，
抹上些微胭脂春意，忸怩神色；
难忘七月的黄昏，远树凝寂，
像墨泼的山形，衬出轻柔暝色，
密稠稠，七分鹅黄，三分桔绿，
那妙意只可去秋梦边缘捕捉；
难忘榆荫中深宵清啭的诗禽，
一腔情热，教玫瑰噙泪点首，
满天星环舞幽吟，款住远近
浪漫的梦魂，深深迷恋香境；
难忘村里姑娘的腮红颈白；
难忘屏绣康河的垂柳婆娑，
婀娜的克莱亚，硕美的校友居；
——但我如何能尽数，总之此地
人天妙合，虽微如寸芥残垣，
亦不乏纯美精神；流贯其间，
而此精神，正如宛次宛士所谓
"通我血液，浃我心脏"，有"镇驯
矫饬之功"；我此去虽归乡土，
而临行怫怫，转若离家赴远；
康桥！我故里闻此，能弗怨汝
僭爱，然我自有说言代汝答付；

我今去了，记好明春新杨梅
上市时节，盼我含笑归来，
再见罢，我爱的康桥！

（1923 年 3 月 12 日《时事新报·学灯》）

徐志摩精品集

马　赛 [1]

马赛，你神态何以如此惨淡？
　　空气中仿佛释透了铁色的矿质，
　　你拓臂环拥着的一湾海，也在迟重的阳光中，
　　　　沉闷地呼吸；
　　一涌青波，一峰白沫，一声呜咽；

地中海呀！
　　你满怀的牢骚，
　　恐只有蟠白的阿尔帕斯——永远
　　　　自万尺高处冷眼下瞰——深浅知悉。

马赛，你面容何以如此惨淡？
　　这岂是情热猖獗的欧南？
　　看这一带山岭，筑成天然城堡，
　　雄闳沉着，
　　一床床的大灰岩，
　　一丛丛的暗绿林，
　　一堆堆的方形石灰屋——
　　光土毛石的尊严，
　　朴素自然的尊严，
　　淡净颜色的尊严——

[1] 写于 1922 年 8 月从英国返回祖国途中。

无愧是水让（ceganne）神感的故乡，
廊大艺术灵魂的手笔！

但普鲁冈司情歌缠绵真挚的精神，
在黑暗中布植文艺复兴种子的精神，
难道也深隐在这些岩片杂草的中间，
惨雾淡抹的中间？

马赛，你惨淡的神情，
倍增了我别离的幽感，别离欧土的怆心；
我爱欧化，然我不恋欧洲；
此地景物已非，不如归去；
家乡有长梗菜饭，米酒肥羔，
此地景物已非，不堪存想。
我游都会繁庶，时有踯躅墟墓之感，
在繁华声色场中，有梦亦多恐怖；
我似见莱茵河边，难民麇伏，
冷月照鸠面青肌，凉风吹褴褛衣结，
柴火几星，便鸡犬也噤无声音；

又似身在咖啡夜馆中，
烟雾里酒香袂影，笑语微闻，
场中有裸女作猥舞，
场背有黑面奴弄器出淫声；

百年来野心迷梦，已教大战血潮冲破；
如今凄惶遍地，兽性横行；
不如归去，此地难寻干净人道，
此地难得真挚人情，不如归去！

（1922 年 12 月 17 日《努力周报》第 33 期）

徐志摩精品集

地中海 [1]

海呀！你宏大幽秘的音息，不是无因而来的！

　　这风稳日丽，也不是无因而然的！

这些进行不歇的波浪，唤起了思想同情的反应——涨，

　　落——隐，现——去，来……

无量数的浪花，各各不同，各有奇趣的花样——

　　一树上没有两张相同的叶片，

　　天上没有两朵相同的云彩。

地中海呀！你是欧洲文明最老的见证！

魔大的帝国，曾经一再笼卷你的两岸；

霸业的命运，曾经再三在你酥胸上定夺；

无数的帝王、英雄、诗人、僧侣、寇盗、商贾，曾经在你怀抱中得意，失志，灭亡；

　　无数的财货、牲畜、人命、舰队、商船、渔艇，曾经沉入你无底的渊壑；

　　无数的朝彩晚霞，星光月色，血腥，血糜，曾经浸染涂糁你的面庞；

　　无数的风涛、雷电、炮声、潜艇，曾经扰乱你平安的居处；

　　屈洛安城焚的火光，阿脱洛庵家的惨剧，

　　沙伦女的歌声，迦太基奴女被掳过海的哭声，

　　维雪维亚炸裂的彩色，

　　尼罗河口，铁拉法尔加唱凯的歌音……

　　都曾经供你耳目刹那的欢娱。

　　历史来，历史去；

---

[1] 写于 1922 年 8 月从英国返回祖国途中。

埃及、波斯、希腊、马其顿、罗马、西班牙——

至多也不过抵你一缕浪花的涨歇，一茎春花的开落！但是你呢——

依旧冲洗着欧非亚的海岸，

依旧保存着你青年的颜色，

（时间不曾在你面上留痕迹。）

依旧继续着你自在无挂的涨落，

依旧呼啸着你厌世的骚愁，

依旧翻新着你浪花的样式——

这孤零零地神秘伟大的地中海呀！

（1922 年 12 月 24 日《努力周报》第 34 期）

秋月呀 [1]

秋月呀！

谁禁得起银指尖儿

浪漫地搔爬呵！

不信但看那一海的轻涛，可不是禁不住它玉指的抚摩，

　　在那里低徊饮泣呢！就是那

无聊的熏烟，

秋月的美满，

熏暖了飘心冷眼，

也清冷地穿上了轻缟的衣裳，

来参与这

美满的婚姻和丧礼。

（1922 年 11 月 6 日《新浙江报·新朋友》）

---

[1] 写于 1922 年 10 月 6 日。

1923 年

北方的冬天是冬天 [1]

北方的冬天是冬天！

满眼黄沙漠漠的地与天；

赤膊的树枝，硬搅着北风先——

一队队敢死的健儿，傲立在战阵前！

不留半片残青，没有一丝黏恋，

只拼着精光的筋骨；凝敛着生命的精液，

耐，耐三冬的霜鞭与雪拳与风剑，

直耐到春阳征服了消杀与枯寂与凶惨，

直耐到春阳打开了生命的牢监，放出一瓣的树头鲜！

直耐到忍耐的奋斗功效见，健儿克敌回家酣笑颜！

北方的冬天是冬天！

满眼黄沙茫茫的地与天；

田里一只呆顿的黄牛，

西天边画出几线的悲鸣雁。

（1923 年 1 月 28 日《努力周报》第 39 期）

---

[1] 写于 1923 年 1 月 22 日。

希望的埋葬 [1]

希望，只如今……
如今只剩些遗骸——
可怜，我的心……
却教我如何埋掩？

希望，我抚摩着
你惨变的创伤；
在这冷默的冬夜——
谁与我商量埋葬？

埋你在秋林之中，
幽涧之边，你愿否？
朝餐泉乐的玎琮，
暮偎着松茵香柔。

我收拾一筐的红叶，
露凋秋伤的枫叶，
铺盖在你新坟之上——
长眠着美丽的希望！

我唱一支惨淡的歌，

---

[1] 写于 1923 年 1 月 24 日。

与秋林的秋声相和；
滴滴凉露似的清泪，
洒遍了清冷的新墓！

我手抱你冷残的衣裳，
凄怀你生前的经过——
一个遭不幸的爱母，
回想一场抚养的辛苦！

我又舍不得将你埋葬，
希望，我的生命与光明——
像那个情疯了的公主，
紧搂住她爱人的冷尸。

梦境似的惝恍，
毕竟是谁存谁亡？
是谁在悲唱，希望！
你，我，是谁替谁埋葬？

"美是人间不死的光芒"，
不论是生命，或是希望！
便冷骸也发生命的神光，
何必问秋林红叶去埋葬？

（1923 年 1 月 28 日《努力周报》第 39 期）

徐志摩精品集

一小幅的穷乐图 [1]

巷口一大堆新倒的垃圾，
大概是红漆门里倒出来的垃圾，
其中不尽是灰，还有烧不烬的煤，
不尽是残骨，也许骨中有髓，
骨坳里还黏着一丝半缕的肉片，
还有半烂的布条，不破的报纸，
两三梗取灯儿，一半枝的残烟；

这垃圾堆好比是个金山，
山上满偻着寻求黄金者，
一队的褴褛，破烂的布裤蓝袄，
一个两个数不清高掬的臀腰，
有小女孩，有中年妇，有老婆婆，
一手挽着筐子，一手拿着树条，
深深的弯着腰，不咳嗽，不唠叨，
也不争闹，只是向灰堆里寻捞，
向前捞捞，向后捞捞，两边捞捞，
肩挨肩儿，头对头儿，拨拨挑挑，
老婆婆捡了一块布条，上好一块布条！
有人专捡煤渣，满地多的煤渣，
妈呀，一个女孩叫道，我捡了一块鲜肉骨头，

---

[1] 写于 1923 年 2 月 6 日。

回头熬老豆腐吃，好不好？

一队的褴褛，好比个走马灯儿，
转了过来，又转了过去，又过来了，
有中年妇，有女孩小，有婆婆老，
还有夹在人堆里趁热闹的黄狗几条。

（1923 年 2 月 14 日《晨报副镌》第 41 号）

徐志摩精品集

哀曼殊斐儿 [1]

我昨夜梦入幽谷，
　听子规在百合丛中泣血，
我昨夜梦登高峰，
　见一颗光明泪自天堕落。

古罗马的郊外有座墓园，
　静偃着百年前客殇的诗骸；
百年后海岱士黑辇的车轮，
　又喧响在芳丹卜罗的青林边。

说宇宙是无情的机械，
　为甚明灯似的理想闪耀在前？
说造化是真善美之表现，
　为甚五彩虹不常住天边？

我与你虽仅一度相见——
　但那二十分不死的时间！
谁能信你那仙姿灵态，
　竟已朝露似的永别人间？

非也！生命只是个实体的幻梦：

_____

[1] 写于 1923 年 3 月 11 日。

美丽的灵魂，永承上帝的爱宠；
三十年小住，只似昙花之偶现，
　　泪花里我想见你笑归仙宫。

你记否伦敦约言，曼殊斐儿！
　　今夏再见于琴妮湖之边；
琴妮湖永抱着白朗矶的雪影，
　　此日我怅望云天，泪下点点！

我当年初临生命的消息，
　　梦觉似的骤感恋爱之庄严；
生命的觉悟是爱之成年，
　　我今又因死而感生与恋之涯沿！

同情是掼不破的纯晶，
　　爱是实现生命之唯一途径：
死是座伟秘的洪炉，此中
　　凝炼万象所从来之神明。

我哀思焉能电花似的飞骋，
　　感动你在天日遥远的灵魂？
我洒泪向风中遥送，
　　问何时能戳破生死之门？

　　　（1923 年 3 月 18 日《努力周报》第 44 期）

徐志摩精品集

小花篮 [1]

——送卫礼贤先生

　　一年前此时，我正与博生、通伯同游槐马与耶纳，访葛德西喇之故居，买得一小花篮，随采野草实之，今草已全悴，把玩不觉兴感，因作左诗。

　　（卫礼贤先生，通我国学，传播甚力，其生平所最崇拜者，孔子而外，其邦人葛德是，今在北大讲葛德，正及其意大利十八月之留。）

我买一只小小的花篮，
杜陵人手编的兰花篮；

我采集一把青翠的小草，
从玫瑰园外的小河河边；

把那些小草装入了小篮；
小小的纪念，别有风趣可爱。

当年葛德自罗马归来，
载回朝旭似文化的光彩；

如今玫瑰园中清简的屋内，

---

[1] 写于 1923 年 3 月 16 日。

贴近他创制诗歌的书案。

（Rosen-garden 在 Weimer 葛德制诗处）

留着个小小的纪念：非造像，
非画件，亦非是古代史迹：

一束罗马特产的鲜菜，
如今僵缩成一小撮的灰骸！

这一小撮僵缩的灰骸，
却最澄见他宏坦的诗怀！

我冥想历史进行之参差，
问何年这伟大的明星再来？

听否那黄海东海南海的潮声，
声声问华族的灵魂何时自由？

我自游槐马归来，不过一年，
那小篮里的鲜花，已成枯蜷；

我感怀于光阴造作之荣衰，
亦憬然于生生无已之循环；

便历尽了人间的悲欢变幻，
也只似微波在造化无边之海！

（1923 年 3 月 23 日《晨报副镌》）

月下待杜鹃不来

月下待杜鹃不来
看一回凝静的桥影，
数一数螺钿的波纹，
我倚暖了石栏的青苔，
青苔凉透了我的心坎；

月儿，你休学新娘羞，
把锦被掩盖你光艳首，
你昨宵也在此勾留，
可听她允许今夜来否？

听远村寺塔的钟声，
像梦里的轻涛吐复收，
省心海念潮的涨歇，
依稀漂泊踉跄的孤舟；

水粼粼，夜冥冥，思悠悠，
何处是我恋的多情友；
风飕飕，柳飘飘，榆钱斗斗，
令人长忆伤春的歌喉。

（1923 年 3 月 29 日《时事新报·学灯》）

默　境

我友，记否那西山的黄昏，
钝氲里透出的紫霭红晕，
漠沉沉，黄沙弥望，恨不能
登山顶，饱餐西陲的菁英，
全仗你吊古殷勤，趋别院，
度边门，惊起了卧犬狰狞。
墓庭的光景，却别是一味
苍凉，别是一番苍凉境地：
我手剔生苔碑碣，看冢里
僧骸是何年何代，你轻踹
生苔庭砖，细数松针几枚；
不期间彼此缄默的相对，
僵立在寂静的墓庭墙外，
同化于自然的宁静，默辨
静里深蕴着普遍的义韵；
我注目在墙畔一穗枯草，
听邻庵经声，听风抱树梢，
听落叶，冻鸟零落的音调，
心定如不波的湖，却又教
连珠似的潜思泛破，神凝
如千年僧骸的尘埃，却又
被静的底里的热焰熏点；

我友，感否这柔韧的静里，

蕴有钢似的迷力，满充着

悲哀的况味，阐悟的几微，

此中不分春秋，不辨古今，

生命即寂灭，寂灭即生命，

在这无终始的洪流之中，

难得素心人悄然共游泳；

纵使阐不透这凄伟的静，

我也怀抱了这静中涵濡，

温柔的心灵；我便化野鸟

飞去，翅羽上也永远染了

欢欣的光明，我便向深山

去隐，也难忘你游目云天，

游神象外的 Transfiguration

我友！知否你妙目——漆黑的

圆睛——放射的神辉，照彻了

我灵府的奥隐，恍如昏夜

行旅，骤得了明灯，刹那间

周遭转换，涌现了无量数

理想的楼台，更不见墓园

风色，再不闻衰冬吁喟，但

见玫瑰丛中，青春的舞蹈

与欢容，只闻歌颂青春的

谐乐与欢悰；——

　　　　　　　　轻捷的步履，

你永向前领，欢乐的光明，

你永向前引：我是个崇拜

青春、欢乐与光明的灵魂。

（1923 年 4 月 20 日《时事新报·学灯》）

泰山日出 [1]

振铎来信要我在《小说月报》的泰戈尔号上说几句话。我也曾答应了，但这一时游济南游泰山游孔陵，太乐了，一时竟拉不拢心思来做整篇的文字，一直挨到现在限期快到，只得勉强坐下来，把我想得到的话不整齐的写出。

我们在泰山顶上看太阳，在航过海的人，看太阳从地平线下爬上来，本来不是奇事；而且我个人是曾饱饫过江海与印度洋无比的日彩的。但在高山顶上看日出，尤其在泰山顶上，我们无餍的好奇心，当然盼望一种奇特的境界，与平原与海上不同的。

果然，我们初起时，天还暗沉沉的，西方是一片的铁青，东方些微有些白意，宇宙只是——如用旧词形容——一体莽莽苍苍的。但这是我一面感觉劲冽的晓寒，一面睡眠不曾十分醒豁时约略的印象，等到留心回览时，我不由得大声的狂叫——因为眼前只是一个见所未见的境界，原来昨夜整夜风暴的工程，却砌成一座普遍的云海，除了日观峰与我们所在的玉皇顶以外，东西南北只是平铺着弥漫的云气，在朝旭未露前，宛似无量数厚毳长绒的绵羊，交颈接背的眠着，卷耳与弯角都依稀辨认得出，那时候在这茫茫的云海中，我独自站在雾霭溟濛的小岛上，发生了奇异的幻想——

我躯体无限的长大，脚下的山峦比例我的身量，只是一块拳石；这巨人披着散发，长发在风里像一个墨色的大旗，飒飒地在飘荡。这巨人竖立在大地的顶尖上，仰面向着东方，平拓着一双长臂，在盼望，在迎接，在催促，在默默的叫唤；在崇拜，在祈祷，在流泪——在流久慕未见而将见悲喜交互的热泪……

---

[1] 这是徐志摩想望泰戈尔来华的颂词，也是一首激情澎湃的散文诗。

这泪不是空流的，这默祷不是不生显应的。

巨人的手，指向着东方——

东方有的，在展露的，是什么？

东方有的是瑰丽荣华的色彩，东方有的是伟大普照的光明——出现了，到了，在这里了……

玫瑰汁，葡萄浆，紫荆液，玛瑙精，霜枫叶——大量的染工，在层累的云底工作；无数蜿蜒的鱼龙，爬进了苍白色的云堆。

一方的异彩，揭去了满天的睡意，唤醒了四隅的明霞——光明的神驹，在热奋地驰骋……

云海也活了；眠熟了兽形的涛澜，又回复了伟大的呼啸，昂头摇尾的向着我们朝露染青馒形的小岛冲洗，激起了四岸的水沫浪花，震荡着这生命的浮礁，似在报告光明与欢欣之临在……

再看东方——海句力士已经扫荡了他的阻碍，雀屏似的金霞，从无限的肩上产生，展开在大地的边沿。起……起……用力，用力，纯焰的圆颅，一探再探的跃出了地平，翻登了之背，临照在天空……

歌唱呀，赞美呀，这是东方之复活，这是光明的胜利……

散发祷祝的巨人，他的身影横亘在无边的云海上，已经渐渐的消翳在普遍的欢欣里；现在他雄浑的颂美的歌声，也已在彩霞变幻中，普彻了四方八隅……

听呀，这普彻的欢声；看呀，这普照的光明！

这是我此时回忆泰山日出时的幻想，亦是我想望泰戈尔来华的颂词。

（1923 年 4 月 28 日《南开半月刊》第 11 期）

我是个无依无伴的小孩 [1]

我是个无依无伴的小孩，
无意地来到生疏的人间：

我忘了我的生年与生地，
只记从来处的草青日丽；

青草里满泛我活泼的童心，
好鸟常伴我在艳阳中游戏；

我爱啜野花上的白露清鲜，
爱去流涧边照弄我的童颜；

我爱与初生的小鹿儿竞赛，
爱聚砂砾仿造梦里的亭园；

我梦里常游安琪儿的仙府，
白羽的安琪儿，教导我歌舞；

我只晓天公的喜悦与震怒，
从不感人生的痛苦与欢娱；

---

[1] 写于 1923 年 5 月 6 日。

所以我是个自然的婴孩，
误入了人间峻险的城围：

我骇诧于市街车马之喧扰，
行路人尽戴着忧惨的面罩；

铅般的烟雾迷障我的心府，
在人丛中反感恐惧与寂寥；

啊！此地不见了清涧与青草，
更有谁伴我笑语，疗我饥馈；

我只觉刺痛的冷眼与冷笑，
我足上沾污了沟渠的泞潦；

我忍住两眼热泪，漫步无聊，
漫步着南街北巷，小径长桥；

我走近一家富丽的门前，
门上有金色题标，两字"慈悲"；

金字的慈悲，令我欢慰，
我便放胆跨进了门槛；

慈悲的门庭寂无声响，
堂上隐隐有阴惨的偶像；

偶像在伸臂，似庄似戏，
真骇我狂奔出慈悲之第；

我神魂惊悸慌张地前行，
转瞬间又面对"快乐之园"；

快乐园的门前，鼓角声喧，
红衣汉在守卫，神色威严；

游服竞鲜艳，如春蝶舞翩跹，
园林里阵阵香风，花枝隐现；

吹来乐音断片，招诱向前，
赤穷孩蹑近了快乐之园！

守门汉霹雳似的一声呼叱，
震出了我骇愧的两行急泪；

我掩面向僻隐处飞驰，
遭罹了快乐边沿的尖刺；

黄昏。荒街上尘埃舞旋，
凉风里有落叶在呜咽；

天地看似墨色螺形的长卷，
有孤身儿在踟蹰，似退似前；

我仿佛陷落在冰寒的阱锢，
我哭一声我要阳光的暖和！

我想望温柔手掌，偎我心窝，
我想望搂我入怀，纯爱的母；

我悲思正在喷泉似的溢涌，
一闪闪神奇的光，忽耀前路；

光似草际的游萤，乍显乍隐，
又似暑夜的飞星，窜流无定；

神异的精灵！生动了黑夜，
平易了途径，这闪闪的光明；

闪闪的光明！消解了恐惧，
启发了欢欣，这神异的精灵；

昏沉的道上，引导我前进，
一步步离远人间进向天庭；

天庭！在白云深处，白云深处
有美安琪敛翅羽，安眠未醒；

我亦爱在白云里安眠不醒，
任清风搂抱，明星亲吻殷勤；

光明！我不爱人间，人间难觅
安乐与真情，慈悲与欢欣；

光明，我求祷你引致我上登
天庭，引挈我永住仙神之境；

我即不能上攀天庭，光明，
你也照导我出城围之困，

我是个自然的婴儿，光明知否，
但求回复自然的生活优游；

茂林中有餐不罄的鲜柑野栗，
青草里有享不尽的意趣香柔……

五月六日

（1923 年 5 月 13 日《努力周报》第 52 期）

康河晚照即景

这心灵深处的欢畅，
这情绪境界的壮旷；
任天堂沉沦，地狱开放，
毁不了我内府宝藏！

（1923 年 5 月 10 日《小说月报》第 14 卷第 5 号）

悲　思 [1]

悲思在庭前——

　　不；但看

新萝憨舞，

紫藤吐艳，

蜂恣蝶恋——

悲思不在庭前。

悲思在天上——

　　不；但看——

青白长空，

气宇晴朗，

云雀回舞——

悲思不在天上。

悲思在我笔里——

　　不；但看

白净长毫，

正待抒写，

浩坦心怀——

悲思不在我的笔里。

---

[1] 写于 1923 年 5 月 13 日。

悲思在我纸上——

　　不；但看

　　质净色清，

　　似在腼盼，

　　诗意春情——

悲思不在我的纸上。

悲思莫非在我……

　　心里——

　　心如古墟，

　　野草不株，

　　心如冻泉，

　　冰结活源，

　　心如冬虫，

　　久蛰久噤——

　　不，悲思不在我的心里！

　　　　　　　　　　　　　　　　五月十三日

（1923 年 5 月 20 日《努力周报》第 53 期）

雀儿，雀儿 [1]

雀儿，雀儿，
你进我的门儿，
你又想出我的门儿。
碰呀，碰呀，
玻璃老碰你的头儿！
······

屋子里阴凉，
院子里有太阳。
屋子里就有我——你不爱；
院子里有的是，
你的姐姐妹妹好朋友！

我张开一双手儿，
叫一声雀儿雀儿；
我愿意做你的妈，
你做我乖乖的儿。

每天吃茶的时候，
我喂你碎饼干儿。
回头我们俩睡一床，

[1] 写于 1923 年 6 月初。

徐志摩精品集

一同到甜甜的梦里去，
唱一个新鲜的歌儿。

（1923 年 6 月 24 日《努力周报》第 58 期）

破　庙

慌张的急雨将我
赶入了黑丛丛的山坳，
迫近我头顶在腾拿，
恶狠狠的乌龙巨爪；
枣树兀兀地隐蔽着
一座静悄悄的破庙，
我满身的雨点雨块，
躲进了昏沉沉的破庙；

雷雨越发来得大了；
霍隆隆半天里霹雳，
豁喇喇林叶树根苗，
山谷山石，一齐怒号，
千万条的金剪金蛇，
飞入阴森森的破庙，
我浑身战抖，趁电光
估量这冷冰冰的破庙；

我禁不住大声喊叫；
电光火把似的照耀，
照出我身旁神龛里
一个青面狞笑的神道，
电光去了，霹雳又到，

不见了狞笑的神道，
硬雨石块似的倒泻——
我独身藏躲在破庙；

千年万年应该过了！
只觉得浑身的毛窍，
只听得骇人声怪叫，
只记得那凶恶的神道，
忘记了我现在的破庙；
好容易雨收了，雷休了，
血红的太阳，满天照耀，
照出一个我，一座破庙！

一个祈祷 [1]

请听我悲哽的声音，祈求于我爱的神：
人间哪一个的身上，不带些儿创与伤！
哪有高洁的灵魂，不经地狱，便登天堂：
我是肉薄过刀山，炮烙，闯度了奈何桥，
方有今日这颗赤裸裸的心，自由高傲！

这颗赤裸裸的心，请收了罢，我的爱神！
因为除了你更无人，给他温慰与生命，
否则，你就将他磨成齑粉，散入西天云，
但他精诚的颜色，却永远点染你春朝的
新思，秋夜的梦境；怜悯罢，我的爱神！

（1923 年 7 月 1 日《晨报·文学旬刊》）

---

[1] 写于 1923 年 6 月。

铁杵歌

铁杵，铁杵，铁杵——三更：
夜色在更韵里沉吟，
满院只眠熟的树荫，
天上三五颗冷淡的星。

铁索，铁索……逝水似的消幻，
只缕缕星芒，漫洒在屋溜间；
静夜忽的裂帛似的撕碎——
一声声，愤急，哀乞，绝望的伤惨。

马号里暗暗的腐稻一堆：
犬子在索乳，呶呶的纷哕；
僵附在墙边，有瘦影一枚，
羸瘦的母狗，忍看着饥孩——

"哀哀，我馁，且殆，奈何饥孩，
儿来，非我罪，儿毙，我心摧"……
哀哀，在此深夜与空院，
有谁同情母道之悲哀？

哀哀，更杵声在巷外浮沉，
悄悄的人间，浑浑的乾坤；
哀哀这中夜的嗥诉与哀呻，

惊不醒——一丝半缕的同情！

正愿人间的好梦睡稳！
一任遍地的嗥诉与哀呻，
乞怜于黑夜之无灵，应和
街前巷后的铁柝声声！

端节后

（1923 年 7 月 1 日《努力周报》第 59 期）

一家古怪的店铺 [1]

有一家古怪的店铺，
隐藏在那荒山的坡下；
我们村里白发的公婆，
也不知他们何时起家。

相隔一条大河，船筏难渡；
有时青林里袅起髻螺，
在夏秋间明净的晨暮——
料是他家工作的烟雾。

有时在寂静的深夜，
狗吠隐约炉捶的声响，
我们忠厚的更夫常见
对河山脚下火光上飏。

是种田钩镰，是马蹄铁鞋，
是金银妙件，还是杀人凶械？
何以永恋此林山，荒野，
神秘的捶工呀，深隐难见？

这是家古怪的店铺，

---

[1] 写于1923年7月7日。

隐藏在荒山的坡下；

我们村里白发的公婆，

也不知他们何时起家。

（1923 年 7 月 11 日《晨报·文学旬刊》）

石虎胡同七号 [1]

我们的小园庭，有时荡漾着无限温柔；
善笑的藤娘，祖酥怀任团团的柿掌绸缪，
百尺的槐翁，在微风中俯身将棠姑抱搂，
黄狗在篱边，守候睡熟的珀儿，它的小友，
小雀儿新制求婚的艳曲，在媚唱无休——
我们的小园庭，有时荡漾着无限温柔。

我们的小园庭，有时淡描着依稀的梦景；
雨过的苍茫与满庭荫绿，织成无声幽冥，
小蛙独坐在残兰的胸前，听隔院蚓鸣，
一片化不尽的雨云，倦展在老槐树顶，
掠檐前作圆形的舞旋，是蝙蝠，还是蜻蜓？——
我们的小园庭，有时淡描着依稀的梦景。

我们的小园庭，有时轻喟着一声奈何；
奈何在暴雨时，雨槌下捣烂鲜红无数，
奈何在新秋时，未凋的青叶惆怅地辞树，
奈何在深夜里，月儿乘云艇归去，西墙已度，
远巷薤露的乐音，一阵阵被冷风吹过——
我们的小园庭，有时轻喟着一声奈何。

[1] 写于 1923 年 7 月。

我们的小园庭，有时沉浸在快乐之中；
雨后的黄昏，满院只美荫，清香与凉风，
大量的蹇翁，巨樽在手，蹇足直指天空，
一斤，两斤，杯底喝尽，满怀酒欢，满面酒红，
连珠的笑响中，浮沉着神仙似的酒翁——
我们的小园庭，有时沉浸在快乐之中。

（1923 年 8 月 6 日《文学周报》第 82 期）

冢中的岁月 [1]

白杨树上一阵鸦啼，
白杨树上叶落纷披，
白杨树下有荒土一堆：
亦无有青草，亦无有墓碑；

亦无有蛱蝶双飞，
亦无有过客依违，
有时点缀荒野的暮霭，
土堆邻近有青磷闪闪。

埋葬了也不得安逸，
髑髅在坟底叹息；
舍手了也不得静谧，
髑髅在坟底饮泣。

破碎的愿望梗塞我的呼吸，
伤禽似的震悸着他的羽翼；
白骨放射着赤色的火焰——
却烧不尽生前的恋与怨。

白杨在西风里无语，摇曳，

---

[1] 见于 1923 年 9 月初徐志摩写给胡适的信中。

孤魂在墓窟的凄凉里寻味：

"从不享，可怜，祭扫的温慰，

更有谁存念我生平的梗概"！

（1924 年 10 月 15 日《晨报副镌》）

徐志摩精品集

幻　想

一

天空里幻出一带的长虹，

一条七彩双首乔背的神龙；

一头的龙喙与龙须与龙鬣，

淹没在埂奇河春泛之濑湍，

一头的龙爪，下踞在河北江南，

饮啜于长江大河，咽响如雷，

　　这彩色神明的巨怪，

　　满吸了东亚的大水，

昂首向坎坷的地面寻着，

吼一声，可怜，苦旱的人间！

遍野的饥农，在面天求怜，

求救渡的甘霖，满溢田田——

看呀，电闪里长鬣舞旋，

转惨酷为欢欣在俄顷之间！

二

天空里幻出长虹一带，

在碧玉的天空镶嵌，

一端挽住昆仑的山坳，

一端围绕在喜马拉雅之巉岩；
是谁何的匠心，制此巨采，
问伟男何在，问伟男何在？
披苍空普盖的青衫，
束此神异光明之带，
举步在浩宇里徘徊，
啊，踏翻，南北白头的高山，
霎时的雪花狂舞，雪花狂洒，
普化了东与西，洒遍了北与南，
丈夫！这纯澈无路的世界，
产生于一转之俄顷之间。

（1923 年 9 月 10 日《小说月报》第 14 卷第 9 号）

徐志摩精品集

月下雷峰影片 [1]

我送你一个雷峰塔影，
　　满天稠密的黑云与白云；
我送你一个雷峰塔顶，
　　明月泻影在眠熟的波心。

深深的黑夜，依依的塔影，
　　团团的月彩，纤纤的波鳞——
假如你我荡一支无遮的小艇，
　　假如你我创一个完全的梦境！

（1925 年 8 月中华书局《志摩的诗》）

---

[1] 写于 1923 年 9 月 26 日。

雷峰塔

（杭白）

那首是白娘娘的古墓
（划船的手指着野草深处）；
客人，你知道西湖上的佳话，
白娘娘是个多情的妖魔。

她为了多情，反而受苦，
爱了个没出息的许仙，她的情夫；
他听信了一个和尚，一时的糊涂，
拿一个钵盂，把他妻子的原形罩住。

到如今已有千百年的光景，
可怜她被镇压在雷峰塔底——
一座残败的古塔，凄凉地，
庄严地，独自在南屏的晚钟声里！

（1923 年 10 月 12 日《晨报·文学旬刊》）

徐志摩精品集

灰色的人生 [1]

我想——我想开放我的宽阔的粗暴的嗓音，唱一支

　　野蛮的大胆的骇人的新歌；

我想拉破我的袍服，我的整齐的袍服，露出我的胸膛，

　　肚腹，肋骨与筋络；

我想放散我一头的长发，像一个游方僧似的散披着一头的乱发；

我也想跣我的脚，跣我的脚，在峻牙似的道上，快活地，

　　无畏地走着。

我要调谐我的嗓音，傲慢的，粗暴的，唱一阕荒唐的，摧残的，弥漫的

歌调；

　　我伸出我的巨大的手掌，向着天与地，海与山，无餍地求讨，寻捞；

　　我一把揪住了西北风，问它要落叶的颜色，

　　我一把揪住了东南风，问它要嫩芽的光泽；

　　我蹲身在大海的边旁，倾听它的伟大的酣睡的声浪；

　　我捉住了落日的彩霞，远山的露霭，秋月的明辉，散放在我的

　　发上，胸前，袖里，脚底……

我只是狂喜地大踏步地向前——向前——口唱着暴烈的，粗伦的，

　　不成章的歌调；

　　来，我邀你们到海边去，听风涛震撼太空的声调；

　　来，我邀你们到山中去，听一柄利斧斫伐老树的清音；

---

[1] 写于 1923 年 10 月 12 日。

来，我邀你们到密室里去，听残废的，寂寞的灵魂的呻吟；

来，我邀你们到云霄外去，听古怪的大鸟孤独的悲鸣；

来，我邀你们到民间去，听衰老的，病痛的，贫苦的，残毁的，受压迫的，烦闷的，奴服的，懦怯的，丑陋的，罪恶的，自杀的——和着深秋的风声与雨声——合唱的"灰色的人生"！

（1923 年 10 月 21 日《努力周报》第 75 期）

常州天宁寺闻礼忏声 [1]

有如在火一般可爱的阳光里，偃卧在长梗的，杂乱的丛草里，听初夏第一声的鹂鸪，从天边直响入云中，从云中又回响到天边；

有如在月夜的沙漠里，月光温柔的手指，轻轻的抚摩着一颗颗热伤了的砂砾，在鹅绒般软滑的热带的空气里，听一个骆驼的铃声，轻灵的，轻灵的，在远处响着，近了，近了，又远了……

有如在一个荒凉的山谷里，大胆的黄昏星，独自临照着阳光死去了的宇宙，野草与野树默默的祈祷着，听一个瞎子，手扶着一个幼童，铛的一响算命锣，在这黑沉沉的世界里回响着；

有如在大海里的一块礁石上，浪涛像猛虎般的狂扑着，天空紧紧的绷着黑云的厚幕，听大海向那威吓着的风暴，低声的，柔声的，忏悔它一切的罪恶；

有如在喜马拉雅的顶巅，听天外的风，追赶着天外的云的急步声，在无数雪亮的山壑间回响着；

有如在生命的舞台的幕背，听空虚的笑声，失望与痛苦的呼吁声，残杀与淫暴的狂欢声，厌世与自杀的高歌声，在生命的舞台上合奏着。

我听着了天宁寺的礼忏声！

这是哪里来的神明？人间再没有这样的境界！

这鼓一声，钟一声，磬一声，木鱼一声，佛号一声……乐音在大殿里，迂缓的，漫长的回荡着，无数冲突的波流谐合了，无数相反的色彩净化了，

---

[1] BT5 常州天宁寺闻礼忏声写于 1923 年 10 月。

无数现世的高低消灭了……

这一声佛号，一声钟，一声鼓，一声木鱼，一声磬，谐音盘礴在宇宙间——解开一小颗时间的埃尘，收束了无量数世纪的因果；

这是哪里来的大和谐——星海里的光彩，大千世界的音籁，真生命的洪流：止息了一切的动，一切的扰攘；

在天地的尽头，在金漆的殿椽间，在佛像的眉宇间，在我的衣袖里，在耳鬓边，在官感里，在心灵里，在梦里……

在梦里，这一瞥间的显示，青天，白水，绿草，慈母温软的胸怀，是故乡吗？是故乡吗？

光明的翅羽，在无极中飞舞！

大圆觉底里流出的欢喜，在伟大的，庄严的，寂灭的，无疆的，和谐的静定中实现了！

颂美呀，涅槃！赞美呀，涅槃！

（1923 年 11 月 11 日《晨报·文学旬刊》）

徐志摩精品集

沪杭车中 [1]

匆匆匆！催催催！

一卷烟，一片山，几点云影，

一道水，一条桥，一支橹声，

一林松，一丛竹，红叶纷纷；

艳色的田野，艳色的秋景，

梦境似的分明，模糊，消隐——

催催催！是车轮还是光阴？

催老了秋容，催老了人生！

（1923 年 11 月 10 日《小说月报》第 14 卷第 11 号）

---

[1] 写于 1923 年 10 月 30 日。

先生！先生！ [1]

钢丝的车轮
在偏僻的小巷内飞奔——
"先生，我给先生请安您哪，先生。"

迎面一蹲身，
一个单布褂的女孩颤动着呼声——
雪白的车轮在冰冷的北风里飞奔。

紧紧的跟，紧紧的跟，
破烂的孩子追赶着铄亮的车轮——
"先生，可怜我一大吧，善心的先生！"

"可怜我的妈，
她又饿又冻又病，躺在道儿边直呻——
您修好，赏给我们一顿窝窝头，您哪，先生！"

"没有带子儿。"
坐车的先生说，车里戴大皮帽的先生——
飞奔，急转的双轮，紧追，小孩的呼声。

一路旋风似的土尘，

---

[1] 写于 1923 年 11 月。

徐志摩精品集

土尘里飞转着银晃晃的车轮——

"先生，可是您出门不能不带钱您哪，先生。"

"先生！……先生！"

紫涨的小孩，气喘着，断续的呼声——

飞奔，飞奔，橡皮的车轮不住的飞奔。

飞奔……先生……

飞奔……先生……

先生……先生……先生……

（1923 年 12 月 11 日《晨报·文学旬刊》第 20 号）

叫化活该 [1]

"行善的大姑，修好的爷，"
　西北风尖刀似的猛刺着他的脸，
"赏给我一点你们吃剩的油水吧！"
　一团模糊的黑影，捱紧在大门边。

"可怜我快饿死了，发财的爷，"
　大门内有欢笑，有红炉，有玉杯；
"可怜我快冻死了，有福的爷，"
　大门外西北风笑说，"叫化活该！"

我也是战栗的黑影一堆，
　蠕伏在人道的前街；
我也只要一些同情的温暖，
　遮掩我的剐残的余骸——

但这沉沉的紧闭的大门：谁来理睬；
街道上只冷风的嘲讽，"叫化活该"！

　　（1924 年 12 月 1 日《晨报六周年纪念增刊》）

---

[1] 写于 1923 年冬。

花牛歌 [1]

花牛在草地里坐，
压扁了一穗剪秋萝。

花牛在草地里眠，
白云霸占了半个天。

花牛在草地里走，
小尾巴甩得滴溜溜。

花牛在草地里做梦，
太阳偷渡了西山的青峰。

（1937 年 1 月《文学》第 8 卷第 1 号）

---

[1] 约写于 1923 年。

八月的太阳 [1]

八月的太阳晒得黄黄的，
谁说这世界不是黄金？

小雀在树荫里打盹，
孩子们在草地里打滚。

八月的太阳晒得黄黄的，
谁说这世界不是黄金？

金黄的树林，金黄的草地，
小雀们合奏着欢畅的清音：

金黄的茅舍，金黄的麦屯，
金黄是老农们的笑声。

（1937年1月《文学》第8卷第1号）

---

[1] 约写于1923年。

徐志摩精品集

恋爱到底是什么一回事 [1]

恋爱他到底是什么一回事？——
他来的时候我还不曾出世；
太阳为我照上了二十几个年头，
我只是个孩子，认不识半点愁；
忽然有一天——我又爱又恨那一天——
我心坎里痒齐齐的有些不连牵，
那是我这辈子第一次的上当，
有人说是受伤——你摸摸我的胸膛——
他来的时候我还不曾出世，
恋爱他到底是什么一回事？

这来我变了，一只没笼头的马，
跑遍了荒凉的人生的旷野；
又像那古时间献璞玉的楚人，
手指着心窝，说这里面有真有真，
你不信时一刀拉破我的心头肉，
看那血淋淋的一掬是玉不是玉；
血！那无情的宰割，我的灵魂！
是谁逼迫我发最后的疑问？
疑问！这回我自己幸喜我的梦醒，
上帝，我没有病，再不来对你呻吟！

---

[1] 约写于 1923 年前后。

我再不想成仙，蓬莱不是我的分；

我只要这地面，情愿安分的做人——

从此再不问恋爱是什么一回事，

反正他来的时候我还不曾出世！

（1925 年 8 月中华书局《志摩的诗》初版时无，再版时加入）

徐志摩精品集

1924 年

东山小曲 [1]

一

早上——太阳在山坡上笑，

太阳在山坡上叫：——

看羊的，你来吧，

这里有粉嫩的草，鲜甜的料，

好把你的老山羊，小山羊，喂个滚饱；

小孩们你们也来吧，

这里有大树，有石洞，有蚱蜢，有小鸟，

快来捉一会盲藏，豁一阵虎跳。

二

中上——太阳在山腰里笑，

太阳在山坳里叫：——

---

[1] 写于 1924 年 1 月 20 日。

游山的你们来吧，

　　这里来望望天，望望田，消消遣，

　　忘记你的心事，丢掉你的烦恼；

叫化子们你们也来吧，

　　这里来偎火热的太阳，胜如一件棉袄，

　　还有香客的布施，岂不是妙，岂不是好。

三

晚上——太阳已经躲好，

　　　　太阳已经去了：——

　　野鬼们你们来吧，

　　黑巍巍的星光，照着冷清清的庙，

　　树林里有只猫头鹰，半天里有只九头鸟；

　　来吧，来吧，一齐来吧，

　　撞开你的顶头板，唱起你的追魂调，

　　那边来了个和尚，快去耍他一个灵魂出窍！

（1924 年 2 月 10 日《小说月报》第 15 卷第 2 号）

盖上几张油纸 [1]

一片，一片，半空里
　　掉下雪片；
有一个妇人，有一个妇人，
　　独坐在阶沿。

虎虎的，虎虎的，风响
　　在树林间；
有一个妇人，有一个妇人，
　　独自在哽咽。

为什么伤心，妇人，
　　这大冷的雪天？
为什么啼哭，莫非是
　　失掉了钗钿？

不是的，先生，不是的，
　　不是为钗钿；
也是的，也是的，我不见了
　　我的心恋。

那边松林里，山脚下，先生，

---

[1] 写于 1924 年 1 月 26 日。

有一只小木篋，
装着我的宝贝，我的心，
三岁儿的嫩骨！

昨夜我梦见我的儿
叫一声"娘呀——
天冷了，天冷了，天冷了，
儿的亲娘呀！"

今天果然下大雪，屋檐前
望得见冰条，
我在冷冰冰的被窝里摸——
摸我的宝宝。

方才我买来几张油纸，
盖在儿的床上；
我唤不醒我熟睡的儿——
我因此心伤。

一片，一片，半空里
掉下雪片；
有一个妇人，有一个妇人，
独坐在阶沿。

虎虎的，虎虎的，风响
在树林间；
有一个妇人，有一个妇人，
独自在哽咽。

（1924 年 11 月 25 日《晨报·文学旬刊》第 54 号）

徐志摩精品集

一条金色的光痕 [1]

（硖石土白）

这几天冷了，我们祠堂门前的那条小港里也浮着薄冰，今天下午想望久了的雪也开始下了，方才有几位友人在这喝酒，虽则眼前的山景还不曾著色，也算是"赏雪"了，白炉里的白煤也烧旺了，屋子里暖融融的自然的有了一种雪天特有的风味。

我在窗口望着半掩在烟雾里山林，只盼这"祥瑞的"雪花：

Lazily and incessantly floating down and down:
Silently sifting and veiling road, roaf and railing;
Hiding difference, making unevenness even,
Into angles and crevices softly drifting and sailing.
Making unevenness even !

可爱的白雪，你能填平地面上的不平，但人间的不平呢？我忽然想起我娘告诉我的一件实事，连带的引起了异常的感想。汤麦士哈代吹了一辈子厌世的悲调；但是一只冬雀的狂喜的放歌，在一个大冷天的最凄凉的境地里，竟使这位厌世的诗翁也有一次怀疑，他自己的厌世观，也有一次疑问这绝望的前途也许还闪耀着一点救度的光明。悲观是时代的时髦；怀疑是知识阶级的护照。我们宁可把人类看作一堆自私的肉欲，把人道贬入兽道，把宇宙看作一团的黑气，把天良与德性认做作伪与梦呓，把高尚的精神析成心理分析的动机……我也

---

[1] 写于1924年1月29日。

是不很敢相信牧师与塾师与"主张精神生活的哲学家"的劝世谈的一个，即使人生的日子里，不是整天的下雨，这样的愁云与惨雾，伦敦的冬天似的，至少告诫我们出门时还是带上雨具的妥当。

但我却也相信这愁云与惨雾并不是永久没有散开的日子，温暖的阳光也不是永远辞别了人间；真的，也许就在大雨泻的时候，你要是有耐心站在广场上望时，西边的云罅里已经分明的透露着金色的光痕了！下面一首诗里的实事，有人看来也许便是一条金色的光痕——除了血色的一堆自私的肉欲，人们并不是没有更高尚的元素了！

来了一个妇人，一个乡里来的妇人，
穿着一件粗布棉袄，一条紫棉绸的裙，
一双发肿的脚，一头花白的头发，
慢慢地走上我们前厅的石阶；
手扶着一扇堂窗，她抬起她的头，
望着厅堂上的陈设，颤动着她的牙齿脱尽了的口。
她开口问了：
得罪那，问声点看，
我要来求见徐家格位太太，有点事体……
认真则，格位就是太太，真是老太婆哩，
眼睛赤花，连太太都勿认得哩！
是欧，太太，今朝特为打乡下来欧，
乌青青就出门；田里西北风度来野欧，是欧，
太太，为点事体要来求求太太呀！
太太，我拉埭上，东横头，有个老阿太，
姓李，亲丁末……老早死完哩，伊拉格大官官——
李三官，起先到街上来做长年欧——早几年成了
　　弱病，田末卖掉，病末始终勿曾好；
格位李家阿太老年格运气真勿好，全靠场头上东帮
　　帮，西讨讨，吃一口白饭，

每年只有一件绝薄欧棉袄靠过冬欧，
上个月听得话李家阿太流火病发，
前夜子西北风起，我也冻得瑟瑟叫抖，
我心里想李家阿太勿晓得那介哩，
昨日子我一早走到伊屋里，真是罪过！
老阿太已经去哩，冷冰冰欧滚在稻草里，
也勿晓得几时脱气欧，也呒不人晓得！
我也呒不法子，只好去喊拢几个人来，
有人话是饿煞欧，有人话是冻煞欧，
我看一半是老病，西北风也作兴有点欧；——
为此我到街上来，善堂里格位老爷
本里一具棺材，我乘便来求求太太，
做做好事，我晓得太太是顶善心欧，
顶好有旧衣裳本格件把，我还想去
买一刀锭箔；我自己屋里也是滑白欧，
我只有五升米烧顿饭本两个帮忙欧吃，
伊拉抬了材，外加收作，饭总要吃一顿欧，
太太是勿是？……嗳，是欧！嗳，是欧！
喔唷，太太认真好来，真体恤我拉穷人……
格套衣裳正好……喔唷，害太太还要
难为洋钿……喔唷，喔唷……我只得
朝太太磕一个响头，代故世欧谢谢！
喔唷，那末真真多谢，真欧，太太……

（1924 年 2 月 26 日《晨报副镌》）

自然与人生

风，雨，山岳的震怒：
　　猛进，猛进！
显你们的猖獗，暴烈，威武；
　　霹雳是你们的酣嗷，
　　雷震是你们的军鼓——
万丈的峰峦在涌汹的战阵里
　　失色，动摇，颠播；
　　猛进，猛进！
这黑沉沉的下界，是你们的俘虏！

壮观！仿佛跳出了人生的关塞，
凭着智慧的明辉，回看
这伟大的悲惨的趣剧，在时空
无际的舞台上，更番的演着：——
我驻足在岱岳顶巅，
在阳光朗照着的顶巅，俯看山腰里
蜂起的云潮敛着，叠着，渐缓的
淹没了眼下的青峦与幽壑：
霎时的开始了，骇人的工作。

风，雨，雷霆，山岳的震怒——
　　猛进，猛进！
矫捷的，猛烈的：吼着，打击着，咆哮着；

295

烈情的火焰，在层云中狂窜：
恋爱，嫉妒，咒诅，嘲讽，报复，牺牲，烦闷：
　疯犬似的跳着，追着，嗥着，咬着，
毒蟒似的绞着，翻着，扫着，舐着——
　猛进，猛进！
狂风，暴雨，电闪，雷霆：
　烈情与人生！
静了，静了——
不见了晦盲的云罗与雾锢，
只有轻纱似的浮沤，在透明的晴空，

冉冉的飞升，冉冉的翳隐，
像是白羽的安琪，捷报天庭。

静了，静了——
眼前消失了战阵的幻景，
回复了幽谷与冈峦与森林，
青葱，凝静，芳馨，像一个浴罢的处女，
忸怩的无言，默默的自怜。

变幻的自然，变幻的人生，
瞬息的转变，暴烈与和平，
剚心的惨剧与怡神的宁静：——
谁是主，谁是宾，谁幻复谁真？
莫非是造化儿的诙谐与游戏，
恣意的反复着涕泪与欢喜，
厄难与幸运，娱乐他的冷酷的心，
与我在云外看雷阵，一般的无情？

（1924 年 2 月 5 日《晨报·文学旬刊》）

夜半松风 [1]

这是冬夜的山坡，
坡下一座冷落的僧庐，
庐内一个孤独的梦魂：
在忏悔中祈祷，在绝望中沉沦；——

为什么这怒叫，这狂啸，
鼍鼓与金钲与虎与豹？
为什么这幽诉，这私慕？
烈情的惨剧与人生的坎坷——
　　又一度潮水似的淹没了
这彷徨的梦魂与冷落的僧庐？

（1924 年 7 月 11 日《晨报·文学旬刊》第 41 号）

---

[1] 写于 1924 年 2 月 22 日。

徐志摩精品集

一封信 [1]

给抱怨生活干燥的朋友

得到你的信，像是掘到了地下的珍藏，一样的希罕一样的宝贵。

看你的信，像是看古代的残碑，表面是模糊的，意致却是深微的。

又像是在尼罗河旁边幕夜，在月正照着金字塔的时候，梦见一个穿黄金袍服的帝王，对着我作谜语，我知道他的意思，他说："我无非是一个体面的木乃伊。"

又像是我在这重山脚下半夜梦醒时，听见松林里夜莺的 soprano，可怜的遭人厌毁的鸟，你虽则没有子规那样天赋的妙舌，但我却懂得他的怨愤，他的理想，他的急调，是他的嘲讽与咒诅：我知道他怎样的鄙蔑一切，鄙蔑光明，鄙蔑烦嚣的燕雀，也鄙弃自喜的画眉。

又像是我在普陀山发现的一个奇景；外面看是一大块岩石，但里面却早被海水蚀空，只剩罗汉头似的一个脑壳，每次海涛向这岛身搂抱时，发出极奥妙的音响，像是情话，像是咒诅，像是祈祷，在雕空的石笋，钟乳间呜咽，像大和琴的谐音，在皋雪格的古寺的花椽、石楹间回荡——但除非你有耐心与勇气，攀下几重的石岩，俯身下去凝神的察看与倾听，你也许永远不会想象，不必说发现这样的秘密。

又像是……但是我知道，朋友，你已经听够了我的比喻，也许你愿意听我自然的嗓音与不做作的语调，不愿意收受用幻想的亮箔包裹着的话，虽则，我不能不补一句，你自己就是最喜欢从一个弯曲的白银喇叭里，吹弄你的古怪的调子。

你说："风大土大，生活干燥。"这话仿佛是一阵奇怪的凉风，使我感

---

[1] 写于 1924 年 2 月 26 日。

觉一个恐惧的战栗；像一团飘零的秋叶，使我的灵魂里掉下一滴悲悯的清泪。

我的记忆里，我似乎自信，并不是没有葡萄酒的颜色与香味，并不是没妩媚的微笑的痕迹，我想我总可以抵抗你那句灰色的语调的影响——

是的，昨天下午我在田里散步的时候，我不是分明看见两块凶恶的黑云消灭在太阳猛烈的光焰里，五只小山羊，兔子一样的白净，听着她们妈的吩咐在路旁寻草吃，三个捉草的小孩在一个稻屯前抛掷镰刀；自然的活泼给我不少的鼓舞，我对着白云里矗着的宝塔喊说我知道生命是有意趣的。

今天太阳不曾出来，一捆捆的云在空中紧紧的挨着，你的那句话碰巧又添上了几重云蒙，我又疑惑我昨天的宣言了。

我也觉得奇怪，朋友，何以你那句话在我的心里，竟像白垩涂在玻璃上，这半透明的沉闷是一种很巧妙的刑罚，我差不多要喊痛了。

我向我的窗外望，暗沉沉的一片，也没有月亮，也没有星光，日光更不必想，他早已离别了，那边黑蔚蔚的是林子，树上，我知道，是夜鹦的寓处，树下累累的在初夜的微芒中排列着，我也知道，是坟墓，僵的白骨埋在硬的泥里，磷火也不一星，这样的静，这样的惨，黑夜的胜利是完全的了。

我闭着眼向我的灵府里问讯，呀，我竟寻不到一个与干燥脱离的生活的意象，干燥像一个影子，永远跟着生活的脚后，又像是葱头的葱管，永远附着在生活的头顶，这是一件奇事。

朋友，我抱歉，我不能答复你的话，虽则我很想，我不是爽恺的西风，吹不散天上的云罗，我手里只有一把粗拙的泥锹，如其有美丽的理想或是希望要埋葬，我的工作是现成的——我也有过我的经验。

朋友，我并且恐怕，说到最后，我只得收受你的影响，因为你那句话，已经凶狠的咬入我的心里，像一个有毒的蝎子，已经沉沉的压在我的心上，像一块盘陀石，我只能忍耐，我只能忍耐。……

二月二十六日

（1924 年 3 月《小说月报》第 15 卷第 3 号）

徐志摩精品集

去 罢 [1]

去罢，人间，去罢！
　我独立在高山的峰上；
去罢，人间，去罢！
　我面对着无极的穹苍。

去罢，青年，去罢！
　与幽谷的香草同埋；
去罢，青年，去罢！
　悲哀付与暮天的群鸦。

去罢，梦乡，去罢！
　我把幻景的玉杯摔破；
去罢，梦乡，去罢！
　我笑受山风与海涛之贺。

去罢，种种，去罢！
　当前有插天的高峰；
去罢，一切，去罢！
　当前有无穷的无穷！

（1924年《小说月报》第 15 卷第 4 号）

---

[1] 写于 1924 年 5 月 20 日。

留别日本 [1]

我惭愧我来自古文明的乡国，
　　我惭愧我脉管中有古先民的遗血，
我惭愧扬子江的流波如今溷浊，
　　我惭愧——我面对着富士山的清越！

古唐时的壮健常萦我的梦想：
　　那时洛邑的月色，那时长安的阳光；
那时蜀道的啼猿，那时巫峡的涛响；
　　更有那哀怨的琵琶，在深夜的浔阳！

但这千余年的痿痹，千余年的懵懂：
　　更无从辨认——当初华族的优美、从容！
摧残这生命的艺术，是何处来的狂风？——
　　缅念那遍中原的白骨，我不能无恫！

我是一枚飘泊的黄叶，在旋风里飘泊，
　　回想所从来的巨干，如今枯秃，
我是一颗不幸的水滴，在泥潭里匍匐——
　　但这干涸了的涧身，亦曾有水流活泼。

我欲化一阵春风，一阵吹嘘生命的春风，

[1] 写于 1924 年 5 ～ 6 月随泰戈尔访日期间。

徐志摩精品集

催促那寂寞的大木，惊破他深长的迷梦；

我要一把倔强的铁锹，铲除淤塞与臃肿，

　　开放那伟大的潜流，又一度在宇宙间汹涌。

为此我羡慕这岛民依旧保持着往古的风尚，

　　在朴素的乡间想见古社会的雅驯、清洁、壮旷；

我不敢不祈祷古家邦的重光，但同时我愿望——

　　愿东方的朝霞永葆扶桑的优美，优美的扶桑！

　　　　　　　　　　（1925 年 8 月中华书局《志摩的诗》）

沙扬娜拉十八首 [1]

一

我记得扶桑海上的朝阳，
　　黄金似的散布在扶桑的海上；
我记得扶桑海上的群岛，
　　翡翠似的浮沤在扶桑的海上——
　　　　沙扬娜拉！

二

趁航在轻涛间，悠悠的，
　　我见有一星星古式的渔舟，
像一群无忧的海鸟，
　　在黄昏的波光里息羽优游，
　　　　沙扬娜拉！

三

这是一座墓园；谁家的墓园
　　占尽这山中的清风，松馨与流云？

---

[1] 写于 1924 年 5 ～ 6 月随泰戈尔访日期间。

我最不忘那美丽的墓碑与碑铭，

 墓中人生前亦有山风与松馨似的清明——

  沙扬娜拉！（神户山中墓园）

四

听几折风前的流莺，

 看阔翅的鹰鹞穿度浮云，

我倚着一本古松瞑睇：

 问墓中人何似墓上人的清闲？——

  沙扬娜拉！（神户山中墓园）

五

健康、欢欣、疯魔、我羡慕

 你们同声的欢呼"阿罗呀嗜！"

我欣幸我参与这满城的花雨，

 连翩的蛱蝶飞舞，"阿罗呀嗜！"

  沙扬娜拉！（大阪典祝）

六

增添我梦里的乐音——便如今——

 一声声的木屐、清脆、新鲜、殷勤，

又况是满街艳丽的灯影，

 灯影里欢声腾跃，"阿罗呀嗜！"

  沙扬娜拉！（大阪典祝）

七

仿佛三峡间的风流，
　　保津川有青嶂连绵的锦绣；
仿佛三峡间的险峨，
　　飞沫里趁急矢似的扁舟——
　　　　沙扬娜拉！（保津川急湍）

八

度一关湍险，驶一段清涟，
　　清涟里有青山的倩影；
撑定了长篙，小驻在波心，
　　波心里看闲适的鱼群——
　　　　沙扬娜拉！（同前）

九

静！且停那桨声胶爱，
　　听青林里嘹亮的欢欣，
是画眉，是知更？像是滴滴的香液，
　　滴入我的苦渴的心灵——
　　　　沙扬娜拉！（同前）

十

"乌塔"：莫讪笑游客的疯狂，
　　舟人，你们享尽山水的清幽，
喝一杯"沙鸡"，朋友，共醉风光，

"乌塔，乌塔！"山灵不嫌粗鲁的歌喉——

沙扬娜拉！（同前）

十一

我不辨——辨亦无须——这异样的歌词，

像不逞的波澜在岩窟间吽嘶，

像衰老的武士诉说壮年时的身世，

"乌塔乌塔！"我满怀滟滟的遐思——

沙扬娜拉！（同前）

十二

那是杜鹃！她绣一条锦带，

迤逦着那青山的青麓；

啊，那碧波里亦有她的芳躅，

碧波里掩映着她桃蕊似的娇怯——

沙扬娜拉！（同前）

十三

但供给我沉酣的陶醉，

不仅是杜鹃花的幽芳；

倍胜于娇柔的杜鹃，

最难忘更娇柔的女郎！

沙扬拉娜！

十四

我爱慕她们体态的轻盈，

妩媚是天生，妩媚是天生！
我爱慕她们颜色的调匀，
　　蝴蝶似的光艳，蛱蝶似的轻盈——
　　　沙扬娜拉！

十五

不辜负造化主的匠心，
　　她们流眄中有无限的殷勤；
比如薰风与花香似的自由，
　　我餐不尽她们的笑靥与柔情——
　　　沙扬娜拉！

十六

我是一只幽谷里的夜蝶：
　　在草丛间成形，在黑暗里飞行，
我献致我翅羽上美丽的金粉，
　　我爱恋万万里外闪亮的明星——
　　　沙扬娜拉！

十七

我是一只酣醉了的花蜂：
　　我饱啜了芬芳，我不讳我的猖狂。
如今，在归途上嘤嗡着我的小嗓，
　　想赞美那别样的花酿，我曾经恣尝——
　　　沙扬娜拉！

十八

最是那一低头的温柔，

  像一朵水莲花不胜凉风的娇羞，

道一声珍重，道一声珍重，

  那一声珍重里有蜜甜的忧愁——

  沙扬娜拉！

（1925 年 8 月中华书局《志摩的诗》）

庐山小诗两首 [1]

一、朝雾里的小草花

这岂是偶然，小玲珑的野花！
　　你轻含着闪亮的珍珠
　　像是慕光明的花蛾，
在黑暗里想念着焰彩晴霞；

我此时在这蔓草丛中过路，
　　无端的内感惆怅与惊讶，
　　在这迷雾里，在这岩壁下，
思忖着泪怦怦的，人生与鲜露？

二、山中大雾看景

这一瞬息的展露——
　　是山雾，
　　是台幕！
这一转瞬的沉闷，
　　是云蒸，
　　是人生？

---

[1] 约写于 1924 年 8 月。

徐志摩精品集

那分明是山，水，田，庐；

又分明是悲，欢，喜，怒：

阿，这眼前刹那间的开朗——

我仿佛感悟了造化的无常！

（1924 年 12 月 5 日《晨报·文学旬刊》）

庐山石工歌 [1]

一

唉浩！唉浩！唉浩！

　唉浩！唉浩！

我们起早，唉浩，

　看东方晓，唉浩，东方晓！

唉浩！唉浩！

　鄱阳湖低！唉浩，庐山高！

　　唉浩，庐山高；唉浩，庐山高！

唉浩，庐山高！

　唉浩，唉浩！唉浩！

　　唉浩！唉浩！

二

浩唉！浩唉！浩唉！

　浩唉，浩唉！

我们早起，浩唉！

看白云低，浩唉！白云飞！

[1] 写于 1924 年 8 月。

徐志摩精品集

浩唉！浩唉！

天气好，浩唉！上山去；

浩唉；上山去；浩唉，上山去；

　　浩唉，上山去！

浩唉！浩唉！……浩唉！

　　浩唉！浩唉！

三

浩唉！唉浩，浩唉！

唉浩，浩唉！唉浩！

浩唉！唉浩！浩唉！

唉浩！浩唉！唉浩！

　太阳好，唉浩，太阳焦，

　赛如火烧，唉浩！

大风起，浩唉，白云铺地；

　当心脚底，浩唉；

　　　浩唉，电闪飞，唉浩，大雨暴；

天昏，唉浩，地黑，浩唉

　天雷到，浩唉，天雷到！

　浩唉，鄱阳湖低；唉浩，五老峰高！

　浩唉，上山去，唉浩，上山去！

浩唉，上山去！

　　　唉浩，鄱阳湖低！浩唉，庐山高！

唉浩，上山去，浩唉，上山去！

　　唉浩，上山去！

浩唉！浩唉！浩唉！

　浩唉！浩唉！浩唉！

　浩唉！浩唉！浩唉！

浩唉！浩唉！浩唉！

（1925 年 4 月 13 日《晨报副镌》）

太平景象

"卖油条的，来六根——再来六根。"
"要香烟吗，老总们，大英牌，大前门？
多留几包也好，前边什么买卖都不成。"

"这枪好，德国来的，装弹时手顺；"
"我哥有信来，前天，说我妈有病；"
"哼，管得你妈，咱们去打仗要紧。"

"亏得在江南，离着家千里的路程，
要不然我的家里人……唉，管得他们
眼红眼青，咱们吃粮的眼不见为净！"

"说是，这世界！做鬼不幸，活着也不称心；
谁没有家人老小，谁愿意来当兵拼命？"
"可是你不听长官说，打伤了有恤金？"

"我就不稀罕那猫儿哭耗子的恤金！
脑袋就是一个，我就想不透为么要上阵，
砰，砰，打自个儿的弟兄，损己，又不利人。"

"你不见李二哥回来，烂了半个脸，全青？
他说前边稻田里的尸体，简直像牛粪，
全的、残的；死透的、半死的；烂臭、难闻。"

"我说这儿江南人倒懂事，他们死不当兵；
你看这路旁的皮棺，那田里玲巧的享亭，
草也青，树也青，做鬼也落个清静；"

比不得我们——可不是火车已经开行？——
天生是稻田里的牛粪——唉，稻田里的牛粪！
"喂，卖油条的，赶上来，快，我还要六根。"

（1924 年 8 月 10 日《小说月报》第 15 卷第 8 号）

徐志摩精品集

毒　药 [1]

今天不是我歌唱的日子，我口边涎着狞恶的微笑，不是我说笑的日子，我胸怀间插着发冷光的利刃；

相信我，我的思想是恶毒的因为这世界是恶毒的，我的灵魂是黑暗的因为太阳已经灭绝了光彩，我的声调是像坟堆里的夜鸮因为人间已经杀尽了一切的和谐，我的口音像是冤鬼责问他的仇人因为一切的恩已经让路给一切的怨；

但是相信我，真理是在我的话里虽则我的话像是毒药，真理是永远不含糊的虽则我的话里仿佛有两头蛇的舌，蝎子的尾尖，蜈蚣的触须；只因为我的心里充满着比毒药更强烈、比咒诅更狠毒、比火焰更猖狂、比死更深奥的不忍心与怜悯心与爱心，所以我说的话是毒性的、咒诅的、燎灼的、虚无的；

相信我，我们一切的准绳已经埋没在珊瑚土打紧的墓宫里，最劲洌的祭肴的香味也穿不透这严封的地层：一切的准则是死了的；

我们一切的信心像是顶烂在树枝上的风筝，我们手里擎着这进断了的鹞线：一切的信心是烂了的；

相信我，猜疑的巨大的黑影，像一块乌云似的，已经笼盖着人间一切的关系：人子不再悲哭他新死的亲娘，兄弟不再来携着他姊妹的手，朋友变成了寇仇，看家的狗回头来咬他主人的腿：是的，猜疑淹没了一切；

在路旁坐着啼哭的，在街心里站着的，在你窗前探望的，都是被奸污的处女：池潭里只见些烂破的鲜艳的荷花；

在人道恶浊的洄水里流着，浮荇似的，五具残缺的尸体，他们是仁义礼智信，向着时间无尽的海澜里流去；

---

[1] 写于 1924 年 9 月底。

这海是一个不安静的海，波涛猖獗的翻着，在每个浪头的小白帽上分明的写着人欲与兽性；

　　到处是奸淫的现象：贪心搂抱着正义，猜忌逼迫着同情，懦怯狎亵着勇敢，肉欲侮弄着恋爱，暴力侵凌着人道，黑暗践踏着光明；

　　听呀，这一片淫狼的声响，听呀，这一片残暴的声响；

　　虎狼在热闹的市街里，强盗在你们妻子的床上，罪恶在你们深奥的灵魂里……

（1924 年 10 月 5 日《晨报·文学旬刊》）

徐志摩精品集

白 旗 [1]

来，跟着我来，拿一面白旗在你们的手里——不是上面写着激动怨毒，鼓励残杀字样的白旗，也不是涂着不洁净血液的标记的白旗，也不是画着忏悔与咒语的白旗（把忏悔画在你们的心里）；

你们排列着，噤声的，严肃的，像送丧的行列，不容许脸上留存一丝的颜色，一毫的笑容，严肃的，噤声的，像一队决死的兵士；

现在时辰到了，一齐举起你们手里的白旗，像举起你们的心一样，仰看着你们头顶的青天，不转瞬的，恐惶的，像看着你们自己的灵魂一样；

现在时辰到了，你们让你们熬着、壅着、迸裂着、滚沸着的眼泪流、直流、狂流、自由的流、痛快的流、尽性的流、像山水出峡似的流、像暴雨倾盆似的流……

现在时辰到了，你们让你们咽着，压迫着，挣扎着，汹涌着的声音嚎，直嚎，狂嚎，放肆的嚎，凶狠的嚎，像飓风在大海波涛间的嚎，像你们丧失了最亲爱的骨肉时的嚎……

现在时辰到了，你们让你们回复了的天性忏悔，让眼泪的滚油煎净了的，让嚎恸的雷霆震醒了的天性忏悔，默默的忏悔、悠久的忏悔、沉彻的忏悔，像冷峭的星光照落在一个寂寞的山谷里，像一个黑衣的尼僧匍伏在一座金漆的神龛前；

……

在眼泪的沸腾里，在嚎恸的酣彻里，在忏悔的沉寂里，你们望见了上帝永久的威严。

（1924 年 10 月 5 日《晨报·文学旬刊》）

---

[1] 写于 1924 年 9 月底。

婴 儿 [1]

我们要盼望一个伟大的事实出现,我们要守候一个馨香的婴儿出世: ——你看他那母亲在她生产的床上受罪!

她那少妇的安详、柔和、端丽,现在在剧烈的阵痛里变形成不可信的丑恶:你看她那遍体的筋络都在她薄嫩的皮肤底里暴涨着,可怕的青色与紫色,像受惊的水青蛇在田沟里急泅似的,汗珠贴在她的前额上像一颗颗的黄豆,她的四肢与身体猛烈的抽搐着、畸屈着、奋挺着、纠旋着,仿佛她垫着的席子是用针尖编成的,仿佛她的帐围是用火焰织成的;

一个安详的、镇定的、端庄的、美丽的少妇,现在在绞痛的惨酷里变形成魔鬼似的可怖:她的眼,一时紧紧的阖着,一时巨大的睁着,她那眼,原来像冬夜池潭里反映着的明星,现在吐露着青黄色的凶焰,眼珠像是烧红的炭火,映射出她灵魂最后的奋斗,她的原来朱红色的口唇,现在像是炉底的冷灰,她的口颤着、噘着、扭着,死神的热烈的亲吻不容许她一息的平安,她的发是散披着横在口边,漫在胸前像揪乱的麻丝,她的手指间紧抓着几穗拧下来的乱发;

这母亲在她生产的床上受罪——

但她还不曾绝望,她的生命挣扎着血与肉与骨与肢体的纤微,在危崖的边沿上,抵抗着、搏斗着,死神的逼迫;

她还不曾放手,因为她知道(她的灵魂知道!)这苦痛不是无因的,因为她知道她的胎宫里孕育着一点比她自己更伟大的生命的种子,包涵着一个比一切更永久的婴儿;

因为她知道这苦痛是婴儿要求出世的征候,是种子在泥土里爆裂成美丽

---

[1] 写于 1924 年 9 月底。

的生命的消息，是她完成她自己生命的使命的时机；

因为她知道这忍耐是有结果的，在她剧痛的昏瞀中，她仿佛听着上帝准许人间祈祷的声音，她仿佛听着天使们赞美未来的光明的声音；

因此她忍耐着、抵抗着、奋斗着……她抵拼绷断她统体的纤微，她要赎出在她那胎宫里动荡着的生命，在她一个完全美丽的婴儿出世的盼望中，最锐利、最沉酣的痛感逼成了最锐利最沉酣的快感……

（1924 年 10 月 5 日《晨报·文学旬刊》）

天国的消息 [1]

可爱的秋景！无声的落叶，
轻盈的，轻盈的，掉落在这小径，
竹篱内，隐约的，有小儿女的笑声：

呖呖的清音，缭绕着村舍的静谧，
仿佛是幽谷里的小鸟，欢噪着清晨，
驱散了昏夜的晦塞，开始无限光明。

霎那的欢欣，昙花似的涌现，
开豁了我的情绪，忘却了春恋，
人生的惶惑与悲哀，惆怅与短促——
在这稚子的欢笑声里，想见了天国！

晚霞泛滥着金色的枫林，
凉风吹拂着我孤独的身形；
我灵海里啸响着伟大的波涛，
应和更伟大的脉搏，更伟大的灵潮！

（1925 年 8 月中华书局《志摩的诗》）

---

[1] 约写于 1924 年秋。

一个噩梦

我梦见你——呵，你那憔悴的神情！——
　　手捧着鲜花腼腆的做新人；
我恼恨——我恨你的良心，
　　我又不忍，不忍你的疲损。

你为什么负心？我大声的诃问，——
　　但那喜庆的闹乐侵蚀了我的恚愤；
你为什么背盟？我又大声的诃问——
　　那碧绿的灯光照出你两腮的泪痕！

仓皇的，仓皇的，我四顾观礼的来宾——
　　为什么这满堂的鬼影与逼骨的阴森？
我又转眼看那新郎——啊，上帝有灵光！——
　　却原来，偎傍着我爱，是一架骷髅狰狞！

（1924 年 11 月 2 日《晨报副镌》）

谁知道 [1]

我在深夜里坐着车回家——
一个褴褛的老头他使着劲儿拉；
　　天上不见一个星，
　　街上没有一只灯：
　　那车灯的小火
　　冲着街心里的土——
　　左一个颠簸，右一个颠簸，
　　拉车的走着他的跟跄步；
　　……

　　"我说拉车的，这道儿哪儿能这么的黑？"
　　"可不是先生？这道儿真——真黑！"
他拉——拉过了一条街，穿过了一座门，
转一个弯，转一个弯，一般的暗沉沉；——
　　天上不见一个星，
　　街上没有一个灯：
　　那车灯的小火
　　蒙着街心里的土——
　　左一个颠簸，右一个颠簸，
　　拉车的走着他的跟跄步；
　　……

---

[1] 写于 1924 年 11 月初。

徐志摩精品集

"我说拉车的，这道儿哪儿能这么的静？"

"可不是先生？这道儿真——真静！"

他拉——紧贴着一垛墙，长城似的长，

过一处河沿，转入了黑遥遥的旷野；——

　　天上不露一颗星，

　　道上没有一只灯：

　　那车灯的小火

　　晃着道儿上的土——

　　左一个颠簸，右一个颠簸，

　　拉车的走着他的跟跄步；

　　……

"我说拉车的，怎么这儿道上一个人都不见？"

"倒是有，先生，就是您不大瞧得见！"

　　我骨髓里一阵子的冷——

　　那边青缭缭的是鬼还是人？

　　仿佛听着呜咽与笑声——

　　啊，原来这遍地都是坟！

　　天上不亮一颗星，

　　道上没有一只灯：

　　那车灯的小火

　　缭着道儿上的土——

　　左一个颠簸，右一个颠簸，

　　拉车的跨着他的跟跄步；

　　……

"我说——我说拉车的喂！这道儿哪……哪儿有这儿远？"

"可不是先生？这道儿真——真远！"

"可是……你拉我回家……你走错了道儿没有？"

"谁知道先生！谁知道走错了道儿没有！"

......

我在深夜里坐着车回家，
一堆不相识的褴褛他使着劲儿拉；
　　天上不明一颗星，
　　道上不见一只灯：
　　只那车灯的小火
　　袅着道儿上的土——
　　左一个颠簸，右一个颠簸。
　　拉车的跨着他的蹒跚步。

（1924 年 11 月 9 日《晨报副镌》）

卡尔佛里 [1]

喂，看热闹去，朋友！在哪儿？

卡尔佛里。今天是杀人的日子；

两个是贼，还有一个——不知到底

是谁？有人说他是一个魔鬼；

有人说他是天父的亲儿子，

米赛亚……看，那就是，他来了！

咦，为什么有人替他抗着

他的十字架？你看那两个贼，

满头的乱发，眼睛里烧着火，

十字架压着他们的肩背！

他跟着耶稣走着；唉，耶稣，

他们到底是谁？他们都说他有

权威，你看他那样子顶和善，

顶谦卑——听着，他说话了！他说：

"父呀，饶恕他们罢，他们自己

都不知道他们犯的是什么罪。"

我说你觉不觉得他那话怪，

听了叫人毛管里直淌冷汗？

那黄头毛的贼，你看，好像是

梦醒了，他脸上全变了气色，

眼里直流着白豆粗的眼泪，

---

[1] 写于 1924 年 11 月 8 日。

准是变善了！谁要能赦了他，
保管他比祭司不差什么高矮！……
再看那妇女们！小羊似的一群，
也跟着耶稣的后背，头也不包，
发也不梳，直哭，直叫，直嚷，
倒像上十字架的是她们亲生
儿子；倒像明天太阳不透亮……
再看那群得意的犹太，法利赛，
法利赛，穿着长袍，戴着高帽，
一脸奸相；他们也跟在后背，
他们这才得意哪，瞧他们那笑！
我真受不了那假味儿，你呢？
听他们还嚷着哪："快点儿去，
上'人头山'去，钉死他，活钉死他！"……
唉，躲在墙边高个儿的那个？
不错，我认得，黑黑的脸，矮矮的，
就是他该死，他就是犹大斯！
不错，他的门徒。门徒算什么？
耶稣就让他卖，卖现钱，你知道！
他们也不止一半天的交情哪：
他跟着耶稣吃苦就有好几年，
谁知他贪小变了心，真是狗屎！
那还只前天，我听说，他们一起
吃晚饭，耶稣与他十二个门徒，
犹大斯就算一枚；耶稣早知道，
迟早他的命，他的血，得让他卖；
可不是他的血？吃晚饭时他说，
他把自己的肉喂他们的饿，
也把他自己的血止他们的渴，
意思要他们逢着患难时多少

帮着一点：他还亲手舀着水

替他们洗脚，犹大斯都有分，

还拿自己的腰布替他们擦干！

谁知那大个儿的黑脸他，没等

擦干嘴，就拿他主人去换钱：——

听说那晚耶稣与他的门徒

在橄榄山上歇着，冷不防来了，

犹大斯带着路，天不亮就干，

树林里密密的火把像火蛇，

蜒着来了，真恶毒，比蛇还毒；

他一上来就亲他主人的嘴，

那是他的信号，耶稣就倒了霉，

赶明儿你看，他的鲜血就在

十字架上冻着！我信他是好人；

就算他坏，也不该让犹大斯

那样肮脏的卖，那样肮脏的卖！……

我看着惨，看他生生的让人

钉上十字架去，当贼受罪，我不干！

你没听着怕人的预言？我听说

公道一完事，天地都得昏黑——

我真信，天地都得昏黑——回家罢！

十一月八日早一时半写完

（1924 年 11 月 17 日《晨报副镌》）

问　谁 [1]

问谁？呵，这光阴的播弄
　　问谁去声诉，
在这冻沉沉的深夜，凄风
　　吹拂她的新墓？

"看守，你须用心的看守，
　　这活泼的流溪，
莫错过，在这清波里优游，
　　青脐与红鳍！"

那无声的私语在我的耳边
　　似曾幽幽的吹嘘——
像秋雾里的远山，半化烟，
　　在晓风前卷舒。
因此我紧揽着我生命的绳网，
　　像一个守夜的渔翁，
兢兢的，注视着那无尽流的时光——
　　私冀有彩鳞掀涌。

但如今，如今只余这破烂的渔网——
　　嘲讽我的希冀，

[1] 约写于 1924 年秋。

我喘息的怅望着不复返的时光；
　　泪依依的憔悴！

又何况在这黑夜里徘徊，
　　黑夜似的痛楚：
一个星芒下的黑影凄迷——
　　留恋着一个新墓！

问谁……我不敢抢呼，怕惊扰
　　这墓底的清淳；
我俯身，我伸手向她搂抱——
　　啊，这半潮润的新坟！

这惨人的旷野无有边沿，
　　远处有村火星星，
丛林中有鸱鸮在悍辩——
　　此地有伤心，只影！

这黑夜，深沉的，环抱着大地；
　　笼罩着你与我——
你，静凄凄的安眠在墓底；
　　我，在迷醉里摩挲！

正愿天光更不从东方
　　按时的泛滥：
我便永远依偎着这墓旁——
　　在沉寂里消幻——

但青曦已在那天边吐露，
　　苏醒的林鸟，

已在远近间相应喧呼——
　　又是一度清晓。

不久，这严冬过去，东风
　　又来催促青条：
便妆缀这冷落的墓宫，
　　亦不无花草飘飘。

但为你，我爱，如今永远封禁
　　在这无情的地下——
我更不盼天光，更无有春信：
　　我的是无边的黑夜！

（1925 年 8 月中华书局《志摩的诗》）

徐志摩精品集

为要寻一个明星 [1]

我骑着一匹拐腿的瞎马，
　　向着黑夜里加鞭；——
　　向着黑夜里加鞭，
我跨着一匹拐腿的瞎马。

我冲入这黑绵绵的昏夜，
　　为要寻一颗明星；——
　　为要寻一颗明星，
我冲入这黑茫茫的荒野。
累坏了，累坏了我胯下的牲口，
　　那明星还不出现；——
　　那明星还不出现，
累坏了，累坏了马鞍上的身手。

这回天上透出了水晶似的光明，
　　荒野里倒着一只牲口，
　　黑夜里躺着一具尸首。——
这回天上透出了水晶似的光明！

（1924 年 12 月 1 日《晨报六周年纪念增刊》）

---

[1] 写于 1924 年 11 月 23 日。

消　息 [1]

雷雨暂时收敛了；
　双龙似的双虹，
　显现在雾霭中，
　夭矫、鲜艳、生动——
好兆！明天准是好天了。

什么！又是一阵打雷了——
　在云外、在天外，
　又是一片暗淡，
　不见了鲜虹彩——
希望，不曾站稳，又毁了。

（1924 年 12 月《孤军周报》第 4 期）

---

[1] 写于 1924 年 12 月。

山中大雾看景 [1]

这一瞬息的展雾——
　　是山雾
　　是台幕
这一转瞬的沉闷，
　　是云蒸，
　　是人生？

那分明是山、水、田、庐，
又分明是悲、欢、喜，怒，
啊，这眼前刹那间开朗，
我仿佛感悟了造化的无常！

（1924年12月5日《晨报·文学旬刊》）

---

[1] 写于1924年8月。

朝雾里的小草花

这岂是偶然，小玲珑的野花！
　你轻含着鲜露颗颗，
　怦动的像是慕光明的花蛾，
在黑暗里想念焰彩，晴霞；

我此时在这蔓草丛中过路，
　无端的内感，惆怅与惊讶，
　在这迷雾里，在这岩壁下，
思忖着，泪怦怦的，人生与鲜露？

（1924 年 12 月 5 日《晨报·文学旬刊》）

五老峰 [1]

不可摇撼的神奇，

　　　　不容注视的威严，

这耸峙，这横蟠，

　　　　这不可攀援的峻险！

看！那巉岩缺处

　　　　透露着天，窈远的苍天，

在无限广博的怀抱间，

　　　　这磅礴的伟像显现！

是谁的意境，是谁的想象？

　　　　是谁的工程与搏造的手痕？

在这亘古的空灵中

　　　　陵慢着天风，天体与天氛！

有时朵朵明媚的彩云，

　　　　轻颤的，妆缀着老人们的苍鬓，

像一树虬干的古梅在月下

　　　　吐露了艳色鲜葩的清芬！

山麓前伐木的村童，

　　　　在山涧的清流中洗濯，呼啸，

认识老人们的嗔謍，

---

[1] 约写于 1924 年 12 月。

迷雾海沫似的喷涌，铺罩，
淹没了谷内的青林，
　　隔绝了鄱阳的水色袅渺，
陡壁前闪亮着火电，听呀！
　　五老们在渺茫的雾海外狂笑！

朝霞照他们的前胸，
　　晚霞戏逗着他们赤秃的头颅；
黄昏时，听异鸟的欢呼，
　　在他们鸠盘的肩旁怯怯的透露

不昧的星光与月彩：
　　柔波里，缓泛着的小艇与轻舸；
听呀！在海会静穆的钟声里，
　　有朝山人在落叶林中过路！

更无有人事的虚荣，
　　更无有尘世的仓促与噩梦，
灵魂！记取这从容与伟大，
　　在五老峰前饱啜自由的山风！
这不是山峰，这是古圣人的祈祷，
　　凝聚成这"冻乐"似的建筑神工，
给人间一个不朽的凭证——
　　一个"崛强的疑问"在无极的蓝空！

（1925 年 8 月中华书局《志摩的诗》）

在那山道旁

在那山道旁，一天雾濛濛的朝上，
初生的小蓝花在草丛里窥觑，
我送别她归去，与她在此分离，
在青草里飘拂，她的洁白的裙衣。

我不曾开言，她亦不曾告辞，
驻足在山道旁，我暗暗的寻思：
"吐露你的秘密，这不是最好时机？"——
露湛的小草花，仿佛恼我的迟疑。

为什么迟疑，这是最后的时机，
在这山道旁，在这雾茫的朝上？
收集了勇气，向着她我旋转身去：——
但是啊！为什么她这满眼凄惶？

我咽住了我的话，低下了我的头：
火灼与冰激在我的心胸间回荡，
啊，我认识了我的命运，她的忧愁——
在这浓雾里，在这凄清的道旁！

在那天朝上，在雾茫茫的山道旁，
新生的小蓝花在草丛里睥睨，
我目送她远去，与她从此分离——

在青草间飘拂，她那洁白的裙衣！

（1924 年 12 月 1 日《晨报·文学旬刊》）

雪花的快乐 [1]

假如我是一朵雪花，
翩翩的在半空里潇洒，
　我一定认清我的方向——
飞飏，飞飏，飞飏——
这地面上有我的方向。

不去那冷寞的幽谷，
不去那凄清的山麓，
也不上荒街去惆怅——
飞飏，飞飏，飞飏——
你看，我有我的方向！

在半空里娟娟的飞舞，
认明了那清幽的住处，
等着她来花园里探望——
飞飏，飞飏，飞飏——
啊，她身上有朱砂梅的清香！

那时我凭借我的身轻，
盈盈的，沾住了她的衣襟，
贴近她柔波似的心胸——

---

[1] 写于 1924 年 12 月 30 日。

消溶，消溶，消溶——
溶入了她柔波似的心胸！

（1925 年 1 月 17 日《现代评论》第 1 卷第 6 期）

徐志摩精品集

古怪的世界 [1]

从松江的石湖塘
上车来老妇一双，
颤巍巍的承住弓形的老人身，
多谢（我猜是）普陀山的盘龙藤：

青布棉袄，黑布棉套，
头毛半秃，齿牙半耗：
肩挨肩的坐落在阳光暖暖的窗前，
畏葸的，呢喃的，像一对寒天的老燕；

震震的干枯的手背，
震震的皱缩的下颏：
这二老！是妯娌，是姑嫂，是姊妹？——
紧挨着，老眼中有伤悲的眼泪！

怜悯！贫苦不是卑贱，
老衰中有无限庄严；——
老年人有什么悲哀，为什么凄伤？
为什么在这快乐的新年，抛却家乡？

同车里杂沓的人声，

---

[1] 写于 1923 年冬。

轨道上疾转着车轮；

我独自的，独自的沉思这世界古怪——

是谁吹弄着那不调谐的人道的音籁？

（1924 年 12 月 1 日《晨报六周年纪念增刊》）

徐志摩精品集

白话词十二首 [1]

（一）转调满庭芳

池边青草，院里绿阴，向窗外一望，晚晴真好啊！帘也打起来，门也打开来，有客来么，正好。我一个人吃酒正觉得寂寞，又想起行人未归，好不难过，坐下吃一杯酒吧，荼蘼是开过了，还有梨花可赏呢。　　不要谈到从前赏花的胜会，打扮起来，高朋满座，看着外面的王孙公子，车水马龙，虽然遇到风雨，依然觉得痛快，如今没有这种兴会了，这样的好时节也是空的。

原词　转调满庭芳

芳草池塘，绿阴庭院，晚晴寒透窗纱。玉钩金镶，管是客来呀。寂寞尊前席上，惟愁海角天涯。能留否，荼蘼落尽，犹赖有梨花。　　当年，曾胜赏，生香薰袖，活火分茶。极目犹龙骄马，流水轻车。不怕风狂雨骤，恰才称，煮酒残花。如今也，不成怀抱，得似旧时那？

（二）蝶恋花

这样的长夜，真不好过，去是想去的，怎样去呢？告诉他快些回来罢，大好的青春，不要辜负啊。　　随便吃一杯呢，有点醉意有点酸意也活得有趣，不要笑我这个年纪还要戴花，不只我老了，春也快老呢？

---

[1] 写于 1924 年前后。

原词　蝶恋花　　上巳召亲族

永夜厌厌，欢意少。空梦长安，认取长安道。为报今年春色好。花光月影宣相照。　　随意杯盘虽草草。酒美梅酸，恰称人怀抱。醉莫插花花莫笑。可怜春似人将老。

（三）怨王孙

困处在深闺，春要快去了，行人一点的消息都没有，寄一个信给他么？托谁寄呢？这怎么好。　　多情的自然是什么都放不下，寒食又到了，这静悄，秋千也空着，只有向月亮浸着白白的梨花。

原词　　怨王孙

帝里春晚，重门深院。草绿阶前，暮天雁断。楼上远信谁传？恨绵绵。　　多情自是多沾惹，难拼舍，又是寒食也。秋千巷陌人静，皎月初斜，浸梨花。

（四）浣溪纱 B

登楼一看，天气真好，不过春已远了，人还未归，触景伤怀，我真不愿意再看。　　楼下呢，新竹也长成了，落花片片，给燕带到巢里，这都是伤心的，何况树上的杜鹃叫得尤其难听。

原词　　浣溪纱

楼上晴天碧四垂。楼前芳草接天涯。劝君莫上最高梯。　　新笋已成堂下竹，落花都上燕巢泥，忍听林表杜鹃啼。

（五）减字木兰花

刚才向花担卖（买）得一枝春花，新鲜得很。泪珠般的朝露，还未干呢？　　恐怕那个人会笑我"没有春花长得好看。"我要戴起来，定要他说出我好看还是花好看。

原词　减字木兰花

卖花担上，买得一枝春欲放。泪染轻匀。犹带彤霞晓露痕。　　怕郎猜道，奴面不如花面好，云鬓斜簪，徒要教郎比并看。

（六）品令

啊！秋雨来了，今年来得这样早呢？对着这黄昏雨景，那不能不吃一杯酒，写一首诗，莲花的季节快完了，莲房还小呢。　　花草虽然有情，怎比得人情好呢，有一句话，我要待酒后向荷花问一问，"你比去年老了一些么，我呢？"

原词　品令

急雨惊秋晓。今岁较，秋风早。一觞一咏，更须莫负，晚风残照。可惜莲花已谢，莲房尚小。　　汀蘋岸草。怎称得，人情好。有些言语，也待醉折，荷花问道。道与荷花，人比去年总老。

（七）行香子

秋天的光景是不错的，不过我有一点伤感，看见菊花黄又晓得是重阳快到了。风也到了，雨也到了，凉也到了，不能不加一件衣吃一杯酒。　　醉醒来又是黄昏的时候，孤另得可怕，凄凉得难过，这么长的夜，还有捣衣声，虫叫声，更漏声，震动耳鼓，打动心门，一个人对着明月怎睡得着呢？

原词 行香子

天与秋光，转转情伤。探金英，知近重阳。薄衣初试，绿蚁初尝。渐一番风，一番雨，一番凉。 黄昏院落，凄凄惶惶。酒醒时，往事愁肠。那堪永夜，明月空床。闻砧声捣，蛩声细，漏声长。

（八）永遇乐

夕阳衬着的暮云特别艳丽，那人去的还未归。还有柳啊，梅啊，春天也不早，元宵快到，现在虽然晴和，到时候的风雨恐怕免不了，酒朋诗友啊，不要劳驾罢！ 想起在中州时的快活日子，重阳啦，端五啦，说不尽的热闹，如今这个年头，打扮已经懒了，更说不到去逛，只管听着人家顽罢。

原词 永遇乐

落日熔金，暮云合璧，人在何处。染柳烟浓，吹梅笛怨，春意知几许。元宵佳节,融和天气。次第岂无风雨。来相召,香车宝马,谢他酒朋诗侣。 中州盛日，闺门多暇，记得偏重三五。铺翠冠儿，捻金雪柳，簇带争济楚。如今憔悴，风鬟霜鬓，怕见夜间出去。不如向，帘儿底下，听人笑语。

（九）渔家傲

下雪了，春快来了，梅花也妆扮起来呢，好像半面美人儿刚才出浴的样子。 天公也很凑趣呢，你看这样好月亮，花前月下，怎好不吃一杯，何况对着这样好梅花。

原词 渔家傲

雪里已知春信至。寒梅点缀琼枝腻。香脸半开娇旖旎。当庭际。玉人浴出新妆洗。　　造化可能偏有意。故教明月玲珑地。共赏金尊沉绿蚁。莫辞醉，此花不与群花比。

（十）庆清朝慢

　　这一盘花长得像美人一般，天真可爱，教人怎不爱惜她，何况春花都已开过，越发觉得她的时妆一新，不单风啊月啊有些不自在，春皇为了她也不愿走呢。　　所以东城的哥儿南乡的姐儿，都争着赏花去，不过赏花的酒吃过了，还有什么花要赏呢？假使能够挽留的话，一天早赏到晚，晚赏到早，我都愿意的。

原词　庆清朝慢

　　禁幄低张，彤栏巧护，就中独占残春。容华淡伫，绰约俱见天真。待得群花过后，一番风露晓妆新。妖娆艳态，妒风笑月，长轸带东君。　　东城边，南陌上，正日烘池馆，竞走香轮。绮筵散日，谁人可继芳尘。更好明光宫殿，几枝先近日边匀。金尊倒，拼了尽烛，不管黄昏。

（十一）多丽　　白菊

　　一个人独住小楼，又为秋天更觉寂寞，夜也特别长，管他呢，早睡罢，怎晓夜来风雨，无情地，打得花枝尽落，愁眉丧脸。只有菊花，越有风雨越发起劲，你看啊，一股清香，荼蘼不如呢？　　不过秋也快还（完）了，花也觉得渐渐憔悴，怪可怜的，我倒有点依依不舍的样子，有什么办法呢，纵然是十分爱惜也爱惜不来啊，各处的菊花都不过如此，东篱不是一样吗？

原词　多丽　　咏白菊

　　小楼寒，夜长帘幕低垂。恨萧萧无情风雨，夜来揉损琼肌。也不似，贵妃醉脸，也不似，孙寿愁眉，韩令偷香，徐娘傅粉、莫将比拟未新奇。细看取，屈平陶令，风韵正相宜。微风起，清芬酝藉，不减荼蘼。　　渐秋阑，雪清玉瘦，向人无限依依。似愁凝，汉皋解佩，似泪洒、纨扇题诗。朗月清风，浓烟暗雨，天教憔悴度芳姿。纵爱惜，不知从此，留得几多时。人情好，何须更忆，泽畔东篱。

（十二）满庭芳　　残梅

　　躲起小阁来，日子虽然显长，也觉得深幽有趣。炉香已过，天也晚了，种的梅花很不错呀，何必要到外面看去？寂寞是寂寞一点，从前何先生在扬州时不是这样吗？　　要晓得梅花不是讲热闹的，也经不起风雨，现在这样零落，我太难过了，由他去罢，感情是永远不能磨灭的，再到了有月亮的时候，对他的零落影子也一样可爱。

原词　满庭芳　　残梅

　　小阁藏春，闲窗锁昼，画堂无限深幽。篆香烧尽，日影下帘钩。手种江梅更好，又何必，临水登楼。无人到，寂寥浑似。何逊在扬州。　　从来，知韵胜，难堪雨藉，不耐风揉。更谁家横笛，吹动浓愁。莫恨香消雪减，须信道，扫迹情留，难言处，良宵淡月，疏影尚风流。

（1985 年《新文学史料》第 4 期）

1925 年

荒凉的城子 [1]

我眼前暗沉沉的地面，
　　我眼前暗森森的诸天。
她——我心爱的，哪里去了——那女子，
　　她的眼明星似的闪耀？
我眼前一片凄凉的街市。
我眼前一片凄凉的城子。
灾难后的城子，只剩有
　　剐残的人尸。

黎明时我忧忡忡的起身，
　　打开我的窗棂，
进来的却不是光明，进来的
　　是鲜明的爱情。
树枝上的鸟雀已经苏醒起，
　　我倾听他们的歌音；
他们各自呼唤着他们的恋情；

---

[1] 约写于 1925 年前后。

就只我是孤身。

这是生命与快乐的时辰，
　　我在我心里说话。
各个的生物有他的欢欣，
　　在阳光中过他的生活，
他们在各个同伴的眼内寻着。
　　光明，那怜惜的光明，
这是相互怜惜的时候，这是
　　相互爱恋的光阴。

说话呀！荒凉的城子！说话呀！
　　凄凉中的寂静！
她，我挚爱的，哪里去了，
　　她，认识我的魂灵？
那热情的眼如今在哪里？
　　曾经对着我的眼含情的凝睇？
那亲吻我的香唇如今在哪里？
　　在那里，那酥胸曾经我的
　　胸怀偎依？

说话呀，你我灵魂的灵魂：
　　我心里的情怀已经默起，
告诉我，在那毁灭与恐怖的日子
　　你遁迹在哪里？
看呀，我的手臂依旧抱着你，
　　抱着你是抱着天体，
看呀，我的心愿依旧靠傍着你，
　　我的心愿充塞着大地。

徐志摩精品集

我不禁在忧伤中悲诉，

  我离开了窗前，我转过身去，

我向着楼梯，走出门去

  走上空虚的街去，

在忧伤中放声的哀恸，

  可怜再没有人责我的过戾，

谁嘲讽我的软弱，更有

  谁怜悯我的眼泪？

（1983 年香港商务印书馆《徐志摩全集》第 1 集）

她在那里 [1]

她不在这里，
　　她在那里：

她在白云的光明里：
　　在澹远的新月里；

她在怯露的谷莲里：
　　在莲心的露华里；

她在膜拜的童心里：
　　在天真的烂漫里；

她不在这里，
　　她在自然的至粹里！

（1983 年香港商务印书馆《徐志摩全集》第 1 集）

---

[1] 写于 1925 年前后。

不再是我的乖乖 [1]

一

前天我是一个小孩，
这海滩最是我的爱；
早起的太阳赛如火炉，
趁暖和我来做我的工夫：
捡满一衣兜的贝壳，
在这海砂上起造宫阙；
哦，这浪头来得凶恶，
冲了我得意的建筑——
我喊一声海，海！
你是我小孩儿的乖乖！

二

昨天我是一个"情种"，
到这海滩上来发疯；
西天的晚霞慢慢的死，
血红变成姜黄，又变紫，
一颗星在半空里窥伺，

---

[1] 写于 1925 年 1 月。

我匍伏在砂堆里画字，

一个字，一个字，又一个字，

谁说不是我心爱的游戏？

我喊一声海，海！

不许你有一点儿的更改！

三

今天！咳，为什么要有今天？

不比从前，没了我的疯癫，

再没有小孩时的新鲜，

这回再不来这大海的边沿！

头顶不见天光的方便，

海上只暗沉沉的一片，

暗潮侵蚀了砂字的痕迹，

却不冲淡我悲惨的颜色——

我喊一声海，海！

你从此不再是我的乖乖！

（1925 年 1 月 11 日《京报副刊》）

残　诗 [1]

怨谁？怨谁？这不是青天里打雷？

关着，锁上；赶明儿瓷花砖上堆灰！

别瞧这白石台阶儿光滑，赶明儿，唉，

石缝里长草，石板上青青的全是莓！

那廊下的青玉缸里养着鱼，真凤尾，

可还有谁给换水，谁给捞草，谁给喂？

要不了三五天准翻着白肚鼓着眼，

不浮着死，也就让冰分儿压一个扁！

顶可怜是那几个红嘴绿毛的鹦哥，

让娘娘教得顶乖，会跟着洞箫唱歌，

真娇养惯，喂食一迟，就叫人名儿骂，

现在，您叫去！就剩空院子给您答话！……

（1925 年 1 月 15 日《晨报·文学旬刊》第 59 号）

---

[1] 写于 1925 年 1 月。

这是一个懦怯的世界 [1]

这是一个懦怯的世界，
　　容不得恋爱，容不得恋爱！
披散你的满头发，
赤露你的一双脚；
　　跟着我来，我的恋爱，
抛弃这个世界
殉我们的恋爱！

我拉着你的手，
爱，你跟着我走；
　　听凭荆棘把我们的脚心刺透，
　　听凭冰雹劈破我们的头，
你跟着我走，
我拉着你的手，
　　逃出了牢笼，恢复我们的自由！

　　跟着我来，
　　我的恋爱！
人间已经掉落在我们的后背——
看呀，这不是白茫茫的大海？
白茫茫的大海，

[1] 写于 1925 年 2 月。

白茫茫的大海，

　　无边的自由，我与你与恋爱！

顺着我的指头看，

那天边一小星的蓝——

　　那是一座岛，岛上有青草，

　　鲜花，美丽的走兽与飞鸟；

快上这轻快的小艇，

去到那理想的天庭——

　　恋爱，欢欣，自由——辞别了人间，永远！

　　　　　　　　　（1925 年 8 月中华书局《志摩的诗》）

一块晦色的路碑 [1]

脚步轻些，过路人！
休惊动那最可爱的灵魂，
如今安眠在这地下，
有绛色的野草花掩护她的余烬。

你且站定，在这无名的土阜边，
任晚风吹弄你的衣襟；
倘如这片刻的静定感动了你的悲悯，
让你的泪珠圆圆的滴下——
为这长眠着的美丽的灵魂！

过路人，假若你也曾
在这人间不平的道上颠顿，
让你此时的感愤凝成最锋利的悲悯，
在你的激震着的心叶上，
刺出一滴，两滴的鲜血——
为这遭冤屈的最纯洁的灵魂！

（1925 年 3 月 7 日《晨报副镌》）

---

[1] 写于 1925 年 3 月 1 日。

那一点神明的火焰

又是一个深夜，寂寞的深夜，在山中，
浓雾里不见月影，星光，就只我：
一个冥蒙的黑影，踯躅的沉思，
沉思的踯躅，在深夜，在山中，在雾里，
我想着世界，我的身世，懊怅，凄迷，
灭绝的希冀，又在我的心里惊悸，
摇曳，像雾里的草须：她在哪里？
啊！她；这深夜，这浓雾，淹没了
天外的星光与月彩，却遮不住
那一点的光明，永远的，永远的，像一星
宝石似的火花，在我灵魂的底里；我正愿，
我愿保持这不朽的灵光，直到那一天
时间要求我的尘埃，我的心停止了跳动，
在时间浩瀚的尘埃里，却还存着那一点——
那一点神明的火焰，跳动，光艳，
　　不变
　　不变！

（1925 年 3 月 25 日《晨报·文学旬刊》）

西伯利亚 [1]

西伯利亚：——我早年时想象
你不是受上天恩情的地域：
荒凉、严肃，不可比况的冷酷。
在冻雾里，在无边的雪地里，
有局促的生灵们，半像鬼、枯瘦、
黑面目、佝偻、默无声的工作。
在他们，这地面是寒冰的地狱，
天空不留一丝霞采的希冀，
更不问人事的恩情，人情的旖旎；
这是为怨郁的人间淤藏怨郁，
茫茫的白雪里渲染人道的鲜血，
西伯利亚，你象征的是恐怖、荒虚。

但今天，我面对这异样的风光——
不是荒原，这春夏间的西伯利亚，
更不见严冬时的坚冰、枯枝、寒鸦；
在这乌拉尔东来的草田，茂旺、葱秀，
牛马的乐园，几千里无际的绿洲，
更有那重叠的森林；赤松与白杨，
灌属的小丛林，手挽手的滋长；
那赤皮松，像巨万赭衣的战士，

[1] 写于 1925 年 3 月。

森森的、悄悄的，等待冲锋的号示，

那白杨，婀娜的多姿，最是那树皮，

自如霜，依稀林中仙女们的轻衣；

就这天——这天也不是寻常的开朗：

看，蓝空中往来的是轻快的仙航——

那不是云彩，那是天神们的微笑，

琼花似的幻化在这圆穹的周遭……

一九二五年过西伯利亚倚车窗眺景随笔

（1926 年 4 月 15 日《晨报副镌·诗镌》）

西伯利亚道中忆西湖

秋雪庵芦色作歌

我捡起一枝肥圆的芦梗，
　　在这秋月下的芦田；
我试一试芦笛的新声，
　　在月下的秋雪庵前。

这秋月是纷飞的碎玉，
　　芦田是神仙的别殿；
我弄一弄芦管的幽乐——
　　我映影在秋雪庵前。

我先吹我心中的欢喜——
　　清风吹露芦雪的酥胸；
我再弄我欢喜的心机——
　　芦田中见万点的飞萤。

我记起了我生平的惆怅，
　　中怀不禁一阵的凄迷，
笛韵中也听出了新来凄凉——
　　近水间有断续的蛙啼。

这时候芦雪在明月下翻舞，
　　我暗地思量人生的奥妙，

我正想谱一折人生的新歌，
　　啊，那芦笛（碎了）再不成音调！

这秋月是缤纷的碎玉，
　　芦田是仙家的别殿；
我弄一弄芦管的幽乐——
　　我映影在秋雪庵前。

我捡起一枝肥圆的芦梗，
　　在这秋月下的芦田；
我试一试芦笛的新声，
　　在月下的秋雪庵前。

（1925 年 9 月 7 日《晨报副镌》）

在车中 [1]

这回爬上乌拉尔的高冈，哈哈，
紫色的黄昏罩，三千里路的松林；
这边是亚细亚，那边是欧罗巴——
巨蟒似的青烟蜒，蜒上了乌拉山顶。

回望你那从来处的东——啊东方！
那一顶没有颜色的睡帽——西伯利亚，
深林住一个焦黄的老儿头——啊老黄，
你睡够了啊，为什么老是这欠哈？

再看那欧罗巴；堪怜的破罗马
拿破仑的铁蹄；威廉皇的炮弹花；
莱茵河边的青□；一个折烂了的玩偶□家！
阿尔帕斯的白雪，啊，莫斯科的红霞！

（1983 年香港商务印书馆《徐志摩全集》第 1 集）

---

[1] 约写于 1925 年春。

难　得 [1]

难得，夜这般的清静，
　难得，炉火这般的温，
更是难得，无言的相对，
　一双寂寞的灵魂！

也不必筹营，也不必详论，
　更没有虚骄，猜忌与嫌憎，
只静静的坐对着一炉火，
　只静静的默数远巷的更。

喝一口白水，朋友，
　滋润你的干裂的口唇；
你添上几块煤，朋友，
　一炉的红焰感念你的殷勤。

在冰冷的冬夜，朋友，
　人们方始珍重难得的炉薪；
在这冰冷的世界，
　方始凝结了少数同情的心！

（1925 年 8 月中华书局《志摩的诗》）

---

[1] 约写于 1925 年 8 月前。

翡冷翠的一夜 [1]

你真的走了，明天？那我，那我……
你也不用管，迟早有那一天；
你愿意记着我，就记着我，
要不然趁早忘了这世界上
有我，省得想起时空着恼，
只当是一个梦，一个幻想；
只当是前天我们见的残红，
怯怜怜的在风前抖擞，一瓣，
两瓣，落地，叫人踩，变泥……
唉，叫人踩，变泥——变了泥倒干净，
这半死不活的才叫是受罪，
看着寒伧，累赘，叫人白眼——
天呀！你何苦来，你何苦来……
我可忘不了你，那一天你来，
就比如黑暗的前途见了光彩，
你是我的先生，我爱，我的恩人，
你教给我什么是生命，什么是爱，
你惊醒我的昏迷，偿还我的天真，
没有你我哪知道天是高，草是青？
你摸摸我的心，它这下跳得多快；
再摸我的脸，烧得多焦，亏这夜黑

---

[1] 写于 1925 年 6 月 11 日。

徐志摩精品集

看不见；爱，我气都喘不过来了，
别亲我了；我受不住这烈火似的活，
这阵子我的灵魂就像是火砖上的
熟铁，在爱的锤子下，砸，砸，火花
四散的飞洒……我晕了，抱着我，
爱，就让我在这儿清静的园内，
闭着眼，死在你的胸前，多美！
头顶白杨树上的风声，沙沙的，
算是我的丧歌，这一阵清风，
橄榄林里吹来的，带着石榴花香，

就带了我的灵魂走，还有那萤火，
多情的殷勤的萤火，有他们照路，
我到了那三环洞的桥上再停步，
听你在这儿抱着我半暖的身体，
悲声的叫我、亲我、摇我、唔我……
我就微笑的再跟着清风走，
随他领着我，天堂、地狱，哪儿都成，
反正丢了这可厌的人生，实现这死
在爱里，这爱中心的死，不强如
五百次的投生？……自私，我知道，
可我也管不着……你伴着我死？
什么，不成双就不是完全的"爱死"，
要飞升也得两对翅膀儿打伙，
进了天堂还不一样的得照顾，
我少不了你，你也不能没有我；
要是地狱，我单身去你更不放心，
你说地狱不定比这世界文明
（虽则我不信，）像我这娇嫩的花朵，
难保不再遭风暴，不叫雨打，

那时候我喊你，你也听不分明——
那不是求解脱反投进了泥坑，
倒叫冷眼的鬼串通了冷心的人，
笑我的命运，笑你懦怯的粗心？
这话也有理，那叫我怎么办呢？
活着难，太难，就死也不得自由，
我又不愿你为我牺牲你的前程……
唉！你说还是活着等，等那一天！
有那一天吗？——你在，就是我的信心；
可是天亮你就得走，你真的忍心
丢了我走？我又不能留你，这是命；
但这花，没阳光晒，没甘露浸，
不死也不免瓣尖儿焦萎，多可怜！
你不能忘我，爱，除了在你的心里，
我再没有命，是，我听你的话，我等，
等铁树儿开花我也得耐心等；
爱，你永远是我头顶的一颗明星：
要是不幸死了，我就变一个萤火，
在这园里，挨着草根，暗沉沉的飞，

黄昏飞到半夜，半夜飞到天明，
只愿天空不生云，我望得见天，
天上那颗不变的大星，那是你，
但愿你为我多放光明，隔着夜，
隔着天，通着恋爱的灵犀一点……

六月十一日，一九二五年翡冷翠山中
（1926 年 1 月 2 日《现代评论》第 3 卷第 56 期）

徐志摩精品集

她怕他说出口

（朋友，我懂得那一条骨鲠，
难受不是？——难为你的咽喉；）
"看，那草瓣上蹲着一只蚱蜢，
那松林里的风声像是箜篌。"

（朋友，我明白，你的眼水里
闪动着你的真情的泪晶；）
"看，那一双蝴蝶连翩的飞；
你试闻闻这紫兰花馨！"

（朋友，你的心在怦怦的动，
我的也不一定是安宁；）
"看，那一对雌雄的双虹！
在云天里卖弄着娉婷；"

（这不是玩，还是不出口的好，
我顶明白你灵魂里的秘密；）
"那是句致命的话，你得想到，
回头你再来追悔那又何必！"

（我不愿你进火焰里去遭罪，
就我——就我也不情愿受苦！）
"你看那双虹已经完全破碎；

花草里不见了蝴蝶儿飞舞。"

（耐着！美不过这半绽的花蕾；
何必再添深这颊上的薄晕？）
"回走吧，天色已是怕人的昏黑——
明儿再来看鱼肚色的朝云！"

（1925 年 4 月 25 日《晨报·文学旬刊》）

苏 苏 [1]

苏苏是一个痴心的女子：
　　像一朵野蔷薇，她的丰姿；
　　像一朵野蔷薇，她的丰姿——
来一阵暴风雨，摧残了她的身世。

这荒草地里有她的墓碑：
　　淹没在蔓草里，她的伤悲；
　　淹没在蔓草里，她的伤悲——
啊，这荒土里化生了血染的蔷薇！

那蔷薇是痴心女的灵魂，
　　在清早上受清露的滋润，
　　到黄昏时有晚风来温存，
更有那长夜的慰安，看星斗纵横。

你说这应分是她的平安？
　　但运命又叫无情的手来攀，
　　攀，攀尽了青条上的灿烂——
可怜呵，苏苏她又遭一度的摧残！

（1925年12月1日《晨报七周年纪念增刊》）

---

[1] 约写于1925年5月5日。

在哀克刹脱教堂前（Excter）^[1]

这是我自己的身影，今晚间
　　倒映在异乡教宇的前庭，
一座冷峭峭森严的大殿，
　　一个峭阴阴孤耸的身影。

我对着寺前的雕像发问：
　　"是谁负责这离奇的人生？"
老朽的雕像瞅着我发愣，
　　仿佛怪嫌这离奇的疑问。

我又转问那冷郁郁的大星，
　　它正升起在这教堂的后背，
但它答我以嘲讽似的迷瞬，
　　在星光下相对，我与我的迷谜！

这时间我身旁的那棵老树，
　　他荫蔽着战迹碑下的无辜，
幽幽的叹一声长气，像是
　　凄凉的空院里凄凉的秋雨。

他至少有百余年的经验，

[1] 写于 1925 年 7 月。

人间的变幻他什么都见过；
生命的顽皮他也曾计数：
　　春夏间汹汹，冬季里婆婆。

他认识这镇上最老的前辈，
　　看他们受洗，长黄毛的婴孩；
看他们配偶，也在这教门内——
　　最后看他们的名字上墓碑！

这半悲惨的趣剧他早经看厌，
　　身臃肿的残余更不沾恋；
因此他与我同心，发一阵叹息——
　　啊！我身影边平添了斑斑的落叶！

（1926 年 5 月 27 日《晨报副镌·诗镌》第 9 号）

她是睡着了 [1]

她是睡着了——
星光下一朵斜欹的白莲；
她入梦境了——
香炉里袅起一缕碧螺烟。

她是眠熟了——
涧泉幽抑了喧响的琴弦；
她在梦乡了——
粉蝶儿，翠蝶儿，翻飞的欢恋。

停匀的呼吸：
清芬，渗透了她的周遭的清氛；
有福的清氛，
怀抱着，抚摩着，她纤纤的身形！

奢侈的光阴！
静，沙沙的尽是闪亮的黄金，
平铺着无垠，
波鳞间轻漾着光艳的小艇。

醉心的光景：

[1] 约写于 1925 年初夏。

给我披一件彩衣，啜一坛芳醴，

　折一枝藤花，

舞，在葡萄丛中颠倒，昏迷。

　看呀，美丽！

三春的颜色移上了她的香肌，

　是玫瑰，是月季，

是朝阳里的水仙，鲜妍，芳菲！

　梦底的幽秘，

挑逗着她的心——纯洁的灵魂，

　像一只蜂儿，

在花心恣意的唐突——温存。

　童真的梦境！

静默，休教惊断了梦神的殷勤；

　抽一丝金络，

抽一丝银络，抽一丝晚霞的紫曛；

　玉腕与金梭，

织缣似的精审，更番的穿度——

　化生了彩霞，

神阙，安琪儿的歌，安琪儿的舞。

　可爱的梨涡，

解释了处女的梦境的欢喜，

　像一颗露珠，

颤动的，在荷盘中闪耀着晨曦！

（1925 年 8 月中华书局《志摩的诗》）

为　谁[1]

这几天秋风来得格外的尖厉：
　　我怕看我们的庭院，
　　树叶伤鸟似的猛旋，
　　中着了无形的利箭——
没了，全没了：生命、颜色、美丽！

就剩下西墙上的几道爬山虎：
　　它那豹斑似的秋色，
　　忍熬着风拳的打击，
　　低低的喘一声鸟邑——
"我为你耐着！"它仿佛对我声诉。

它为我耐着，那艳色的秋萝，
　　但秋风不容情的追，
　　追，（摧残是它的恩惠！）
　　追尽了生命的余辉——
这回墙上不见了勇敢的秋萝！

今夜那青光的三星在天上，
　　倾听着秋后的空院，
　　悄悄的，更不闻呜咽：

[1] 写于 1925 年 8 月之前。

徐志摩精品集

落叶在泥土里安眠——

只我在这深夜，啊，为谁凄惘？

（1925 年 8 月中华书局《志摩的诗》）

一星弱火 [1]

我独坐在半山的石上，
　　看前峰的白云蒸腾，
一只不知名的小雀，
　　嘲讽着我迷惘的神魂。

白云一饼饼的飞升，
　　化入了辽远的无垠；
但在我逼仄的心头，啊，
　　却凝敛着惨雾与愁云！

皎洁的晨光已经透露，
　　洗净了青屿似的前峰；
像墓墟间的磷光惨淡，
　　一星的微焰在我的胸中。

但这惨淡的弱火一星，
　　照射着残骸与余烬，
虽则是往迹的嘲讽，
　　却绵绵的长随时间进行！

（1925 年 8 月中华书局《志摩的诗》）

---

[1] 写于 1925 年 8 月之前。

无　题

原是你的本分，朝山人的胫踝，
这荆刺的伤痛！回看你的来路，
看那草丛乱石间斑斑的血迹，
在暮霭里记认你从来的踪迹！
且缓抚摩你的肢体，你的止境
还远在那白云环拱处的山岭！

无声的暮烟，远从那山麓与林边，
渐渐的潮没了这旷野，这荒天，
你渺小的孑影面对这冥盲的前程，
像在怒涛间的轻航失去了南针；
更有那黑夜的恐怖，悚骨的狼嗥，
狐鸣、鹰啸、蔓草间有蝮蛇缠绕！

退后？——昏夜一般的吞蚀血染的来踪，
倒地？——这懦怯的累赘问谁去收容？
前冲？啊，前冲！冲破这黑暗的冥凶，
冲破一切的恐怖、迟疑、畏葸、苦痛，
血淋漓的践踏过三角棱的劲刺，
丛莽中伏兽的利爪，蜿蜒的虫豸！

前冲；灵魂的勇是你成功的秘密！
这回你看，在这决心舍命的瞬息，

迷雾已经让路，让给不变的天光，
一弯青玉似的明月在云隙里探望，
依稀窗纱间美人启齿的瓠犀——
那是灵感的赞许，最恩宠的赠与！
更有那高峰，你那最想望的高峰，
亦已涌现在当前，莲苞似的玲珑，
在蓝天里，在月华中，秾艳，崇高，
朝山人，这异像便是你跋涉的酬劳！

（1925 年 8 月中华书局《志摩的诗》）

乡村里的音籁 [1]

小舟在垂柳荫间缓泛，
　　一阵阵初秋的凉风，
　　吹生了水面的漪绒，
吹来两岸乡村里的音籁。

我独自凭着船窗闲憩，
　　静看着一河的波幻，
　　静听着远近的音籁，
又一度与童年的情景默契！

这是清脆的稚儿的呼唤，
　　田场上工作纷纭，
　　竹篱边犬吠鸡鸣，
但这无端的悲感与凄惋！

白云在蓝天里飞行，
　　我欲把恼人的年岁，
　　我欲把恼人的情爱，
托付与无涯的空灵——消泯！

回复我纯朴的，美丽的童心：

---

[1] 写于 1925 年 8 月之前。

像山谷里的冷泉一勺，

　像晓风里的白头乳鹊，

像池畔的草花，自然的鲜明。

（1925 年 8 月中华书局《志摩的诗》）

徐志摩精品集

青年曲 [1]

泣与笑，恋与愿与恩怨，
难得的青年，倏忽的青年，
前面有座铁打的城垣，青年，
你进了城垣，永别了春光，
永别了青年，恋与愿与恩怨！

妙乐与酒与玫瑰，不久住人间，
青年，彩虹不常在天边，
梦里的颜色，不能永葆鲜妍，
你须珍重，青年，你有限的脉搏，
休教幻景似的消散了你的青年！

（1925 年 8 月中华书局《志摩的诗》）

---

[1] 写于 1925 年 8 月之前。

我有一个恋爱 [1]

我有一个恋爱，
我爱天上的明星，
我爱它们的晶莹：——
　　人间没有这异样的神明！

在冷峭的暮冬的黄昏，
在寂寞的灰色的清晨，
在海上，在风雨后的山顶：——
　　永远有一颗，万颗的明星！

山涧边小草花的知心，
高楼上小孩童的欢欣，
旅行人的灯亮与南针：——
　　万万里外闪烁的精灵！

我有一个破碎的魂灵，
像一堆破碎的水晶，
散布在荒野的枯草里：——
　　饱啜你一瞬瞬的殷勤。

人生的冰激与柔情，

---

[1] 写于 1925 年 8 月之前。

徐志摩精品集

我也曾尝味，我也曾容忍；
有时阶砌下蟋蟀的秋吟：——
　　引起我心伤，逼迫我泪零。

我袒露我的坦白的胸襟，
献爱与一天的明星；
任凭人生是幻是真，
地球存在或是消泯：——
　　大空中永远有不昧的明星！

　　　　　　（1925 年 8 月中华书局《志摩的诗》）

多谢天！我的心又一度的跳荡 [1]

多谢天！我的心又一度的跳荡，
这天蓝与海青与明洁的阳光，
驱净了梅雨时期无欢的踪迹，
也散放了我心头的网罗与纽结，
像一朵曼陀罗花英英的露爽，
在空灵与自由中忘却了迷惘：——
迷惘，迷惘！也不知来自何处，
囚禁着我心灵的自然的流露，
可怖的梦魇，黑夜无边的惨酷，
苏醒的盼切，只增剧灵魂的麻木！
曾经有多少的白昼，黄昏，清晨，
嘲讽我这蚕茧似不生产的生存？
也不知有几遭的明月，星群，晴霞，
山岭的高亢与流水的光华……
辜负！辜负自然界叫唤的殷勤，
惊不醒这沉醉的昏迷与顽冥！

如今，多谢这无名的博大的光辉，
在艳色的青波与绿岛间萦洄，
更有那渔船与帆影，亭亭的黏附
在天边，唤起辽远的梦景与梦趣：

[1] 写于 1925 年 8 月之前。

徐志摩精品集

我不由的惊悚，我不由的感愧；
（有时微笑的妩媚是启悟的棒槌！）
是何来倏忽的神明，为我解脱
忧愁，新竹似的豁裂了外箨，
透露内裹的青篁，又为我洗净
障眼的盲翳，重见宇宙间的欢欣。

这或许是我生命重新的机兆；
大自然的精神！容纳我的祈祷，
容许我的不踌躇的注视，容许
我的热情的献致，容许我保持
这显示的神奇，这现在与此地，
这不可比拟的一切间隔的毁灭！
我更不问我的希望，我的惆怅，
未来与过去只是渺茫的幻想，
更不向人间访问幸福的进门，
只求每时分给我不死的印痕——
变一颗埃尘，一颗无形的埃尘，
追随着造化的车轮，进行，进行……

（1925 年 8 月中华书局《志摩的诗》）

落叶小唱 [1]

一阵声响转上了阶沿，
（我正挨近着梦乡边；）
这回准是她的脚步了，我想——
　　在这深夜！

一声剥啄在我的窗上，
（我正靠紧着睡乡旁；）
这准是她来闹着玩——你看，
　　我偏不张皇！

一个声息贴近我的床，
我说（一半是睡梦，一半是迷惘）：——
　　"你总不能明白我，你又何苦
　　　多叫我心伤！"

一声喟息落在我的枕边，
（我已在梦乡里留恋；）
　　"我负了你！"你说——你的热泪
　　　烫着我的脸！

这声响恼着我的梦魂

[1] 写于 1925 年 8 月之前。

（落叶在庭前舞，一阵，又一阵；）
梦完了，呵，回复清醒；恼人的——
　　却只是秋声！

　　　　　　　（1925 年 8 月中华书局《志摩的诗》）

给母亲 [1]

母亲，那还只是前天
我完全是你的，你唯一的儿；
你那时是我思想与关切的中心：
太阳在天上，你在我的心里；
每回你病了，妈妈，如其医生们说病重，
我就忍不住背着你哭，
心想这世界的末日快来了；
那时我再没有更快活的时刻，除了
和你一床睡着，我亲爱的妈妈，
枕着你的臂膀，贴近你的胸膛，
跟着你和平的呼吸放心的睡熟，
正像是一个初离奶的小孩。

但在那二十几年间虽则那样真挚的忠心的爱，
我自己却并不知道；"爱"那个不顺口的字，
那时不在我的口边，
就这先天的一点孝心完全浸没了我的天性与生命。
这来的变化多大呀！
这不是说，真的，我不再爱你，
妈！或是爱你不比早年，那不是实情；
只是我新近懂得了爱，

[1] 写于 1925 年 8 月 1 日。

徐志摩精品集

再不像原先那天真的童子的爱，

这来是成人的爱了：

我，妈的孩子，已经醒起，并且觉悟了

这古怪的生命要求；

生命，它那进口的大门是

一座不灭的烈焰！爱——

谁要领略这里面的奥妙，

谁要觉着这里面的搏动，

（在我们中间能有几个到死不留遗憾的！）

就得投身进这焰腾腾的门内去——

但是，妈，亲爱的，让我今天明白的招认

对父母的爱，孝，不是爱的全部；

那是不够的，迟早有一天，

这"爱人"化的儿子会得不自主的

移转他那思想与关切的中心，

从他骨肉的来源，

到那唯一的灵魂，

他如今发现这是上帝的旨意

应得与他自己的融合成一体——

自今以后——

不必担心，亲爱的母亲，不必愁

你唯一的孩儿会得在情感上远着你们——

啊不，你正应得欢喜，妈妈呀！

因为他，你的儿，从今起能爱，

是的，能用双倍的力量来爱你，

他的忠心只是比先前益发的集中了；

因为他，你的孩儿，已经寻着了快乐，

身体与灵魂，

并且初次觉着这世界还是值得一住的，

他从没有这样想过，

人生也不是过分的刻薄——

他这来真的得着了他应有的名分，

因此他在感激与欢喜中竟想

赞美人生与宇宙了！

妈呀"我们俩"赤心的，联心的爱你，

真真的爱你，

像一对同胞的稚鸽在睡醒时

爱白天的清光。

（1925 年 8 月 31 日《晨报副镌》）

起造一座墙 [1]

你我千万不可亵渎那一个字，
别忘了在上帝跟前起的誓。
我不仅要你最柔软的柔情，
蕉衣似的永远裹着我的心；
我要你的爱有纯钢似的强，。
在这流动的生里起造一座墙；
任凭秋风吹尽满园的黄叶，
任凭白蚁蛀烂千年的画壁；
就使有一天霹雳震翻了宇宙——
也震不翻你我"爱墙"内的自由！

（1925 年 9 月 5 日《现代评论》第 2 卷第 39 期）

---

[1] 写于 1925 年 8 月。

一宿有话

真正老牌"迦门"

那晚上车我的手提包里有烟，有糖，有橘子，蜜酒，
睡车每间两个床位，我的是上铺，他在下面。

你是日本人？

不。

中国人。

是的。

你喝威司克？唉欧（他意思是沙达水，不是威司克）？

不，多谢。抽烟。

你到巴黎去长住？

不。

我当过军官——在德皇御队里。

是的，那你打仗了？

从头到底——我一共打了七十二仗。

大英雄！你对敌是谁——是英是法？

全打过。

你杀死了多少人？

三千法国人，一千英国人。

谁会打些？

英国人；法国人不成。

为什么？

喝的太多，女人太多。

所以你杀了他们，还是看不起他们。法国女人呢？

你们一定多的是机会。

喔要多少？她们可不干净你知道，洗得不够你知道。

司墨漆希，哈哈！

她们可长得好看不是？不比贵国人差对不对？

喔好看是有的，可没有用。她们不行，没有好身体，有病的你知道，不成。

你打了那么多仗，没有受伤？

喏你看！（他脱了裙子，剥开里衣，露出一个畸形的肩膀，骨胳像是全断了，凹下一个大坑，皮扭扭皱皱怪难看的。）

现在没有事了？

啊，你试试。（他伸出手臂，叫我摸他铁打似的栗子筋）我是一个打拳的。

你怎么受伤的？

开花弹炸破的。我在这儿站着，弹子炸了，正当着我面，我赶快旋转身这里着了。

你倒了没有？

一点也不倒。

那你得进医院？

是的，在医院住五个星期，又回家去五个星期，那是十七年的年底。

下年正月我又回前敌去打。又弄死了不少法国人。

你是步队？

是的，步队；我打汤克（Tank）。

怎么打法——汤克不是顶可怕的吗？

先打他的正面，再打旁面，打中就破了——我带了十三个大的。

你打了美国兵没有？

没有，我们打法国黑兵，顶没有用，比小鸡还容易捉。

再抽烟，请。你现在做什么事？

做生意——衣服生意。你看我身上的就是我自己店里的。

你还愿意打仗吗？

当然，十年内你看着，德国打败英国法国。

怎么打法？

俄国人会得帮我们。他们先拿波兰，法国人的左腿就破了。

啊那你少不了中国人帮忙！

不错不错，日耳曼，俄罗斯，支那联成一起，全世界翻身，法国"卡波
　　脱"（破），日本卡波脱，美国卡波脱，英国更不用提了。

你也不爱日本？

不，日本人不成，他们自己没有文化，有文化就是
　　支那德意志，日本人是猴子。

喝蜜酒吧，请，祝福我们将来联合的胜利。

再来一杯。

你有家了没有？

你问我有老婆？没有没有，有了家没有自由，我做
　　生意，今天到这里，明天到那里，有了家就……（他想不出字）

Handicapped？

啊不错，Handicapped！你看看我的身体多好！你有刀吗？（他低了头
　　去到表链上去解小刀，我看着他光秃的头顶，有三个大疤，像老寿
　　星的头，我忍不住笑了。）

你笑什么？

我笑法国人。（这时候他已经把小刀剥开，拿着刀尖叫我摸他的锋
　　利，我莫名其妙）

刀尖快不快？

快。

你看。（他伸出他的右腿，进着气，手拿着刀，尖头向下，提得高高地，
　　撒手，刀尖着股，咄的一声，弹下了地去，像是碰着了一块有弹性的
　　金属，再来一次）

了不得，了不得！（他得意笑了，头皮发亮）好汉！所以你不爱女色？

喔有时候，女人多的是，我们付钱，她们爱——哈哈。可是打仗顶好

玩，比女人还有趣。

我信，所以你只盼望再打？你的政党是德意志国民党？

当然，你看这三色的党徽。

你看这次选举谁有希望？

胜利一定是我们——兴登堡将军顶好。

你崇拜他？

一百分。

好，我们再喝酒，祝你们政党的胜利。

昨晚柏林有好戏你看了没有？（他问）

"Oscar wide"？那是第一晚，我嫌贵没有去，你去了？

去了。

做得好？

不错。槐尔德——的事情你信不信？

许有的，他就好奇。

好奇？我看是人的天性。你们中国有没有？

变例自然到处有；德国怎么样？

时行得很。没有什么希奇，学校里，军队里，柏林有俱乐部，
　你知道吗？

不知道，所以你们竟不以为奇？

一点也不，你到 Mtinchen 去住几时就知道了。

吭，你们德国人真是伟大的民族！时候不早了，

休息吧，夜安。

　　这是我从柏林到巴黎那晚车上我自以为有趣的谈话，当晚我说
过晚安上床去在枕上就记下了一些（英文），今天无意中检看，觉
得还是有趣，所以翻了出来，但你们却不要误会以为德国全是这样，
蠢，粗，忍，变性的，虽则像他同样脑筋的一定不少，要不然兴登
堡将军哪里会有机会。我在这里又碰到一个德国人，他是我的好友，
与那位先生刚巧相反。（他是打了四年的仗，但他恨极了打仗。）
他是一个深思的、勤学、爱和平、有见地、敦厚、可亲的一个少年。

只可惜一个人教育入了骨髓，思想有了分寸，他的外表的趣味就淡，你替他写照就不易，不比那位先生开口见喉咙，粗极，也有趣极，他想拿刀尖来扎腿的那类手势，在文明社会里，是否不可多得。

志　摩　斐伦翠山中

六月七日

（1925 年 8 月 5 日《晨报·文学旬刊》）

海 韵

一

"女郎，单身的女郎，
你为什么留恋
这黄昏的海边？——
女郎，回家吧，女郎！"
"啊不；回家我不回，
我爱这晚风吹。"——
在沙滩上，在暮霭里，
有一个散发的女郎——
徘徊，徘徊。

二

"女郎，散发的女郎，
你为什么彷徨
在这冷清的海上？
女郎，回家吧，女郎！"
"啊不；你听我唱歌，
大海，我唱，你来和。"——
在星光下，在凉风里，
轻荡着少女的清音——

高吟，低哦。

三

"女郎，胆大的女郎！
那天边扯起了黑幕，
这顷刻间有恶风波——
女郎，回家吧，女郎！"
　"啊不；你看我凌空舞，
学一个海鸥没海波。"——
　在夜色里，在沙滩上，
急旋着一个苗条的身影——
　　　　　　婆娑，婆娑。

四

"听呀，那大海的震怒，
女郎，回家吧，女郎！
看呀，那猛兽似的海波，
女郎，回家吧，女郎！"
　"啊不；海波他不来吞我，
我爱这大海的颠簸！"——
　在潮声里，在波光里，
啊，一个慌张的少女在海沫里，
　　　　　　蹉跎，蹉跎。

五

"女郎，在哪里，女郎？
在哪里，你嘹亮的歌声？

在哪里，你窈窕的身影？

在哪里，啊，勇敢的女郎？"

黑夜吞没了星辉，

这海边再没有光芒；

海潮吞没了沙滩，

沙滩上再不见女郎——

再不见女郎！

（1925 年 8 月 17 日《晨报·文学旬刊》）

四行诗一首 [1]

忧愁他整天拉着我的心，
像一个琴师操练他的琴；
悲哀像是海礁间的飞涛：
看他那汹涌，听他那呼号！

（1925 年 8 月 24 日《晨报副镌》）

[1] 写于 1925 年 8 月 21 日。

呻吟语 [1]

我亦愿意赞美这神奇的宇宙，

我亦愿意忘却了人间有忧愁，

　　像一只没挂累的梅花雀，

　　清朝上歌曲，黄昏时跳跃；——

假如她清风似的常在我的左右！

我亦想望我的诗句清水似的流，

我亦想望我的心池鱼似的悠悠；

　　但如今膏火是我的心，

　　再休问我闲暇的诗情？——

上帝！你一天不还她生命与自由！

（1925 年 9 月 3 日《晨报副镌》）

---

[1] 写于 1925 年 8 月。

我来扬子江边买一把莲蓬 [1]

我来扬子江边买一把莲蓬；

　　手剥一层层莲衣，

　　看江鸥在眼前飞，

　　忍含着一眼悲泪——

我想着你，我想着你，啊小龙！

我尝一尝莲瓢，回味曾经的温存：——

　　那阶前不卷的重帘，

　　掩护着同心的欢恋，

　　我又听着你的盟言，

"永远是你的，我的身体，我的灵魂。"

我尝一尝莲心，我的心比莲心苦；

　　我长夜里怔忡，

　　挣不开的恶梦，

　　谁知我的苦痛？

你害了我，爱，这日子叫我如何过？

但我不能责你负，我不忍猜你变，

　　我心肠只是一片柔：

　　你是我的！我依旧将你紧紧的抱搂——

---

[1] 写于 1925 年 9 月 9 日。

除非是天翻——但谁能想象那一天？

（1925 年 10 月 29 日《晨报副镌》）

客　中 [1]

今晚天上有半轮的下弦月；
　　我想携着她的手，
　　往明月多处走——
一样是清光，我说，圆满或残缺。

园里有一树开剩的玉兰花；
　　她有的是爱花癖，
　　我爱看她的怜惜——
一样是芬芳，她说，满花与残花。

浓荫里有一只过时的夜莺；
　　她受了秋凉，
　　不如从前浏亮——
快死了，她说，但我不悔我的痴情！

但这莺，这一树花，这半轮月——
　　我独自沉吟，
　　对着我的身影——
她在那里，啊，为什么伤悲，凋谢，残缺？

（1925 年 12 月 10 日《晨报副镌》）

---

[1] 写于 1925 年 9 月。

翡冷翠絮语 [1]

※ 对一个有创造力的心情来说，孤独能像春风一样引出整个世界里隐藏的色与美；它们都无实质，但每一个都各以独特的方式，带来最强最活的生命气息。

※ 一个沉浸在孤独之宝藏中的心灵，就像一颗棱面绚丽的宝石受到日光的射击。灵魂之奥秘将瞬息激发出含有不能想象的辉光的可见形式。

※ 爱不但激起灵魂创造，也催迫它毁灭；毁灭是创造的绝对形式。

※ 爱促使人们敢于向不可能挑战。

※ 终身之恨，大多（如果不是全部的话）始于懦怯。

※ 仅次于爱的最强烈最丰满的感情是怜。仅次于自愿牺牲的最圣洁的品质是恕。

※ 真正的宽恕来自心灵之光辉，而它的先决条件是超凡的智能。

※ 一首光线遇到物件时，首先想透过它。做不到这样时，则满足于让它挡着而把它笼入其怀抱，这样就把这个不能透光的物质的体积及其确切轮廓精地量出。

---

[1] 写于 1925 年旅欧途中。

※ 凡在一切圣母像中，神灵的生命是靠人类的仁爱这个真谛来传播的。神灵也就是通过人性向凡人作启示。除了在人性中能发现的东西之外，也就没有神灵之为物。"上帝就以自己的形态创造了人。"其实是人就以自己的形态创造了上帝。

※ 悲怆的心灵是有一种生命力的心灵。一个人对悲伤的感受力直接量出他的生长能力。

※ 主呀！难道夜莺歌唱时，狗就必得要吠吗？

※ 猫头鹰毕竟也是一位诗人，一个歌手，即使我们必须承认它十分不高也吧。事实上，就旋律而言，枭鸣比夜莺的热情倾诉更易掌握。枭的失败也就是拙劣的诗人和音乐家的失败，就是说，它把协律原则误认为重复的一致，而协律原则则是旋律之真秘，夜莺就美妙地了解这点。

（1930 年版《光华年刊》）

徐志摩精品集

再不见雷峰 [1]

再不见雷峰，雷峰坍成了一座大荒冢，
　　顶上有不少交抱的青葱；
　　顶上有不少交抱的青葱，
再不见雷峰，雷峰坍成了一座大荒冢。

为什么感慨，对着这光阴应分的摧残？
　　世上多的是不应分的变态；
　　世上多的是不应分的变态，
发什么感慨，对着这光阴应分的摧残？

为什么感慨，这塔是镇压，这坟是掩埋——
　　镇压还不如掩埋来得痛快！
　　镇压还不如掩埋来得痛快，
发什么感慨，这塔是镇压，这坟是掩埋！

再没有雷峰，雷峰从此掩埋在人的记忆中，
　　像曾经的幻梦，曾经的爱宠；
　　像曾经的幻梦，曾经的爱宠，
再没有雷峰，雷峰从此掩埋在人的记忆中。

　　　　　　　　　　　　　　九月，西湖。
　　　　　　　　　　（1925 年 10 月 5 日《晨报副镌》）

------

[1] 写于 1925 年 9 月 17 日。

再不迟疑

我不辞痛苦，因为我要认识你，上帝；
我甘心，甘心在火焰里存身，
到最后那时辰见我的真，
见我的真，我定了主意，上帝，再不迟疑！
······
我再不想成仙，蓬莱不是我的分；
我只要这地面，情愿安分的做人。

（1925 年 10 月 5 日《晨报副镌》）

徐志摩精品集

运命的逻辑

一

前天她在水晶宫似照亮的大厅里跳舞——
　　多么亮她的袜！
　　多么滑她的发！
她那牙齿上的笑痕叫全堂的男子们疯魔。

二

　　昨来她短了资本，
　　变卖了她的灵魂；
那戴喇叭帽的魔鬼在她的耳边传授了秘诀，
她起了皱纹的脸又搭上不少男子们的心血。

三

今天在城隍庙前阶沿上坐着的这个老丑，
她胸前挂着一串，不是珍珠，是男子们的骷髅；
　　神道见了她摇头，
　　魔鬼见了她哆嗦！

（1925 年 10 月 8 日《晨报副镌》）

这年头活着不易 [1]

昨天我冒着大雨到烟霞岭下访桂；
　　南高峰在烟霞中不见，
　　在一家松茅铺的屋檐前
　　我停步，问一个村姑今年
翁家山的桂花有没有去年开的媚。

那村姑先对着我身上细细的端详：
　　活像只羽毛浸瘪了的鸟，
　　我心想，她定觉得蹊跷，
　　在这大雨天单身走远道，
倒来没来头的问桂花今年香不香。

"客人，你运气不好，来得太迟又太早：
　　这里就是有名的满家弄，
　　往年这时候到处香得凶，
　　这几天连绵的雨，外加风，
弄得这稀糟，今年的早桂就算完了。"

果然这桂子林也不能给我点子欢喜：
　　枝上只见焦萎的细蕊，
　　看着凄惨，唉，无妄的灾！

---

[1] 写于 1925 年 9 月 17 日。

为什么这到处是憔悴？

这年头活着不易！这年头活着不易！

西湖，九月。

（1925 年 10 月 12 日《晨报副镌》）

丁当——清新 [1]

檐前的秋雨在说什么？
　它说摔了她，忧郁什么？
我手拿起案上的镜框，
　在地平上摔了一个丁当。

檐前的秋雨又在说什么？
　"还有你心里那个留着做什么？"
蓦地里又听见一声清新———
　这回摔破的是我自己的心！

（1925 年 12 月 1 日《晨报七周年纪念增刊》）

---

[1] 写于 1925 年秋。

决　断 [1]

我的爱：
再不可迟疑；
误不得
这唯一的时机，

天平秤——
在你自己心里，
哪头重——
法码都不用比！

你我的——
哪还用着我提？
下了种，
就得完功到底。

生，爱，死——
三连环的迷谜；
拉动一个，
两个就跟着挤。

老实说，

---

[1] 写于 1925 年 11 月。

我不希罕这活，
这皮囊——
哪处不是拘束。

要恋爱，
要自由，要解脱——
这小刀子，
许是你我的天国！

可是不死
就得跑，远远的跑；
谁耐烦
在这猪圈里捞骚？

险——
不用说，总得冒，
不拼命，
哪件事拿得着？

看那星，
多勇猛的光明！
看这夜，
多庄严，多澄清！

走吧，甜，
前途不是暗昧；
多谢天，
从此跳出了轮回！

（1925 年 11 月 25 日《晨报副镌》）

徐志摩精品集

海边的梦

我独自在海边徘徊，
遥望着天边的霞彩，
我想起了我的爱，
不知她这时候何在？
我在这儿等待——
她为什么不来？
我独自在海边发痴——
沙滩里平添了无数的相思字。

假使她在这儿伴着我，
在这寂寥的海边散步？
海鸥声里，
听私语喁喁，
浅沙滩里，
印交错的脚踪，
我唱一曲海边的恋歌，
爱，你幽幽的低着嗓儿和！

这海边还不是你我的家，
你看那边鲜血似的晚霞；
我们要寻死，
我们交抱着往波心里跳，
绝灭了这皮囊，

好叫你我的恋魂悠久的逍遥。
这时候的新来的双星挂上天堂，
放射着不磨灭的爱的光芒。

夕阳已在沉沉的淡化，
这黄昏的美，
有谁能描画？
莽莽的天涯，
哪里是我的家，
哪里是我的家？
爱人呀，我这般的想着你，
你那里可也有丝毫的牵挂？

1926 年

再不想望高远的天国 [1]

我心头平添了一块肉，

这辈子算有了归宿！

看白云在天际飞，

听雀儿在枝上啼。

忍不住感恩的热泪，

我喊一声天，我从此知足！

再不想望高远的天国！

---

[1] 写于 1926 年 2 月 23 日。

三月十二深夜大沽口外 [1]

今夜困守在大沽口外：

　　绝海里的俘虏，

　　对着忧愁申诉；

桅上的孤灯在风前摇摆：

　　天昏昏有层云裹，

　　那掣电是探海火！

你说不自由是这变乱的时光？

　　但变乱还有时罢休，

　　谁敢说人生有自由？

今天的希望变作明天的怅惘；

　　星光在天外冷眼瞅，

　　人生是浪花里的浮沤！

我此时在凄冷的甲板上徘徊，

　　听海涛迟迟的吐沫，

　　心空如不波的湖水；

只一丝云影在这湖心里晃动——

　　不曾渗透的一个迷梦，

　　不忍渗透的一个迷梦！

（1926 年 3 月 22 日《晨报副镌》）

---

[1] 写于 1926 年 3 月 12 日。

白须的海老儿 [1]

那船平空在海中心抛锚，
也不顾我心头野火似的烧！
那白须的海老倒像有同情，
他声声问的是为甚不进行？

我伸手向黑暗的空间抱，
谁说这缥缈不是她的腰？
我又飞吻给银河边的星，
那是我爱最灵动的明睛。

但这来自须的海老又生恼，
（他忌妒少年情，别看他年老！
他说你情急我偏给你不行，
你怎生跳度这碧波的无垠？）

果然那老顽皮有他的蹊跷，
这心头火差一点变海水里泡！
但此时我忙着亲我爱的香唇，
谁耐烦再和白须的海老儿争？

（1926 年 3 月 27 日《晨报副镌》）

---

[1] 写于 1926 年 3 月 12 日。

梅雪争春

（纪念三一八）

南方新年里有一天下大雪，
我到灵峰去探春梅的消息；
残落的梅萼瓣瓣在雪里腌，
我笑说这颜色还欠三分艳！

运命说：你赶花朝节前回京，
我替你备下真鲜艳的春景：
白的还是那冷翩翩的飞雪，
但梅花是十三龄童的热血！

（1926 年 4 月 1 日《晨报副镌·诗镌》第 1 号）

徐志摩精品集

罪与罚（一）

在这冰冷的深夜，在这冰冷的庙前，

匍匐着，星光里照出，一个冰冷的人形：

是病吗？不听见有呻吟。

死了吗？她肢体在颤震。

啊，假如你的手能向深奥处摸索，

她那冰冷的身体里还有个更冷的心！

她不是遇难的孤身，

她不是被摈弃的妇人；

不是尼僧，尼僧也不来深夜里修行；

她没有犯法，她的不是寻常的罪名：

她是一个美妇人，

她是一个恶妇人——

她今天忽然发觉了她无形中的罪孽，

因此在这深夜里到上帝跟前来招认。

（1926 年 4 月 21 日《晨报副镌·诗镌》第 4 号）

罪与罚（二）

"你——你问我为什么对你脸红？
这是天良，朋友，天良的火烧，
好，交给你了，记下我的口供，
满铺着谎的床上哪睡得着？

"你先不用问她们那都是谁，
回头你——（你有水不？我喝一口。
单这一提，我的天良就直追，
逼得我一口气直顶着咽喉。）

"冤孽！天给我这样儿：毒的香，
造孽的根，假温柔的野兽！
什么意识，什么天理，什么思想，
那敌得住那肉鲜鲜的引诱！

"先是她家那嫂子，风流，当然：
偏嫁了个丈夫不是个男人；
这干烤着的木柴早够危险，
再来一星星的火花——不就成！

"那一星的火花正轮着我——该！
才一面，够干脆的，魔鬼的得意；
一瞟眼，一条线，半个黑夜：

十七岁的童贞，一个活寡的急！

"堕落是一个进了出不得的坑，
可不是个陷坑，越陷越没有底，
咒他的！一桩桩更鲜艳的沉沦，
挂彩似的扮得我全没了主意！

"现吃亏的当然是女人，也可怜，
一步的孽报追着一步的孽因，
她又不能往阉子身上推，活罪——
一包药粉换着了一身的毒鳞！

"这还是引子，下文才真是孽债：

她家里另有一双并蒂的白莲，
透水的鲜，上帝禁阻闲蜂来采，
但运命偏不容这白玉的贞坚。

"那西湖上一宿的猖狂，又是我，
你知道，捣毁了那并蒂的莲苞——
单只一度！但这一度！谁能饶恕
天，这蹂躏！这色情狂的恶屠刀！

"那大的叫铃的偏对浪子情痴，
她对我矢贞，你说这事情多瘟！
我本没有自由，又不能伴她死，
眼看她疯，丢丑，喔！雷砸我的脸！

"这事情说来你也该早明白，
我见着你眼内一阵阵的冒火：

本来！今儿我是你的囚犯，听凭
你发落，你裁判，杀了我，绞了我；

"我半点儿不生怨意，我再不能
不自首，天良逼得我没缝儿躲；
年轻人谁免得了有时候朦混，
但是天，我的分儿不有点太酷？

"谁料到这造孽的网兜着了你，
你，我的长兄，我的唯一的好友！
你爱箕，箕也爱你；箕是无罪的：
有罪是我，天罚那离奇的引诱！

"她的忠顺你知道，这六七年里，
她哪一事不为你牺牲，你不说
女人再没有箕的自苦；她为你
甘心自苦，为要洗净那一点错。

"这错又不是她的，你不能怪她；
话说完了，我放下了我的重负，
我唯一的祈求是保全你的家：
她是无罪的，我再说，我的朋友！"

（1927年9月上海新月书店《翡冷翠的一夜》）

再休怪我的脸沉 [1]

不要着恼，乖乖，不要怪嫌
　　我的脸绷得直长，
　　我的脸绷得是长，
可不是对你，对恋爱生厌。

不要凭空往大坑里盲跳：
　　胡猜是一个大坑，
　　这里面坑得死人；
你听我讲，乖，用不着烦恼。

你，我的恋爱，早就不是你：
　　你我早变成一身，
　　呼吸，命运，灵魂——
再没有力量把你我分离。

你我比是桃花接上竹叶，
　　露水合着嘴唇吃，
　　经脉胶成同命丝，
单等春风到开一个满艳。

谁能怀疑他自创的恋爱？

---

[1] 写于 1926 年 4 月 22 日。

天空有星光耿耿，

　　冰雪压不倒青春，

任凭海有时枯，石有时烂！

不是的，乖，不是对爱生厌！

　　你胡猜我也不怪，

　　我的样儿是太难，

反正我得对你深深道歉。

不错，我恼，恼的是我自己：

　　（山怨土堆不够高；

　　河对水私下唠叨。）

恨我自己为甚这不争气。

我的心（我信）比似个浅洼：

　　跳动着几条泥鳅，

　　积不住三尺清流，

盼不到天光，映不着彩霞；

　　又比是个力乏的朝山客；

　　　他望见白云缭绕，

　　　拥护着山远山高，

　　但他只能在倦疲中沉默。

　　也不是不认识上天威力；

　　　他何尝甘愿绝望，

　　　空对着光阴怅惘——

　　你到深夜里来听他悲泣！

　　就说爱，我虽则有了你，爱，

429

不愁在生命道上，
　感受孤立的恐慌，
但天知道我还想往上攀！

恋爱，我要更光明的实现：
　草堆里一个萤火，
　企慕着天顶星罗：
我要你我的爱高比得天！

我要那洗度灵魂的圣泉，
　洗掉这皮囊腌臜，
　解放内裹的囚犯，
化一缕轻烟，化一朵青莲。

这，你看，才叫是烦恼自找；
　从清晨直到黄昏，
　从天昏又到天明，
活动着我自剖的一把钢刀！

不是自杀，你得认个分明。
　劈去生活的余渣，
　为要生命的精华；
给我勇气，啊，唯一的亲亲！

给我勇气，我要的是力量，
　快来救我这围城，
　再休怪我的脸沉，
快来，乖乖，抱住我的思想！

四月二十二日

（1926 年 4 月 29 日《晨报副镌·诗镌》第 5 号）

望 月

月：我隔着窗纱，在黑暗中，
望她从巉岩的山肩挣起——
一轮惺忪的不整的光华：
像一个处女，怀抱着贞洁，
惊惶的，挣出强暴的爪牙；

这使我想起你，我爱，当初
也曾在恶运的利齿间捱！
但如今，正如蓝天里明月：
你已升起在幸福的前峰，
洒光辉照亮地面的坎坷！

（1926 年 5 月 6 日《晨报副镌·诗镌》第 6 号）

又一次试验

上帝捋着他的须,
说:"我又有了兴趣;
上次的试验有点糟,
这回的保管是高妙。"

脱下了他的枣红袍,
戴上了他的遮阳帽,
老头他抓起一把土,
快活又有了工作做。

"这回不叫再像我,"
他弯着手指使劲塑;
"鼻孔还是给你有,
可不把灵性往里透!"

"给了也还是白丢,
能有几个走回头;
灵性又不比鲜鱼子,
化生在水里就长翅!"

"我老头再也不上当,
眼看圣洁的变肮脏——
就这儿情形多可气,

哪个安琪身上不带蛆！”

（1926 年 5 月 6 日《晨报副镌·诗镌》第 6 号）

徐志摩精品集

新催妆曲

一

新娘，你为什么紧锁你的眉尖，
　　（听掌声如春雨吼，
　　鼓乐暴雨似的流！）
在缤纷的花雨中步慵慵的向前：
　　（向前，向前，到礼台边，
　　见新郎面！）
莫非这嘉礼惊醒了你的忧愁：
　　一针针的忧愁，
　　你的芳心刺透，
　　逼迫你热泪流——
新娘，为什么你紧锁你的眉尖？

二

新娘，这礼堂不是杀人的屠场，
　　（听掌声如震天雷，
　　闹乐暴雨似的催！）
那台上站着的不是吃人的魔王：
　　他是新郎，
　　他是新郎，

你的新郎；

新娘，美满的幸福等在你的前面，

　　你快向前，

　　到礼台边，

　　见新郎面——

新娘，这礼堂不是杀人的屠场！

三

新娘，有谁猜得你的心头怨？——

　　（听掌声如劈山雷，

　　　鼓乐暴雨似的催，

催花巍巍的新人快步的向前，

　　向前，向前，到礼台边，

　　见新郎面。）

莫非你到今朝，这定运的一天，

　　又想起那时候，

　　他热烈的抱搂，

　　那颤栗，那绸缪——

新娘，有谁猜得你的心头怨？

四

新娘，把钩消的墓门压在你的心上：

　　（这礼堂是你的坟场，

　　　你的生命从此埋葬！）

让伤心的热血添浓你颊上的红光；

　　（你快向前，到礼台边，

　　　见新郎面！）

徐志摩精品集

忘却了，永远忘却了人间有一个他：

　　让时间的灰烬，

　　掩埋了他的心，

　　他的爱，他的影——

新娘，谁不艳羡你的幸福，你的荣华！

（1926 年 5 月 13 日《晨报副镌·诗镌》第 7 号 ）

半夜深巷琵琶

又被它从睡梦中惊醒，深夜里的琵琶！
　　是谁的悲思，
　　是谁的手指，
像一阵凄风，像一阵惨雨，像一阵落花，
　　在这夜深深时，
　　在这睡昏昏时，
挑动着紧促的弦索，乱弹着宫商角徵，
　　和着这深夜，荒街，
　　柳梢头有残月挂，
啊，半轮的残月，像是破碎的希望，他
　　头戴一顶开花帽，
　　身上带着铁链条，
在光阴的道上疯了似的跳，疯了似的笑，
　　完了，他说，吹糊你的灯，
　　她在坟墓的那一边等，
等你去亲吻，等你去亲吻，等你去亲吻！

（1926 年 5 月 20 日《晨报副镌·诗镌》第 8 号）

徐志摩精品集

偶　然

我是天空里的一片云，
偶尔投影在你的波心——
　　你不必讶异，
　　更无须欢喜——
在转瞬间消灭了踪影。

你我相逢在黑夜的海上，
你有你的，我有我的，方向；
　　你记得也好，
　　最好你忘掉，
在这交会时互放的光亮！

（1926 年 5 月 27 日《晨报副镌·诗镌》第 9 号）

大　帅

（战歌之一）

（见日报，前敌战士，随死随掩，间有未死者，即被活埋。）

　　"大帅有命令以后打死了的尸体
　　再不用往回挪（叫人看了挫气），
　　　就在前边儿挖一个大坑，
　　　拿瘟了的弟兄们往里掷，
　　　　掷满了给平上土，
　　　　给它一个大糊涂，
　　　　也不用给做记认，
　　　　管他是姓贾姓曾！
　　也好，省得他们家里人见了伤心：
　　　　娘抱着个烂了的头，
　　　　弟弟提溜着一支手，
　　新娶的媳妇到手个脓包的腰身！"

　　"我说这坑死人也不是没有味儿，
　　有那西晒的太阳做我们的伴儿，
　　　瞧我这一抄，抄住了老丙，
　　　他大前天还跟我吃烙饼，
　　　　叫了壶大白干，
　　　　咱们俩随便谈，
　　　　你知道他那神气，

439

一只眼老是这挤：

谁想他来不到三天就做了炮灰，

老丙他打仗倒是勇，

你瞧他身上的窟窿！——

去你的，老丙，咱们来就是当死胚！

"天快黑了，怎么好，还有这一大堆？

听炮声，这半天又该是我们的毁！

麻利点儿，我说你瞧，三哥，

那黑剌剌的可不又是一个！

嘿，三哥，有没有死的，

还开着眼流着泪哩！

我说三哥这怎么来，

总不能拿人活着埋！"——

"吁，老五，别言语，听大帅的话没有错：

见个儿就给铲，

见个儿就给埋，

躲开，瞧我的，欧，去你的，谁跟你啰嗦！"

（1926 年 6 月 3 日《晨报副镌·诗镌》第 10 号）

人变兽

（战歌之二）

朋友，这年头真不容易过，
你出城去看光景就有数：——
柳林中有乌鸦们在争吵，
分不匀死人身上的脂膏；

城门洞里一阵阵的旋风起，
跳舞着没脑袋的英雄，
那田畦里碧葱葱的豆苗，
你信不信全是用鲜血浇！

还有那井边挑水的姑娘，
你问她为甚走道像带伤——
抹下西山黄昏的一天紫，
也涂不没这人变兽的耻！

（1926 年 6 月 3 日《晨报副镌·诗镌》第 10 号）

徐志摩精品集

"拿回吧，劳驾，先生"

啊，果然有今天，就不算如愿，
她这"我求你"也就够可怜！
"我求你，"她信上说，"我的朋友，
给我一个快电，单说你平安，
多少也叫我心宽。"叫她心宽！
扯来她忘不了的还是我——我，
虽则她的傲气从不肯认服；
害得我多苦，这几年叫痛苦
带住了我，像磨面似的尽磨！
还不快发电去，傻子，说太显——
或许不便，但也不妨占一点
颜色，叫她明白我不曾改变，
咳何止，这炉火更旺似从前！

我已经靠在发电处的窗前，
震震的手写来震震的情电，
递给收电的那位先生，问这
该多少钱，但他看了看电文，
又看我一眼，迟疑的说："先生，
您没重打吧？方才半点钟前，
有一位年轻的先生也来发电，
那地址，那人名，全跟这一样，
还有那电文，我记得对，我想，

也是这……先生，您明白，反正

意思相似，就这签名不一样！"

"呒！是吗？噢，可不是，我真是昏！

发了又重发；拿回吧！劳驾，先生。"

（1926 年 6 月 3 日《晨报副镌·诗镌》第 10 号）

两地相思

一 他——

今晚的月亮像她的眉毛，
　　这弯弯的够多俏！
今晚的天空像她的爱情，
　　这蓝蓝的够多深！
那样多是你的，我听她说，
　　你再也不用疑惑；
给你这一团火，她的香唇，
　　还有她更热的腰身！
谁说做人不该多吃点苦？——
　　吃到了底才有数。
这来可苦了她，盼死了我，
　　半年不是容易过！
她这时候，我想，正靠着窗，
　　手托着俊俏脸庞，
在想，一滴泪正挂在腮边，
　　像露珠沾上草尖：
在半忧愁半欢喜的预计，
　　计算着我的归期：
啊，一颗纯洁的爱我的心，
　　那样的专！那样的真！

还不催快你胯下的牲口，

　　趁月光清水似流，

趁月光清水似流，赶回家

　　去亲你唯一的她！

二　她——

今晚的月色又使我想起，

　　我半年前的昏迷，

那晚我不该喝那三杯酒，

　　添了我一世的愁；

我不该把自由随手给扔——

　　活该我今儿的闷！

他待我倒真是一片至诚，

　　像竹园里的新笋，

不怕风吹，不怕雨打，一样

　　他还是往上滋长；

他为我吃尽了苦，就为我

　　他今天还在奔波；——

我又没有勇气对他明讲

　　我改变了的心肠！

今晚月儿弓样，到月圆时

　　我，我如何能躲避！

我怕，我爱，这来我真是难，

　　恨不能往地底钻；

可是你，爱，永远有我的心，

　　听凭我是浮是沉；

他来时要抱，我就让他抱，

　　（这葫芦不破的好，）

但每回我让他亲——我的唇，

爱，亲的是你的吻！

（1926 年 6 月 10 日《晨报副镌·诗镌》第 11 号）

珊　瑚

你再不用想我说话，
　我的心早沉在海水底下；
你再不用向我叫唤，
　因为我——我再不能回答！

除非你——除非你也来在
　这珊瑚骨环绕的又一世界；
等海风定时的一刻清静，
　你我来交互你我的幽叹。

（1926 年 9 月 29 日《晨报副镌》）

1927 年

天神似的英雄 [1]

这石是一堆粗丑的顽石，
这百合是一丛明媚的秀色；
但当月光将花影描上石隙，
这粗丑的顽石也化生了媚迹。

我是一团臃肿的凡庸，
她的是人间无比的仙容；
但当恋爱将她偎入我的怀中，
就我也变成了天神似的英雄！

（1927 年 9 月上海新月书店《翡冷翠的一夜》）

---

[1] 写于 1927 年左右。

醒！醒！[1]

和霭的春光，
充满了鸳鸯的池塘；
快辞别寂寞的梦乡，
来和我摸一会鱼儿，折一枝海棠。

（1983 年香港商务印书馆《徐志摩全集》第 1 集）

---

[1] 写于 1927 年前后。

变与不变 [1]

树上的叶子说："这来又变样儿了，
你看，有的是抽心烂，有的是卷边焦！"
"可不是，"答话的是我自己的心：
它也在冷酷的西风里褪色，凋零。

这时候连翩的明星爬上了树尖；
"看这儿，"它们仿佛说，"有没有改变？"
"看这儿，"无形中又发动了一个声音，
"还不是一样鲜明？"——插话的是我的魂灵！

（1927 年 9 月上海新月书店《翡冷翠的一夜》）

---

[1] 写于 1927 年春季。

残　春^[1]

昨天我瓶子里斜插着的桃花，
是朵朵媚笑在美人的腮边挂；
今儿它们全低了头，全变了相：——
红的白的尸体倒悬在青条上。

窗外的风雨报告残春的运命，
丧钟似的音响在黑夜里叮咛：
"你那生命的瓶子里的鲜花也
变了样；艳丽的尸体，谁给收殓？"

（1928 年 5 月 10 日《新月》第 1 卷第 3 号）

---

[1] 写于 1927 年 4 月 20 日。

干着急 [1]

朋友，这干着急有什么用，
喝酒玩吧，这槐树下凉快；
看槐花直掉在你的杯中——
别嫌它：这也是一种的爱。

胡知了到天黑还在直叫
（她为我的心跳还不一样？）
那紫金山头有夕阳返照
（我心头，不是夕阳，是惆怅！）
这天黑得草木全变了形
（天黑可盖不了我的心焦；）
又是一天，天上点满了银
（又是一天，真是，这怎么好！）

秀山公园　八月二十七日
（1927 年 9 月 10 日《现代评论》第 6 卷第 144 期）

---

[1] 写于 1927 年 8 月 27 日。

俘虏颂 [1]

我说朋友，你见了没有，那俘虏：
　　拼了命也不知为谁，
　　提着杀人的凶器，
　　带着杀人的恶计，
　　趁天没有亮，堵着嘴，
望长江的浓雾里悄悄的飞渡；

趁太阳还在崇明岛外打盹，
　　满江心只是一片阴，
　　破着褴褛的江水，
　　不提防冤死的鬼，
　　爬在时间背上讨命，
挨着这一船船替死来的接吻；

他们摸着了岸就比到了天堂：
　　顾不得险，顾不得潮，
　　一耸身就落了地
　　（梦里的青蛙惊起，）
　　踹烂了六朝的青草，
燕子矶的嶙峋都变成了康庄！

---

[1] 写于 1927 年 9 月 4 日。

干什么来了，这"大无畏"的精神？

　　算是好男子不怕死？——

　　为一个人的荒唐，

　　为几块钱的奖赏，

　　闯进了魔鬼的圈子，

供献了身体，在乌龙山下变粪？

看他们今儿个做俘虏的光荣！

　　身上脸上全挂着彩，

　　眉眼糊成了玫瑰，

　　口鼻裂成了山水，

　　脑袋顶着朵大牡丹，

在夫子庙前，在秦淮河边寻梦！

九月四日

（1927 年 9 月 17 日《现代评论》第 6 卷第 145 期）

　　此诗原投《现代评论》，刊出后编辑先生来信，说他擅主割去了末了一段，因为有了那一段诗意即成了"反革命"，剪了那一段则是"绝妙的一首革命诗"，因而为报也为作者，他决意割去了那条不革命的尾巴！我原稿就只那一份，割去那一段我也记不起，重做也不愿意，要删又有朋友不让，所以就让它照这"残样"站着吧。

志　摩

最后的那一天

在春风不再回来的那一年，
在枯枝不再青条的那一天，
　　那时间天空再没有光照，
　　只黑蒙蒙的妖氛弥漫着：
太阳，月亮，星光死去了的空间；

在一切标准推翻的那一天，
在一切价值重估的那时间，
　　暴露在最后审判的威灵中，
　　一切的虚伪与虚荣与虚空，
赤裸裸的灵魂们匍匐在主的跟前；——

我爱，那时间你我再不必张皇，
更不须声诉，辨冤，再不必隐藏——
　　你我的心，像一朵雪白的并蒂莲，
　　在爱的青梗上秀挺，欢欣，鲜妍——
在主的跟前，爱是唯一的荣光。

（1927 年 9 月上海新月书店《翡冷翠的一夜》）

秋 虫

秋虫，你为什么来？

人间早不是旧时候的清闲；

这青草，这白露，也是呆：

再也没有用，这些诗材！

黄金才是人们的新宠，

她占了白天，又霸住梦！

爱情：像白天里的星星，

她早就回避，早没了影。

天黑它们也不得回来，

半空里永远有乌云盖。

还有廉耻也告了长假，

他躺在沙漠地里住家；

花尽着开可结不成果，

思想被主义奸污得苦！

你别说这日子过得闷，

晦气脸的还在后面跟！

这一半也是灵魂的懒，

他爱躲在园子里种菜，

"不管，"他说："听他往下丑——

变猪，变蛆，变蛤蟆，变狗……

过天太阳羞得遮了脸，

月亮残阙了再不肯圆，

到那天人道真灭了种，

我再来打——打革命的钟！"

一九二七年秋

（1928 年 3 月 10 日《新月》第 1 卷第 1 号）

徐志摩精品集

1928 年

秋 阳

这秋阳——他仿佛叫你想起什么。一个老友的笑容或是你故乡的山水。你看他多镇静，多自在，多可亲爱。在半枯的草地上躺着，在斑驳的树枝上挂着，在水面浮着。

你直想伸手去把他掏些在掌心里，朵着嘴去亲他一口。

要是你是一颗露水，低低的蹲在草瓣上，他就从东边的树荫里窜过来，一口噙住了你，叫你一肚子透明的思想显得分外透明。

要是你是一只长脊背的翠鸟翘着尾巴，从湖的这边平掠到湖的那一边，就从水面上跳起来在你的羽毛上飞快的印下几颗闪亮的金星。

不错，他是一个有心思有恩情的——好朋友。他不嫌农家的稻草，他一样摩挲长得不丰绽的鲜果。他想法儿去拜会你阁楼上的破旧零星。

你一个人坐在屋子里沉思的时候，他隔着窗户在跨着墙的青藤上含着最甜蜜的微笑望着你，意思说："别愁，朋友，有我在陪着你哪。"

月亮也是有恩情的，但他的更来得殷勤，又好在不露痕迹。他不是派一个戴银帽的当差高高地擎着片子说某人送礼来了的那一套，他来就来了，不铺张的，也不让你觉得他轻盈的脚步，也不让你欠身起来让坐。

真的，他来就来了，拿着满满的一团温暖给搵在你的脸上，安在你的手上，窝在你的心里。

"留着，别让。"他仿佛说："这是你的，咱们家里有着哪！"

在花丛里寻香的蝴蝶，懂得他的无限的柔媚。你别淌眼泪，他要你窝在心里，留着……

（1928 年 1 月《秋野》第 2 期）

我不知道风是在哪一个方向吹 [1]

我不知道风
是在哪一个方向吹——
我是在梦中，
在梦的轻波里依洄。

我不知道风
是在哪一个方向吹——
我是在梦中，
她的温存，我的迷醉。

我不知道风
是在哪一个方向吹——
我是在梦中，
甜美是梦里的光辉。

我不知道风
是在哪一个方向吹——
我是在梦中，
她的负心，我的伤悲。

我不知道风

---

[1] 写于1928年年初。

是在哪一个方向吹——
我是在梦中，
在梦的悲哀里心碎！

我不知道风
是在哪一个方向吹——
我是在梦中，
黯淡是梦里的光辉。

（1928 年 3 月 1O 日《新月》第 1 卷第 1 号）

哈 代[1]

哈代，厌世的，不爱活的，
　　这回再不用怨言，
一个黑影蒙住他的眼？
　　去了，他再不露脸。

八十八年不是容易过，
　　老头活该他的受，
扛着一肩思想的重负，
　　早晚都不得放手。

为什么放着甜的不尝，
　　暖和的座儿不坐，
偏挑那阴凄的调儿唱，
　　辣味儿辣得口破。

他是天生那老骨头僵，
　　一对眼拖着看人，
他看着了谁谁就遭殃，
　　你不用跟他讲情！

他就爱把世界剖着瞧，

---

[1] 写于1928年年初。

是玫瑰也给拆坏；
他没有那画眉的纤巧，
　他有夜鸮的古怪！

古怪，他争的就只一点——
　一点灵魂的自由，
也不是成心跟谁翻脸，
　认真就得认个透。

他可不是没有他的爱——
　他爱真诚，爱慈悲：
人生就说是一场梦幻，
　也不能没有安慰。

这日子你怪得他惆怅，
　怪得他话里有刺：
他说乐观是"死尸脸上
　抹着粉，搽着胭脂！"

这不是完全放弃希冀，
　宇宙还得往下延，
但如果前途还有生机，
　思想先不能随便。

为维护这思想的尊严，
　诗人他不敢怠惰，
高擎着理想，睁大着眼，
　抉剔人生的错误。

现在他去了，再不说话，

（你听这四野的静，）

你爱忘了他就忘了他

（天吊明哲的凋零！）

旧历元旦

（1928 年 3 月 10 日《新月》第 1 卷第 1 号）

生　活 [1]

阴沉，黑暗，毒蛇似的蜿蜒，
生活逼成了一条甬道：
一度陷入，你只可向前，
手扪索着冷壁的黏潮，

在妖魔的脏腑内挣扎，
头顶不见一线的天光，
这魂魄，在恐怖的压迫下，
除了消灭更有什么愿望？

五月二十九日

（1929 年 5 月 10 日《新月》第 2 卷第 3 号）

---

[1] 写于 1928 年 5 月 29 日。

西　窗

一

这西窗
这不知趣的西窗放进
四月天时下午三点钟的阳光
一条条直的斜的羼躺在我的床上；

放进一团捣乱的风片
搂住了难免处女羞的花窗帘，
呵她痒，腰弯里，脖子上，
羞得她直飏在半空里，刮破了脸；

放进下面走道上洗被单
衬衣大小毛巾的胰子味，
厨房里饭焦鱼腥蒜苗是腐乳的沁芳南
还有弄堂里的人声比狗叫更显得松脆。

二

当然不知趣也不止是这西窗，
但这西窗是够顽皮的，
它何尝不知道这是人们打中觉的好时光！

拿一件衣服，不，拿这条绣外国花的毛毯，

　堵死了它，给闷死了它：

耶稣死了我们也好睡觉！

直着身子，不好，弯着来，

学一只卖弄风骚的大龙虾，

在清浅的水滩上引诱水波的荡意！

对呀，叫迷离的梦意像浪丝似的

爬上你的胡须，你的衣袖，你的呼吸……

你对着你脚上又新破了一个大窟窿的袜子发愣或是忙着送

　玲巧的手指到神秘的胳肢窝搔痒——可不是搔痒的时候

你的思想不见会得长上那拿把不住的大翅膀：

谢谢天，这是烟土披里纯来到的刹那间

因为有窟窿的破袜是绝对的理性，

胳肢窝里虱类的痒是不可怀疑的实在。

三

香炉里的烟，远山上的雾，人的贪嗔和心机；

经络里的风湿，话里的刺，笑脸上的毒，

谁说这宇宙这人生不够富丽的？

你看那市场上的盘算，比那蠢着大烟筒

走大洋海的船的肚子里的机轮更来得复杂，

血管里疙瘩着几两几钱，几钱几两，

脑子里也不知哪来这许多尖嘴的耗子爷？

还有那些比柱石更重实的大人们，他们也有他们的盘算；

他们手指间夹着的雪茄虽则也冒着一卷卷成云彩的烟，

但更曲折，更奥妙，更像长虫的翻戏，

是他们心里的算计，怎样到意大利喀辣辣矿山里去搬运一个大石座来站他一个足够与灵龟比赛的年岁，

何况还有波斯兵的长枪，匈奴的暗箭……

再有从上帝的创造里单独创造出来曾向农商部呈请创造专利的文学先生们，这是个奇迹的奇迹，

正如狐狸精对着月光吞吐她的命珠，

他们也是在月光勾引潮汐时学得他们的职业秘密。

青年的血，尤其是滚沸过的心血，是可口的：——

他们借用普罗列塔里亚的瓢匙在彼此请呀请的舀着喝。

他们将来铜像的地位一定望得见朱温张献忠的。

绣着大红花的俄罗斯毛毯方才拿来蒙住西窗的也不知怎的滑溜了下来，不容做梦人继续他的冒险，

但这些滑腻的梦意钻软了我的心

像春雨的细脚踹软了道上的春泥。

西窗还是不挡着的好，虽则弄堂里的人声有时比狗叫更显得松脆。

这是谁说的："拿手擦擦你的嘴，

这人间世在洪荒中不住的转，

像老妇人在空地里捡可以当柴烧的材料？"

（1928 年 6 月 10 日《新月》第 1 卷第 4 号）

怨 得 [1]

怨得这相逢；
谁作的主？——风！

也就一半句话，
露水润了枯芽。

黑暗——放一箭光；
飞蛾：他受了伤。

偶然，真是的。
惆怅？喔何必！

伦敦旅次　九月

（1929 年 1 月 10 日《新月》第 1 卷第 11 号）

---

[1] 写于 1928 年 9 月。

深 夜 [1]

深夜里，街角上，
梦一般的灯芒。

烟雾迷裹着树！
怪得人错走了路？

"你害苦了我——冤家！"
她哭，他——不答话。

晓风轻摇着树尖：
掉了，早秋的红艳。

伦敦旅次　九月

（1929 年 1 月 10 日《新月》第 1 卷第 11 号）

---

[1] 写于 1928 年 9 月。

在不知名的道旁 [1]（印度）

什么无名的苦痛，悲悼的新鲜，
什么压迫，什么冤屈，什么烧烫
你体肤的伤，妇人，使你蒙着脸
在这昏夜，在这不知名的道旁，
任凭过往人停步，讶异的看你，
你只是不作声，黑绵绵的坐地？

还有蹲在你身旁悚动的一堆，
一双小黑眼闪荡着异样的光，
像暗云天偶露的星唏，她是谁？
疑惧在她脸上，可怜的小羔羊，
她怎知道人生的严重，夜的黑，
她怎能明白运命的无情，惨刻？

聚了，又散了，过往人们的讶异。
刹那的同情也许；但他们不能
为你停留，妇人，你与你的儿女；
伴着你的孤单，只昏夜的阴沉，
与黑暗里的萤光，飞来你身旁，
来照亮那小黑眼闪荡的星芒！

（1929 年 2 月 1 日《金屋月刊》第 1 卷第 2 期）

---

[1] 写于 1928 年 10 月 31 日。

徐志摩精品集

枉　然 [1]

你枉然用手锁着我的手，
女人，用口嚬住我的口，
枉然用鲜血注入我的心，
火烫的泪珠见证你的真；

迟了！你再不能叫死的复活，
从灰土里唤起原来的神奇：
纵然上帝怜念你的过错，
他也不能拿爱再交给你！

（1928 年 12 月 10 日《新月》第 1 卷第 10 号）

---

[1] 写于 1928 年 11 月 1 日。

他眼里有你

我攀登了万仞的高冈，
荆棘扎烂了我的衣裳，
我向飘渺的云天外望——
　　上帝，我望不见你！

我向坚厚的地壳里掏，
捣毁了蛇龙们的老巢，
在无底的深潭里我叫——
　　上帝，我听不到你！

我在道旁见一个小孩：
活泼、秀丽、褴褛的衣衫；
他叫声妈，眼里亮着爱——
　　上帝，他眼里有你！

　　　　　　　　十一月二日　星家坡

（1928 年 12 月 10 日《新月》第 1 卷第 10 号）

徐志摩精品集

再别康桥 [1]

轻轻的我走了，
　　正如我轻轻的来；
我轻轻的招手，
　　作别西天的云彩。

那河畔的金柳，
　　是夕阳中的新娘；
波光里的艳影，
　　在我的心头荡漾。

软泥上的青荇，
　　油油的在水底招摇；
在康河的柔波里，
　　我甘心做一条水草！

那榆荫下的一潭，
　　不是清泉，是天上虹，
揉碎在浮藻间，
　　沉淀着彩虹似的梦。

寻梦？撑一支长篙，

---

[1] 写于 1928 年 11 月 6 日。

向青草更青处漫溯，
满载一船星辉，
　在星辉斑斓里放歌。

但我不能放歌，
　悄悄是别离的笙箫；
夏虫也为我沉默，
　沉默是今晚的康桥！

悄悄的我走了，
　正如我悄悄的来；
我挥一挥衣袖，
　不带走一片云彩。

十一月六日　中国海上

（1928 年 12 月 10 日《新月》第 1 卷第 10 号）

1929 年

拜 献

山，我不赞美你的壮健，

海，我不歌咏你的阔大，

风波，我不颂扬你威力的无边；

但那在雪地里挣扎的小草花，

路旁冥盲中无告的孤寡，

烧死在沙漠里想归去的雏燕——

给他们，给宇宙间一切无名的不幸，

我拜献，拜献我胸胁间的热，

管里的血，灵性里的光明；

我的诗歌——在歌声嘹亮的一俄顷，

天外的云彩为你们织造快乐，

起一座虹桥，

指点着永恒的逍遥，

在嘹亮的歌声里消纳了无穷的苦厄！

（1929 年 2 月 10 日《新月》第 2 卷第 12 号）

春的投生 [1]

昨晚上，
再前一晚也是的，
在雷雨的猖狂中
春
　　投生人残冬的尸体。

不觉得脚下的松软，
耳鬓间的温驯吗？
树枝上浮着青，
潭里的水漾成无限的缠绵；
再有你我肢体上
　　胸膛间的异样的跳动；

桃花早已开上你的脸，
我在更敏锐的消受
你的媚，吞咽
你的连珠的笑；
你不觉得我的手臂
更迫切的要求你的腰身，
我的呼吸投射到你的身上
　　如同万千的飞萤投向光焰？

[1] 写于 1929 年 2 月 28 日。

这些，还有别的许多说不尽的，
和着鸟雀们的热情的回荡，
都在手携手的赞美着
　　春的投生。

　　　　　　　　　　　　二月二十八日
（1929 年 12 月 10 日《新月》第 2 卷第 2 号）

杜　鹃 [1]

杜鹃，多情的鸟，他终宵唱：
在夏荫深处，仰望着流云，
飞蛾似围绕亮月的明灯，
星光疏散如海滨的渔火，
甜美的夜在露湛里休憩，
他唱，他唱一声"割麦插禾"——
农夫们在天放晓时惊起。

多情的鹃鸟，他终宵声诉，
是怨，是慕，他心头满是爱，
满是苦，化成缠绵的新歌，
柔情在静夜的怀中颤动；
他唱，口滴着鲜血，斑斑的，
染红露盈盈的草尖，晨光
轻摇着园林的迷梦；他叫，
他叫，他叫一声："我爱哥哥！"

（1929 年 5 月 10 日《新月》第 2 卷第 3 号）

---

[1] 写于 1929 年 4 月。

活　该[1]

活该你早不来！
热情已变死灰。

提什么已往？——
骷髅的磷光！

将来？——各走各的道，
长庚管不着"黄昏晓"。

爱是痴，恨也是傻；
谁点得清恒河的沙？

不论你梦有多么圆，
周围是黑暗没有边。

比是消散了的诗意，
趁早掩埋你的旧忆。

这苦脸也不用装，
到头儿总是个忘！

---

[1] 写于 1929 年 7 月 31 日。

得！我就再亲你一口：
热热的！去，再不许停留。

（1929 年 11 月 10 日《新月》第 2 卷第 9 号）

我等候你

我等候你。

我望着户外的昏黄

如同望着将来，

我的心震盲了我的听。

你怎还不来？希望

在每一秒钟上允许开花。

我守候着你的步履，

你的笑语，你的脸，

你的柔软的发丝，

守候着你的一切；

希望在每一秒钟上

枯死——你在哪里？

我要你，要得我心里生痛，

我要你的火焰似的笑，

要你的灵活的腰身，

你的发上眼角的飞星；

我陷落在迷醉的氛围中，

像一座岛，

在蟒绿的海涛间，不自主的在浮沉……

喔，我迫切的想望

你的来临，想望

那一朵神奇的优昙

开上时间的顶尖！

你为什么不来，忍心的？

你明知道，我知道你知道，

你这不来于我是致命的一击，

打死我生命中乍放的阳春，

教坚实如矿里的铁的黑暗，

压迫我的思想与呼吸；

打死可怜的希冀的嫩芽，

把我，囚犯似的，交付给

妒与愁苦，生的羞惭

与绝望的惨酷。

这也许是痴。竟许是痴。

我信我确然是痴；

但我不能转拨一支已然定向的舵，

万方的风息都不容许我犹豫——

我不能回头，运命驱策着我！

我也知道这多半是走向

毁灭的路；但

为了你，为了你

我什么也都甘愿；

这不仅我的热情，

我的仅有的理性亦如此说。

痴！想礠碎一个生命的纤微

为要感动一个女人的心！

想博得的，能博得的，至多是

她的一滴泪，

她的一阵心酸，

竟许一半声漠然的冷笑；

但我也甘愿，即使

我粉身的消息传到

徐志摩精品集

她的心里如同传给

一块顽石，她把我看作

一只地穴里的鼠，一条虫，

我还是甘愿！

痴到了真，是无条件的，

上帝他也无法调回一个

痴定了的心，如同一个将军

有时调回已上死线的士兵。

枉然，一切都是枉然，

你的不来是不容否认的实在，

虽则我心里烧着泼旺的火，

饥渴着你的一切，

你的发，你的笑，你的手脚；

任何的痴想与祈祷

不能缩短一小寸

你我间的距离！

户外的昏黄已然

凝聚成夜的乌黑，

树枝上挂着冰雪，

鸟雀们典去了它们的啁啾，

沉默是这一致穿孝的宇宙。

钟上的针不断的比着

玄妙的手势，像是指点，

像是同情，像是嘲讽，

每一次到点的打动，我听来是

我自己的心的

活埋的丧钟。

（1929年10月10日《新月》第3卷第8号）

一九三〇年春 [1]

霹雳的一声笑，
从云空直透到地，
刮它的脸扎它的心，
说："醒罢，老睡着干么？"
……

三日，沪宁车上

（1932 年 7 月上海新月书店《云游》）

---

[1] 写于 1930 年春。

阔的海

阔的海空的天我不需要，
我也不想放一只巨大的纸鹞
上天去捉弄四面八方的风；
我只要一分钟
我只要一点光
我只要一条缝——
像一个小孩爬伏
在一间暗屋的窗前
望着西天边不死的一条
缝，一点
光，一分
钟。

（1931 年 8 月上海新月书店《猛虎集》）

黄　鹂

一掠颜色飞上了树，

"看，一只黄鹂！"有人说。

翘着尾尖，它不作声，

艳异照亮了浓密——

像是春光，火焰，像是热情。

等候它唱，我们静着望，

怕惊了它。但它一展翅，

冲破浓密，化一朵彩云；

它飞了，不见了，没了——

像是春光，火焰，像是热情。

（1930 年 2 月 10 日《新月》第 2 卷第 12 号）

季 候

一

他俩初起的日子，
像春风吹着春花。
花对风说："我要，"
风不回话：他给！

二

但春花早变了泥，
春风也不知去向。
她怨，说天时太冷；
"不久就冻冰。"他说。

（1930 年 2 月 10 日《新月》第 2 卷第 12 号）

车 眺

一

我不能不赞美
这向晚的五月天；
怀抱着云和树
那些玲珑的水田。

二

白云穿掠着晴空，
像仙岛上的白燕！
晚霞正照着它们，
白羽镶上了金边。

三

背着轻快的晚凉，
牛，放了工，呆着做梦；
孩童们在一边蹲，
想上牛背，美，逞英雄！

四

在绵密的树荫下，
有流水，有白石的桥，
桥洞下早来了黑夜，
流水里有星在闪耀。

五

绿是豆畦，阴是桑树林，
幽郁是溪水傍的草丛，

静是这黄昏时的田景，
但你听，草虫们的飞动！

六

月亮在昏黄里上妆，
太阳心慌的向天边跑；
他怕见她，他怕她见——
怕她见笑一脸的红糟！

（1930年3月10日《新月》第3卷第1号）

残　破

一

深深的在深夜里坐着：
当窗有一团不圆的光亮，
风挟着灰土，在大街上
小巷里奔跑：
我要在枯秃的笔尖上袅出
一种残破的残破的音调，
为要抒写我的残破的思潮。

二

深深的在深夜里坐着：
生尖角的夜凉在窗缝里
妒忌屋内残余的暖气，
也不饶恕我的肢体：
但我要用我半干的墨水描成
一些残破的残破的花样，
因为残破，残破是我的思想。

三

深深的在深夜里坐着，

左右是一些丑怪的鬼影：

焦枯的落魄的树木

在冰沉沉的河沿叫喊，

比着绝望的姿势，

正如我要在残破的意识里

重兴起一个残破的天地。

四

深深的在深夜里坐着，

闭上眼回望到过去的云烟：

啊，她还是一枝冷艳的白莲，

斜靠着晓风，万种的玲珑；

但我不是阳光，也不是露水，

我有的只是些残破的呼吸，

如同封锁在壁椽间的群鼠，

追逐着，追求着黑暗与虚无！

（1930 年 4 月《现代学生》第 1 卷第 6 期）

为的是

女人：

我对你祈祷，

我对你礼拜，

我对你乞讨——

　　为的是……

女人：

我为你发痴，

我为你颓废，

我为你做诗——

　　为的是……

女人：

我拿你咒骂，

我拿你凌迟，

我拿你践踏——

　　为的是……

（1930 年 6 月上海《金屋月刊》第 9、10 期合刊）

徐志摩精品集

鲤　跳

那天你走近一道小溪，
我说："我抱你过去，"你说："不；"
"那我总得搀你，"你又说："不。"
"你先过去，"你说，"这水多丽！"

"我愿意做一尾鱼，一支草，
在风光里长，在风光里睡，
收拾起烦恼，再不用流泪：
现在看！我这锦鲤似的跳！"

一闪光艳，你已纵过了水；
脚点地时那轻，一身的笑，
像柳丝，腰哪在俏丽的摇；
水波里满是鲤鳞的霞绮！

七月九日

（1931 年 1 月 10 日《新月》第 3 卷第 10 号）

卑　微

卑微，卑微，卑微；
风在吹
无抵抗的残苇：

枯槁它的形容，
心已空，
音调如何吹弄？

它在向风祈祷：
"忍心好，
将我一拳推倒；

也是一宗解化——
"本无家，
任飘泊到天涯！"

（1930 年 10 月 10 日《新月》第 3 卷第 8 号）

秋　月 [1]

一样是月色，

今晚上的，因为我们都在抬头看——

看它，一轮腴满的妩媚，

从乌黑得如同暴徒一般的

云堆里升起——

看得格外的亮，分外的圆。

它展开在道路上，

它飘闪在水面上，

它沉浸在

水草盘结得如同忧愁般的水底；

它睥睨在古城的雉堞上，

万千的城砖在它的清亮中呼吸，

它抚摸着

错落在城厢外内的墓墟，

在宿鸟的断续的呼声里，

想见新旧的鬼，

也和我们似的相依偎的站着，

眼珠放着光，

咀嚼着彻骨的阴凉：

银色的缠绵的诗情

如同水面的星磷，

---

[1] 写于 1930 年 10 月中旬。

在露盈盈的空中飞舞。

听那四野的吟声——

永恒的卑微的谐和，

悲哀揉和着欢畅，

怨仇与恩爱，

晦冥交抱着火电，

在这夐绝的秋夜与秋野的

苍茫中，

"解化"的伟大

在一切纤微的深处

展开了

婴儿的微笑！

十月中

（1930 年 11 月《现代学生》第 1 卷第 2 期）

渺　小

我仰望群山的苍老，
他们不说一句话。
阳光描出我的渺小，
小草在我的脚下。

我一人停步在路隅，
倾听空谷的松籁；
青天里有白云盘踞——
转眼间忽又不在。

（1931 年 1 月 10 日《新月》第 3 卷第 10 号）

爱的灵感 [1]

——奉适之

下面这些诗行好歹是他撩拨出来的，正如这十年来大多数的诗行好歹是他撩拨出来的！

不妨事了，你先坐着罢。
这阵子可不轻，我当是
已经完了，已经整个的
脱离了这世界，飘渺的，
不知到了哪儿。仿佛有
一朵莲花似的云拥着我，
（她脸上浮着莲花似的笑）
拥着到远极了的地方去……
唉，我真不希罕再回来，
人说解脱，那许就是罢！
我就像是一朵云，一朵
纯白的，纯白的云，一点
不见分量，阳光抱着我，
我就是光，轻灵的一球，
往远处飞，往更远处飞；
什么累赘，一切的烦愁，
恩情，痛苦，怨，全都远了；

[1] 写于 1930 年 12 月 25 日。

徐志摩精品集

就是你——请你给我口水，

是橙子吧，上口甜着哪——

就是你，你是我的谁呀！

就你也不知哪里去了：

就有也不过是晓光里

一发的青山，一缕游丝，

一翳微妙的晕；说至多

也不过如此，你再要多

我那朵云也不能承载，

你，你得原谅，我的冤家！……

不碍，我不累，你让我说，

我只要你睁着眼，就这样，

叫哀怜与同情，不说爱，

在你的泪水里开着花，

我陶醉着它们的幽香；

在你我这最后，怕是吧，

一次的会面，许我放娇，

容许我完全占定了你，

就这一晌，让你的热情，

像阳光照着一流幽涧，

透澈我的凄冷的意识；

你手把住我的，正这样，

你看你的壮健，我的衰，

容许我感受你的温暖，

感受你在我血液里流，

鼓动我将次停歇的心，

留下一个不死的印痕：

这是我唯一，唯一的祈求……

好，我再喝一口，美极了，

多谢你。现在你听我说。

但我说什么呢？到今天，
一切事都已到了尽头，
我只等待死，等待黑暗，
我还能见到你，偎着你，
真像情人似的说着话，
因为我够不上说那个，
你的温柔春风似的围绕，
这于我是意外的幸福，
我只有感谢（她合上眼），
什么话都是多余，因为
话只能说明能说明的，
更深的意义，更大的真，
朋友，你只能在我的眼里，
在枯干的泪伤的眼里认取。

　　我是个平常的人，
我不能盼望在人海里
值得你一转眼的注意。
你是天风：每一个浪花
一定得感到你的力量，
从它的心里激出变化，
每一根小草也一定得
在你的踪迹下低头，在
绿的颤动中表示惊异；
但谁能止限风的前程，
他横掠过海，作一声吼，
狮虎似的扫荡着田野，
当前是冥茫的无穷，他
如何能想起曾经呼吸
到浪的一花，草的一瓣？
遥远是你我间的距离；

远，太远！假如一只夜蝶

有一天得能飞出天外，

在星的烈焰里去变灰

（我常自己想）那我也许

有希望接近你的时间。

唉，痴心，女子是有痴心的，

你不能不信罢？有时候

我自己也觉得真奇怪，

心窝里的牢结是谁给

打上的？为什么打不开？

那一天我初次望到你，

你闪亮得如同一颗星，

我只是人丛中的一点，

一撮沙土，但一望到你，

我就感到异样的震动，

猛袭到我生命的全部，

真像是风中的一朵花，

我内心摇晃得像昏晕，

脸上感到一阵的火烧，

我觉得幸福，一道神异的

光亮在我的眼前扫过，

我又觉得悲哀，我想哭，

纷乱占据了我的灵府。

但我当时一点不明白，

不知这就是陷入了爱！

"陷入了爱"，真是的！前缘，

孽债，不知到底是什么？

但从此我再没有平安，

是中了毒，是受了催眠，

教运命的铁链给锁住，

我再不能踌躇：我爱你！
从此起，我的一瓣瓣的
思想都染着你，在醒时，
在梦里，想躲也躲不去，
我抬头望，蓝天里有你，
我开口唱，悠扬里有你，
我要遗忘，我向远处跑，
另走一道，又碰到了你！
枉然是理智的殷勤，因为
我不是盲目，我只是痴！
但我爱你，我不是自私。
爱你，但永不能接近你。
爱你，但从不要享受你。
即使你来到我的身边，
我许向你望，但你不能
丝毫觉察到我的秘密。
我不妒忌，不艳羡，因为
我知道你永远是我的，
它不能脱离我正如我
不能躲避你，别人的爱
我不知道，也无须知晓，
我的是我自己的造作，
正如那林叶在无形中
收取早晚的霞光，我也
在无形中收取了你的。
我可以，我是准备，到死
不露一句，因为我不必。
死，我是早已望见了的。
那天爱的结打上我的
心头，我就望见死，那个

美丽的永恒的世界；死，
我甘愿的投向，因为它
是光明与自由的诞生。
从此我轻视我的躯体，
更不计较今世的浮荣，
我只企望着更绵延的
时间来收容我的呼吸，
灿烂的星做我的眼睛，
我的发丝，那般的晶莹，
是纷披在天外的云霞，
博大的风在我的腋下
胸前眉宇间盘旋，波涛
冲洗我的胫踝，每一个
激荡涌出光艳的神明！
再有电火做我的思想，
天边掣起蛇龙的交舞，
雷震我的声音，蓦地里
叫醒了春，叫醒了生命。
无可思量，呵，无可比况，
这爱的灵感，爱的力量！
正如旭日的威棱扫荡
田野的迷雾，爱的来临
也不容平凡，卑琐以及
一切的庸俗侵占心灵，
它那原来清爽的平阳。
我不说死吗？更不畏惧，
再没有疑虑，再不吝惜
这躯体如同一个财虏，
我勇猛的用我的时光。
用我的时光，我说？天哪，

这多少年是亏我过的！
没有朋友，离背了家乡，
我投到那寂寞的荒城，
在老农中间学做老农，
穿着大布，脚登着草鞋，
栽青的桑，栽白的木棉，
在天不曾放亮时起身，
手搅着泥，头戴着炎阳，
我做工，满身浸透了汗，
一颗热心抵挡着劳倦；
但渐次的我感到趣味，
收拾一把草如同珍宝，
在泥水里照见我的脸，
涂着泥，在坦白的云影
前不露一些羞愧！自然
是我的享受；我爱秋林，
我爱晚风的吹动，我爱
枯苇在晚凉中的颤动，
半残的红叶飘摇到地，
鸦影侵入斜日的光圈；
更可爱是远寺的钟声
交挽村舍的炊烟共做
静穆的黄昏！我做完工，
我慢步的归去，冥茫中
有飞虫在交哄，在天上
有星，我心中亦有光明！
到晚上我点上一支蜡，
在红焰的摇曳中照出
板壁上唯一的画像，
独立在旷野里的耶稣，

（因为我没有你的除了
悬在我心里的那一幅，）
到夜深静定时我下跪，
望着画像做我的祈祷，
有时我也唱，低声的唱，
发放我的热烈的情愫
缕缕青烟似的上通到天。
但有谁听到，有谁哀怜？
你踞坐在荣名的顶巅，
有千万人迎着你鼓掌，
我，陪伴我有冷，有黑夜，
我流着泪，独跪在床前！
一年，又一年，再过一年，
新月望到圆，圆望到残，
寒雁排成了字，又分散，
鲜艳长上我手栽的树，
又叫一阵风给刮做灰。
我认识了季候，星月与
黑夜的神秘，太阳的威；
我认识了地土，它能把
一颗子培成美的神奇，
我也认识一切的生存，
爬虫，飞鸟，河边的小草，
再有乡人们的生趣，我
也认识，他们的单纯与
真，我都认识。

　　　　跟着认识
是愉快，是爱，再不畏虑
孤寂的侵凌。那三年间
虽则我的肌肤变成粗，

焦黑熏上脸，剥坏刻上
手脚，我心头只有感谢：
因为照亮我的途径有
爱，那盏神灵的灯，再有
穷苦给我精力，推着我
向前，使我怡然的承当
更大的穷苦，更多的险。
你奇怪吧，我有那能耐？
不可思量是爱的灵感！
我听说古时间有一个
孝女，她为救她的父亲
胆敢上犯君王的天威，
那是纯爱的驱使我信。
我又听说法国中古时
有一个乡女子叫贞德，
她有一天忽然脱去了
她的村服，丢了她的羊，
穿上戎装拿着刀，带领
十万兵，高叫一声"杀贼"，
就冲破了敌人的重围，
救全了国，那也一定是
爱！因为只有爱能给人
不可理解的英勇和胆；
只有爱能使人睁开眼，
认识真，认识价值；只有
爱能使人全神的奋发，
向前闯，为了一个目标，
忘了火是能烧，水能淹。
正如没有光热这地上
就没有生命，要不是爱，

那精神的光热的根源，
一切光明的惊人的事
也就不能有。

　　　　　　啊，我懂得！
我说"我懂得"我不惭愧：
因为天知道我这几年，
独自一个柔弱的女子，
投身到灾荒的地域去，
走千百里巉岈的路程，
自身挨着饿冻的惨酷
以及一切不可名状的
苦处说来够写几部书，
是为了什么？为了什么
我把每一个老年灾民
不问他是老人是老妇，
当作生身父母一样看，
每一个儿女当作自身
骨血，即使不能给他们
救度，至少也要吹几口
同情的热气到他们的
脸上，叫他们从我的手
感到一个完全在爱的
纯净中生活着的同类？
为了什么我甘愿哺啜
在平时乞丐都不屑的
饮食，吞咽腐朽与肮脏
如同可口的膏粱；甘愿
在尸体的恶臭能醉倒
人的村落里工作如同
发见了什么珍异？为了

什么？就为"我懂得，"朋友，
你信不？我不说，也不能
说，因为我心里有一个
不可能的爱所以发放
满怀的热到另一方向，
也许我即使不知爱也
能同样做，谁知道，但我
总得感谢你，因为从你
我获得生命的意识和
在我内心光亮的点上，
又从意识的沉潜引渡
到一种灵界的莹澈，又
从此产生智慧的微芒
与无穷尽的精神的勇。
啊，假如你能想象我在
灾地时一个夜的看守！
一样的天，一样的星空，
我独自在旷野里或在
桥梁边或在剩有几簇
残花的藤蔓的村篱边
仰望，那时天际每一个
光亮都为我生着意义，
我饮咽它们的美如同
音乐，奇妙的韵味通流
到内脏与百骸，坦然的
我承受这天赐不觉得
虚怯与羞惭，因我知道
不为己的劳作虽不免
疲乏体肤，但它能拂拭
我们的灵窍如同琉璃，

利便天光无碍的通行。

我话说远了不是？但我
已然诉说到我最后的
回目，你纵使疲倦也得
听到底，因为别的机会
再不会来。你看我的脸
烧红得如同石榴的花，
这是生命最后的光焰，
多谢你不时的把甜水
浸润我的咽喉，要不然
我一定早叫喘息窒死。
你的"懂得"是我的快乐。
我的时刻是可数的了，
我不能不赶快！
　　　　　　我方才
说过我怎样学农，怎样
到灾荒的魔窟中去伸
一只柔弱的奋斗的手。
我也说过我灵的安乐
对满天星斗不生内疚。
但我终究是人是软弱，
不久我的身体得了病，
风雨的毒浸入了纤微，
酿成了猖狂的热。我哥
将我从昏盲中带回家，
我奇怪那一次还不死，
也许因为还有一种罪
我必得在人间受。他们
叫我嫁人，我不能推托。

我或许要反抗假如我
对你的爱是次一等的，
但因我的既不是时空
所能衡量，我即不计较
分秒间的短长，我做了
新娘，我还做了娘，虽则
天不许我的骨血存留。
这几年来我是个木偶，
一堆任凭摆布的泥土；
虽则有时也想到你，但
这想到是正如我想到
西天的明霞或一朵花，
不更少也不更多。同时
病，一再的回复，销蚀了
我的躯壳，我早准备死，
怀抱一个美丽的秘密，
将永恒的光明交付给
无涯的幽冥。我如果有
一个母亲我也许不忍
不让她知道，但她早已
死去，我更没有沾恋；我
每次想到这一点便忍
不住微笑漾上了口角。
我想我死去再将我的
秘密化成仁慈的风雨，
化成指点希望的长虹，
化成石上的苔藓，葱翠
淹没它们的冥顽，化成
黑暗中翅膀的舞，化成
农时的鸟歌；化成水面

徐志摩精品集

锦绣的文章；化成波涛，

永远宣扬宇宙的灵通；

化成月的惨绿在每个

睡孩的梦上添深颜色；

化成系星间的妙乐……

最后的转变是未料的，

天叫我不遂理想的心愿，

又叫在热谵中漏泄了

我的怀内的珠光！但我

再也不梦想你竟能来，

血肉的你与血肉的我

竟能在我临去的俄顷

陶然的相偎倚，我说，你

听，你听，我说。真是奇怪，

这人生的聚散！

      现在我

真，真可以死了，我要你

这样抱着我直到我去，

直到我的眼再不睁开，

直到我飞，飞，飞去太空，

散成沙，散成光，散成风，

啊苦痛，但苦痛是短的，

是暂时的；快乐是长的，

爱是不死的：

      我，我要睡……

（1931 年 1 月 20 日《诗刊》第 1 期）

1931 年

别拧我，疼 [1]

"别拧我，疼，"……
你说，微锁着眉心。

那"疼"，一个精圆的半吐，
在舌尖上溜——转。

一双眼也在说话，
晴光里漾起
心泉的秘密。

梦
洒开了
轻纱的网。

"你在哪里？"

徐志摩精品集

　　"让我们死，"你说。

　　　　　　　　（1931 年 10 月 5 日《诗刊》第 3 期）

山　中 [1]

庭院是一片静，
听市谣围抱；
织成一片松影——
看当头月好！

不知今夜山中
是何等光景；
想也有月，有松，
有更深的静。

我想攀附月色，
化一阵清风，
吹醒群松春醉，
去山中浮动；

吹下一针新碧，
掉在你窗前；
轻柔如同叹息——
不惊你安眠！

四月一日

（1931 年 4 月 20 日《诗刊》第 2 期）

---

[1] 写于 1931 年 4 月 1 日。

两个月亮 [1]

我望见有两个月亮：
一般的样，不同的相。

一个这时正在天上，
披敞着雀毛的衣裳；
她不吝惜她的恩情，
满地全是她的金银。
她不忘故宫的琉璃，
三海间有她的清丽。
她跳出云头，跳上树，
又躲进新绿的藤萝。
她那样玲珑，那样美，
水底的鱼儿也得醉！
但她有一点子不好，
她老爱向瘦小里耗；
有时满天只见星点，
没了那迷人的圆脸，
虽则到时候照样回来，
但这份相思有些难挨！

还有那个你看不见，

---

[1] 写于 1931 年 4 月 2 日。

虽则不提有多么艳！
她也有她醉涡的笑，
还有转动时的灵妙；
说慷慨她也从不让人，
可惜你望不到我的园林！
可贵是她无边的法力，
常把我灵波向高里提：
我最爱那银涛的汹涌，
浪花里有音乐的银钟；
就那些马尾似的白沫，

也比得珠宝经过雕琢。
一轮完美的明月，
又况是永不残缺！
只要我闭上这一双眼，
她就婷婷的升上了天！

四月二日　月圆深夜

（1931 年 4 月 20 日《诗刊》第 2 期）

徐志摩精品集

车　上 [1]

这一车上有各等的年岁，各色的人：
有出须的，有奶孩，有青年，有商，有兵；
也各有各的姿态：傍着的，躺着的，
张眼的，闭眼的，向窗外黑暗望着的。

车轮在铁轨上辗出重复的繁响，
天上没有星点，一路不见一些灯亮；
只有车灯的幽辉照出旅客们的脸，
他们老的少的，一致声诉旅程的疲倦。

这时候忽然从最幽暗的一角发出
歌声；像是山泉，像是晓鸟，蜜甜，清越，
又像是荒漠里点起了通天的明燎，
它那正直的金焰投射到遥远的山坳。

她是一个小孩，欢欣摇开了她的歌喉；
在这冥盲的旅程上，在这昏黄时候，
像是奔发的山泉，像是狂欢的晓鸟，
她唱，直唱得一车上满是音乐的幽妙。

旅客们一个又一个的表示着惊异，

---

[1] 写于 1931 年 4 月 7 日。

渐渐每一个脸上来了有光辉的惊喜：
买卖的，军差的，老辈，少年，都是一样，
那吃奶的婴儿，也把他的小眼开张。

她唱，直唱得旅途上到处点上光亮，
层云里翻出玲珑的月和斗大的星，
花朵，灯彩似的，在枝头竞赛着新样，
那细弱的草根也在摇曳轻快的青萤！

（1931 年 4 月 20 日《诗刊》第 2 期）

小诗一首

我羡慕
　　他的勇敢，
一点亮
　　透出黑暗！

他只有
　　那一闪的焰，
但不问
　　宇宙的深浅。

多微弱
　　他那点光，
寂寞的，在
　　黑夜里彷徨！

（1931 年 4 月 15 日《北大学生周刊》第 1 卷第 10 期）

在病中

我是在病中，这恹恹的倦卧，
看窗外云天，听木叶在风中……
是鸟语吗？院中有阳光暖和，
一地的衰草，墙上爬着藤萝，
有三五斑猩的，苍的，在颤动。
一半天也成泥……

　　　　　　　　城外，啊西山！
太辜负了，今年，翠微的秋容！
那山中的明月，有弯，也有环；
黄昏时谁在听白杨的哀怨？
谁在寒风里赏归鸟的群喧？
有谁上山去漫步，静悄悄的，
在落叶林中捡三两瓣菩提？
有谁去佛殿上披拂着尘封，
在夜色里辨认金碧的神容？

这病中心情：一瞬瞬的回忆，
如同天空，在碧水潭中过路，
透映在水纹间斑驳的云翳；
又如阴影闪过虚白的墙隅，
瞥见时似有，转眼又复消散；
又如缕缕炊烟，才袅袅，又断……
又如暮天里不成字的寒雁，

飞远、更远；化入远山、化作烟！

又如在暑夜看飞星，一道光

碧银银的抹过，更不许端详。

又如兰蕊的清芬偶尔飘过，

谁能留住这没影踪的婀娜？

又如远寺的钟声，随风吹送，

在春宵，轻摇你半残的春梦！

二十（一九三一）年五月续成七年前残稿

（1931年10月5日《诗刊》第3期）

答叔鲁先生 [1]

隐处西楼已半春，
绸缪未许有情人。
非关木石无恩意，
为恐东厢满醋瓶。

（1964 年 12 月台北商务印书馆《胡适之先生诗歌手迹》）

---

[1] 写于 1931 年 5 ～ 6 月间。

徐志摩精品集

泰　山

山！
你的阔大的巉岩，
像是绝海的惊涛，
忽地飞来，
　凌空
　不动，
在沉默的承受
日月与云霞拥戴的光豪；

更有万千星斗
　错落
在你的胸怀，
　诉说
　隐奥，
蕴藏在
岩石的核心与崔嵬的天外！

（1931 年 7 月《新月》第 3 卷第 9 号）

雁儿们 [1]

雁儿们在云空里飞，
　　看她们的翅膀，
　　看她们的翅膀，
有时候纡回，
　　有时候匆忙。

雁儿们在云空里飞，
　　晚霞在她们身上，
　　晚霞在她们身上，
有时候银辉，
　　有时候金芒。

雁儿们在云空里飞，
　　听她们的歌唱！
　　听她们的歌唱！
有时候伤悲，
　　有时候欢畅。

雁儿们在云空里飞，
　　为什么翱翔？
　　为什么翱翔？

---

[1] 写于 1931 年 7 月。

她们少不少旅伴？
她们有没有家乡？

雁儿们在云空里彷徨，
　　天地就快昏黑！
　　天地就快昏黑！
前途再没有天光，
孩子们往哪儿飞？

天地在昏黑里安睡，
　　昏黑迷住了山林，
　　昏黑催眠了海水；
这时候有谁在倾听
昏黑里泛起的伤悲。

（1931 年 9 月 20 日《北斗》创刊号）

火车擒住轨 [1]

火车擒住轨，在黑夜里奔：
过山，过水，过陈死人的坟；

过桥，听钢骨牛喘似的叫，
过荒野，过门户破烂的庙；

过池塘，群蛙在黑水里打鼓，
过噤口的村庄，不见一粒火；

过冰清的小站，上下没有客，
月台袒露着肚子，像是罪恶。

这时车的呻吟惊醒了天上
三两个星，躲在云缝里张望：

那是干什么的，他们在疑问，
大凉夜不歇着，直闹又是哼；

长虫似的一条，呼吸是火焰，
一死儿往暗里闯，不顾危险，

---

[1] 写于 1931 年 7 月 19 日。

徐志摩精品集

就凭那精窄的两道，算是轨，
驮着这份重，梦一般的累坠。

累坠！那些奇异的善良的人，
放平了心安睡，把他们不论；

俊的村的命全盘交给了它，
不论爬的是高山还是低洼，

不问深林里有怪鸟在诅咒，
天象的辉煌全对着毁灭走；

只图眼前过得，裂大嘴打呼，
明儿车一到，抢了皮包走路！

这态度也不错，愁没有个底；
你我在天空，那天也不休息，

睁大了眼，什么事都看分明，
但自己又何尝能支使运命？

说什么光明，智慧永恒的美，
彼此同是在一条线上受罪；

就差你我的寿数比他们强，
这玩艺反正是一片糊涂账。

（1931 年 10 月 5 日《诗刊》第 3 期）

给——[1]

我记不得维也纳，
　　除了你，阿丽思；
我想不起佛兰克府，
　　除了你，桃乐斯；
尼司，佛洛伦司，巴黎，
　　也都没有意味，
要不是你们的艳丽——
　　玫思，麦蒂特，腊妹，
　　翩翩的，盈盈的，
　　孜孜的，婷婷的，
照亮着我记忆的幽黑，
　　像冬夜的明星，
　　像暑夜的游萤——
　　怎教我不倾颓！
　　怎教我不迷醉！

（1931 年 8 月上海新月书店《猛虎集》）

---

[1] 写于 1931 年 8 月之前。

献　词

那天你翩翩的在空际云游，
自在，轻盈，你本不想停留
在天的哪方或地的哪角，
你的愉快是无拦阻的逍遥。

你更不经意在卑微的地面
有一流涧水，虽则你的明艳
在过路时点染了他的空灵，
使他惊醒，将你的倩影抱紧。

他抱紧的只是绵密的忧愁，
因为美不能在风光中静止；
他要，你已飞渡万重的山头，
去更阔大的湖海投射影子！

他在为你消瘦，那一流涧水，
在无能的盼望，盼望你飞回！

（1931 年 8 月上海新月书店《猛虎集》）

你 去 [1]

你去，我也走，我们在此分手；
你上那一条大路，你放心走，
你看那街灯一直亮到天边，
你只消跟从这光明的直线！
你先走，我站在此地望着你，
放轻些脚步，别教灰土扬起，
我要认清你的远去的身影，
直到距离使我认你不分明。
再不然我就叫响你的名字，
不断的提醒你有我在这里，
为消解荒街与深晚的荒凉，
目送你归去……

　　　不，我自有主张，
你不必为我忧虑；你走大路，
我进这条小巷，你看那棵树，
高抵着天，我走到那边转弯，
再过去是一片荒野的凌乱：
有深潭，有浅洼，半亮着止水，
在夜芒中像是纷披的眼泪；
有石块，有钩刺胫踝的蔓草，
在期待过路人疏神时绊倒！

---

[1] 写于 1931 年 8 月。

但你不必焦心，我有的是胆，
凶险的途程不能使我心寒。
等你走远了，我就大步向前，
这荒野有的是夜露的清鲜；
也不愁愁云深裹，但须风动，
云海里便波涌星斗的流汞；
更何况永远照彻我的心底，
有那颗不夜的明珠，我爱你！

（1931 年 10 月 5 日《诗刊》第 3 期）

难　忘[1]

这日子——从天亮到昏黄，
虽则有时花般的阳光，
从郊外的麦田，
半空中的飞燕，
照亮到我劳倦的眼前，
给我刹那间的舒爽，
我还是不能忘——
不忘旧时的积累，
也不分是恼是愁是悔，
在心头，在思潮的起伏间，
像是迷雾，像是诅咒的凶险：
它们包围，它们缠绕，
它们狞露着牙，它们咬，
它们烈火般的煎熬，
它们伸拓着巨灵的掌，
把所有的忻快拦挡……

（1932 年 7 月 30 日《诗刊》第 4 期）

[1] 写于 1931 年秋。

领　罪

这也许是个最好的时刻。
不是静。听对面园里的鸟，
从杜鹃到麻雀，已在叫晓。
我也再不能抵抗我的困，
它压着我像霜压着树根；
断片的梦已在我的眼前
飘拂，像在晓风中的树尖。
也不是有什么非常的事，
逼着我决定一个否与是。
但我非得留着我的清醒，
用手推着黑甜乡的诱引：
因为，这是我唯一的机会，
自己到自己跟前来领罪。
领罪，我说不是罪是什么？
这日子过得有什么话说！

（1932 年 7 月 30 日《诗刊》第 4 期）